Nigel McCrery
Denn grün ist der Tod

SERIE PIPER

Zu diesem Buch

In der Umgebung der alten Universitätsstadt Cambridge ereignen sich rätselhafte Mordfälle. Die Opfer werden alle auf ähnliche Weise erdrosselt aufgefunden. Ein umgedrehtes Kreuz, mit dem die Körper der Ermordeten versehen sind, lässt darauf schließen, dass die Fälle offenbar mit okkulten Ritualmorden in Verbindung stehen. Dr. Samantha Ryan, erfahrene Gerichtspathologin, ebenso scharfsinnig wie dickköpfig, ist mit der Untersuchung der Opfer betraut: Nur sie versteht die Sprache der stillen Zeugen, der Toten, die allein erzählen können, was mit ihnen geschehen ist. Gegen alle Widerstände forscht Samantha unerschrocken nach der Wahrheit, womit sie sich nicht nur Freunde macht.

Nigel McCrery, geboren 1953 in London, war selbst neun Jahre bei der Polizei. Der zweite Bildungsweg führte ihn nach Cambridge, wo er am Trinity College studierte. Danach arbeitete er bei der BBC und erfand die erfolgreiche Figur der Dr. Samantha Ryan, der er vier Romane widmete. Er lebt mit seiner Frau und drei Kindern in Nottingham. Im Taschenbuch liegt außerdem vor: »Das Ende aller Dinge«.

Nigel McCrery

Denn grün ist der Tod

Gerichtsmedizinerin Dr. Samantha Ryan
Roman

Aus dem Englischen von
Antje Görnig

Piper München Zürich

Von Nigel McCrery liegt in der Serie Piper außerdem vor:
Das Ende aller Dinge (3424)

Ungekürzte Taschenbuchausgabe
Piper Verlag GmbH, München
Oktober 2001

Titel der englischen Originalausgabe:
»Strange Screams of Death«, Simon & Schuster UK Ltd, London 1996

unter dem Titel: »Silent Witness. Denn grün ist der Tod«
Umschlag: Büro Hamburg
Isabel Bünermann, Meike Teubner
Foto Umschlagvorderseite: Garry Moyes / BBC
Foto Umschlagrückseite: Jean-François Talivez
Satz: Kalle Giese, Overath
Druck und Bindung: Clausen & Bosse, Leck
Printed in Germany ISBN 3-492-23423-2

Für Gill in Liebe.
Ohne dich wäre ich zu nichts fähig.

Mein Dank gilt Helen Witwell, Pathologin des Innenministeriums und Quelle meiner Inspiration, für ihre Hilfe, ihren Rat und ihre Geduld; Bernard Knight, Pathologe des Innenministeriums, für seine Hilfe, seine Zeit und seinen Rat; Peter O. Rose für die Vermittlung seines Wissens über Efeu und für sein Buch »Ivies«; Mike Lucas (Mike Lucas Yachting) für die Vermittlung seines Wissens über Knoten und das Buch *The Ashley Book of Knots*; dem National Training Centre for Scientific Support to Crime Investigation in Durham; dem Direktor Peter Ablett; dem stellvertretenden Direktor Keith Fryer; Sue Thornewill, der Leiterin der Fingerabdruck-Schulung; der Dozentin Sandy Bushell; dem Insektenforscher Dr Z. Erzincglioglu, der Schauspielerin Amanda Burton; der Lektorin Vicki Featherstone; der Herausgeberin Catherine Reed; den Autoren Kevin Hood und Ashley Pharoah; Executive Producer BBC Drama Caroline Oulton; Producer BBC TV Tony Dennis; Script-Editor Patrick Spence; Nick Webb von Simon & Schuster; St John Donals von Peters Frazer & Dunlop; Executive Producer BBC TV Sue Hogg; Producer BBC Drama Colin Lundlow und all denen, die hier vielleicht nicht genannt sind.

PROLOG

In Northwick passierte nie etwas Aufregendes. Es war eines von diesen ruhigen Dörfern, in denen stets alles seinen gewohnten Gang geht. Einer jener Orte, die man während der Fahrt zu einem verlockenderen Ziel passiert, ohne eigentlich Notiz von ihnen zu nehmen. Sogar seine Kirche war langweilig und uninteressant und lockte nur selten Besucher an, obwohl die Grafschaft ansonsten für ihre Kirchen berühmt war.

Nachdem monatelang Trockenheit geherrscht hatte, brachte der nun einsetzende Regen endlich die ersehnte Erleichterung. Die schweren Tropfen prallten von den roten Dachziegeln ab, das Wasser schoss durch die Dachrinnen und Abflussrohre und riss den Staub und Ruß mit sich, der sich über die Sommermonate dort angesammelt hatte, bevor es über die Straßen und Gehsteige flutete und den Schein der Straßenlaternen in schimmernden Lachen spiegelte.

Constable Morris Jay stand gelassen unter einer alten Eibe, deren über die Friedhofsmauer ragende Äste ihm vorübergehend Schutz vor dem erbarmungslos niedergehenden

Wolkenbruch gewährten. Er beobachtete, wie das Wasser dicht vor seinen Augen vom Rand seines Helms tropfte, als die Kirchturmuhr Viertel vor schlug. Er sah auf seine Uhr: Viertel vor zwei. Vor seiner Rückkehr aufs Revier blieb ihm gerade noch genug Zeit, die letzten paar Läden weiter oben auf der Straße zu kontrollieren. Dann würde er endlich die nassen Kleider ablegen und die Geheimnisse seiner Brotbox erkunden können.

Obwohl er schon seit fast fünfundzwanzig Jahren im Schichtdienst arbeitete, hasste Constable Jay die Nachtdienste immer noch; sie hatten so etwas Unnatürliches an sich. Nächte waren für warme Betten mit anschmiegsamen Frauen darin gedacht, nicht für kalte Füße auf hartem Pflaster. Als ein greller Blitz durch den Himmel zuckte und der Donner direkt über ihm grollte, rückte er den aufgestellten Kragen seines Regenmantels noch einmal zurecht, zurrte den Kinnriemen seines Helms fest und verließ seinen grünen Unterschlupf.

Auch das letzte bisschen Kraft, das Mark James noch in sich verspürt hatte, wurde mit dem Sturz aus ihm herausgeprügelt. Er lag auf dem Rücken, blinzelte in den Regen, der über sein Gesicht und seine Lippen strömte, und atmete schwer. Sein Brustkorb hob und senkte sich mit jedem rasselnden Atemzug. Die Angst hatte seinen Mund ausgetrocknet und er war plötzlich sehr durstig. Er leckte seine Lippen, nahm mit der Zungenspitze die Wassertropfen auf und ließ sie in seinen Rachen rinnen. Das brachte für einen kleinen Moment Erleichterung. Er brauchte Zeit, Zeit zum Nachdenken, um dahinter zu kommen, was geschehen war. Eigentlich war doch alles glatt über die Bühne gegangen. Wie war man ihm nur so schnell auf die Schliche gekommen? Er fragte sich, ob es nicht ein schwerer Fehler gewesen war, Bird noch ein zweites Mal über den Weg zu laufen. Normalerweise wusste er, wann es Zeit wurde aufzuhören, aber diesmal schien er einen Fehler gemacht zu haben. Er war zu weit gegangen und jetzt lief er buchstäblich um sein Leben.

Er hatte keine Angst gehabt, als das Auto herangerollt war. Es war alles genau so abgelaufen, wie in dem Brief beschrieben. Der Wagen hatte angehalten und die verabredeten Lichtzeichen gegeben, zweimal kurz und einmal lang. Das Einzige, was er etwas merkwürdig gefunden hatte, war der Treffpunkt. Denn eigentlich zog er es vor, wie eine Motte um die strahlenden Lichter der Stadt zu schwirren.

Von Northwick hatte er noch nie vorher gehört, obwohl er sein ganzes Leben in der Grafschaft Cambridgeshire verbracht hatte. Es war für ihn ein nichts sagender, weit abgelegener Ort mitten auf dem Land, genau so eine Art von Dorf, wohin sich die Leute zurückzogen, wenn sie in Rente gingen und starben. Er hoffte, er würde Northwick nie wiedersehen. Aber der Mann hatte gewiss seine Gründe, ausgerechnet diesen Ort auszuwählen, und welche es auch sein mochten, ihm, Mark, sollte es recht sein.

Am Anfang war Mark überrascht gewesen. Der Mann hatte nicht so ausgesehen, als würde er sich mit Drogengeschäften abgeben, aber wer sah schon so aus? Die Ware war von hervorragender Qualität – das Beste, was er seit langem gesehen hatte. Und sie war günstig, also hoffte er, sie schnell weiterverkaufen und einen ordentlichen Profit erzielen zu können.

Da Mark sich sicher gefühlt hatte, war er aus seinem Versteck herausgetreten und durch den Regen auf den alten

Sportwagen zugegangen. Schönes Auto, hatte er gedacht, groß und wunderbar altmodisch. Mark mochte alte Autos. Er hatte jahrelang selbst einen alten Spitfire gefahren, den er sehr geliebt hatte, obwohl die Sitze schon ramponiert gewesen waren und die Karosserie ständig auseinander zu fallen drohte.

Er hatte sich dem Kunden bereits bis auf wenige Meter genähert, als der Motor plötzlich wieder angelassen wurde und der Wagen auf ihn zuschnellte. Er war zur Seite gesprungen, dem Kotflügel gerade noch ausgewichen und in eine Reihe von Mülleimern gekracht. Doch als er die Rücklichter des Autos vor sich hatte aufleuchten sehen, war ihm klar geworden, dass der Fahrer einen weiteren Versuch machen würde, ihn an die alte Sandsteinmauer zu quetschen, die in seinem Rücken lag. In heller Panik hatte er sich aufgerappelt und halb springend, halb kletternd versucht, sich über die Mauer zu retten. Und er hatte sie auch schon fast überwunden, als der Fahrer das Auto wütend gegen die Sandsteinblöcke gesetzt hatte und Mark durch den Aufprall auf der anderen Seite zu Boden geschleudert worden war.

Mark erholte sich rasch und wischte den Regen aus seinen Augen, um zu sehen, wo er gelandet war. Seltsame dunkle Schatten erhoben sich gespenstisch aus dem Boden. Sie zeichneten sich für einen Augenblick vor dem schwarzen Himmel ab, als ein Blitz das Szenario taghell erleuchtete. Dann verschwanden sie wieder in der Dunkelheit. Furcht überwältigte ihn, als er erkannte, wo er war: auf einem Friedhof. Fieberhaft überlegte er sich seinen nächsten Schritt, während seine Augen angestrengt nach dem besten Fluchtweg fahndeten. Plötzlich hörte er, wie sein Verfolger begann, über die Mauer zu klettern. Was immer er als Nächstes tun wollte, er musste es schnell tun. Mark zwang sich aufzustehen und schlich tiefer in den Friedhof hinein. Doch auch dieser letzte panische Fluchtversuch endete schon bald, als er über nasses Gras schlidderte, im Schlamm ausrutschte und erneut zu Boden stürzte. Völlig erschöpft kroch er hinter einen großen, flachen Grabstein, lehnte sich mit dem Rücken gegen den glatten Schiefer und versuchte sich so gut wie möglich zu verstecken. In seiner Angst, entdeckt zu werden, bedeckte er sogar sein Gesicht mit den Händen. Mark hatte keine andere Wahl, er musste einfach an dieser Stelle sitzen bleiben und abwarten. Er hatte völlig die Orientierung verloren und war zu sehr außer Atem, um noch etwas anderes tun zu können. Die Furcht hatte ihn seines Verstandes beraubt, aber er wusste, dass es andere gab, für die sein Überleben wichtig war. Er musste sich retten, und sei es nur um ihretwillen.

Er versuchte sich zu konzentrieren und seine Situation zu analysieren. Doch er konnte einfach nicht verstehen, warum alles schief gegangen war. Instinktiv faltete er zum ersten Mal in seinem Erwachsenenleben die Hände zum Gebet.

Constable Jays Funkgerät knackte. »Zentrale an Sieben-Acht-Vier, over.«

Er nestelte an dem Verschluss seines Regenmantels, um an das Gerät zu kommen.

»Zentrale an Sieben-Acht-Vier, over«, tönte es erneut, diesmal klang die Stimme bereits etwas ungeduldiger.

Jay ärgerte sich darüber. »Immer mit der Ruhe!«, dachte er. »Was wissen diese verdammten Bürohocker schon von den Bedingungen hier draußen!« Endlich bekam er das Funkgerät zu fassen. »Sieben-Acht-Vier an Zentrale. Was gibts? Over.«

»Auf der Wache ist ein Mister Typhoo, der Sie sprechen möchte.«

»Ja, okay. Ich bin gleich da.«

Er wusste, was das zu bedeuten hatte: Der Tee dampfte bereits in der Kanne und die Karten lagen auf dem Tisch. Aber ein Gebäude hatte er noch zu kontrollieren, er musste sich beeilen.

Es wurde allmählich spät, und Frances Purvis fing an, sich Sorgen zu machen. Sie sah wieder auf ihre Uhr. Der letzte Zug war längst abgefahren und der Bahnhof hatte sich in einen unheimlichen Ort verwandelt.

Zwei Betrunkene waren gerade mit Plastiktüten voller Dosenbier an ihr vorbeigetorkelt. Sie hatten sich auf einem der Gepäckwagen niedergelassen und leerten nun rasch eine Dose nach der anderen aus ihrem Vorrat. Sie hatten zwar ein paar anzügliche Bemerkungen gemacht, Frances ansonsten jedoch in Ruhe gelassen. Aber sie wusste nicht, wie lange das noch gut gehen würde. Das war kein Ort, an dem sich ein Mädchen spätabends herumtreiben sollte. Sie fragte sich, ob sie vielleicht zu viel von Mark verlangt hatte. Er war nicht gerade der Hellste, aber seine Ergebenheit ihr gegenüber war rührend, und er war in der Stunde ihrer Verzweiflung zur Stelle gewesen. Wenn Bird oder einer seiner Schläger ihn in die Finger gekriegt hatte, war sie in Gefahr. Sie würde natürlich alles abstreiten und hoffen, dass Bird ihr glaubte. Nur noch fünf Minuten, dachte sie, dann musste sie nach Hause gehen und konnte nur beten, dass sie vor Bird dort eintraf. Sie hatte ihm vorgespielt, sie sei krank, um nicht mit in den Club fahren zu müssen. Sobald Bird aufgebrochen war, hatte sie ihre Tasche gepackt und ein Taxi zum Bahnhof genommen. Es war ihr logisch vorgekommen, sich dort zu treffen, aber jetzt, im Dunkeln mit den beiden Betrunkenen, die immer aufdringlicher wurden, war sie sich nicht mehr so sicher. Wo zum Teufel steckte Mark?

Mark schaute zum Himmel auf, als wolle er sich vergewissern, dass sein Gebet erhört wurde. Da sah er plötzlich sie, wie sie auf ihn herunterblickte und lächelte. Ihr Gesicht war weiß und wunderschön und wurde einen Moment lang vom Mondlicht erhellt, das einen kleinen Spalt zwischen den schnell dahintreibenden Wolken gefunden hatte. Einen Arm hielt sie in seine Richtung ausgestreckt, während der andere gen Himmel wies, als käme von dort die Erlösung von seiner Qual. Mark war so verwirrt, dass er versuchte, nach ihrer kleinen weißen Marmorhand zu greifen. Doch im gleichen Augenblick schlug ihm ohne Vorwarnung etwas ins Gesicht. Der Aufprall war zwar nicht besonders heftig, doch er kam so unvorbereitet, dass Mark nach hinten fiel, zu Tode erschreckt aufschrie und mit den Armen wild um sich schlug, um den unsichtbaren Angreifer abzuwehren. Die Katze war zwischen den Füßen des Engels gewesen, unter dessen marmornem Totenhemd sie Schutz gesucht hatte. Das Unwetter hatte sie verängstigt und als sie Mark erspäht hatte, war sie auf der Suche nach menschlicher Wärme in seine ausgestreckten Arme gesprungen. Er sah auf die große schwarze Gestalt hinunter, die jetzt auf seinem Schoß lag und ihn mit grünen Augen anfunkelte. Eigentlich mochte Mark Katzen. Frances hatte zwei und er spielte immer mit ihnen, wenn er sie besuchte. Aber diese hier mochte er nicht, sie hätte ihn fast umgebracht. Er packte die Katze grob im Genick und schleuderte sie im hohen Bogen von sich fort.

Sie landete ein paar Meter weiter, wackelig zwar, aber auf allen vieren, und verschwand mit langen Sätzen in der Dunkelheit des Friedhofs.

Mark spitzte die Ohren, aber er konnte keine herannahenden Schritte ausmachen. Vielleicht hatte sein Verfolger den Schrei gehört, vielleicht hatte er die Suche aber auch aufgegeben und Mark war endlich in Sicherheit. Er erhob sich langsam und hielt vorsichtig, hinter den Grabstein geduckt, Ausschau, ob sich irgendwo etwas rührte.

Die jähe Wucht des Schlages, der ihn von hinten traf, ließ ihn im nassen Gras und Schlamm des Friedhofs zusammenbrechen. Er verharrte einen Moment lang reglos, griff sich dann an den Hinterkopf und suchte nach der Quelle des Schmerzes, der durch seinen Nacken die Wirbelsäule hinunterfuhr. Weder wartete er auf den zweiten Schlag, noch drehte er sich um, um zu erfahren, wer ihn attackierte. Er hatte zu viel Angst vor dem Anblick, der sich ihm offenbaren könnte. Er fing an zu laufen, fast auf allen vieren, denn er musste immer wieder mit den Händen nachhelfen, wenn er auf der nassen Erde ausrutschte. In geduckter Haltung rannte er davon und hoffte, dass ihm die Grabsteine Deckung bieten könnten und sein Verfolger ihn verlieren würde. So schnell er konnte, lief er den Lichtern der Straßenlaternen entgegen, die das Dorf erleuchteten. Er wusste, dass er in Sicherheit wäre, wenn er dorthin gelangen könnte.

Endlich erreichte er das Friedhofstor, das letzte Hindernis auf dem Weg in die Freiheit. Er packte den Griff und rüttelte heftig daran, aber die Torflügel klapperten nur laut aneinander und blieben fest verschlossen. Er hielt durch die Metallstäbe nach Hilfe Ausschau und da sah er ihn, seinen Retter, den Ritter in blauer Rüstung. Mark hätte nie für möglich gehalten, dass er sich einmal freuen würde, einen Polizisten zu sehen, aber jetzt war es so. Er lächelte vor Erleichterung, zwängte einen Arm durch das Tor und holte tief Luft, um ihn zu rufen.

Constable Jay überquerte die Straße und ging auf das Postamt zu. Er zog seine Taschenlampe heraus und leuchtete durch das Fenster in den Geschäftsraum. Alles schien in Ordnung zu sein, im Inneren war nichts umgekippt oder zerbrochen und die Scheiben waren alle intakt. Er ging zum Eingang hinüber und rüttelte an der Türklinke. Die Tür war fest verschlossen – man bräuchte einen Bulldozer, um sie aufzubrechen. Constable Jay atmete erleichtert auf. Es war ein ruhiger Abend gewesen, und so war es ihm am liebsten. Er freute sich schon darauf, die Füße in der Kantine hoch legen zu können und sein Sandwich zu essen, während seine Uniform an der warmen Heizung trocknete. Er beendete seinen Kontrollgang und machte sich auf den Weg zurück zum Revier.

Mark wusste, dass sein Mund sich bewegte. Ja, ganz sicher, er spürte es doch. Und auch sein Verstand sagte ihm, dass er laut rief, aber er konnte nichts hören. Der Polizist reagierte auch nicht, rüttelte nur an einer Tür und leuchtete mit der Taschenlampe in ein Gebäude. Mark versuchte es erneut, seine Augen traten hervor und sein Gesicht rötete sich vor Anstrengung, aber jetzt fühlte er, wie sich seine Welt immer tiefer in einen langen schwarzen Tunnel hineindrehte, und er konnte nichts dagegen tun. Er spürte seinen Mund nicht mehr, und seine Zunge reagierte nicht auf die Befehle seines Gehirns. So als würde er von einem großen Gewicht zu

Boden gedrückt, knickte er in den Beinen ein und fiel auf die Knie. Er versuchte noch, sich an dem Friedhofstor fest zu halten, aber seine Arme waren bleischwer. Kraftlos kippte er ins Gras. Von der Straße durch die Friedhofsmauer abgeschirmt, lag Mark reglos da und sah durch die Äste einer alten Eibe in den Himmel. Er fühlte eine seltsame innere Ruhe, fast, als wäre er mit sich in Frieden. Er fragte sich, was Frances wohl denken würde, wenn er nicht auftauchte. Es wäre das erste Mal in seinem ganzen Leben, dass er sie enttäuscht hätte. Ein dunkler Schatten schob sich langsam über sein Gesicht und Mark fühlte, dass seine letzte Stunde geschlagen hatte.

Constable Jay wurde von einer Bewegung aufgeschreckt. Er fuhr herum und starrte durch den Regen zur Kirche hinüber, aber er konnte nichts erkennen. Er sah auf seine Uhr: fünf vor zwei. Wenn er sich jetzt nicht beeilte, käme er zu spät. Die anderen würden ohne ihn anfangen und der Tee wäre schon bitter. Er sagte sich, dass da sicher nichts gewesen sei, irgendein Tier höchstens, sonst nichts. Im Dorf war seit Jahren nichts Schlimmes passiert, nicht einmal ein Einbruch, also konnte es nicht von Bedeutung sein. Er warf noch einmal einen prüfenden Blick über die Straße, um sein Gewissen zu beruhigen. Dann sah er sie. Wie ein großer schwarzer Schatten sprang sie soeben auf die Friedhofsmauer, lief unter das Laubdach desselben Baumes, unter dem auch er vor kurzem Schutz gesucht hatte, duckte sich und starrte zu ihm herüber. Jay kannte sie, es war die Katze des Totengräbers, aber er war überrascht, dass sie noch draußen umherlief, er hatte sie für schlauer gehalten. Constable Jay grinste, drehte sich um und ging davon.

Mark James wurde langsam vom Tor zurück auf den Friedhof geschleift. Seine Augen waren noch geöffnet. Der Regen fiel auf seine ungeschützten Pupillen, rann über die verzerrten Gesichtszüge seines Mörders und ließ dessen Antlitz verschwimmen.

1

Samantha Ryan ließ ihren Blick durch das alte Schiedsgericht von Ely schweifen. Es war über einen Monat her, seit man Andrew Stringers Leiche hinter der Cromwell-Bibliothek des St. Steven's College gefunden hatte, und jetzt sollte sie ihre Aussage zu diesem eher bizarren Tod machen. Sie genoss ihre Besuche in Ely und zog sie auf jeden Fall den behelfsmäßigen gerichtlichen Untersuchungen vor, die im mit Plastik- und Chromsesseln ausgestatteten Sitzungsraum Nr. 3 des Park Hospitals abgehalten wurden, um die Todesursache eines Mordopfers zu ermitteln. Dies hier war ein Ort, der des Gesetzes würdig war. Die getäfelten Decken und die massiven Holzbänke atmeten förmlich Gerechtigkeit und von den alten Gemälden, die an den mit Eichenholz verkleideten Wänden hingen, sahen längst verstorbene Richter gleichermaßen gebieterisch auf Unschuldige wie Schuldige herab.

Sam nahm den Raum in sich auf und richtete ihre Aufmerksamkeit dann auf die anderen Zeugen, die sich im Gerichtssaal versammelt hatten. Sie ließ ihren Blick von

Gesicht zu Gesicht wandern und betrachtete jedes eingehend, bevor sie sich dem nächsten zuwandte. Sie fragte sich, welche Rolle diese Leute in Stringers Leben gespielt hatten – und, wichtiger noch, bei seinem Tod. Auch Detective Superintendent Harriet Farmer war da; neben ihr der Polizeiarzt Dr. Richard Owen und Detective Inspector Tom Adams. Als sie ihn ins Visier nahm, schaute er zu ihr herüber. Ihre Blicke trafen sich für einen Moment, bevor Sam dem seinen irritiert auswich. Adams weidete sich sichtlich an ihrer Verlegenheit und starrte sie noch ein bisschen länger an.

Er hatte Sam kennen gelernt, als sie im letzten Jahr zur Klärung des Ross-Mordes herangezogen worden war. Es war ein verzwickter Fall gewesen und wenn sie damals nicht den ausschlaggebenden Beweis erbracht hätte, wäre es ihnen möglicherweise nicht gelungen, den Mörder dingfest zu machen. Tom Adams hatte nie wirklich verstanden, warum sie den Großstadtlichtern Londons den Rücken gekehrt hatte und in das auf kriminellem Gebiet vergleichsweise rückständige Cambridge gekommen war. Das war zwar ihre Sache, aber er würde es schon irgendwann herausfinden. Er hatte sie vom ersten Augenblick an gemocht, doch sie hatte ihre Zusammentreffen immer strikt auf das Berufliche beschränkt und ließ ihn zuweilen sogar ziemlich links liegen. Auf dem Revier wurde sie »die eisige Jungfrau« genannt, was er für reichlich übertrieben hielt. Sie war nicht hübsch im landläufigen Sinne – sie hatte keine langen blonden Haare und keinen silikonverstärkten Busen –, aber sie hatte das gewisse Etwas. Manche Frauen, dachte er bei sich, besaßen einfach eine unerklärliche Anziehungskraft. Sam war nicht besonders groß, aber schlank, sie hatte wunderbare Proportionen, ein attraktives Gesicht und die ausdrucksvollsten, sanftesten braunen

Augen, die ihm je begegnet waren. Und sie war intelligent, was sie noch anziehender für ihn machte. Er hatte als Heranwachsender noch eine jener alten weiterführenden Schulen besucht, in denen intellektuelle Fähigkeiten unterschätzt und oftmals sogar erstickt wurden. Auf die meisten Jungen wartete nach der Schulzeit eine Lehrstelle, an denen damals noch kein Mangel herrschte. Aber keine dieser Stellen hatte ihm zugesagt und so war er schließlich in der Polizeischule gelandet. Für ihn war es ein Schritt nach oben gewesen, durch seinen Beruf fühlte er sich der Mittelschicht zugehörig, als ein respektables Mitglied des Establishments, und ihm hatte die Arbeit immer Spaß gemacht. Während seiner Schulzeit hatte er eine Verabredung mit einem der Mädchen vom Gymnasium immer als absolutes Highlight betrachtet und er war auch des öfteren mit einer von ihnen ausgegangen, doch daraus hatte sich nie etwas ergeben. In der Regel hatten sie irgendwann einen von den Typen geheiratet, die dann später Filialleiter einer Bank, Buchhalter oder Geschäftsführer wurden. Aber Träume waren immerhin noch erlaubt. Er war ehrgeizig und schlau genug gewesen, die Möglichkeiten der Erwachsenenbildung zu nutzen, und hatte festgestellt, dass ihm das Lernen in der zweiten Runde viel leichter fiel und dass es lohnender war. Plötzlich merkte er, dass er Sam länger als eigentlich beabsichtigt anstarrte. Er drehte den Kopf weg und richtete seinen Blick wieder in den Gerichtssaal.

»Doktor Ryan, würden Sie bitte Ihre Aussage machen?«, sagte George Allan mit fester Stimme quer durch den Raum.

Sam, die immer noch etwas irritiert und verärgert über Adams aufdringlichen Blick war, hatte den Vorgängen im Saal keine Aufmerksamkeit geschenkt. Allans Aufforderung erwischte sie unvorbereitet. Hastig sammelte sie ihre

Notizen zusammen und ging zum Zeugenstand hinüber. Sie kannte die Prozedur nur allzu gut. Sie legte eine Hand auf die Bibel und sprach den Eid, wie sie es schon hundertmal getan hatte; sie brauchte dazu niemanden, der ihr soufflierte. Als sie den Schwur geleistet hatte, sah sie den Vorsitzenden Richter an. Er nickte ihr zu und sie fuhr fort.

»Doktor Samantha Ryan. Ich bin Bakkalaureus der Medizin und Mitglied des Royal College of Pathologists. Ich habe ein Diplom in Gerichtsmedizin und arbeite als beratende Pathologin des Innenministeriums sowie als Dozentin an der Universität von Cambridge. Zur Zeit bin ich im Park Hospital als gerichtsmedizinische Gutachterin angestellt.«

Allan sah sie an. »Danke, Doktor Ryan.«

Er warf einen prüfenden Blick auf seine Notizen, bevor er Sam wieder über den Rand seiner Lesebrille hinweg anschaute. »Polizeiarzt Doktor Owen stellte am Fundort angesichts des fortgeschrittenen Stadiums der Leichenstarre fest, dass der aufgefundene Mann bereits ...« Als hätte er es vergessen, blickte er noch einmal auf seine Notizen und las ab. »... sechs bis acht Stunden tot gewesen sein musste.« Dann richtete er sich wieder an Sam. »Ihrem Bericht, Doktor Ryan, entnehme ich, dass Sie da ganz anderer Meinung sind. Können Sie uns das bitte erläutern?«

Er lehnte sich zurück und wartete auf Sams Antwort. Sie öffnete ihre Mappe und begann mit ihrer Aussage. Dafür brauchte sie ihre Notizen nicht wirklich, denn das hier war einer der Fälle, die man nicht so leicht vergaß. In ihrer fünfzehnjährigen Laufbahn als Gerichtsmedizinerin war Andrew Stringers Tod wohl einer der bizarrsten und schwierigsten Fälle, mit denen sie je zu tun gehabt hatte.

Am Tatort angekommen, hatte sie sofort die Unruhe unter den Ermittlungsbeamten bemerkt. Sie war sehr früh dort erschienen, was ungewöhnlich für sie war. Wie lange sie brauchte, um zum Fundort einer Leiche zu gelangen, war maßgeblich davon abhängig, wann man sie anrief, wo sie zu diesem Zeitpunkt war, was sie gerade tat, wo sie ihre Autoschlüssel hingelegt hatte und vor allem, wo genau in der Grafschaft die Leiche sich befand. Allein die Fahrt dorthin konnte über eine Stunde dauern. Diesmal hatte sie Glück gehabt, die Leiche war hinter einem der alten Colleges gefunden worden. Der Ort war leicht zu erreichen, besonders in den frühen Morgenstunden. Obwohl sie pünktlich war, schienen alle anderen noch vor ihr gekommen zu sein und es herrschte das übliche organisierte Chaos, das sie an jedem Tatort vorfand, den sie aufsuchte. Polizeibeamte in Uniform und in Zivil rannten hin und her, während die weiß gekleideten Beamten der Spurensicherung diverse Fundstücke in Plastiktüten verpackten und davontrugen. Manche von ihnen konnten mit der Tat in Zusammenhang stehen, andere schienen eher belanglos. Der Fundort der Leiche wurde von starken Scheinwerfern erleuchtet, was der ganzen Szene einen fast surrealen Anstrich verlieh. Sam stellte ihren Wagen auf dem Seitenstreifen vor dem St. Steven's College ab und drückte ihre Schlüssel einem überraschten Polizisten am Haupttor in die Hand, bevor sie hundert Meter auf der »Studentenmeile« in Richtung Alte Brücke ging, um zu den rückwärtigen Gebäuden des Colleges zu gelangen. Als sie die Brücke überquerte, bemerkte sie zwei Kriminalbeamte, die mit zwei an ihren Melonenhüten leicht als Türsteher erkennbaren Männern redeten. Sie sahen blass und verstört aus und Sam vermutete, dass sie es wohl gewesen waren, die die

Leiche entdeckt hatten. Am anderen Ende der Brücke angekommen, bog sie links ab und näherte sich auf dem Kiespfad, der zwischen dem Flüsschen Cam und der Cromwell-Bibliothek lag, mit knirschenden Schritten dem Schauplatz des Mordes.

Zuerst hatte sie es für einen makabren Scherz gehalten, aber die Gesichter von Farmer und Adams verrieten, dass dem nicht so war. Das Opfer saß kerzengerade auf einer Holzbank, Körper und Gesicht waren leicht zur Seite geneigt. Blut tropfte von der Bank und bildete zu Füßen des Opfers eine klebrige Lache. Sie ging um die Bank herum und sah in das Gesicht des Mannes. Es war weiß wie Alabaster, die halb offenen Augen starrten ins Leere. Der Mund war wie zu einem lautlosen Schrei weit aufgerissen. Ein großes Messer mit Metallgriff ragte ein paar Zentimeter unter seiner Achselhöhle aus der linken Brust und stellte seinen Arm so unnatürlich auf, dass es aussah, als hätte jemand einen Kleiderbügel in sein T-Shirt gesteckt. Sam hielt einen Augenblick lang die Luft an. Es schien ziemlich sicher, dass der Mann ermordet worden war, doch es gab etwas an diesem Bild, das sie irritierte.

»Wenn Sie so weit wären, Doktor Ryan?«

Die ungeduldige Stimme des Richters ließ Sam aus ihren Gedanken aufschrecken und sie fing an, ihren Bericht vorzutragen.

»Wenn der Mann schon sechs bis acht Stunden tot gewesen wäre, hätte sein Körper viel steifer und kälter sein müssen. Tatsächlich aber war er noch warm und sogar kaum abgekühlt, als ich am Fundort eintraf. Daraus schließe ich, dass das Opfer noch nicht so lange tot war.«

Allan unterbrach sie: »Und wie lang ungefähr ist für Sie ›noch nicht so lange‹?«

»Das kann man unmöglich mit absoluter Genauigkeit sagen, aber ich schätze, dass er weniger als zwei Stunden tot war. Ich habe auch die Beine des Verstorbenen untersucht und fand keine Anzeichen einer Hypostasis.« Sam registrierte mit einem Blick auf die Pressetribüne, dass mehrere Reporter sie erwartungsvoll ansahen, und erklärte: »Das Absinken des Bluts im toten Körper aufgrund der Schwerkraft.«

Die Journalisten fingen wieder an zu schreiben. Allan hatte Sams Blick bemerkt und war verärgert über diesen – wie es für ihn aussah – Flirt mit der Presse. Er fuhr mit seinen Fragen fort.

»Wie erklären Sie sich dann den Zustand der Leichenstarre, Doktor Ryan?«

Sam wartete einen Augenblick und überflog ihre Notizen, um sicherzugehen, dass ihre Erklärung klar und nachvollziehbar war.

»Es war keine Leichenstarre. Jedenfalls nicht im eigentlichen Sinne.«

Mit neu erwachtem Interesse setzte Allan sich plötzlich auf. Er kannte Sam gut und wusste, wie kompetent sie war. Er hatte sich sogar auf ihren Bericht gefreut. Ihre Beweisführung war immer klar, präzise und gut aufgebaut, ohne jede Abschweifung und dumme Spekulation. Diesmal schien sie jedoch nicht dem bewährten Muster zu folgen und das machte ihn neugierig.

»Es war ein Zustand, den man mit dem Begriff Todeskrampf bezeichnet.« Sam sah wieder zur Pressetribüne hinüber. »Damit ist das plötzliche Zusammenziehen der Muskeln zum Zeitpunkt des Todes gemeint.«

Allan lenkte ihre Aufmerksamkeit wieder auf das Gespräch mit ihm zurück. »Ich weiß sehr gut, was Todeskrampf ist, Doktor Ryan, aber in den fünfzehn Jahren, die ich diesem Gericht vorsitze, habe ich noch nie einen solchen Fall gehabt. Sind Sie ganz sicher?«

»Ja«, entgegnete Sam entschlossen.

»Es gibt doch sogar wissenschaftliche Untersuchungen, die die Existenz dieses Zustandes generell anzweifeln oder zumindest davon ausgehen, dass so etwas allenfalls auf dem Schlachtfeld passiert.« Diesmal blickte er zur Pressetribüne hinüber und registrierte mit einer gewissen Befriedigung, dass jedes seiner Worte mitgeschrieben wurde. »Aber Sie bleiben dabei?«

»Ja, so ist es.«

»Wie ist er also Ihrer Meinung nach gestorben?«

Sam war gespannt auf Allans Reaktion. Sie sah ihm direkt ins Gesicht und ließ die Bombe platzen.

»Es war Selbstmord. Ich bin der Ansicht, dass Andrew Stringer sich das Leben genommen hat. Wir wissen, dass die emotionale Verfassung eines Menschen unter diesen Umständen von großer Bedeutung ist. Wir wissen auch, dass der Verstorbene unter enormem psychischem Druck stand, weil sich seine Ex-Freundin mit einem anderen verlobt und er daraufhin Rache geschworen hatte. Das, so meine ich, war seine Rache.«

»Aber fanden Sie seine Körperhaltung nicht etwas merkwürdig?«

»Nicht, wenn er die Polizei glauben machen wollte, dass er ermordet wurde.«

Allan lehnte sich in seinem Sessel zurück und lauschte ihren Ausführungen. Sam war sich sicher, dass ihre Untersuchungsergebnisse ihn überzeugen würden, und fuhr fort.

»Wir wissen mittlerweile, dass das Messer, welches er benutzt hat, ein paar Tage vor seinem Tod aus der Wohnung seiner Ex-Freundin gestohlen wurde. Ich gehe davon aus, dass er mit dem Vorsatz, sich umzubringen, zum College kam und hoffte, der Verdacht würde auf sie oder ihren Verlobten fallen. Er setzte sich auf die Bank und steckte das Messer vorsichtig zwischen die Oberkante der Rückenlehne und die weiche Haut seiner linken Armbeuge. Das würde die ungewöhnliche Stellung seines Arms zum Zeitpunkt seiner Entdeckung erklären. Zuerst hatte ich gedacht, er hätte vielleicht versucht, das Messer herauszuziehen, aber ganz im Gegenteil: Er wollte sichergehen, dass es in seinen Körper eindrang. Die Kratzer im Holz der Rückenlehne stammen von dem Metallmesser. Nachdem er das Messer in Position gebracht hatte, warf er sich mit solcher Kraft dagegen, dass die Klinge zwischen seiner sechsten und siebten Rippe hindurch in Herz und Lunge eindrang. Er war fast auf der Stelle tot.«

Im Gerichtssaal war es mucksmäuschenstill geworden. Sam erklärte weiter: »Der Schmerz und der Schock haben zusammen mit seiner emotionalen Verfassung zu diesem Zeitpunkt mit Sicherheit zu dem Muskelkrampf geführt. Wenn dieser Krampf, der verhinderte, dass der Körper von der Bank herab auf die Erde sank, nicht eingesetzt hätte, stünde jetzt ein unschuldiger Mensch unter Mordverdacht und Andrew Stringer wäre seine bizarre Rache gelungen.«

Obgleich Allan sich von ihren Argumenten hatte mitreißen lassen, entging ihm keineswegs, dass Sam mit ihren letzten Äußerungen die Grenzen einer Expertise überschritten hatte. Schnell warf er ein: »Ich glaube, das sollte doch das Gericht entscheiden, nicht wahr, Doktor Ryan?«

Sam erkannte nun ebenfalls, dass sie vielleicht einen Schritt zu weit gegangen war, nickte ihm zu und schloss ihre Aktenmappe.

Solange sich die Leute im Dorf zurückerinnern konnten, war Reg Applin schon ihr Totengräber gewesen. Er genoss seinen Status, aber er wusste auch, dass seine Zeit begrenzt war. Das Alter forderte seinen unvermeidlichen Tribut und das Rheuma ließ ihn steif in den Knien werden. In jedem anderen Beruf wäre er längst pensioniert worden, aber die Gemeinde hatte – was nicht besonders überraschend war – Schwierigkeiten, einen Nachfolger zu finden, und ihn daher gebeten, noch »eine Weile« zu bleiben. Er hatte gehofft, sie würden einen kleinen Bagger anschaffen, um ihm die Arbeit zu erleichtern, aber dafür war nicht genügend Geld da. Stattdessen hatten sie ihm einen neuen Spaten gekauft, als eine Art Entschädigung, aber der erwies sich als nicht besonders nützlich. Am oberen Ende seines Stiels war eine Art Hebel angebracht, der das Graben erleichtern sollte, aber er ging bereits nach einer Woche zu Bruch und so musste Applin wieder den alten benutzen. Das hatte seinen Knien den Rest gegeben. Und die Arbeit warf auch nicht mehr so viel ab wie früher. Er bekam kaum noch Trinkgeld und wenn doch, dann genügte es gerade mal für ein paar Bier im Black's Head. Abgesehen davon wollten heutzutage immer mehr Leute eingeäschert werden und da war für ihn dann gar nichts mehr zu holen. Es war schon merkwürdig: Er hatte die meisten seiner »Kunden« gekannt, als sie noch gelebt hatten. Sie hatten sich immer für etwas Besseres gehalten, aber er überlebte sie alle und warf Erde auf ihre Sargdeckel. Er hatte sich schon sein eigenes Plätzchen auf dem Friedhof ausgesucht und der Pfarrer hatte es ihm auch versprochen. Es lag unter der alten Eibe am hinteren Ende des Friedhofs. Ihm gefiel es dort. Es war ein kühler, wettergeschützter Ort und die Kinder drangen nur selten so weit auf den Friedhof vor, weshalb er hoffte, dort auch vor den Grabschändern sicher zu sein, die in den letzten Jahren oftmals auf dem Friedhof ihr Unwesen getrieben hatten. Er lehnte sein Fahrrad an einen der vielen alten Grabsteine, nahm seine Tasche vom Lenkrad, schwang den Spaten über die Schulter und machte sich mit Scruff, seinem Terrier, auf, um ein neues Grab auszuheben.

Sam trat aus dem Gerichtsgebäude ins Tageslicht. Es war mild und die Luft lag drückend auf der Stadt. Der Himmel verdüsterte sich immer mehr, denn Sturmwolken zogen von Osten auf. Sie straffte ihre Schultern und sah über die alten Dächer zur Kathedrale hinüber. Obwohl sich ein Großteil des Gebäudes ihrer Sicht entzog, war es doch ein majestätischer Anblick. Das riesige Bauwerk erhob sich über Ely wie ein bedrohlicher Gletscher. Seine bernsteingelben, grauen und roten Schattierungen setzten sich deutlich von dem schwarzen Himmel ab, da sie gerade noch von den letzten Strahlen der untergehenden Oktobersonne erfasst wurden. Sie besuchte diese Kathedrale von Zeit zu Zeit, wanderte durch die diversen Kapellen und studierte die Inschriften zum Gedenken an die Großen und Wohltätigen. Das half ihr dabei, ihr ansonsten so nüchternes Leben mit einer spirituellen Dimension zu bereichern, obwohl sie sich der Existenz Gottes keineswegs mehr so sicher war. Als Kind hatte sie an ihn geglaubt, aber das war vor dem Tod ihres Vaters gewesen.

Sie war dabei gewesen, als er starb, hatte gesehen, wie er ihr noch zugewinkt hatte und im nächsten Moment in einem riesigen Feuerball explodiert war. Die Attentäter waren nie gefasst worden; das gelang selten, denn es war alles politisch zu brisant und verworren. Er hatte gewusst, dass sein Leben in Gefahr war, als Katholik und Polizist war ihm die Katastrophe quasi vorherbestimmt. Dutzende seiner Freunde waren bereits umgekommen oder schwer verletzt worden, weshalb er stets sehr vorsichtig gewesen war. Normalerweise prüfte er alles mindestens zweimal und sie konnte sich noch daran erinnern, wie sie mit dem Spiegel an dem langen Griff gespielt hatte, mit dem er jedes Mal einen Kontrollgang um sein Auto machte, bevor er wegfuhr. Es war an dem Tag gewesen, als er gestorben war. Sie hatte den Spiegel hinten im Garten liegen gelassen, als ihre Mutter sie zum Essen rief. Ihr Vater war zu einem Notfall gerufen worden und hatte es einmal darauf ankommen lassen. Man machte die IRA für den Anschlag verantwortlich, aber später, als Sam alt genug war, ihre eigenen Fragen zu stellen, hatte sie Zweifel an dieser Schuldzuweisung bekommen. Katholischen Polizisten vertraute man nicht. Alles, was ihr Vater sich gewünscht hatte, war ein friedliches Irland gewesen. Sie wusste, dass sie schuld an seinem Tod war, ihre Mutter hatte es gesagt. Ihre Mutter hatte an seinem Grab gestanden, Sams Schwester eng an sich gedrückt und Sam selbst ignoriert. Und so war Gott mit seiner Kirche zu ihrem Sündenbock geworden; auf ihn hatte sie ihre ganze Wut gelenkt, genau wie ihre Mutter ihre Wut auf Sam lenkte. Die fünfzehn Berufsjahre als Pathologin hatten sie in ihrem Atheismus nur bestärkt und sie hatte das, was ihr an spirituellem Bewusstsein geblieben war, eingetauscht gegen die kalte klinische Analyse auf dem Seziertisch und im Labor.

Jetzt fühlte sie sich aus unerklärlichen Gründen auf einmal an die Vergangenheit erinnert und dachte über ihre alten Theorien nach. Sie betrat die Kathedrale von Ely zum ersten Mal seit langer Zeit. Es war eine schwierige Prozedur gewesen, bei der sie sich zuerst vor dem Haupteingang herumgedrückt hatte, um Mut zum Hineingehen zu fassen. Sie war auf und ab geschritten und hatte dabei das Portal angestarrt, als lauere dahinter die Hölle. Schließlich hatte sie sich einer Reisegruppe angeschlossen und war in deren Schutz anonym in das überwältigende Innere gehuscht.

Sie wurde von Richard Owen, dem Polizeiarzt, aus ihren Gedanken gerissen. »Großartig, nicht wahr?«

Sam sah ihn einen Moment lang verwirrt an.

»Die Kathedrale, ist sie nicht großartig?«

Sie sammelte sich wieder. »Ja, in der Tat.«

»Ich komme gern zu den Verhandlungen der Fälle, mit denen ich zu tun hatte – besonders, wenn sie hier in Ely stattfinden. Es ist so ein schöner Ort.«

Sam nickte. »Ja, es ist wirklich wunderbar.«

»Das war ja eben eine brillante Leistung von Ihnen! Allerdings stehe ich jetzt wie ein Trottel da.«

»Das war aber nicht meine Absicht, Richard. Es ist wirklich ein sehr seltener Befund, ich habe so etwas selbst zum ersten Mal gesehen. Es gibt keinen Grund, warum Sie es hätten erkennen sollen.«

»Aber Sie haben es erkannt! Wenn es mir in den Sinn gekommen wäre, seine Temperatur zu messen, hätte ich ebenfalls gemerkt, dass da etwas nicht stimmt. Aber es schien alles so offensichtlich.«

Sie sah Richard in die Augen und spürte, dass er ihr Leid

tat. »Tja, dann wissen Sie es beim nächsten Mal«, sagte sie unbeholfen.

»Ja, allerdings.« Er schwieg einen Moment. »Hören Sie, Janet und ich haben uns gefragt, ob Sie wohl in den nächsten Wochen einmal abends Zeit hätten. Wir möchten Sie nämlich gern zum Essen einladen. Bei der Gelegenheit könnten Sie Janet endlich kennen lernen. Sie sind etwa im selben Alter und auch sonst werden Sie, da bin ich sicher, einige Gemeinsamkeiten entdecken. Und wir könnten auch endlich mal ein bisschen plaudern.«

Es war das erste Mal, dass Owen wirklich mit ihr redete, seit sie vor etwas mehr als einem Jahr nach Cambridge gekommen war. Zwar tauschten sie sich gelegentlich aus, aber das war immer auf die berufliche Ebene beschränkt geblieben. Sie hatte nicht einmal geglaubt, dass er sie besonders mochte; umso mehr überraschte sie jetzt diese Einladung. Sie freute sich, dass er ihre Aussage vor Gericht nicht als persönliche Kränkung empfand. Owen war noch einer von der alten Schule und sehr eingefahren in seinen Arbeitsmethoden. Er war nun seit fast dreißig Jahren Polizeiarzt und hatte schon mit Mordfällen zu tun gehabt, als sie selbst noch mit geflochtenen Zöpfen und Zahnlücken herumgelaufen war. Sein Problem war, dass er in dieser sich rasch verändernden Welt nicht schnell genug mitkam.

»Ich komme gern.«

Owen wirkte erfreut. »Sehr gut. Ich rufe Sie nächste Woche an, dann machen wir einen Termin aus.«

Sie wurden unterbrochen, als sich ihnen eine junge Frau näherte. Sie war Anfang zwanzig, schlank, hübsch und hatte lange blonde Haare. Sam war sie vorher schon im Gericht aufgefallen.

»Doktor Ryan? Hätten Sie vielleicht einen kleinen Moment Zeit für mich?«

Richard Owen verabschiedete sich: »Hören Sie, ich muss los. Wir sehen uns später noch.«

Sam lächelte ihm zu und schon verschwand er um die Ecke. Sie wandte ihre Aufmerksamkeit der jungen Frau zu.

»Ich bin Rebecca West, Andrews ehemalige Freundin. Ich möchte Ihnen nur danken für das, was Sie getan haben. Mir war klar, dass Andrew verrückt war, deshalb habe ich ihn ja verlassen. Ich hatte nur nicht bemerkt, wie verrückt er war!«

»Er wird Ihnen ja jetzt keine Probleme mehr machen.«

»Nein.«

Sam bemerkte einen jungen, gut aussehenden Mann, der ein paar Meter entfernt wartete und gespannt zu ihnen herüberblickte. Sie gehörten offensichtlich zusammen.

»Er sieht nett aus.«

Rebecca sah zu ihm hin und lächelte ihn an. Der Mann lächelte zurück, wie es nur frisch Verliebte können.

»Er ist auch sehr nett, er ist das Beste, was mir je passiert ist.«

»Ein Neuanfang.«

Die junge Frau strahlte Sam an. »Das hoffe ich. Also, nochmals vielen Dank!« Sie streckte ihre Hand aus. Sam nahm sie und drückte sie herzlich. Dafür, dass sie so jung war, hatte sie schon einiges mitgemacht und Sam hoffte, dass sich für sie nun wieder alles zum Guten wendete. Ein wenig neidisch beobachtete sie, wie Rebecca zu ihrem Freund ging und die beiden Hand in Hand die Straße hinunter verschwanden. Sie beneidete sie um ihre Jugend und um ihren Neuanfang.

»Und, geben Sie denen eine Chance?«

Die Stimme von Detective Inspector Tom Adams erschreckte sie. Sie fuhr herum und sah ihn an.

»Sie haben mehr als nur eine Chance verdient.«

»Da haben Sie Recht. Tja, jedenfalls wieder eine Sache, die wir verloren haben.«

»Sie haben doch gar nichts verloren, es war doch Selbstmord!«, antwortete Sam erstaunt.

»Versuchen Sie das mal Superintendent Farmer zu erklären! Sie hat es als ihr entgangenen Ruhm verbucht und raten Sie mal, wen sie dafür verantwortlich macht?«

»Das kann sie halten, wie sie will«, entgegnete Sam.

»Trotzdem ganz schön clever von Ihnen! Ich war ziemlich beeindruckt.«

Sam fühlte sich geschmeichelt und wurde etwas verlegen. Sie fühlte sich zu Adams hingezogen. Er war groß und kräftig und sein tiefschwarzes, kurzes Haar stand in lebhaftem Kontrast zu seinen knallblauen Augen. Er war anders als die meisten Polizeibeamten, mit denen sie zu tun hatte, und obwohl er etwas raubeinig wirkte, spürte sie, dass das nur Teil seines Rollenspiels war und in Wahrheit noch viel mehr in ihm steckte. Er vermittelte ihr nie den Eindruck, dass er Frauen für das schwächere Geschlecht hielt. Und sein Verhalten bewies: Er fühlte sich in Gegenwart von Frauen wohl und hatte keine Probleme, mit ihnen zusammenzuarbeiten. Das war ein sehr attraktiver Zug, fand Sam.

Ein Ruf von der gegenüberliegenden Straßenseite unterbrach ihr Gespräch. Superintendent Harriet Farmer stand bei ihrem dunkelblauen Escort und sah zu ihnen herüber. Sie schien genervt zu sein.

»Wollen Sie mit zurückfahren oder lieber zu Fuß gehen?«

Sam betrachtete sie genauer. Farmer war das Paradebeispiel einer Polizeibeamtin. Sie war zwar groß, schlank und nicht unattraktiv, hatte aber harte Gesichtszüge, in denen sich Jahre des Kampfes abzeichneten – eines Kampfes nicht allein gegen das Verbrechen, sondern auch gegen ein System, das sich schwer tat mit Frauen, die Karriere machen wollten. Sie hatte langes, braunes Haar, das sie stets zu einem smarten Pferdeschwanz band. Dabei zog sie das Haar so straff nach hinten, dass es ihre Gesichtshaut wie ein billiges Facelifting zu spannen schien. Sam stellte sich vor, wie sich ihr Gesicht, wenn sie abends den Zopf löste, in Tausende Fältchen legte und verkrumpelte. Farmer beobachtete die beiden ungeduldig und wartete darauf, dass Adams das Gespräch beendete und sich ihr anschloss. Adams sah Sam an. »Ich muss los, Konspiration mit dem Feind, Sie wissen ja ...«

Sam sah wieder zu Farmer hinüber. »Vor ihr heißt es Strammstehen!«

Adams lachte leise, bevor er sich umdrehte und die Straße überquerte. Für einen kurzen Moment begegneten sich die Blicke der beiden Frauen, dann wandte Sam sich ab und machte sich auf den Weg zur Kathedrale.

Es war schon spät und das Unwetter tobte immer noch. Reg hatte unter den Ästen der alten Eibe Schutz gesucht, stützte sich auf seinen Spaten und beobachtete, wie der Regen auf das Kirchendach prasselte und die Mauern hinunterfloss. »Wenn die Regenrinnen nicht bald repariert werden«, dachte er, »bleibt nicht mehr viel von St. Mary's übrig.« Es war jetzt die Jahreszeit für Stürme und das war schon das zweite starke Unwetter in diesem Monat. Er griff in seine Tasche und zog eine Thermoskanne heraus. Nachdem er den Rest

Tee, der noch in der Kanne war, in einen Plastikbecher geschüttet hatte, schlürfte er ihn hinunter. Er war schon fast kalt, aber das machte nichts. In dem Grab, das er gerade fertig ausgehoben hatte, stand das Wasser schon fünf Zentimeter hoch und er fragte sich, ob dem Verstorbenen wohl klar gewesen war, dass er ein Seemannsbegräbnis bekommen würde. Er war total erschöpft. Jeder einzelne Spatenstich kam ihm viel schwerer vor als früher. Wenn er noch jung und gesund gewesen wäre, hätte er diese Arbeit schon vor Stunden beendet gehabt und wäre noch vor dem Regen wieder zu Hause gewesen. Eines Tages, dachte er, würden sie ihn tot in einem Grab finden, das er selbst geschaufelt hatte, und dann wären einige Erklärungen nötig. Er stand auf, schraubte den Becher wieder auf die Thermoskanne und klopfte die Krümel aus seiner Brotbox auf die Erde, bevor er seine Jacke wieder überzog und langsam durch den Regen zu seinem Fahrrad schlurfte. Erst da bemerkte er, dass sein Hund nicht mehr bei ihm war. »Wahrscheinlich sucht er unter irgendeinem Busch oder Grabstein Schutz«, vermutete Reg, »er ist ja nicht blöd!« Er sah auf seine Uhr: Das Pub war schon seit über einer Stunde geöffnet und er hatte es eilig, ins Warme zu kommen. Er rief: »Scruff, wo bist du? Los, komm, Zeit zu gehen, das Pub ist schon auf!«, und spähte durch den Regen in alle Richtungen. Plötzlich kam der kleine Terrier durch das nasse Gras auf ihn zugeflitzt. Als er näher kam, erkannte Reg, dass er etwas im Maul trug.

»Was hast du denn da? Hm, Junge, was hast du denn da?«

Er kniete sich hin und versuchte Scruff seine Beute abzunehmen, aber Scruff wollte sie nicht hergeben und kämpfte verbissen um sie. Endlich konnte Reg sie ihm doch aus dem Maul ziehen. Dabei blieb ein kleines Stück zwischen seinen

Zähnen hängen, was er auch gleich zerkaute und hinunterschluckte, aus Angst, man würde ihm auch das wegnehmen. Reg wischte sich den Regen aus den Augen und sah sich an, was der Hund mitgebracht hatte. Zuerst wusste er gar nicht, was das sein sollte, und dachte, es sei ein Stück verrottetes Fleisch oder ein Teil von einem Tierkadaver. Aber als er es genauer betrachtete, erkannte er, dass es nichts von alldem war, sondern tatsächlich die Hand eines Menschen oder eher, was davon übrig war. Die Hälfte fehlte und drei schwarze Finger baumelten lose von der Handfläche. Scruff hatte im Laufe der Zeit schon mehrmals Skelettreste gefunden und das war schlimm genug; aber die Hand eines Menschen, noch dazu von einem, der noch nicht so lange tot war, das schockierte und überraschte ihn. Wie im Reflex schleuderte Reg die Hand im hohen Bogen durch die Luft. Sie flog ein paar Meter, schlug dann gegen einen Grabstein, platschte in den Schlamm und blieb als schwärzlicher Klumpen liegen. Scruff, der seine Beute verloren hatte, raste schon wieder über den Friedhof davon, um nach einer neuen zu suchen. Reg rief ihn zitternd zurück: »Scruff! Los, komm, Kumpel, komm zurück! Ich bin schon klatschnass!«

Normalerweise hätte er den Hund einfach auf dem Friedhof gelassen und er wäre dann eben später nachgekommen. Es war nicht das erste Mal, dass er verschwand, aber er machte sich Sorgen darüber, wie Scruff an diese Hand geraten sein konnte. Und er dachte mit Angst daran, was der Hund wohl als Nächstes bringen würde. Reg hängte seine Tasche an einen alten Grabstein und folgte durch das nasse Gras dem Gebell seines Hundes. Der Weg führte ihn in einen der älteren, überwucherten Abschnitte des Friedhofs. Er sah sich um. Das Bellen drang von dem Grab aus dem

17. Jahrhundert zu ihm hinüber, in dem Sir Jasper Case ruhte. Reg kannte diese Grabstätte gut. Sie war eine der interessanteren auf dem Friedhof, aber sie war alt und verfallen. Er hatte getan, was er konnte, aber sobald er sie repariert hatte, kamen die ungezogenen Blagen und machten alles wieder kaputt. Es war wie eine Art Wettkampf und die Kinder gewannen stets.

»Heutzutage haben die vor gar nichts mehr Respekt«, murmelte er vor sich hin.

Die Grabplatte war, wie der Rest der Anlage, stark beschädigt und eine große Ecke war herausgebrochen. Offensichtlich hatte Scruff es geschafft, sich durch die Graböffnung zu zwängen, und kam nun nicht mehr heraus.

»Blöder Kerl!«, brüllte Reg. »Du solltest doch etwas mehr Verstand haben!«

Er spähte in die Dunkelheit des Grabes und versuchte seinen Hund ausfindig zu machen. Da gerade ein Blitz über den Himmel fuhr und ihn kobaltblau erleuchtete, konnte er sehen, dass Scruff an etwas herumschnüffelte, das auf dem Boden der Gruft lag. Das Licht reichte jedoch nicht aus, um erkennen zu können, was es war. Er streckte einen Arm durch die Öffnung, packte seinen Hund unter dem Bauch und wollte ihn herausziehen. Aber das war nicht so einfach, wie er gedacht hatte, denn Scruff leistete Widerstand. Er zog so kräftig er konnte, aber er konnte ihn nicht von der Stelle bewegen. Er blickte wieder in die Gruft hinein, um herauszufinden, was mit ihm los war.

»Los jetzt, du kleiner Trottel, du brauchst keine Angst zu haben.«

Er zerrte noch einmal an ihm, doch ohne Ergebnis. Also hoffte er auf den nächsten Blitz, der auch nicht lange auf sich warten ließ. Reg nutzte sein strahlend blaues Licht, um erneut einen Blick in die Gruft zu werfen. In diesem Moment erkannte er, dass er gar nicht Scruff gepackt hatte. In seiner Hand kippte ihm ein Kopf entgegen, ein halb verwestes Gesicht starrte ihn an. Das Fleisch fiel schon von den Knochen und die Lippen waren verschwunden, so dass die Zähne freilagen und aussahen, als seien sie zu einer Art Grizzly-Lächeln gebleckt. Ein Auge fehlte, da war nur noch eine schwarze Vertiefung; das andere war aus seiner Höhle getreten, rot und blutig, und die Haut darum war weggefressen. Reg schrie auf, ließ den Kopf los und stolperte nach hinten. Als er auf seine Hand hinuntersah, bemerkte er, dass noch die Hälfte der Kopfhaut daran hing. Zitternd und in panischer Angst schüttelte er sie in das hohe, nasse Gras und rannte davon.

Es war wieder derselbe Traum gewesen, der, der sie schon den ganzen Monat verfolgte und sie jedes Mal mitten in der Nacht schweißgebadet aufschrecken ließ. Sie lag einen Moment lang benommen da, versuchte, sich zu beruhigen, und starrte in die Dunkelheit ihres Schlafzimmers. Ihre Brust hob und senkte sich schwer und sie bemühte sich verzweifelt, sich an die Bilder zu erinnern, die nur Sekunden zuvor in ihre Träume eingedrungen waren. Wie gewöhnlich fand sie sie jedoch nicht mehr; sie waren einfach verschwunden, wie ein Trugbild, abgetaucht in die dunklen Nischen ihres Unterbewusstseins, um sie in der nächsten Nacht wieder in Angst und Schrecken zu versetzen. Sie wusste, dass es sehr lebhafte Träume waren, manchmal tauchten Fetzen daraus vor ihrem inneren Auge wieder auf, allesamt in Farbe. Aber die Gesichter, die sie dann sah, waren weiß und leer, sie erschienen aus dem Nichts, verschwanden wieder, um gleich darauf zurückzukehren und dann in die Leere davonzusegeln.

Das Läuten des Telefons auf ihrem Nachttisch brachte sie schließlich wieder in die Realität zurück. Sie stützte sich auf einen Ellbogen, knipste die kleine Lampe an und nahm den Hörer ab. Er rutschte ihr fast aus der Hand.

»Hallo? Hier Doktor Ryan.«

Sie kämpfte vergeblich gegen ihre bleierne Müdigkeit an. Die Stimme am anderen Ende der Leitung klang jung, selbstsicher und vor allem wach. Diese Tatsache allein verriet ihr, dass es sich um einen Polizisten handeln musste.

»Es tut mir Leid, Sie zu stören, Doktor Ryan, aber wir haben bei der Kirche St. Mary's eine Leiche gefunden und ich wollte Sie fragen, ob Sie kommen können. Sie ist in keinem ganz einwandfreien Zustand.«

Sam war von dieser fachmännischen Beurteilung eines merkwürdigen Todesfalls beeindruckt. Sie musste aus einer dieser zahlreichen Krimiserien stammen, die das Fernsehen mittlerweile überschwemmt hatten. Abgesehen davon, was sollte sie darauf schon antworten? »Nein, tut mir Leid, heute ist mein freier Tag und ich gehe einkaufen«? Sie ärgerte sich, versuchte aber, die Fassung zu wahren.

»Ich dachte, Doktor Stuart hätte Bereitschaft?«

»Hat er auch, aber wir können ihn nicht erreichen, er reagiert nicht auf seinen Pieper. Deshalb rufen wir Sie so spät noch an.«

»Wahrscheinlich wieder mal mit seinem Liebesleben beschäftigt«, dachte Sam finster. Allmählich wurde sie richtig wach.

»Natürlich komme ich ... Einen Moment bitte, ich muss mir was zum Schreiben holen.«

Sie öffnete die Schublade ihres Nachttisches, kramte darin herum und fand ein kleines schwarzes Notizbuch und einen Stift. Sie setzte sich auf, legte sich das Buch auf die Knie und versuchte sich zu konzentrieren. »Okay, ich höre. Wo ist es?«

Seine Stimme klang so schrill, dass Sam zusammenzuckte. St. Mary's, die Kirche in Northwick. Sie nehmen am besten die B 381 stadtauswärts, etwa zwanzig Meilen ...«

»Ja, ich weiß, wo das ist, danke«, unterbrach ihn Sam.

Sie wusste, dass er nur helfen wollte, aber auf seine Beflissenheit legte sie im Moment keinen Wert.

»Direkt am Tor wartet ein Polizeibeamter, um ihnen den Weg zum Fundort zu weisen. Superintendent Farmer ist auch schon da.« Diese Worte klangen, als wolle er sie warnen, sich lieber etwas zu beeilen. Aber sie ließ sich von Farmer oder irgendjemand sonst gewiss nicht einschüchtern. »Ja, vielen Dank. Ich werde in ungefähr einer Stunde dort sein.«

Sie legte den Hörer auf die Gabel und sah auf ihren Wecker: null Uhr achtundzwanzig. Sie notierte die Zeit in ihrem Büchlein, bevor sie es wieder in die Schublade steckte und ihre Beine aus dem Bett schwang. Sie überschlug, dass sie, das Ankleiden und Zurechtmachen eingerechnet, mehr als eine Stunde zum Fundort brauchen würde. Northwick lag am anderen Ende der Grafschaft und war nicht ganz einfach zu erreichen, aber den Polizisten machte die lange Anreise nichts aus, sie hatten ja unterwegs etwas, worauf sie sich freuen konnten.

Sam schlurfte zum Fenster, schob die Vorhänge zurück und öffnete es. Das Gewitter war vorüber, aber in der Ferne grollte noch der Donner über das Land. Die Schwüle, die seit

Wochen auf der Stadt gelastet hatte, war verschwunden und die Luft war frisch und klar. Sie strömte von der Nordsee über den Osten Englands direkt in ihr offenes Fenster hinein und kühlte und belebte ihren nackten Körper. Der Geruch von heftigem Regen hing noch in der Nachtluft und sie atmete tief ein. Das erinnerte sie daran, dass ihr Geruchssinn noch ganz in Ordnung war und durch den Verwesungsgestank in den Leichenhallen noch nicht allzu sehr in Mitleidenschaft gezogen worden war. Sie betrachtete ihren Garten. Die starken Regenfälle waren eine willkommene Abwechslung von dem langen heißen Sommer gewesen, den das Land gerade erlebt hatte. Der Garten war zu neuem Leben erwacht und hatte das Wasser aufgesaugt wie ein Schwamm. Sie freute sich auf die Gartenarbeit, die jetzt anstand. Sie schloss das Fenster, schob den Riegel vor und ging Richtung Badezimmer, um zu duschen.

Sie ertappte sich bei der Überlegung, dass Adams mit fast hundertprozentiger Sicherheit auch am Fundort sein würde, wenn Farmer mit diesem Fall befasst war.

Sam kam genauso spät wie üblich. Sie hatte es wieder einmal geschafft, ihren Autoschlüssel zu verbummeln, und hatte schließlich den Ersatzschlüssel nehmen müssen, den sie für solche Zwecke in der Küchenschublade deponiert hatte. Sie stellte sich vor, dass Farmer wahrscheinlich schon wieder nervös auf- und abschritt und ungeduldig darauf wartete, dass sie eintraf, um endlich ihr Urteil über den Toten abzugeben. Sie bog in das Dorf ein. Die Kirche war nicht schwer zu finden: Sie musste nur dem Blaulicht folgen, das von weitem zu sehen war. Die Leute von der Presse waren auch schon da und belagerten auf der Suche nach ihrer Titelstory den Friedhof. Nur ein gelbschwarzes Absperrungsband und ein einzelner Wachmann hinderten sie daran, in den Friedhof einzufallen und den Fundort zu zertrampeln. Die Presse schien immer sehr schnell von großen Fällen zu erfahren, mit Sicherheit bekam sie den einen oder anderen Tip von einem hilfsbereiten Detective im Morddezernat. Das war zwar streng verboten, aber so war es nun einmal. Sam fuhr langsam durch die Reportermenge, schirmte ihr Gesicht mit der Hand vor den Kamerablitzen ab und ignorierte das Geklopfe an die Scheiben ihres Wagens.

An der Kirche wurde sie von einem jungen Constable angehalten, der ihr mit der Taschenlampe ins Gesicht leuchtete. Ihm schien kalt zu sein, wahrscheinlich war er schon einige Stunden hier. Bis jeder Polizist mit seinem Hund den Fundort besucht und seine Meinung zur Lage geäußert hatte, konnte es Stunden dauern, bevor endlich jemand auf die Idee kam, den Pathologen rufen zu lassen. Sie öffnete das Handschuhfach und kramte zwischen Schokoladenpapier, Rabattmärkchen und Landkarten nach ihrem Ausweis. Endlich bekam sie das schäbige Plastikkärtchen, auf dem ein noch viel schäbigeres Foto von ihr war, zu fassen und zeigte es dem Constable.

»Doktor Ryan, zuständige Pathologin.«

Er nickte und nach einer kleinen Notiz auf seinem Klemmbrett erklärte er ihr, wo sie neben der Kirche parken konnte. Sie dankte ihm, ließ ihre Kennkarte wieder im Chaos ihres Handschuhfachs verschwinden und fuhr langsam die Straße entlang auf eine kleine Lücke in einer schier endlosen Schlange von Polizeiwagen zu.

Polizeibeamte schwärmten über das Gelände. Einige Uniformierte mit den obligatorischen schwarzen Helmen auf den Ohren, dann die Leute von der Spurensicherung in ihren weißen Overalls und die Ermittler. Letztere wanderten in ernste Gespräche vertieft umher, taten aber offensichtlich nicht viel.

Sie stieg aus dem Auto und ging durch das große Tor. Der Weg zum Fundort war markiert. Auf halbem Wege kam der Leiter der Spurensicherung auf sie zu und gab ihr einen weißen Overall. Es war Vorschrift, ihn zu tragen, und außerdem konnte sie so wenigstens ihre eigene Kleidung schützen. Sam achtete immer sehr auf ihr Erscheinungsbild: schick, aber praktisch, mit nur einer Spur von Make-up. Sie erinnerte sich noch gut daran, einmal wie eine wiedererweckte Leiche ausgesehen zu haben, als sie an einem Fundort erschienen war. Sie war am Abend zuvor lange aus gewesen und konnte sich nicht mehr der üblichen Morgentoilette widmen, als sie um fünf Uhr morgens aus dem Bett geklingelt wurde. In ihrem noch nicht sehr wachen Zustand war sie nur darauf fixiert gewesen, schnell zum Fundort zu kommen. Unglücklicherweise hatte schon jemand der Presse Bescheid gesagt und überall liefen Reporter, Fotografen und Fernsehteams herum. Sie hatte sich durch Blitzlichtgewitter und eine Mauer unbeantwortbarer Fragen kämpfen müssen, bevor sie überhaupt zur Leiche hatte vordringen können. Am nächsten Tag war sie sowohl in den lokalen als auch in den landesweiten Nachrichten zu bewundern gewesen: Sie hatte furchtbar ausgesehen, wie eine alte Schreckschraube, blass und ungepflegt. Aber am meisten hatten sie die hämischen Anrufe von Freunden gedemütigt, die sie im Fernsehen gesehen hatten. Farmer hingegen hatte wie immer cool und selbstbewusst ausgesehen in ihren schicken Hosen und ihrem teuer wirkenden schwarzen

Wintermantel. Sam hatte sich in diesem Moment geschworen, dass nie wieder jemand sie so zu Gesicht kriegen würde, auch wenn das bedeutete, ein paar Minuten später zu kommen.

Richard Owen kam auf sie zu. Er war in seiner dunklen Wolljacke und den grünen Gummistiefeln das getreue Abbild des typischen Landarztes, für den sie ihn auch eigentlich hielt. Die Hauptaufgabe eines Polizeiarztes bestand nach Sams Meinung darin, den Tod zu bestätigen und sich ansonsten möglichst zurückzuhalten. Sie fand, einige von ihnen gefielen sich allzu sehr darin, sich wie ein moderner Sherlock Holmes aufzuführen; sie mischten sich in alles ein und – was noch ärgerlicher war – sie überschritten ihre Kompetenzen. Owen hatte gelernt, seine Meinungen und Diagnosen auf ein Minimum zu beschränken, wenn er es mit Sam zu tun hatte. Überrascht registrierte sie, dass er keinen weißen Schutzanzug trug. Sie fragte sich, wie er die Spurensicherung hatte umgehen können, denn in der Regel hielt man sich peinlich genau an die Vorschriften. Er begrüßte sie mit einem zaghaften Lächeln. »Guten Abend, Sam. Haben Sie es also geschafft, sich durch den Zirkus durchzukämpfen?«

Sam nickte. Sie strich mit den Fingern über das Revers seiner Jacke. »Schick, Richard, genau das Richtige für diesen Anlass.«

Owen sah an seiner Jacke hinunter und rieb mit der Hand einen kleinen Schlammspritzer ab.

»Gefällt es Ihnen? Geschenk von der Memsahib. Man muss ja tun, was man kann, nicht wahr?«

»Sie hätten passend dazu noch den weißen Schutzanzug nehmen sollen. Das ist das Erste, was ich meinen neuen Studenten erkläre.«

Richard zeigte keine Reue. »Ach, kaum der Mühe wert, ich bin doch nur auf einen Sprung vorbeigekommen.«

Sam versuchte zu verbergen, wie sehr sie sich über seine mangelnde Disziplin, was die Vorschriften anging, ärgerte, aber es fiel ihr schwer. »Haben Sie noch nie die Redensart gehört, dass ein Mensch nur einmal vernichtet werden kann, ein Tatort aber tausendmal?«

Owen wechselte das Thema. »Ich dachte, Trevor Stuart hätte Bereitschaft?«

»Hat er auch, aber man konnte ihn nicht erreichen. Wahrscheinlich hat er seinen Pieper wieder unter die Matratze irgendeines unglücklichen Mädchens gestopft.«

»Sie hätten es in den Wohnblocks der Studentinnen versuchen sollen, das war zu seiner Collegezeit immer ein heißer Tipp.«

»Na ja, höchste Zeit, dass er erwachsen wird. Wie dem auch sei, was gibt's hier?«

»Weiß, männlich, um die zwanzig. Ich denke, er ist schon ein paar Wochen tot.«

Sam hörte höflich, aber nicht sehr aufmerksam zu, denn sie zog es vor, sich vor Ort ein eigenes Bild zu machen.

»Der Totengräber hat ihn vor ein paar Stunden gefunden«, fuhr Owen fort. »Er ist erdrosselt worden. Das Seil ist noch um seinen Hals geschlungen. Er ist in keinem besonders guten Zustand mehr, die Tiere waren schneller als wir.«

»Weiß man, wer er ist?«

»Leider nein. Er ist nackt und wir haben seine Kleider noch nicht gefunden.«

Sam dachte kurz nach über das, was er gesagt hatte. »Ein Sexualdelikt?«

»Ich weiß nicht, da sind Sie die Expertin. Ich bin nur ein kleiner Polizeiarzt.«

Er kannte offensichtlich ihre Meinung über Polizeiärzte und sie lächelte beschwichtigend.

»Ich habe denen gesagt, sie können die Leiche aus dem Grab holen. War das in Ordnung? In der Gruft ist nicht genug Platz.«

So sehr sie es auch hasste, wenn jemand mit der Leiche herumhantierte, bevor sie eintraf, wusste sie, dass er richtig entschieden hatte und ihr so auch die erste Untersuchung erleichterte. Sie dankte ihm mit einem Nicken. »Das ist in Ordnung. Aber jetzt gehe ich besser und sehe, was ich tun kann. Danke für Ihre Hilfe.«

Sie nahm ihre Tasche unter den Arm und sah Owen in die Augen. Sie konnte der Versuchung nicht widerstehen, noch einmal auf seinen Regelverstoß hinzuweisen. »Ich hoffe, der Geruch ist nicht in Ihre Jacke gezogen, Richard, sonst wird Janet ziemlich sauer sein. Bis später!«

Sam drehte sich um und folgte dem markierten Weg weiter in den Friedhof hinein. Ein boshaftes Grinsen lag auf ihrem Gesicht. Owen wartete, bis sie außer Sichtweite war, griff dann an den Saum seiner Jacke und hob den Stoff an seine Nase. Er zuckte zusammen, Sam hatte Recht gehabt, der Gestank der Leiche schien in jede Faser gekrochen zu sein, er würde sie in die Reinigung bringen müssen. Kopfschüttelnd schritt er auf das Friedhofstor zu.

Die Leiche war nicht schwer zu finden, Bogenlampen beleuchteten die Stelle, an der emsiges Gewimmel herrschte. Sam entdeckte Farmer und Adams, die mit Leuten von der Spurensicherung neben einem Grab standen. Einer von ihnen war schon in der Gruft und sammelte diverse Dinge ein, während andere die direkte Umgebung durchkämmten und ein weiterer Fotos machte. Sie alle sahen durchgefroren aus und Farmer und Adams tranken dampfenden Kaffee aus Pappbechern. Sam ging auf die beiden zu.

Sie bemerkte, dass die Grabplatte entfernt worden war und nun in drei Teilen auf dem nassen Gras lag. Die Leiche befand sich gleich daneben in einem geöffneten Leichensack. Owen hatte Recht gehabt, das Grab war klein, sie hätte mit Sicherheit nicht darin arbeiten können. Farmer blickte auf, als sie sich näherte. Sie schien überrascht zu sein, Sam zu sehen.

»Ich dachte, Trevor Stuart hätte Bereitschaft?«

Sam war diese Frage allmählich leid. »Man hat beschlossen, diese Sache hier ordentlich durchführen zu lassen«, entgegnete sie patzig.

Farmer und Adams sahen sich viel sagend an. Sam hockte sich neben die Leiche, öffnete ihre Tasche und suchte zwischen Fläschchen und Instrumenten nach ihrem Diktiergerät. Es war nicht da. Dann erinnerte sie sich. Sie hatte es im Park Hospital benutzt und es dort auf ihrem Schreibtisch liegen lassen. Sie kramte ihren Block heraus, konnte aber keinen Stift finden. Verlegen fragte sie: »Kann mir mal jemand einen Stift leihen?«

Farmer und Adams tauschten belustigte Blicke, bevor Adams in seine Tasche griff und Sam einen Kugelschreiber reichte. »Aber den will ich zurück«, witzelte er, »so habe ich ihn nämlich auch bekommen.«

Sam bedankte sich, ärgerte sich aber zu sehr über sich selbst, um lächeln zu können. Sie notierte Zeit und Ort der ersten Leichenuntersuchung sowie die Namen aller Anwesenden. Dann sah sie sich die Leiche an: Es war eine Katastrophe. In diesem Stadium gab es nicht viel, was sie tun konnte. Owen schien in allem Recht gehabt zu haben. Sie fing mit ihren Aufzeichnungen an, wobei sie für die anderen mit erhobener Stimme referierte.

»Der Körper eines weißen Mannes, wahrscheinlich um die zwanzig. Er ist entsetzlich zugerichtet und nackt. Die rechte Hand fehlt ...«

»Die haben wir gefunden«, unterbrach Adams sie, »der Hund des Totengräbers hatte sie.«

»Es fehlen auch drei Finger der linken Hand ...« Sie blickte zu Adams auf. »Ich vermute, die hat der Hund ebenfalls.«

»Nein, leider nicht. Seine Vorspeise haben wir nicht gefunden.«

»Die Hälfte eines Beines fehlt, außerdem kann ich oberflächliche Verletzungen an beiden Armen und dem Oberkörper erkennen. Die auf dem Oberkörper sehen ungewöhnlich aus. Es sind zwei Schnitte, einer vertikal und einer horizontal, die sich im unteren Bauchbereich überschneiden. Das Ganze sieht aus wie ein auf den Kopf gestelltes Kreuz.« Diese Schnitte weckten ihre Neugier, aber sie wusste, dass sie sie erst richtig untersuchen konnte, wenn sie die Leiche auf dem Seziertisch hatte. »Eine Schnur wurde fest um den Hals des Opfers gewickelt. An der linken Seite des Halses befindet sich ein Metallröhrchen, an dem die Schnur festgeknotet ist und das mit Sicherheit dazu benutzt wurde, die Schnur, wie eine Garrotte, stramm um den Hals des Opfers zu ziehen.«

Sam wandte sich an Colin Flannery, den Leiter der Spurensicherung. »Haben wir schon die Lufttemperatur?«

Diese Frage kam einer Beleidigung gleich – Colin hatte schließlich den Großteil seines Arbeitslebens in dieser

Abteilung verbracht. Es war, als zweifelte Sam an seiner Kompetenz. Nachdem er ihr stumm zugenickt hatte, fuhr Sam fort.

»Auch in der Gruft?«

Colin nickte wieder.

»Der Wetterdienst soll uns noch mitteilen, welche Durchschnittstemperaturen hier in den letzten Wochen herrschten.«

Colin fing an, sich zu ärgern. Das gefiel ihm selbst gar nicht, denn es passte nicht zu seiner coolen, ruhigen Art, die er so gern zur Schau trug.

»Alles im Griff, Doktor Ryan, machen Sie sich keine Sorgen!«

Sein Tonfall verriet Sam, dass sie ihn beleidigt haben musste. »Da wollte ich einem alten Hasen wieder schlaue Tipps geben, nicht wahr, Colin?«, sagte sie einlenkend.

Da er nur halbherzig nickte, aber nicht antwortete, wandte Sam sich wieder der Leiche zu. Der Madenbefall war enorm, unter den noch verbliebenen Hautresten wimmelte es nur so, was den Eindruck erweckte, als bewege sich der Körper. Eine einzige Fliege konnte über dreihundert Eier legen und diese Leiche hier war von vielen Fliegen besucht worden.

»Ich hätte gern Proben von diesen Maden. Haben wir schon einen Insektenexperten bestellt?«

»Wir versuchen es noch. Wir haben Schwierigkeiten, einen zu bekommen.«

»Irgendwelche Einwände, dass ich ein paar mitnehme?«

Colin schüttelte den Kopf. »Ich hole Ihnen etwas Formalin.«

Die Maden spielten eine wichtige Rolle. Sie würden ihr dabei behilflich sein, den Todeszeitpunkt wenigstens halbwegs genau zu bestimmen. Entgegen der landläufigen Meinung war es ziemlich schwierig, in so einem Fall Feststellungen über den Todeszeitpunkt zu treffen. Da musste einem jedes Mittel recht sein, und wenn es eine Made war. Sam wühlte in ihrer Tasche und holte ein kleines Probenglas heraus. Sie pflückte ein paar der kleinen weißen Tiere von der Leiche und ließ sie in das Gefäß fallen, bevor sie es versiegelte und einem der Beamten reichte.

Colin kam mit einem zweiten mit Formalin gefüllten Gefäß zurück, hockte sich neben sie, sammelte ebenfalls ein paar Maden ein und sah zu, wie sie langsam auf den Boden des Gläschens sanken. Sam zog das Thermometer aus der Tasche und schüttelte es, bevor sie es in das Madengewimmel am Hals der Leiche steckte. Sie musste die Temperatur ermitteln, bei der sich die Tiere entwickelt hatten. Je kälter es war, desto langsamer schlüpften sie aus ihren Eiern, je wärmer, desto schneller. Jedes Detail war hilfreich. Als sie damit fertig war, bat sie Colin, den Körper vorsichtig auf die Seite zu rollen. Er ging dabei schnell und professionell vor und bemühte sich, weiteren Schaden zu verhindern. Nach einem schnellen Blick auf den Rücken des Toten, bei dem sie keine weiteren Verletzungen feststellte, wurde er wieder zurückgerollt. Sam sah auf die Uhr und stand auf.

»Erste Untersuchung beendet um ein Uhr achtundfünfzig.«

Farmer und Adams kontrollierten ihre Uhren und nickten.

»Obduktion dann um zehn, wenn's recht ist?«

Die beiden nickten erneut.

»Also gut, wir sehen uns dann.«

Als Sam sich vom Schauplatz entfernte, hefteten Farmer und Adams sich an ihre Fersen.

»Was können Sie uns sagen?«, fragte Farmer.

»Nicht viel mehr als das, was Sie schon wissen. Er wurde sicherlich erdrosselt und sowohl seine Arme als auch sein Oberkörper weisen Verletzungen auf. Aber ob sie von unserem Killer verursacht wurden oder erst später, als er schon hier lag, kann ich nicht sagen, bevor ich ihn gereinigt habe. Hat man seine Kleider inzwischen gefunden?«

»Nein, immer noch nicht, aber wir suchen weiter. Denken Sie, es könnte ein Sexualdelikt gewesen sein? Schließlich war er nackt.«

»Das kann man nach so langer Zeit schwer nachweisen.«

Farmer fuhr mit ihrem »Kreuzverhör« fort. »Wie lange ist er schon tot?«

Sam zuckte mit den Schultern. »Ein paar Wochen vielleicht. Ich werde versuchen, es so genau wie möglich zu bestimmen, aber machen Sie sich keine allzu großen Hoffnungen. Vielleicht habe ich bessere Nachrichten für Sie, wenn ich die Obduktion beendet habe und der Insektenexperte Zeit hatte, die Maden zu untersuchen.«

Während Sam sich aus ihrem weißen Overall schälte, warf Farmer ihr einen kritischen Blick zu. »Da waren Doktor Owens Angaben aber präziser.«

Sam reagierte gereizt darauf, dass jemand ihr Urteil anzweifeln wollte: »Ach, tatsächlich? Wenn Sie zu diesem Zeitpunkt unbedingt schon mehr wissen wollen, sollten Sie sich besser an eine Hellseherin wenden!« Sie schaffte es endlich, den Overall über ihren Schuh zu ziehen, und reichte ihn einem vorbeikommenden Beamten. Dann ließ sie die wütende Farmer einfach stehen und machte sich auf zum Friedhofstor.

2

Als Sam rückwärts in ihren Parkplatz einbog, bemerkte sie, dass die Krankenhausleitung es endlich geschafft hatte, ein Namensschild aufzustellen, das ihr offiziell diesen Platz reservierte. »Hat ja nur ein Jahr gedauert«, dachte sie, »gar nicht so schlecht!« In schwarzen Druckbuchstaben auf dunkelgrünem Hintergrund war darauf zu lesen: RESERVIERT FÜR DR. SAMANTHA RYAN, PATHOLOGIE.

Sam stellte den Motor ab und brachte die Lenkradsperre an. Sie hatte leider keinen effektiven Nutzen, da sie sie nicht abschließen konnte; den Schlüssel hatte sie schon vor Monaten verloren. Aber Sam hoffte, dass sie dennoch eine abschreckende Wirkung auf Diebe haben würde.

Sie kletterte aus ihrem allradangetriebenen Land-Rover und sah sich in dem weiten, dunklen Betonlabyrinth um, das sich Parkdeck nannte. Es wirkte auch tagsüber bedrohlich, da es nur spärlich beleuchtet war und die Pfeiler zwischen den Parkbuchten unregelmäßige Schatten auf den Boden warfen. Nachts war es natürlich noch finsterer und selbst der kurze Gang vom Aufzug zum Auto kostete sie jedes Mal

Überwindung. Sie hatte sich schon oft über die mangelnde Sicherheit beschwert, aber ohne Erfolg. Das Krankenhaus hatte aufgrund seines beschränkten Budgets andere Prioritäten gesetzt und allen war klar, dass erst eine Vergewaltigung oder ein Mord passieren musste, damit sich daran etwas änderte. Sam eilte zum Aufzug und tastete mit der Hand in ihrer Jackentasche nach dem Alarmgerät. Sie war sich nicht sicher, ob sie damit wirklich etwas gegen einen entschlossenen Angreifer ausrichten konnte, aber es war das einzige kleine Zugeständnis der Krankenhausleitung gewesen, mit dem sie den wachsenden Unmut der weiblichen Angestellten beschwichtigen wollte.

Sam stieg in der vierten Etage aus dem Aufzug und fühlte sich gleich wieder wohler. Der Korridor war warm und hell und überall waren Menschen. Als sie auf die Tür ihres Büros zuging, kam ihre Sekretärin Jean Carr zielstrebig auf sie zumarschiert. In der einen Hand hielt sie eine Tasse Kaffee und in der anderen einen großen braunen Tischkalender, in dem sie Sams Termine für den Rest der Woche notiert hatte.

»Guten Morgen, Doktor Ryan!«, rief sie schon von weitem mit ihrem starken Norfolk-Akzent.

Jean war eine kleine, stämmige Frau mit einem breiten Gesicht und tiefblauen Augen, welche von einer Brille mit schwerem Gestell betont wurden, die auf ihrer Nase wackelte. Sie war immer gut angezogen, wenn auch etwas altmodisch, aber sie hatte sich stets Sams Anregungen widersetzt, wie sie sich etwas vorteilhafter kleiden könnte. Jean arbeitete schon seit fünfundzwanzig Jahren im Park Hospital, mit nur einer kleinen Unterbrechung, während der sie sich der Erziehung ihrer Kinder gewidmet hatte. Sie war sowohl für die

Gerichtsmedizin als auch für das Krankenhaus unersetzlich geworden und Sam war sich der Tatsache sehr wohl bewusst, dass sie ohne ihre Sekretärin sofort im Chaos versinken würde. Als Jean sie schließlich erreicht hatte, angelte sie sich den frischen Kaffee, nahm einen Schluck und blinzelte sie verschmitzt an.

»Danke, Jean, das war genau das, was ich brauchte, mein Koffeinpegel war gerade bei Null angelangt.«

Jean wusste, dass jeder Protest zwecklos war, seufzte nur und schüttelte den Kopf. Sie mochte Sam und war sehr fürsorglich ihr gegenüber. Sie arbeitete zum ersten Mal mit einer Frau zusammen und trotz Sams hartnäckiger Versuche, sie ändern zu wollen, genoss sie diese Erfahrung. Gemeinsam gingen sie in Sams Büro. Zahlreiche Topfpflanzen und geschmackvolle Kunstdrucke an den Wänden sorgten für eine heimelige Atmosphäre in dem großen Raum. Er war das genaue Gegenteil von ihrem grauen, klinisch-nüchternen Büro neben dem Obduktionssaal im Kellergeschoss, das etwa so viel Charme besaß wie eine Gefängniszelle. Ihr Schreibtisch stand direkt vor einem großen Fenster mit Blick auf die rückwärtige Seite der Krankenhausanlagen und die Leichenhalle. So konnte sie ein Auge darauf haben, wer dort ein- und ausging.

Sam war kaum an ihrem Schreibtisch angekommen, als Jean sie auch schon fragte: »Warum hat man eigentlich Sie letzte Nacht aus dem Bett geklingelt? Ich dachte, Doktor Stuart wäre an der Reihe gewesen?«

»Das dachte ich auch. Ich habe Trevor heute Morgen noch nicht gesehen. Sie vielleicht?« Die Beiläufigkeit in Sams Tonfall irritierte Jean. Diese Frau schien ständig unkonzentriert und mit ihren Gedanken irgendwo anders zu sein.

»Nein, ich glaube, Doktor Stuart ist noch nicht da. Wahrscheinlich liegt er noch im Bett.«

Sam betrachtete die Stapel von Papierkram und ungeöffneter Post auf ihrem Schreibtisch und sah sie flüchtig durch. Vielleicht war etwas Neues oder Ungewöhnliches dabei, das ihr Interesse wecken konnte. Aber nichts dergleichen. Als sie ihre Neugier befriedigt hatte, blickte sie auf und widmete sich wieder dem Gespräch.

»Ja, wahrscheinlich. Aber mit wem?«

Jean kannte Trevors Schwächen und hatte eine ziemlich genaue Vorstellung davon, wo er sich aufhielt.

»Ich würde ja in den Wohnblocks der Studentinnen suchen. Da findet man ihn normalerweise, wenn er abgetaucht ist.«

Sam lächelte. »Jean, was wollen Sie andeuten?«

»Ich deute nichts an, ich stelle fest. Er ist bereits ein Mann im mittleren Alter! Ich weiß wirklich nicht, was die Mädchen an ihm finden!«

Sam war amüsiert. Jean war so ziemlich der direkteste Mensch, den sie kannte, und obwohl sie Trevor, wie andere Frauen, durchaus attraktiv fand, missbilligte sie sein Verhalten zutiefst. Jean kam zum Thema zurück.

»Wo wurde die Leiche denn gefunden?«

»Auf dem Friedhof hinter St. Mary's.«

»In Northwick?«

»Ja, Sie kennen es?«

»Ich habe dort geheiratet.«

»Na, da hat die Kirche ja einiges auf dem Kerbholz!«

Jean runzelte die Stirn, aber Sams schelmischer Gesichtsausdruck vertrieb die Wolken wieder und sie erwiderte das Lächeln.

»Ich habe hier ziemlich viele Nachrichten für Sie.«

Sam ließ sich in ihren Sessel fallen, trank den geklauten Kaffee aus und wartete auf das Trommelfeuer. Jean klappte ihren Kalender auf und begann die Liste vorzulesen.

»Ihre Schwester hat angerufen. Ihre Mutter hat Geburtstag und sie erwartet Sie für heute Abend, aber Sie sollen noch anrufen und Bescheid sagen, wann Sie kommen.«

Sam schlug die Hände vors Gesicht. »Was? Mein Gott, das Jahr kann doch nicht schon wieder vorbei sein!«

»Ich habe einen Geburtstagsstrauß bestellt, der heute Morgen geliefert wird.«

Sam tauchte wieder hinter ihren Händen auf und sah Jean erleichtert an. »Danke, Jean! Wie konnte ich das nur vergessen?«

»Sie sind im Stress. Die Rechnung liegt auf Ihrem Tisch, bitte lassen Sie sie nicht so lange liegen. Ich habe gedacht, dass Ihnen für Ihre Mutter nichts zu teuer ist.«

Sam sah sich die Rechnung an und bekam große Augen, als sie den Preis entzifferte.

Jean fuhr fort: »Die Murphy-Sache kommt jetzt vor das ...«

»Nicht schon wieder Murphy! Ich dachte, der Fall wäre geklärt.«

»Offensichtlich nicht, denn Sie müssen sich bereithalten für das Bezirksgericht.«

»Welches?«

»Norwich, glaube ich.« Jean sah schnell ihre Unterlagen durch. »Ja, genau, Norwich.«

»Wer ist der Verteidiger?«

Jean blätterte erneut in ihren Papieren. »Mister Atkinson.«

»Oh nein, nicht schon wieder!« Sie imitierte seinen affektierten, vornehmen Tonfall: »›Ich möchte Ihnen vorhalten, Doktor Ryan …‹ Er hasst mich. Ich werde stundenlang im Zeugenstand sein. Holen Sie schon mal die Akte raus, darauf muss ich mich gut vorbereiten. Sonst noch was?«

»Mister Chambers von Walter, Chambers und Pilkington möchte sich so bald wie möglich mit Ihnen treffen, wegen der Berufung. Der Fall ihres Klienten wird gegen Ende des Monats verhandelt und sie wollen sichergehen, dass sie in den Hauptpunkten mit Ihnen übereinstimmen.«

»Aber das tun sie doch, oder? Ich weiß nicht, warum ich Pathologin geworden bin. Rechtsanwältin wäre einfacher gewesen, ich bin ja sowieso immer vor Gericht.«

Ein kurzes, lautes Klopfen an der Tür unterbrach Jean, bevor sie ihre Liste beenden konnte. Die beiden Frauen sahen auf, als Trevor Stuarts lächelndes Gesicht in der Türöffnung erschien.

»Ich habe gehört, ich bin Ihnen was schuldig?«

Er schlenderte genauso selbstsicher und lässig in den Raum wie immer. Er war nicht besonders groß, aber schlank und sah deutlich jünger aus als vierzig. Er war einer dieser Männer, zu denen Frauen sich auf mysteriöse Weise hingezogen fühlen, und er wusste das. Trevor verstand seine Anziehungskraft zu seinem Vorteil zu nutzen und gab sich sehr große Mühe mit seinem Erscheinungsbild – von seinem sorgfältig gestylten Haar bis zu den Schuhen von Gucci. Die einzige Frau, die bisher noch keine Anzeichen gezeigt hatte, seinem Charme zu erliegen, war natürlich Jean Carr und das war heute nicht anders als sonst. Sie warf ihm einen giftigen Blick zu, bevor sie sich wieder an Sam wandte.

»Wir sprechen den Rest später durch, Doktor Ryan«, sagte sie und fügte dann mit einem scharfen Seitenblick auf Trevor Stuart hinzu: »... wenn Sie nicht zu müde sind.«

Beim Hinausgehen sah sie ihn eisig an, aber Trevor ließ sich davon nicht einschüchtern.

»Guten Morgen, Jean, gibt es vielleicht noch einen Kaffee für mich?«

Ob seiner Dreistigkeit blieb Jean ein Moment lang der Mund offen stehen, aber sie fasste sich rasch wieder. »Ich werde sehen, was ich tun kann«, entgegnete sie knapp und ihr Tonfall ließ deutlich ihr Missfallen erkennen.

»Abgang der Dämonen-Königin«, sagte Trevor, als sie verschwunden war. »Glauben Sie, sie tut mir was in den Kaffee?«

»Bromid, wenn sie Verstand hat! Sind Sie gekommen, um sich zu entschuldigen?«

Trevor lächelte und setzte sich in den Sessel gegenüber von Sams Schreibtisch, ohne dass sie ihn dazu aufgefordert hätte. Er mochte Sam und fühlte sich zu ihr hingezogen, seit sie im Park Hospital arbeitete. Und er nahm an, dass sie ihn auch mochte. Sie flirtete auf jeden Fall mit ihm, besonders mit diesen wunderbaren braunen Augen, aber er war nicht ganz sicher, ob das auf irgendeine ernste Absicht schließen ließ oder ob sie ihr eigenes Spiel mit ihm trieb. Obwohl er ihre Beziehungen wegen dieser Zweifel strikt auf das Berufliche beschränkt hielt, suchte er doch ständig nach Gelegenheiten, sie ein wenig zu intensivieren.

»Tut mir Leid wegen letzter Nacht. Ich habe bei einer Freundin übernachtet und der Pieper hat gestreikt.« Er löste den Pieper von seinem Gürtel und wedelte mit ihm herum, so als würde dies schon die Richtigkeit seiner Aussage beweisen. »Japanisches Qualitätsprodukt!«

Sam zeigte sich gänzlich unbeeindruckt. »Ich dachte, Sie hätten Ihren Geruchssinn verloren und nicht Ihr Gehör?«

»Ich übernehme die Obduktion, wenn Sie wollen, dann können Sie Ihren Papierkram erledigen.«

Doch davon hielt Sam überhaupt nichts. »Nein, nein, Tevor, *ich* mache die Obduktion und *Sie* den Papierkram!«

Trevor nickte widerstrebend. »Wo wurde die Leiche gefunden?«

»Auf dem Friedhof von St. Mary's in Northwick.«

»Eine Leiche auf einem Friedhof, das ist doch mal was Neues! Natürliche Todesursache?«

»Da war wirklich nichts Natürliches dran. Erdrosselt, er war auch schon ein paar Wochen tot.«

»Sonst noch was?«

»Nicht viel. Er war nackt, von seinen Kleidern fehlt jede Spur und Papiere haben wir auch nicht gefunden. Wir haben absolut keine Ahnung, wer er ist.«

»Keine Narben oder Tätowierungen?«

Sam schüttelte den Kopf. »Nichts Eindeutiges; allerdings ist ein merkwürdiges Kreuz in seinen Bauch eingeritzt. Es steht auf dem Kopf.«

»Ein nackter Mann auf dem Friedhof mit einem Kreuz auf dem Bauch. Das ist ja irre! Wann findet die Obduktion statt?«

»Um zehn.«

»Tatsächlich? Dann machen Sie sich jetzt besser auf die Socken, es ist nämlich schon zehn nach.«

Sam warf einen Blick auf ihre Uhr, sprang auf und rannte zur Tür. »Verdammt!«

Als sie im Türrahmen stand, drehte sie sich noch einmal zu Trevor um, der beiläufig durch ihre privaten Unterlagen blätterte. »Und vergessen Sie nicht, was Sie für mich erledigen wollten! Nicht, dass doch noch was für mich übrig bleibt!«

Trevor nickte und hob beschwichtigend die Hände hoch. Aber Sam war noch nicht überzeugt. »Falls doch, geht's Ihnen wie dem armen Mann von Lorena Bobbit.«

Trevor verzog schmerzvoll das Gesicht und hielt sich schützend die Hände zwischen die Beine. Sam schüttelte lächelnd den Kopf, bevor sie die Tür hinter sich schloss.

Der Weg zur Leichenhalle im Kellergeschoss des Krankenhauses war nicht weit. Eine kurze Fahrt mit dem Aufzug, ein paar Schritte, das Ganze dauerte gewöhnlich nicht länger als fünf Minuten. Heute schien der Aufzug allerdings im sechsten Stock festzuhängen. Nachdem sie mehrmals ungeduldig auf den Knopf mit der Aufschrift »Ab« gedrückt hatte, gab Sam auf und rannte die Treppe hinunter, wobei sie immer zwei Stufen auf einmal nahm. Sie konnte den Leichengeruch schon im Treppenhaus riechen. Trotz des installierten Abzugssystems schien er aus dem Keller zu entweichen und in Richtung erste Etage zu ziehen. Zugegebenermaßen hatte die Krankenhausleitung getan, was sie konnte, aber der faulige Geruch verwesender Körper war eben sehr durchdringend.

Schließlich kam Sam mit fünfzehnminütiger Verspätung erhitzt, außer Atem und nervös in der Leichenhalle an. Sie zog schnell ihren grünen Chirurgenkittel über, schrubbte ihre Hände und zwängte sie in Latexhandschuhe. Dann betrat sie den Sezierraum, wo Beamte der Spurensicherung, diverse Detectives und Mister Palmer vom Gericht bereits auf sie warteten. In den Räumen der Pathologischen Abteilung war es immer leuchtend hell, da das Licht aus den starken Deckenstrahlern von den weiß gekachelten Böden und Wänden reflektiert wurde. Sam bemerkte, wie Superintendent Farmer, die neben Adams stand, ihr einen missbilligenden Blick zuwarf und dann ostentativ auf ihre Uhr sah. Sam ignorierte sie einfach und wandte sich an Fred Dale, ihren Assistenten.

»Alles bereit, Fred?«

Sam arbeitete mit Fred zusammen, seit sie vor einem Jahr im Park Hospital angefangen hatte, und sie hatte blindes Vertrauen zu ihm. Er war tüchtig und loyal und schien bei den Obduktionen, die sie zusammen durchführten, stets ihren nächsten Griff vorauszuahnen. Er war ein sanfter Riese von einsneunzig und hatte ein großes, rundes Gesicht, das permanent zu grinsen schien. Fred war ein geborener Clown mit dem schwärzesten Humor, dem sie je begegnet war. Er verstand es, die Atmosphäre auch in den schrecklichsten Situationen aufzulockern, und davon hatte es schon viele gegeben. Er war zwar jünger als sie, sah aber um Jahre älter aus. Als Corporal bei den *Royal Green Jackets* hatte er sich bei einem Aufstand in Belfast eine schwere Verletzung am Bein zugezogen. Während mehrere seiner Freunde bei diesem Einsatz ums Leben gekommen waren, hatte er nur ein leichtes Hinken zurückbehalten, das seiner Karriere allerdings ein vorzeitiges Ende bereitete. Nachdem er eine Weile auf der Straße gelebt und Obdachlosen-Zeitungen verkauft hatte, probierte er verschiedene Jobs aus und war schließlich im Park Hospital gelandet. Hier, umgeben von Toten, schien er sich wohl zu fühlen, und obwohl er eher grobschlächtig aussah, hatte Sam bemerkt, wie sanft, fast ehrfürchtig, er mit den Leichen umging, an denen er arbeitete. Wahrscheinlich fühlte er sich ihnen nahe, weil auch er Erinnerungen an die blutigen Kämpfe in Nordirland mit sich herumtrug. Obwohl sie nie darüber gesprochen hatten, war das eine Erfahrung, die sie miteinander teilten.

Sam näherte sich dem langen, schwarzen Leichensack aus Plastik, der auf dem grauen Stahltisch lag, und nickte Fred zu, worauf dieser den Reißverschluss aufzog. Langsam kam die unter der Folie verborgene, stark verweste Leiche zum Vorschein. Auch der Polizeifotograf kam nun näher heran und schoss das erste einer ganzen Reihe von Fotos, mit denen er die Obduktion dokumentieren würde. Fred rollte den Körper sacht auf die Seite, sodass Sam vorsichtig den Sack unter ihm wegziehen konnte. Sie reichte ihn einem Beamten, der ihn zusammenfaltete und in eine große durchsichtige Tüte packte, denn er wurde noch als Beweisstück gebraucht. Sam und Fred traten ein paar Schritte zurück, denn nun mussten zunächst die verschiedenen Körperteile des Unbekannten geröntgt werden. Dabei machte der Röntgenassistent Aufnahmen des kompletten Skeletts und untersuchte es auf Brüche, Fremdkörper und Verletzungen.

Der Körper – oder das, was noch davon übrig war – lag nun schwarz und nackt vor ihnen. Fred setzte den Kopf auf einen gewölbten Holzblock und entfernte die schwarzen Plastiktüten von den Füßen und der einen Hand. Die andere Hand, die der Hund des Totengräbers erbeutet hatte, lag in einer Plastiktüte neben dem Körper. Auch sie wurde jetzt vorsichtig ausgepackt und an den Arm gelegt. Aufgrund der fortgeschrittenen Verwesung der Leiche würde es keine einfache Obduktion werden, denn Spuren würden, wenn überhaupt noch welche vorhanden waren, nur schwer zu entdecken sein.

Wenn Sam eine Obduktion durchführte, besonders eine gerichtsmedizinische, war sie hundertprozentig konzentriert und in ihre Aufgabe vertieft. Ihr Bewusstsein schien sich von Zeit und Raum zu lösen und außer dem Körper auf dem Tisch existierte für sie nichts, das ihre Aufmerksamkeit ablenken konnte. Sie begann in das Mikrophon über dem Untersuchungstisch zu sprechen.

»Der Körper eines Unbekannten, weiß, männlich, um die zwanzig. Er ist gut entwickelt und ernährt. Ein Auge fehlt. Sein Haar ist blond, aber das scheint gefärbt zu sein. An den Wurzeln sieht es eher schwarz oder dunkelbraun aus.«

Sam nahm das am Ende des Tisches liegende Kärtchen und las davon ab: »Der Körper misst achtundsechzig Inches und wiegt einhundertvierzig Pfund.« Obwohl das seit kurzem nicht mehr gebräuchlich war, zog es Sam vor, weiter mit Inch und Pfund zu arbeiten, wenn es um größere Abmessungen ging. In Zentimetern gab sie nur die Größe von kleinen Narben oder Verletzungen an, die sie auf einem Körper fand. »Die sterblichen Überreste befinden sich in einem fortgeschrittenen Zustand der Zersetzung, denn der Tote lag einige Zeit im Freien. Starker Madenbefall. Ich werde weitere Maden einsammeln für die Untersuchung durch den Insektenexperten.«

Fred hielt Sam ein kleines Glasdöschen entgegen. »Schade, dass ich nicht angele, da könnte ich hier tüchtig sammeln«, feixte er.

Sam zog die Stirn kraus, aber Fred ignorierte ihre stille Ermahnung und beschriftete lächelnd das Glasgefäß mit den Maden, bevor er es an den für die Proben zuständigen Ermittler weitergab.

Sam fuhr mit ihrer Untersuchung fort. Während sie den rechten Arm des Toten anhob, konstatierte sie: »Das dort ist wahrscheinlich eine selbst gemachte Tätowierung. Fred, könnten Sie die Stelle etwas reinigen?«

Mit Hilfe warmen Wassers und eines kleinen Schwamms legte Fred vorsichtig die Tätowierung frei. Warmes Wasser war das Einzige, was er zu diesem Zeitpunkt verwenden durfte, denn chemische Mittel konnten wichtige Hinweise auf dem Körper zerstören.

Sam nahm das Maßband zur Hand, legte es an und sprach dann wieder ins Mikrophon: »Auf dem rechten Arm befindet sich eine Tätowierung. Sie ist sechs Zentimeter lang und besteht aus sieben Buchstaben.« Sie buchstabierte: »F, R, A, N, C, E, S. - Könnten Sie das bitte fotografieren?«

Sam hielt dem Fotografen den Arm hin. Nachdem er mehrere Aufnahmen gemacht hatte, legte sie ihn wieder ab und untersuchte den restlichen Körper auf Tätowierungen, besondere Kennzeichen oder Narben, die helfen konnten, den Toten zu identifizieren. Es gab keine. Sie wandte sich dem nächsten Schritt der Untersuchung zu.

»Um den Hals des Opfers wurde eine Schnur gelegt. Deren Enden sind an einem Metallröhrchen befestigt, das sich an der linken Seite des Halses befindet. Die ganze Vorrichtung erinnert an ein ›spanisches Halseisen‹, auch Garrotte genannt. Durch Drehen dieses Metallgriffs zog sich die Schnur fest um den Hals, wodurch das Opfer vermutlich erdrosselt wurde. Das wird im weiteren Verlauf der Obduktion zu bestätigen sein.«

Ohne ihre Anweisung abzuwarten, reichte Fred ihr die Schere von dem Stahltablett neben der Leiche. Sam durchtrennte die Schnur und vermied dabei, das Metallstück zu berühren. Als sie die Schnur vorsichtig vom Hals zog, blieb ein Fetzen des verwesenden Fleisches daran hängen. Beides steckte sie in eine Tüte, die ihr einer der zahlreichen Ermittlungsbeamten entgegenhielt. Sam wendete sich wieder dem Körper zu und nahm Abstriche von Mund und Nase. Dazu musste sie die Tupfer tief in die Nasenhöhlen stecken, was nicht so einfach war, weil die Nase schon fast ganz abgefault war. Nachdem sie die Tupfer an Fred weitergereicht hatte, ließ sie ihren Blick den Körper hinunterwandern.

»Es gibt oberflächliche und ungewöhnliche Verletzungen auf Brust und Bauch. Sie bestehen aus zwei geraden Schnittwunden. Eine verläuft vertikal vom Halsansatz zum Unterleib, die zweite horizontal über den Bauch. Beide Schnitte zusammen formen ein Kreuz, das auf dem Kopf steht.«

Fred reichte ihr erneut das Maßband, und sie legte es an die Schnittwunden.

»Der vertikale Schnitt misst zweiundvierzig Zentimeter, der horizontale achtundzwanzig Zentimeter.«

Sam tauschte das Maßband gegen ein Skalpell ein. Mit festem Druck auf die Klinge öffnete sie beide Schnittwunden.

»Die Schnitte wurden nur oberflächlich ausgeführt und sind nicht sehr tief.«

Sie sah Fred an und nickte. Er kippte den Körper vorsichtig auf die Seite und Sam ließ aufmerksam ihren Blick darübergleiten.

»Auf der Rückseite des Körpers sind keine Verletzungen sichtbar.«

Sam nickte wieder, und Fred rollte den Körper zurück in die Ausgangslage. Sie nahm erneut das Skalpell zur Hand und schnitt den Körper auf.

»Ich komme jetzt zur Untersuchung des Körperinneren.«

Adams wusste, was jetzt kam: die Entnahme der inneren Organe für den toxikologischen Befund. Was er bisher gesehen hatte, genügte ihm bereits, und er blickte zur Seite, als Sam das Skalpell ansetzte.

Frances betrachtete ihr Gesicht prüfend im Spiegel, wobei ihre besondere Sorge ihrem linken Auge galt. Sie untersuchte den abschwellenden Bluterguss, der gerade so weit verblasst war, dass sie ihn mit Make-up abdecken konnte. Er hatte sie noch nie zuvor geschlagen und sie war entschlossen, es auch nie wieder geschehen zu lassen. Er hatte sich zwar nachher entschuldigt, aber auch wenn dieser Ausbruch so gar nicht seinem Charakter zu entsprechen schien, war sie immer noch sehr misstrauisch ihm gegenüber.

Ihr misslungener Versuch, Bird zu verlassen, lag mittlerweile einen Monat zurück. Sie hatte schließlich das Warten aufgegeben, den Bahnhof verlassen und war gerade am Kriegerdenkmal an der Station Street angekommen, als sie das ihr wohl bekannte Dröhnen eines Sportwagens hörte. Zuerst hatte sie gedacht, es wäre Mark, und sie war verärgert und erleichtert zugleich gewesen. Sie hatte ihre Koffer fallen gelassen und auf der Stelle hüpfend dem Auto zugewinkt, das auf sie zu kam. Abrupt hatte der Wagen vor ihr angehalten. Im grellen Scheinwerferlicht war es ihr nicht möglich gewesen, den Fahrer zu erkennen, aber da sie mit Mark rechnete, hatte sie in Richtung Windschutzscheibe gelächelt. Die Tür sprang auf und ein Mann stieg aus, von dem sie jedoch nicht mehr als die groben Umrisse sehen konnte.

»Du hast aber ganz schön lange gebraucht!«

»Wenn ich es gewusst hätte, wäre ich früher gekommen.«

Das war nicht Marks Stimme. Frances gefror das Blut in den Adern, als Bird in den Lichtkegel des Scheinwerferlichts trat.

»Erstaunlich, wie schnell du dich erholt hast! Als ich wegfuhr, warst du kurz davor zu sterben, und jetzt sieh dich an: wieder kerngesund. Wahnsinn, was so ein paar Aspirin bewirken können, nicht wahr?«

Frances hatte ihn nur angesehen und nicht gewagt, sich zu bewegen oder etwas zu sagen. Er kam schnell auf sie zu und packte mit seiner großen Hand ihr Gesicht, wobei er ihre Wangen brutal zusammenquetschte. Tränen schossen ihr in die Augen.

»Ist er also nicht aufgetaucht, dein Lover?«

Birds drohender Tonfall hatte sie zu Tode geängstigt, sie konnte ihn nur schweigend ansehen und abwarten, was er als Nächstes tun würde.

»Wann wirst du es nur endlich kapieren, du blöde Schlampe? Er wollte nicht dich, er wollte nur das Geld! Und da er das jetzt hat, wirst du ihn nie mehr wiedersehen. Aber mich legt niemand ungestraft aufs Kreuz, du nicht und ganz bestimmt nicht Mark James!«

Er schlug unkontrolliert zu. Sein Handrücken traf mitten in ihr Gesicht, worauf sie nach hinten kippte und der Länge nach auf dem Boden aufschlug. Danach hatte sie das Bewusstsein verloren; sie erinnerte sich nur noch daran, dass sie am nächsten Morgen in Birds Bett aufgewacht war.

Es war wirklich merkwürdig, seit jener Nacht hatte er weder Mark noch das Geld jemals wieder erwähnt. Sie wusste, dass Mark es gestohlen und den Club über die rückwärtige Feuerleiter verlassen hatte, genau wie sie geplant hatten. So viel hatten ihr die Angestellten jedenfalls erzählt. Aber seitdem hatte ihn niemand mehr gesehen. Wahrscheinlich lässt er es sich schon an irgendeinem spanischen Strand gut gehen, dachte sie. Sie konnte einfach nicht verstehen, warum er das Geld genommen und sie sitzen gelassen hatte. Angesichts seiner Liebesbezeugungen hatte sie angenommen, dass es im schlimmsten Falle andersherum hätte enden können. Sie hatte ihm geglaubt. Offensichtlich kannte sie ihn nicht so gut, wie sie dachte. Aber, so musste sie sich eingestehen, sie war immer schon eine schlechte Menschenkennerin gewesen, wie hätte sie sonst bei jemandem wie Bird landen können?

Das Geld gehörte ihr und dem Baby. Bird hatte kein Hehl daraus gemacht, dass er an Kindern nicht interessiert war, also hätte sie nicht darauf hoffen können, von ihm finanziell unterstützt zu werden. Sie hatte für die Zukunft des Babys sorgen wollen und Mark hatte ihr seine Hilfe angeboten.

Obwohl sie von Bird so schlecht behandelt wurde, hatte sie keine andere Wahl, als bei ihm zu bleiben. Sie hatte sich im örtlichen Frauenhaus umgesehen, aber das war noch schlimmer, als bei Bird zu bleiben. Unter solchen Bedingungen wollte sie ihr Kind nicht großziehen, soviel stand fest. Sie wusste auch nicht, wie ihr Vater reagieren würde, wenn sie plötzlich vor seiner Tür stehen und ihm ein uneheliches Kind präsentieren würde. Sie war nicht sicher, ob sie die Zurückweisung ihres Vaters würde ertragen können, besonders jetzt, nachdem sie schon so schlechte Erfahrungen mit Mark gemacht hatte.

Bird hatte sich seit diesem Zwischenfall ihr gegenüber tadellos verhalten, aber er hatte ihr auch ziemlich deutlich gedroht. Er hatte ihr zu verstehen gegeben, dass ihr ein weiterer

Fehltritt wie der mit Mark verdammt Leid tun würde, und sie hatte keinen Grund, daran zu zweifeln, dass er es ernst meinte. Sie sah an ihrem engen Abendkleid herunter, das um den Bauch herum mittlerweile noch etwas enger geworden war. Sie würde es ihm bald sagen oder abhauen und sich ein Versteck suchen müssen. Bird rief von unten nach ihr.

»Los, Fran, wir müssen fahren!«

Sie schnappte ihre Tasche vom Bett und eilte die Treppe hinunter.

Der Tag war schnell vergangen, weil die Arbeit interessant war, was man ja nicht immer sagen konnte. Wie üblich lauerte die Polizei schon auf ihren Bericht. Tatsächlich hatte sie sogar nicht die mit Sicherheit erhebliche Belastung der Staatskasse gescheut und bereits einen Kurierwagen mit der Abholung beauftragt. Sie klickte mit der Maus den Druckbefehl an, worauf das Gerät lossummte. Nachdenklich beobachtete sie, wie sich das Papier im Ausgabefach stapelte. Sie war nicht zufrieden mit ihren Ergebnissen. Sie war die Fakten wieder und wieder durchgegangen, aber sie spürte, dass trotzdem etwas fehlte. Es musste ihr etwas entgangen sein, irgendetwas hatte sie nicht bemerkt. Aber was konnte das bloß sein? Sie nahm gerade einen Bissen von ihrem Thunfischsandwich, dem Ersatz für ihr Mittagessen, als eine Stimme sie aus ihren Gedanken riss.

»Schon fertig?«

Ohne sich umzudrehen, wusste sie sofort, wer es war, diese Stimme kannte sie nur allzu gut.

»Schon der zweite Besuch heute, Trevor. Das ist aber eine Ehre!« Sie sah ihn über die Schulter an. »Und was kann ich für Sie tun?«

»Ich dachte, ich sehe nur mal kurz rein. Wie läufts denn so?«

Sam wandte sich wieder ihrem Computer zu. »Ganz gut. Es gibt da ein paar merkwürdige Punkte, aber damit komme ich schon allein klar, ohne Ihre Hilfe.«

Trevor nickte und beäugte gierig Sams angebissenes Sandwich. »Ist das übrig? Ich sterbe vor Hunger, ich hatte kein Frühstück.«

Sie sah ihn kurz an und überließ es ihm dann tatsächlich, obwohl sie eigentlich gar nicht wollte. »Nehmen Sie! Vielleicht sollten Sie sich mal überlegen, eine Affäre mit einer Frau anzufangen, die kochen kann?«

Trevor nahm das Sandwich und biss hinein. »Ich habe gehört, Sie seien eine wahre Meisterköchin?«

Sam ignorierte diese Bemerkung, obwohl sie ihr schmeichelte.

»Schon herausgefunden, wer er ist?«

Sam schüttelte den Kopf. »Nein, seine Kleider sind immer noch nicht aufgetaucht und an den Fingern war nicht mehr genug Fleisch, um Abdrücke zu nehmen.«

»Hat der Zahnspezialist ihn sich schon angesehen?«

»Er ist gerade dabei, das Gebiss zu untersuchen. Aber die Ergebnisse müssen ja immer noch mit irgendeiner Patientenakte zusammenpassen, damit es etwas nützt.«

Sie reichte Trevor einen Packen Fotos von ihrem Schreibtisch. »Was halten Sie davon?«

Trevor hielt erstaunt mit dem Kauen inne und nahm sie entgegen. »Sie haben jetzt schon die Fotos vorliegen? Da müssen Sie aber gute Beziehungen haben!«

An die während der Obduktionen gemachten Fotos heranzukommen war jedes Mal ein besonderer Sport für die

Pathologen des Park Hospital. Wenn sie überhaupt jemals eintrafen, kamen sie entweder zu spät oder landeten im Eingangskörbchen des falschen Kollegen. Trevor nahm sich die Fotos einzeln vor und betrachtete sie aufmerksam. »Stark verwester Körper eines jungen Mannes. Wie es aussieht, ist er schon ein bis zwei Wochen tot.« Er biss wieder in das Sandwich und warf die Fotos eines nach dem anderen auf den Tisch.

»Sehen Sie sich den Torso genau an. Können Sie es nicht erkennen? Sehen Sie hier!« Sam reichte ihm eine Nahaufnahme des Torsos und ein Vergrößerungsglas. Trevor legte den Rest des Sandwichs ab und studierte die Fotos unter der Linse.

»Ja, jetzt sehe ich es. Sie hätten wohl gern, dass ich Ihnen Ihre Theorie von dem Kreuz bestätige? Hm, mag sein, dass es tatsächlich eines ist.«

»Was meinen Sie mit ›mag sein‹? Das ist das letzte Sandwich, das Sie von mir bekommen haben!«

»Es kann vieles sein.«

»Was denn zum Beispiel?«, fragte Sam gereizt. Allmählich fing Trevor an, ihr auf die Nerven zu gehen.

»Kampfspuren oder vielleicht wurde er gefoltert, bevor er getötet wurde, das kommt vor.«

Sam merkte, dass er sich mit Absicht so blöd anstellte. »Seit wann trägt man Wunden auf dem Bauch davon, wenn man sich verteidigt?«

Trevor zuckte mit den Schultern. »Sie könnten es auch mit einem Killer zu tun haben, der seine Unterschrift hinterlassen hat, mit jemandem, der sich bekennen will. Das wäre nicht das erste Mal. Solche Fälle scheint es in Amerika zuhauf zu geben.«

»Es ist aber nur ein Opfer mit dieser ›Unterschrift‹ gefunden worden.«

»Irgendwo muss er ja schließlich anfangen. Beunruhigend, nicht wahr?«

Sam nickte. »Ich dachte, es könnte von einer Art religiösem Ritus herrühren, warum sonst ein Kreuz und nicht irgendetwas anderes?«

»Was zum Beispiel?«

»Keine Ahnung, ich klammere mich nur an jeden Strohhalm, der sich bietet.«

Trevor sah sie einen Augenblick lang an. Wenn es etwas gab, auf das man sich bei Sam verlassen konnte, dann waren es ihr Urteilsvermögen und ihre Intuition.

»Kann ich mir die Leiche mal ansehen?«

»Wenn Sie meinen, dass es hilft!«

Die beiden verließen zusammen das Büro und fuhren in den Keller hinunter. Die Leiche war inzwischen auf einen der vielen Rollwagen gelegt worden. Fred wartete vor der Tür, während Doktor Clive Gilbert, der Zahnspezialist, den Schädel röntgte. Sam und Trevor gesellten sich zu ihm, bis Doktor Gilbert die Aufnahmen beendet hatte.

Röntgenaufnahmen wurden zwar nicht bei jeder Obduktion gemacht, aber mit ihrer Hilfe ließen sich detaillierte Informationen gewinnen, die durch keine andere Methode bereitgestellt werden konnten: Sie lieferten Auskünfte über den Zustand des Gebisses, die Anordnung der Nasen- und Stirnhöhlen und über den gesamten Knochenaufbau. Daher waren sie sehr nützlich, wenn es Schwierigkeiten bei der Identifizierung eines Toten gab. Das Röntgen war definitiv eine der genauesten und verlässlichsten Methoden der Identifizierung, aber ebenso wie Fingerabdrücke waren die

Ergebnisse nur im Vergleich mit vor dem Tod gewonnenen Informationen wertvoll. In der letzten Zeit wurde mehr und mehr mit einer Weiterentwicklung der Röntgentechnologie gearbeitet, der Xeroradiographie. Bei diesem Verfahren konnte mit nur einer Bestrahlung ein Bild sowohl der weichen als auch der harten Strukturen im Körperinneren gewonnen werden, das auch nichtmetallene Fremdkörper wie Holz, Plastik und Glas sichtbar machte. Das zugrunde liegende Prinzip war recht einfach, nur war der technische Aufwand bislang recht groß gewesen. Erst nachdem es gelungen war, die Apparaturen erheblich zu verkleinern, konnte man sie in der forensischen Zahnmedizin einsetzen. Und auf diesem Gebiet waren sie schnell zu einer Art achtem Weltwunder geworden. Sam hatte sich sehr dafür engagiert, dass diese neue Technologie auch in die Pathologische Abteilung des Park Hospital Einzug hielt. Unter gewissen Umständen und um dem Zahnspezialisten die Arbeit zu erleichtern, hängte sie während der Obduktion manchmal den kompletten Unterkiefer aus und drehte ihn zur Seite. In diesem Fall hatte sie dazu jedoch keine Gelegenheit gehabt, aber Gilbert kam auch so zurecht.

Als er endlich fertig war, verließ er wortlos den Raum. Sam hielt ihn zwar für einen komischen Kauz, aber er war gut in seinem Fach und das war es, worauf es letztlich ankam. Fred fing an, die Geräte zu reinigen, während sich Sam und Trevor den Körper ansahen und die ungewöhnlichen Schnitte auf der Bauchdecke untersuchten.

»Sehr eigentümlich, es ist mit Sicherheit ein Kreuz und es sind gezielte Schnitte, jeweils in einem Zug durchgeführt. Ich verstehe jetzt, warum Sie einen okkulten Hintergrund vermuten.« Trevor ging ans Kopfende des Tisches, um den Körper aus einer anderen Perspektive zu betrachten. »Andererseits könnte er auch gefoltert worden sein oder der Mord sollte eine Warnung für andere darstellen. Ich habe gehört, Straßenbanden und Drogendealer tun so etwas.«

»Mag sein. Aber das hier deutet meiner Ansicht nach auf etwas viel Mysteriöseres hin. Auf dem Kopf stehende Kreuze, Friedhöfe um Mitternacht ...«

»Wie ich schon sagte, auf mich wirkt es ziemlich verrückt. Haben Sie schon mit Farmer darüber gesprochen?«

»Es steht in meinem Bericht, aber der liebe Gott allein weiß, was sie daraus macht. Was soll ich ihr denn sagen? – ›Ach übrigens, Superintendent, ich glaube, er könnte von einer Hexe umgebracht worden sein.‹ – Ich glaube nicht, dass sie davon begeistert wäre.«

»Ja, ich verstehe Ihr Problem.« Trevor hüllte sich in nachdenkliches Schweigen. »Es könnte irgendein religiöser Spinner gewesen sein, davon gibt es hier eine ganze Menge.«

»Das Problem ist nur, die arbeiten alle für die Kirche.«

Trevor lachte laut auf. »Das stimmt allerdings. Aber ich kenne jemanden, mit dem Sie sich vielleicht unterhalten sollten: Simon Clarke. Er ist Psychologe, ein alter Studienkollege von mir vom St. Steven's College. Ich treffe ihn gelegentlich zum Essen, er ist auf Serienmörder und andere Wiederholungstäter spezialisiert und besonders auf Fälle mit okkultem Hintergrund.«

»Glauben Sie denn, er hätte Lust, mit mir zu reden?«

»Ja, und ob. Das hier ist doch genau sein Gebiet, wahrscheinlich endet es damit, dass er darüber schreibt. Ich rufe ihn an und arrangiere das für Sie.«

»Doktor Ryan?« Die Stimme von Jean Carr drang gedämpft, aber unverkennbar durch die Tür. »Da ist ein Polizeibeamter in Ihrem Büro. Er sagt, er wartet auf Ihren Bericht.«

Sam sah zur Tür hin. »Er ist schon fertig!«, rief sie dann. »Sie können ihn sich abholen, wenn Sie möchten.«

»Nein, vielen Dank! Ich bin ganz froh, auf dieser Seite der Tür zu sein. Hier stinkt es schon genug. Aber Sie legen besser einen Zahn zu, er scheint es sehr eilig zu haben.«

Trevor und Sam grinsten sich verstohlen an.

Farmer schaute in die erwartungsvollen Gesichter der Reporter im Raum wie eine Lehrerin, die ihren strengen Blick über ihre Klasse schweifen lässt. Zusätzlich zur Lokalpresse waren auch Vertreter von überregionalen Zeitungen anwesend. Sie war überrascht, dass Letztere sich überhaupt für einen Mord in einem kleinen Dorf interessierten, es gab in diesen Tagen so viele davon im ganzen Land. Sie hasste die Leute von der Presse, denn sie hielt sie für parasitäre Elemente der Gesellschaft. Wenn sie nicht wegen einer konkreten Story hinter einem her waren, versuchten sie, einen in irgendeine zu verwickeln. Dennoch hielt sie die Presse auch für nützlich, zum Beispiel für ihr derzeitiges Anliegen. Man hatte die Leiche bereits vor einer Woche gefunden und sie waren hinsichtlich der Identität noch keinen Schritt weitergekommen. Sie hatten weder Fingerabdrücke vorzuweisen, noch zu den Röntgenbildern passende Patientendaten finden können. Die Vermisstenkartei war gleichermaßen ergebnislos durchforstet worden. Das hier war ihre letzte Chance.

Farmer betrachtete das Phantombild, das nach einem Foto des Schädels entwickelt worden war, und staunte über die Technologie, die es ermöglichte, ein so realistisch wirkendes Bild herzustellen. Die *Electronic Facial Identity*-Technik konnte mit Hilfe des Computers ein Farbbild von dem

Gesicht einer Person rekonstruieren, wofür im Zweifelsfall Reste des Schädelknochens ausreichten. Sie war ein großer Fortschritt im Vergleich zur alten *Photo-Fit*-Technik, bei der viele einzelne Fotos angefertigt werden mussten, um mit Hilfe eines Fotometrieverfahrens wenigstens die Schädelform zu rekonstruieren. Farmer sah zu Adams herüber, der zu ihrer Rechten saß, bevor sie aufstand.

»Meine Damen und Herren«, unterbrach sie mit energischer Stimme das allgemeine Gemurmel, das immer bei solchen Gelegenheiten herrschte, und lenkte die Aufmerksamkeit der Reporter auf sich. »Zunächst möchte ich mich bei Ihnen bedanken, dass Sie heute Morgen gekommen sind. Ich bin Detective Superintendent Harriet Farmer und der Herr neben mir ist Detective Inspector Tom Adams.« Adams grüßte nickend. »Wie die meisten von Ihnen bereits wissen, wurde vor einer Woche die Leiche eines unbekannten Mannes auf dem Friedhof von St. Mary's in Northwick gefunden. Weil der Körper schon stark verwest war, keine Kleider oder andere Anhaltspunkte für eine Identifizierung gefunden wurden, konnten wir trotz umfangreicher Untersuchungen noch nicht ermitteln, wer der Tote ist. Wir können folgende Angaben über ihn machen: Er ist weiß, männlich, um die zwanzig, ungefähr einen Meter dreiundsiebzig groß und siebzig Kilo schwer. Sein Haar war blond gefärbt, die natürliche Haarfarbe ist dunkelbraun. Der wichtigste Schlüssel zu seiner Identität ist vermutlich eine Tätowierung auf dem rechten Oberarm. Die Tätowierung besteht aus sieben Buchstaben in blauer Farbe, die den Namen ›Frances‹ bilden.«

Einer der Reporter erhob sich. »Peter Bushby von der *Sun*«, stellte er sich vor. »Stimmt es, Superintendent, dass der Mord an diesem jungen Mann etwas mit schwarzer Magie zu tun hat? Immerhin hat man ihn ja um Mitternacht nackt in einer Kirche gefunden.«

Diese Frage brachte Farmer etwas aus dem Konzept. »Die Leiche wurde gar nicht um Mitternacht …«, setzte sie an, wurde jedoch gleich darauf unterbrochen.

Eine Reporterin sprang auf. »Claire Hargreaven von den Abendnachrichten. Wir haben gehört, dass rituelle Symbole in die Brust des Opfers geritzt wurden. Können Sie dazu etwas sagen?«

Farmer wurde allmählich wütend. »Es gab einige Verletzungen. Aber ob sie rituellen Ursprungs sind, ist keineswegs gesichert.«

Kaum hatte sie den Satz beendet, erhob sich die nächste Journalistin.

»Helen Blackmore vom *Daily Mirror.* Wenn es nichts mit schwarzer Magie zu tun hat, wie erklären Sie sich dann den toten Hahn und die vier schwarzen Kerzen am Tatort?«

»Soweit ich weiß, gab es keine …«

»Können Sie uns bestätigen, dass die Tat mit schwarzer Magie in Zusammenhang steht?«

Von überallher wurden auf einmal Fragen in den Raum gerufen. Adams musste ziemlich laut werden, um sich in diesem Lärm Gehör zu verschaffen.

»Zum gegenwärtigen Zeitpunkt können wir Ihnen leider keine weiteren Auskünfte geben. Constable Gill Warren wird Ihnen beim Verlassen des Raumes eine kurze Pressemitteilung aushändigen, in der Sie alle Informationen finden, die Sie über die unidentifizierte Leiche brauchen. Vielen Dank!«

Die beiden Detectives verließen unter einem wahren Ansturm von weiteren Fragen den Raum.

Farmer kochte. »Woher haben die, verdammt noch mal, diese Informationen gehabt?«

Adams versuchte, sie zu beruhigen. »Das meiste stimmte doch gar nicht.«

»Aber ein paar Sachen stimmten sehr wohl. Wie zum Teufel haben sie von diesen Schnittwunden erfahren?«

»Das kann ihnen jeder erzählt haben. Die halbe Wache geht doch mit der Lokalpresse in die Kneipe.«

»Das war bestimmt diese verdammte Pathologin! Die mit ihren halb garen Ideen! Sie können Ihr Leben darauf verwetten, dass sie es war!«

»Ich glaube nicht, dass Doktor Ryan sich mit der Presse einlässt, dazu ist sie viel zu professionell.«

Farmer sah ihn erstaunt an. Sie war überrascht, dass er eine Person verteidigte, die er kaum kannte.

»Wer auch immer es war, ich will, dass wir den Schuldigen finden, und zwar schnell!«

Frances schaute auf die Uhr neben ihrem Bett. Es war zehn vor eins. Noch früh also, denn sie standen gewöhnlich erst gegen zwei auf. Sie hatten erst um drei Uhr morgens den Club verlassen und als sie endlich zu Hause angekommen waren, hatte Bird noch seine Männlichkeit unter Beweis stellen müssen. Sie hatte nicht die geringste Lust gehabt, es aber nicht gewagt, ihn zurückzuweisen, aus Angst, er könnte dann schwierige Fragen stellen. Also war sie genötigt gewesen, die richtigen Laute von sich zu geben, um ihn seiner Potenz zu versichern. Sie wusste nicht, wie lange sie die Wahrheit noch vor ihm verbergen konnte. Mit der allmorgendlichen Übelkeit war es glimpflich verlaufen, sie hatte stets andere Erklärungen dafür gefunden, aber jetzt wurde sie allmählich immer schwerer, und ihr normalerweise flacher Bauch wölbte sich deutlich. Bird hatte bereits seine Bemerkungen darüber gemacht, ihr eine Diät verordnet und sie sogar mit ins Fitness-Studio genommen, um sie wieder in Form zu bringen. Frances wusste, dass sie es ihm bald sagen musste. Aber sie hatte keine Ahnung, wie er reagieren würde, und das bereitete ihr noch mehr Angst. Sie schwang ihre Beine aus dem Bett, zog ihren kurzen Satinmorgenmantel über und taumelte verschlafen Richtung Küche.

Sie nahm den Kessel vom Herd und schüttelte ihn. Er war leer, also füllte sie Wasser nach, nachdem sie das Kofferradio auf dem Fensterbrett eingeschaltet hatte. Während sie darauf wartete, dass das Wasser zu kochen anfing, trat sie kurz an den Spiegel, um ihr Gesicht zu betrachten. Der dunkle Schatten um ihr Auge war fast verschwunden und sie würde jetzt nicht mehr so viel Make-up brauchen. Die Erinnerung an den Schlag ließ sie erschaudern, es war ein Wunder, dass er ihr nicht den Kiefer gebrochen hatte. Sie schien robuster zu sein, als sie gedacht hatte. Das Wasser im Kessel dampfte bereits, bald würde sie den Kaffee aufgießen können. Sie holte die Milch aus dem Kühlschrank. Die Ein-Uhr-Nachrichten fingen gerade an, aber sie hörte nur halb zu, bis sie an einer Stelle plötzlich aufhorchte.

»Die Polizei hat zur Mithilfe bei der Identifizierung eines Toten aufgerufen, der vor über einer Woche auf dem Friedhof von St. Mary's in Northwick aufgefunden wurde. Der Tote ist männlich, weiß und um die zwanzig. Er war ungefähr einen Meter dreiundsiebzig groß und wog zirka siebzig Kilo. Er hatte blond gefärbtes Haar, seine natürliche Haarfarbe war dunkelbraun. Das wichtigste Erkennungszeichen ist eine kleine Tätowierung des Namens ›Frances‹ auf seinem rechten Oberarm ...«

Die Beschreibung der Tätowierung ließ gar keinen Zweifel zu: Es musste sich um Mark handeln. Sie erinnerte sich an seine stolze Miene, als er sie ihr gezeigt hatte. Diese Nachricht traf Frances fast so hart wie Birds Schlag. Sie klammerte sich an die Spüle, um nicht umzufallen, dabei glitt ihr die Milchflasche aus der Hand und zersprang auf dem Boden. Milch und Glas spritzten durch die ganze Küche. Frances wurde ganz schwindelig und ihr Magen zog sich zusammen, als ihr auf einmal klar wurde, warum Mark an jenem Abend nicht aufgetaucht war. Bird hatte ihn umgebracht.

Wie von weither kommend, drang Birds Stimme an ihr Ohr. »Fran, was ist da los, zum Teufel?«

Es war der pure Selbsterhaltungstrieb, der sie plötzlich wieder klar denken ließ. Sie hatte bis zu diesem Moment nicht gemerkt, wie groß die Gefahr war, in der sie schwebte. Sie war eine sehr wichtige Zeugin und Bird wusste das bestimmt. Ein weiteres Gefühl machte sich jetzt bemerkbar, ein ganz elementares, das sie vorher nie verspürt hatte: der Mutterinstinkt. Sie musste das Kind in ihrem Leib schützen. Sie schnappte sich Birds Autoschlüssel und rannte aus der Tür hinaus zu seinem Auto.

Bird war noch einen Moment liegen geblieben, um seine Gedanken zu ordnen. Er rief noch einmal nach ihr, aber sie antwortete nicht. Plötzlich hörte er, wie der Motor seines Sportwagens aufheulte, sprang aus dem Bett und spurtete in die Küche, um zu sehen, was los war. In seiner Wut hatte er vergessen, dass er ursprünglich von dem Geräusch zersplitternden Glases hoch geschreckt war, und als er mit seinen nackten Füßen über den Küchenboden lief, drangen die

Splitter tief in sein Fleisch. Er schrie auf und hielt sich am Küchentisch fest, um nicht hinzufallen. Und obwohl er große Schmerzen hatte, schaffte er es, zur weit geöffneten Tür zu humpeln, wobei er eine rote Blutspur auf dem Teppich hinterließ. Sein geliebter Porsche machte gerade einen Hüpfer nach vorn, weil Frances mit dem ihr ungewohnten Getriebe nicht zurechtkam. Doch schließlich fand sie den richtigen Gang, das Auto sauste die Vorstadtstraße hinunter und verschwand. Bird beobachtete ihre Flucht, bevor er sich auf den Boden fallen ließ und die Splitter aus seinen blutenden Fußsohlen zog.

Frances bekam die Schaltung des Porsches nicht richtig in den Griff, das Auto war einfach zu kompliziert und der Motor zu stark. Ihre Fahrpraxis hatte sie einzig in einem schäbigen Ford Escort gesammelt, der mehr Zeit in der Werkstatt verbracht hatte als auf der Straße. Ihre Augen waren immer noch rot und verquollen und über ihre Wangen kullerten dicke Tränen. Sie fror, denn der dünne Satinstoff ihres Morgenmantels bot wenig Wärme. Die Kälte und der Schock über die Nachricht von Marks Tod ließen sie stark zittern. Sie konnte nicht aufhören, an ihn zu denken und sich die Schuld zu geben für das, was geschehen war. Sie hatte mit ihm gespielt, mit seinen Gefühlen, die er für sie empfand, hatte über ihn verfügt und ihn nach ihrer Pfeife tanzen lassen. Er hätte etwas Besseres verdient gehabt! Und jetzt war er tot, ermordet von ihrem Freund, weil sie so egoistisch gewesen war. Sie wusste nicht, wie sie über diesen Schock hinwegkommen sollte.

Sie brachte den Porsche ruckartig vor einer roten Ampel zum Stehen und schaltete in den Leerlauf. Aber kaum stand sie, da sprang die Ampel auf Grün und die Motoren der Autos hinter ihr heulten laut auf. Sie versuchte wieder in den ersten Gang zu schalten und drückte mit dem Fuß die Kupplung ganz durch, aber trotz allem ließ sich der Gang nicht einlegen. Ein paar Fahrer wurden schon ungeduldig und fingen an zu hupen, damit sie weiterfuhr oder Platz machte. Endlich fand sie in einem letzten verzweifelten Versuch den ersten Gang und der Porsche bewegte sich vorwärts. Frances war überrascht, dass die Schaltung sich auf einmal ihren Wünschen gefügt hatte, und das Auto ruckelte bis auf die Kreuzung, wo sie den Motor abwürgte. In diesem Moment sprang die Ampel hinter ihr wieder auf Rot und Autos kamen von links und rechts auf die Kreuzung. Frances versuchte völlig aufgelöst, den Wagen wieder anzulassen, aber der Vergaser soff ab und das Auto wollte um nichts in der Welt anspringen. Unter einem wahren Hupkonzert und wütendem Stimmengewirr brach sie schließlich über dem Lenkrad zusammen und weinte hemmungslos.

Sam stand an ihrem Pult im Vorlesungssaal und blickte in die Gesichter ihrer jungen Studenten. Sie fragte sich, wie viele von ihnen wohl einmal Gerichtsmediziner werden würden. Wahrscheinlich nicht viele, sie waren alle Kinder der Thatcher-Ära und weit mehr an den verlockenden Auszeichnungen und Gehältern interessiert, die mit den diversen chirurgischen Berufen viel leichter zu erringen waren. Sie nickte dem Studenten zu, der ganz hinten saß, und mit einem schnellen Knopfdruck war der Saal in Dunkelheit getaucht. Sam startete den Diaprojektor mit der Fernbedienung und ein Foto wurde auf die Wand hinter ihr geworfen. Es zeigte ein Sofa in einem geräumigen Wohnzimmer, auf dem die

Leiche eines Mannes lag. Die linke Seite seines Schädels war weggepustet und große Stücke von Gehirn, Schädel und Fleisch klebten an der Wand hinter ihm. Der Körper war leicht nach rechts gekippt und das, was von seinem Gehirn übrig war, hing aus dem geöffneten Schädel heraus. Die rechte Seite seines Gesichts, die intakte Seite, zeigte einen Ausdruck von Schock und Überraschung. Es war ein schreckliches Szenario. Mit der Fernbedienung aktivierte Sam einen kleinen roten Punkt, der sich über das Bild bewegen ließ, und zeigte damit auf die Körperregion, über die sie gerade redete.

»Der Ort eines Verbrechens? Vielleicht. Wir sehen hier« – sie zeigte auf den Schädel des Opfers – »erhebliche Kopfverletzungen. Hat jemand eine Idee, womit sie verursacht wurden?«

Nach einem Augenblick der Stille erklang eine Stimme in der Dunkelheit: »Schusswaffe.«

»Gut, haben Sie eine Ahnung, was für eine?«

Dieselbe Stimme antwortete wieder: »Der Verletzung nach zu urteilen könnte es eine Schrotflinte gewesen sein.«

»Richtig, sehr gut! Kann mir jemand sagen, woran man das sieht?«

Niemand antwortete.

»Was glauben Sie denn, womit wir es hier zu tun haben?«

Eine andere Stimme antwortete: »Mord.«

»Na, dann wollen wir mal sehen.«

Sam ließ den Projektor ein Dia weiter transportieren. Nun sah man ein zweites Foto desselben Raums, das aus einer anderen Perspektive aufgenommen war. An einem Türrahmen lehnte eine doppelläufige Schrotflinte. Sam wies mit dem roten Punkt auf sie. »Hier haben wir die vermeintliche

Mordwaffe. Eine doppelläufige Purdy-Schrotflinte. Sie ist etwa drei Meter von der Leiche entfernt. Für was halten wir das Ganze also?«

Diesmal meldeten sich mehrere Stimmen: »Mord?«

»Das hat auch die Polizei angenommen und mindestens drei Wochen Nachforschungen zu diesem ›Mord‹ angestellt. Man hatte sogar einen Verdächtigen. Aber es war kein Mord, es war Selbstmord.«

Erwartungsvolles Getuschel ertönte aus der Dunkelheit.

»Nun, hat jemand eine Idee?«

»Er hat sich erschossen und ist dann rückwärts zum Sofa gestolpert?«

»Und hat erst noch ordentlich die Waffe an die Tür gelehnt? Vergessen Sie nicht, dass der Großteil seines Schädels direkt hinter ihm an der Wand klebt.«

Sam klickte wieder ein Dia weiter. Diesmal erschien das grinsende Gesicht eines uniformierten Superintendents und Sam fuhr fort: »Kennt jemand diesen Mann?«

Schweigen.

»Sie haben Glück. Er ist mittlerweile pensioniert, wahrscheinlich der beste Dienst, den er der Polizei je erwiesen hat. Superintendent John Munrow. Er war der zuständige Commander in dem Bezirk, wo der Tote gefunden wurde. Kurz nach der Entdeckung der Leiche erschien Munrow auf der Bildfläche. Er ging ins Haus und wies den ahnungslosen wachhabenden Polizisten an der Tür an, seinen Namen nicht zu notieren, weil er nur kurz hineingehen wollte. Der Polizist, der keine Lust hatte, in die Randgebiete der Grafschaft strafversetzt zu werden, tat, wie ihm geheißen, und schwieg. In der Zwischenzeit entdeckte unser Freund Munrow – ein kleiner Waffennarr – die Schrotflinte, die der Tote bis dahin immer noch in der Hand hielt. Er nahm sie an sich, um sie zu untersuchen. Nachdem er sich vergewissert hatte, dass es ein wirklich sehr schönes Exemplar einer Purdy war, verließ er den Raum und lehnte die Flinte sorgsam an die Tür, damit ihr kein Schaden zugefügt wurde.«

Ungläubiges Raunen im ganzen Saal. Sam klickte erneut und eine Nahaufnahme des Daumens des Toten wurde an die Wand geworfen.

»Was dem Pathologen in diesem Fall verdächtig vorkam, war die Position des Daumens. Wie Sie erkennen können« – sie umkreiste den Daumen mit ihrem roten Marker – »ist er unnatürlich verbogen, ganz genau so, wie es aussieht, wenn man es mit einem Selbstmord zu tun hat. Nachdem man den Ermittler darüber informiert hatte, wurden weitere Untersuchungen angestellt. Diesmal waren sie etwas dichter dran. Drei Wochen nachdem die Leiche entdeckt worden war, gab der junge Constable, der an der Tür gewesen war, endlich zu, dass Munrow den Raum betreten hatte, und die ganze Geschichte kam heraus. Munrow ging ein paar Monate später aus gesundheitlichen Gründen in den Ruhestand.«

Sam leuchtete nach hinten. Einer der Studenten schaltete das Licht wieder ein und Sam fuhr fort: »Was lernen wir also aus dieser Geschichte über unseren Beruf?« Sie sah ihre Studenten erwartungsvoll an. Einer meldete sich.

»Sich nie auf das offensichtlich Erscheinende verlassen?«

»Gut. Sonst noch etwas?« Sie blickte in ratlose Gesichter. »Egal wie gut oder schlau die Wissenschaft auch sein mag, lassen Sie nie die Möglichkeit eines menschlichen Fehlers außer Acht! Bauen Sie diese Möglichkeit immer in Ihre Überlegungen mit ein! Und denken Sie daran ...«

Die Studenten fielen im Chor in ihre Worte ein: »Sag niemals nie, sag niemals immer!«

»Sehr gut.«

Frances erreichte endlich ihr Ziel, ein großes Stadthaus im georgianischen Stil. Sie hatte schon geglaubt, sie würde es nicht schaffen, aber einem jungen hübschen Mädchen, das sich in einer Notlage befand und noch dazu spärlich bekleidet war, waren natürlich Heerscharen von Autofahrern zu Hilfe geeilt und so war es ihr doch noch gelungen, das Auto wieder in Gang zu bringen. Sie sah an dem beeindruckenden Gebäude hoch, mit dem ihre glücklichsten Erinnerungen verbunden waren. Hinter diesen Mauern war sie unbeschwert und wohl behütet bei ihren Eltern aufgewachsen. Sie sehnte sich nach dieser Zeit zurück. Sie hatte sich dumm, unreif und egoistisch verhalten. Sie erinnerte sich, wie sie mit siebzehn ihren Vater angeschrien hatte, er solle sie nicht länger wie ein Kind behandeln und ihr mehr Freiheiten lassen. Als sie schließlich auszog, wusste sie, dass sie ihrem Vater wehtat, aber sie war jung und mehr als nur ein bisschen dumm gewesen. Ihr wurde bewusst, dass sie es bisher immer geschafft hatte, jedem wehzutun, der sie geliebt hatte. Sie wollte so gerne nach Hause zurück, aber sie war nicht sicher, ob sie willkommen war.

Plötzlich hörte sie ein lautes Klopfen an der Scheibe zu ihrer Rechten. Erschreckt fuhr Frances herum. Sie sah in das vertraute Gesicht ihres Vaters. Die Jahre hatten allerdings ihren Tribut gefordert und auch sein Haar war schütter geworden. Als er die Tür öffnete, starrte Frances ihn nur schweigend an, sie hatte Angst, sich zu bewegen, wie ein ungezogenes Kind, das auf seine Strafe wartet. Schließlich konnte sie nicht länger an sich halten und schlang ihrem Vater die Arme um den Hals. »Oh Daddy, ich bin in Schwierigkeiten, ich bin in so riesigen Schwierigkeiten!«, schluchzte sie.

Ihr Vater sagte kein Wort, drückte sie nur an sich und tätschelte sie sanft, bevor er seine ramponierte Tochter aus dem Sitz hob und sie in die Sicherheit des Hauses trug, wobei er die Tür sacht mit dem Fuß hinter sich zudrückte.

3

Er stellte seinen Wagen in einiger Entfernung von dem Eingang des großen, ehrwürdigen Hauses ab. Obwohl es nicht unmittelbar an die Straße angrenzte, dominierte es doch seine ganze Umgebung. Aus sicherer Distanz beobachtete er das Haus etwa eine Viertelstunde lang, denn er musste jetzt sehr vorsichtig sein. Das Letzte, was er gebrauchen konnte, war, gefasst zu werden, bevor er seine Arbeit getan hatte. Es war immer noch sehr früh, aber auf den Straßen herrschte schon reger Betrieb. Viele Leute waren zur Frühschicht unterwegs. Sie hatten ihre Mantelkragen hoch gestellt, um sich gegen die Nässe und Kälte zu schützen, und hasteten zur Arbeit. Ein Milchwagen, der von einem summenden Elektromotor angetrieben wurde, kam langsam näher mit seiner klappernden Fracht. Der Fahrer hielt alle paar Meter an, um Milchflaschen vor die Haustüren seiner Kunden zu stellen. Als er an ihm vorbeifuhr, drückte er sich tiefer in den Sitz, um nicht gesehen zu werden, aber er hätte sich keine Sorgen machen müssen, denn der Milchmann war viel zu beschäftigt mit der Auslieferung seiner Ware, um auf ihn aufmerksam zu werden. Er zog seinen Schal bis über die Nase hoch und rückte seinen Hut noch einmal tief ins Gesicht, sodass es fast komplett verhüllt wurde. Er nahm das große, in braunes Packpapier eingewickelte Paket vom Beifahrersitz, öffnete leise die Autotür und schritt auf das Gebäude zu.

Obwohl er sich dick angezogen hatte, schien die Kälte, sobald er ausgestiegen war, durch alle Kleidungsschichten hindurch bis tief in seinen Körper zu dringen. Dennoch war er froh. An einem milden Tag wäre er in seiner Vermummung aufgefallen und die Leute hätten sich vielleicht an ihn erinnert, aber an einem Morgen wie diesem war er nur ein frierender Mensch unter vielen, der missmutig unterwegs zur Arbeit war. Nach ein paar Minuten erreichte er das Tor und schritt den Weg zur Haustür hinauf. Glücklicherweise gab es im Eingangsbereich einen großen Vorbau aus Holz zum Schutz vor Wind und Wetter. Das Paket passte nicht durch den Briefschlitz, daher legte er es in eine Ecke und bedeckte es mit der Fußmatte; so war es vor Blicken von der Straße geschützt. Zufrieden ging er zu seinem Wagen zurück. Obwohl sein Ausflug nur kurz gewesen war, wunderte es ihn zunächst, dass er keinem Menschen begegnet war. Doch dann begriff er: Das musste ein Zeichen sein; er erfüllte eine heilige Mission und Gott war an seiner Seite und wünschte offensichtlich, dass er sein Werk vollendete.

Schwester Veronica Butler gehörte diesem Kloster jetzt schon seit drei Jahren an. Ihr machte die Arbeit zwar Freude, aber sie war bereit für größere Herausforderungen. Sie hoffte, dass sie diesmal ihre lang ersehnte Versetzung nach Afrika genehmigt bekommen würde. Dort, so dachte sie, würde sie wirklich gebraucht werden. Ein Haus für allein stehende und mittellose Mütter zu führen war zwar schön und gut, aber keine von ihnen drohte Hungers zu sterben oder litt an einer der zahlreichen schrecklichen Krankheiten, die die Menschen in Afrika quälten. Trotz ihrer traurigen Lage hatten diese Frauen und ihre Kinder genug zu essen und zum Anziehen und sie würden bald schon wieder allein zurechtkommen. Die Menschen in Afrika hingegen hatten nichts, nicht einmal den christlichen Glauben, der sie auf dem Weg aus ihrem Elend hätte unterstützen können. Es gab viel zu tun und sie spürte, dass sie die Richtige für diese Aufgabe war. Natürlich, so dachte sie, lag diese Entscheidung nicht in ihren Händen und wenn Gott nicht wollte, dass sie ging, dann würde sie mit dem zufrieden sein müssen, was sie hatte. Sie hob die Post auf, die durch den Briefschlitz auf den Boden gefallen war, und sah die Umschläge durch. Rechnungen und Werbung in der Hauptsache, als hätten sie nicht schon genug Sorgen. Sie öffnete die Haustür und nahm eine der Milchflaschen vom Treppenabsatz. Insgesamt standen da zwölf Flaschen, aber sie wollte sich nur schnell eine Tasse Tee machen und den Rest später hereinholen.

Sie hätte es fast nicht gesehen, so gut war es hinter der Fußmatte versteckt. Aber eine Ecke des braunen Papiers lugte hervor und als sie daran zog, kam das ganze Paket zum Vorschein. Warum hatte der Briefträger nicht geklopft, wie er es immer tat, wenn er größere Pakete auszuliefern hatte? Wahrscheinlich wars ein Neuer, der die Gepflogenheiten noch nicht kannte. Gott sei Dank war es nicht gestohlen worden, denn das kam in dieser Gegend gelegentlich vor. Sie sah die Straße hinauf und hinunter, als wollte sie sichergehen, nicht beobachtet worden zu sein, ging zurück in den Flur und schloss die Haustür hinter sich. Sie trug das Paket in die Küche und legte es mit den Briefen auf dem Tisch ab, bevor sie den Wasserkessel auf den Herd stellte.

»Das riecht aber gut!«

Schwester Veronica wandte sich um. Pater Edward Farrar sah sie lächelnd an.

»Es riecht noch nach gar nichts, das ist nur heißes Wasser.«

»Jaja, aber bald wird man es riechen und ich bin voller Vorfreude.«

Sie lachte. »Dann mache ich also besser gleich zwei Tassen.«

»Das ist sehr freundlich. Sie haben eine rasche Auffassungsgabe.«

Schwester Veronica kümmerte sich um den Tee, während Pater Farrar die Post durchsah.

»Rechnungen, nichts als Rechnungen. Aber hier ist etwas Interessantes, es ist an mich adressiert.« Er öffnete den Umschlag und las amüsiert den Brief. »Wie schön! All unsere Sorgen sind vorbei!«

Schwester Veronica schenkte Tee ein und sah ihn fragend an.

»Diesem Brief zufolge habe ich zehntausend Pfund gewonnen, eine Weltreise und einen Sportwagen. Ich muss nur diesen Coupon ausfüllen und schon gehören mir alle Reichtümer der Welt.«

»Und was wollen Sie mit einem Sportwagen anfangen?«

»Damit bringe ich die Zehntausend zu dem Schiff, mit dem ich die Weltreise mache.«

Sie reichte ihm seine Tasse Tee und nahm ihm den Brief aus der Hand. »Das sind doch nur fromme Wünsche. Ach, ich verstehe, Sie müssen lediglich ein Jahr lang eine Zeitschrift abonnieren.«

»Unseren Mädchen würde das gefallen.«

»Aber nur, wenn es *Just Seventeen* oder *Cosmopolitan* ist.«

»Lesen die etwa immer noch *Cosmopolitan*? Dabei steht unsere ganze Bibliothek voll mit großen Klassikern. Aber in der heutigen Zeit ...«

»Es wäre ein Wunder, wenn uns einmal jemand etwas schenken würde.«

Pater Farrar sah sie traurig an. »Da haben Sie Recht, Schwester, und Wunder wachsen ebensowenig auf Bäumen wie Geld. Bis später!«

Schwester Veronica stellte ihre Teetasse auf dem Küchentisch ab und fing an, ihre Post zu öffnen. Tatsächlich nichts als Werbebriefe und Rechnungen. Schließlich war sie bei dem großen Paket angekommen, das sie vor der Tür gefunden hatte. Es war so gut verschnürt, dass sie die große Küchenschere zu Hilfe nehmen musste. Endlich konnte sie es öffnen und schüttete den Inhalt auf die Arbeitsfläche.

Ihr markerschütternder Schrei gellte durch das ganze Kloster. Pater Farrar war der Erste, der aufgeregt in die Küche gelaufen kam. Nach ihrem Schrei zu urteilen, musste eines der Mädchen umgebracht worden sein. Als er hereinkam, sah er, wie Schwester Veronica mit bebendem Zeigefinger auf die Arbeitsfläche wies, während sie sich mit der anderen Hand den Mund zuhielt. Pater Farrars Blick folgte der Richtung, in die ihr Finger wies. Da lagen bis auf den Boden verstreut Hunderte von Fünf- und Zehn-Pfund-Noten. Pater Farrar trat erstaunt näher und betrachtete die Geldscheine. Dann fiel sein Blick auf eine getippte Notiz, die ebenfalls aus dem großen Umschlag gerutscht war.

»ZUR UNTERSTÜTZUNG DER GUTEN ARBEIT DES KLOSTERS. EIN GÖNNER«

Pater Farrar nahm eine Handvoll Banknoten vom Boden auf und sah zur Zimmerdecke. »Das ging aber schnell. Und was ist mit dem Sportwagen?«

Als er endlich zu Hause ankam, war es bereits hell. Er stellte das Auto in der Garage ab und ging direkt in sein Arbeitszimmer auf der rückwärtigen Seite des Hauses. Die Tür zu diesem Zimmer sah auf den ersten Blick wie eine gewöhnliche Holztür aus, tatsächlich war es jedoch eine Sicherheitstür aus sieben Zentimeter dickem Stahl. Er schloss auf, schlüpfte hinein und machte sie fest hinter sich zu.

An seinem Schreibtisch angekommen, öffnete er eine Schublade und zog einen großen blauen Aktenkarton heraus, den er hastig durchsah. Das erste Foto, auf das er stieß, zeigte Mark James, wie er neben seinem geliebten Spitfire stand. Das Foto war an ein Blatt Papier geheftet, das einen kurzen Lebenslauf sowie eine minutiöse Auflistung seiner alltäglichen Gewohnheiten enthielt, und über beidem, Notizen und Foto, verlief ein mit einem dicken Rotstift gezogenes Kreuz. Er betrachtete es eine Weile und lächelte zufrieden über seine gute Arbeit, bevor er zum nächsten Foto blätterte. Es zeigte eine junge, hübsche Frau bei einem Schaufensterbummel durch die Geschäftsstraßen von Cambridge. Er überflog noch einmal die Informationen über ihren Lebenswandel und ihren Tagesablauf, bevor er mit dem Finger einen imaginären Strich durch ihren Namen oben auf dem Papier zog: Frances Purvis.

Samantha Ryan eilte durch die ungemütlichen Korridore des kriminaltechnischen Instituts in Scrivingdon. Durch die großen Glasfenster konnte sie in die meisten Labors hineinsehen. Jedes hatte weiße Arbeitsflächen, die mit diversen Hightech-Geräten ausgestattet waren. Wie Geister schwebten weiß gewandete Wissenschaftler und Assistenten durch die Räume, wenn sie nicht gerade über irgendeine Untersuchung gebeugt waren. Scrivingdon war eines von sechs Labors, die über die ganze Grafschaft verstreut waren, und hier wurde der Großteil der gerichtsmedizinischen Untersuchungen der östlichen Region durchgeführt. Das Institut war sorgsam auf der Rückseite des örtlichen Krankenhauses hinter Bäumen verborgen. In Scrivingdon wurden nicht nur Todesfälle aus der Region kriminaltechnisch erforscht, sondern es war zudem auf die Untersuchung von Schusswaffen spezialisiert, die im Zusammenhang mit Verbrechen benutzt worden waren. Da es Anfragen aus dem ganzen Land bearbeitete, war es das meistbeschäftigte und angesehenste Institut von allen. In den letzten Jahren war es unabhängiger geworden und obwohl es weiterhin dem Innenministerium unterstand, bearbeitete es nun auch Aufträge von Anklagevertretern oder der Verteidigung. Dieser Gesinnungswandel wurde auch nach außen hin offenkundig, als die Tafel mit den Plaketten aller Polizeieinheiten des Landes auf geheimnisvolle Weise aus der Eingangshalle verschwand, wo sie viele Jahre stolz präsentiert worden war.

Sam war endlich vor der richtigen Tür angekommen. Sie klopfte und spähte auf der Suche nach ihrer Freundin Marcia Evans durch das Fenster. Sie entdeckte sie schließlich am anderen Ende des Labors. Marcia klebte mit ihren Augen an einem Mikroskop, während sie mit der rechten Hand bei jedem neuen Objektträger die Schärfe nachstellte. Als Marcia das Klopfen hörte, drehte sie sich um und sah zur Tür. Sie erkannte ihre Freundin und winkte sie lächelnd herein, dann wandte sie sich wieder dem Mikroskop zu. Sam drückte die graue Klinke herunter und betrat das blitzsaubere, weiße Labor. Marcia hörte sie zwar näher kommen, sah aber nicht von ihrer Arbeit auf.

»Wie komme ich zu dieser Ehre?«

Sie waren befreundet, seit Sam vor einem Jahr nach Cambridge gekommen war. Marcia war zwar wesentlich jünger als Sam, aber das tat ihrer Freundschaft keinen Abbruch, die auf dem gegenseitigen Respekt zweier Kolleginnen basierte. Marcia arbeitete erst seit ein paar Jahren im Institut, aber sie hatte einen scharfen, analytischen Verstand und ein noch schnelleres Auge. Aufgrund ihrer Fähigkeiten war sie schon für eine frühe Beförderung vorgesehen worden, aber sie hatte abgelehnt, denn sie zog das Labor der Verwaltung vor, wo ohnehin nur Papierstapel hin- und hergeschoben wurden.

»Ich komme nur mal vorbei, um zu sehen, wie ihr vorankommt. Und ich wollte fragen, ob du mit mir zu Mittag isst. Du musst mich unbedingt wegen einer neuen Frisur beraten, ich bin meine total leid.«

»Eine neue Frisur? Da steckt doch sicher was dahinter. Gibt es einen neuen Mann in deinem Leben, von dem du mir noch nicht erzählt hast?«

»Leider nicht, Sherlock Holmes, ich brauche nur ein wenig Auftrieb für mein geknicktes Ego.«

»Geknicktes Ego? Das möchte ich bei dir mal erleben. Aber ein Imagewechsel klingt interessant, ich sollte wohl besser mitkommen.«

»Super! Und sonst, hast du etwas Interessantes gefunden?«

Marcia grinste. »Ohne seine Kleider, die ja immer noch gesucht werden, komme ich nicht vorwärts. Ich habe aber trotzdem ein paar interessante Sachen an seinem Körper entdeckt. Willst du mal sehen?«

Sam nickte und sie gingen zu einem Tisch hinüber, auf dem diverse Mikroskope aufgereiht waren. Marcia beugte sich über eines von ihnen, sah durch das Okular und stellte etwas schärfer, bevor sie wieder aufsah. »Sieh dir das mal an.«

Sam spähte hinein und erkannte eine einzelne, dunkelblaue Faser. Sie bestand aus mehreren gewellten Linien wie bei einer natürlichen Faser, also war es vermutlich Wolle. Sie stellte einen höheren Vergrößerungsgrad ein, wodurch sie den Kern der Faser und dessen Struktur erkennen konnte. Bei manchen Stoffen war sie sehr auffällig und kompliziert, aber nicht bei Wolle.

»Dunkelblaue Naturwollfaser«, sagte sie schließlich.

Marcia war beeindruckt. »Wovon?«

»Von einer Jacke oder Hose.«

»Ich finde auch, dass es so aussieht, aber man muss mit der Farbe vorsichtig sein. Unter diesem starken künstlichen Licht zeigt sich die wirkliche Farbe, ein sehr kräftiges Dunkelblau. Aber bei normalem Tageslicht draußen auf der Straße wirkt es schwarz. Also wird jeder potentielle Zeuge unseren Killer in einer schwarzen Jacke oder Hose gesehen haben, nicht in einer blauen.«

Jetzt war Sam beeindruckt. Marcia fuhr fort: »Ich kann dir noch etwas mehr zur Farbe sagen, wenn ich weitere Tests durchgeführt habe.«

Sam sah wieder durch das Okular. Sie erinnerte sich an den Leichenfundort und ihr Gespräch mit Richard Owen.

»Wo hast du es her?«

»Es klebte an der Schnur um den Hals des Opfers.«

»Hast du noch mehr davon gefunden?«

»Ja, ein paar. Was ist? Ich habe den Eindruck, du hast mir irgendetwas verschwiegen.«

»Richard Owen hat da draußen eine Wolljacke getragen, ich hielt sie für schwarz. Wir müssen ein paar Fasern davon untersuchen, um ganz sicher zu sein, aber ich möchte wetten …«

»Was?! Owen, der Polizeiarzt? Hatte er etwa keinen Schutzanzug an?«

Sam schüttelte den Kopf. Marcia war wütend. »Tja, das wärs dann wohl, der Polizeiarzt ist der Täter. Fall gelöst!«

Sam runzelte die Stirn. »Das glaube ich weniger, er ist kein Ganove. Viel zu anständig, um sich die Hände schmutzig zu machen.«

»Wo war denn eigentlich die Spurensicherung? Hat Owen etwa noch nie den berühmten Satz gehört: Jeder Kontakt hinterlässt eine Spur? Das ist ja wirklich zu albern und ich dachte, ich hätte etwas gefunden!«

Sam unterbrach sie rasch und versuchte sie zu beruhigen. »Ich werde mit ihm reden, du weißt ja, der alte Owen ist ein bisschen seltsam.«

»Das ist nicht der Punkt, nur Gott allein weiß, wie viel Zeit wir verschwendet hätten, wenn dir nicht zufällig sein Jackett aufgefallen wäre.«

»Du hast gesagt, da waren noch andere Fasern?«

Marcia legte einen anderen Objektträger unter das Mikroskop, stellte scharf und ließ Sam hindurchsehen. Diesmal war eine lange Faser zu erkennen, sie sah grob und dunkel aus, wahrscheinlich braun, und war an beiden Enden abgeschnitten.

»Welche Vergrößerung ist das?«

Marcia sah schnell auf den Regler. »Hundertfünfzigfach.«

Sam nickte, erhöhte auf zweihundert und stellte wieder scharf. Es machte keinen großen Unterschied. Sie hatte nicht die leiseste Idee, was es war.

»Du erkennst nicht, was das ist?« Marcia stützte sich neben ihr auf. »Da bin ich aber beruhigt. Owen hatte also kein Pferd dabei, oder etwa doch?«

Sam sah sie irritiert an.

Marcia erklärte: »Es ist ein Pferdehaar, ich habe ein paar davon gefunden. Alle auf seinem« – sie warf einen Blick auf das Klemmbrett neben ihrem Mikroskop – »rechten Arm und seiner Hand.«

Sam sah wieder durch das Okular. »Das ist ungewöhnlich. Woher weißt du, dass es Pferdehaar ist?«

»Man erkennt es an der Struktur. Es ist zu dick für eine Fabrikfaser und es ist nicht gleichmäßig. Wie du weißt, besteht ein Haar aus drei Schichten. Wenn du genau hinsiehst, erkennst du sie alle drei und du siehst auch, dass die innerste Schicht, das Mark, eine vollständig intakte Linie bildet. Im menschlichen Haar fehlt es in der Regel oder ist brüchig, außer bei Mongoloiden. Unterbrich mich bitte, wenn ich dich langweile. Kaninchenhaar kann man ziemlich leicht anhand des Marks identifizieren, aber bei diesem hier musste ich zunächst die Markstruktur genauer untersuchen und dann die Pigmentpartikel in der mittleren Haarschicht. Ich verglich die Ergebnisse mit den Haarproben verschiedener Tierarten, die wir im Labor archivieren, und fand heraus, dass dieses Haar höchstwahrscheinlich von einem Pferd stammt.«

»Aber wenn es ein Pferdehaar ist, wie erklärst du dir dann, dass es an beiden Enden abgeschnitten wurde?«

»Ich denke, es diente als Füllmaterial für ein Stuhlpolster oder eine Matratze. Ich weiß, dass das heute nicht mehr so gebräuchlich ist, aber Pferdehaar wurde früher oft zu diesem Zweck benutzt. Wir müssen gut aufpassen, ob wir irgendwo noch so ein Exemplar finden. Wenn die Polizei nur die Kleider fände, das würde uns schon helfen.«

Sam sah Marcia an. Sie war beeindruckt von ihrer exakten Analyse. »Sie wird sie finden. Was ist mit der Schnur und dem Metallröhrchen, womit er erdrosselt wurde?«

Marcia ging zu dem langen Tisch in der Mitte des Labors hinüber und öffnete eine der mit Beweisstücken gefüllten Tüten, die darauf lagen. Sie hielt das Metallstück an der Schnur hoch, die durch ein kleines Loch oben an dessen Rand gezogen war. »Es ist ein Teil von einem Windspiel, ich glaube, es wurde davon abgeschnitten und dann als Garrotte benutzt.«

»Irgendwelche Abdrücke?«

»Nein, es lag zu lange draußen. Merkwürdig, jemanden damit umzubringen, oder?

Sam nickte. »Allerdings.«

Marcia hielt das Röhrchen hoch und schlug mit ihrem Stift dagegen. Ein hohes Klingeln tönte durch den Raum. »Wem da wohl die Stunde schlägt?«

»Pass auf, sie könnte dir schlagen.«

Marcia grinste und zuckte mit den Schultern. »Na, mein Mittagspäuschen hat jedenfalls noch nicht geschlagen. Ich bin hier noch nicht fertig, geh doch schon mal vor. Um eins treffen wir uns dann im *Shepherd's* – und die Getränke gehen auf dich.«

»Ist es nicht immer so?«

Marcia legte rasch das Metallröhrchen in die Plastiktüte zurück und ging wieder an ihr Mikroskop. Über die Schulter hinweg winkte sie Sam noch einmal kurz zu, aber sie war bereits wieder auf ihre Arbeit konzentriert.

Frances' Zimmer hatte sich nicht verändert. Es war, als hätte die Zeit an diesem Ort stillgestanden. Die Tagesdecke war abgenommen, als wäre es Zeit, schlafen zu gehen, und die Teddybären, Hasen und Puppen saßen immer noch genauso auf ihrem Kissen, wie sie sie zurückgelassen hatte. Sogar ihre Pantoffeln standen ordentlich neben dem Bett, wo sie immer gestanden hatten. Frances blickte ihren Vater an.

»Es hat sich überhaupt nicht verändert! Du hast nichts angerührt. Es ist, als wäre ich nie weg gewesen.«

Malcolm Purvis sah sich gedankenverloren um. »Das warst du auch nicht, nicht wirklich. Du bist genauso ein Teil dieses Hauses, wie es deine Mutter war, und sie ist auch immer noch hier und hat ein Auge auf alles. Ich wusste, dass du eines Tages zurückkommen würdest, ich musste nur abwarten.«

Frances schmiegte sich eng an ihren Vater. Sie hatte ihn sehr verletzt und doch hatte er nie aufgehört, sie zu lieben, und auf sie gewartet. Zum ersten Mal seit langer Zeit fühlte sie sich trotz all ihrer Probleme in Sicherheit, ja, sogar glücklich. Sie spürte, dass sie mit allem fertig werden konnte.

»Wir müssen reden, Daddy. Ich muss dir etwas erzählen.«

»Sicher musst du das, aber dafür haben wir noch genug Zeit. Geh doch erst mal unter die Dusche und zieh dich um. Ich habe alle deine alten Kleider im Schrank aufbewahrt. Wahrscheinlich sind sie mittlerweile etwas aus der Mode gekommen, aber sie werden schon ausreichen, bis wir etwas Neues besorgt haben. Wenn sie noch passen.«

Er musterte seine Tochter mit einem prüfenden Blick. »Ich glaube, du hast etwas zugenommen.«

Frances sah an sich hinunter und machte ein bekümmertes Gesicht. Ihr Vater wollte sie beschwichtigen: »Mach dir keine Sorgen, du siehst sehr gut aus, vorher warst du viel zu dünn.«

Frances biss sich ängstlich auf die Unterlippe, um die Wahrheit nicht herauszuschreien. Sie musste es ihm endlich sagen, aber dies schien nicht der richtige Zeitpunkt zu sein. Im Moment war sie wieder Daddys kleines Mädchen und das war ihr lieber. Er war verantwortlich und würde sich um sie kümmern. Wenn sie ihm erzählte, dass sie schwanger war, zerstörte sie jede Illusion. Sie brauchte Zeit zum Nachdenken und um sich zu beruhigen. Sie wollte den herzlichen Empfang, den ihr Vater ihr bereitete, genießen und sich daran stärken, bevor sie wieder erwachsen wurde.

Ihr Vater küsste sie auf die Stirn und wandte sich dann um, um hinunterzugehen. »Ich rufe besser die Polizei an«, sagte er auf dem Treppenabsatz, »damit dieser Blechhaufen da draußen abgeholt wird. Wir wollen doch nicht den lieben Bird anlocken, nicht wahr?«

Frances sah ihm nach, wie er die Treppe hinabstieg, bevor sie in ihr warmes, freundliches altes Zimmer zurückging.

Wyn Collins zog sorgfältig die Vorhänge ihres großen Wohnzimmerfensters zu, um die Außenwelt für einen weiteren Abend auszusperren. Es wurde schnell dunkel und die kalte Nachtluft schien durch jede noch so kleine Ritze in den Fensterrahmen zu kriechen. Dann drehte sie sich wieder zu ihrer Mutter um, die unruhig in einem großen Sessel saß. Sie feierte heute ihren fünfundsechzigsten Geburtstag und Wyn wollte, dass sie Freude daran hatte. Die Ausflüge aus ihrem Schlafzimmer die Treppe hinunter wurden immer seltener und sie nahm immer weniger wahr, was um sie herum geschah. Wyn hatte ihr ihre Lieblingssachen angezogen und eine Friseurin bestellt. Das schien der alten Dame gefallen zu haben. Die Frau konnte nicht viel älter als zwanzig gewesen sein, aber sie war sehr nett und ihre Mutter hatte gleich Vertrauen zu ihr gefasst. Als die Friseurin gegangen war, hatte Wyn versucht, das alternde und faltige Gesicht ihrer Mutter mit Make-up etwas zu beleben, und ihr zum Schluss ein kleines, buntes Partyhütchen auf den Kopf gesetzt, das mit einem Gummi um ihr Kinn festgehalten wurde. Dadurch wirkte sie eher wie ein grotesker Clown, aber ihr schien es nichts auszumachen. Sie lächelte nur dümmlich in den Spiegel, den Wyn vor ihr aufgestellt hatte.

»Also, Mum, wie findest du das? Du siehst keinen Tag älter als sechzig aus.«

Die alte Dame lächelte in den Spiegel und fuchtelte mit den Händen in der Luft herum, ihr gefiel offensichtlich, was sie sah. Wyn schaute auf ihre Uhr. »Sie ist immer noch nicht da, also fangen wir doch ohne sie an.« Sie tätschelte ihrer Mutter die Schulter. »Mach dir nichts draus, sie ist vermutlich mal wieder zu sehr mit ihrer Karriere beschäftigt.«

Wyn ging in die Küche und zündete die Kerzen auf der Geburtstagstorte an, mit deren Vorbereitung sie die ganze Woche verbracht hatte. Sie war sehr stolz auf ihr Werk, das sie mit weißem Zuckerguss überzogen und mit dreißig bunten Kerzchen dekoriert hatte. Und oben auf den Guss hatte sie gemischte Früchte gelegt, die die Form einer großen »65« bildeten. Sie wollte, dass dieser Geburtstag so normal wie möglich verlief, denn schon bald würde es überflüssig sein, etwas

Besonderes für ihre Mutter vorzubereiten. Sie hatte gehofft, Sam würde kommen, und war enttäuscht, dass sie nicht einmal angerufen hatte.

Sie zog eine Schachtel Streichhölzer aus der Schublade und zündete die Kerzen an. Als sie damit fertig war, nahm sie die Torte vorsichtig hoch und ging – ein »Happy Birthday« singend – ins Wohnzimmer zurück. Sie stellte die Torte auf einem kleinen Tisch vor ihrer Mutter ab und küsste sie auf die Wange. Ihre Mutter sah zu ihr auf und lächelte, aber es gab kein Zeichen des Erkennens in ihrem Gesicht, nur leichte Verwirrung.

»Los, Mum, wir blasen die Kerzen zusammen aus.«

Die alte Dame sprach zum ersten Mal an diesem Abend: »Ist dein Vater schon von der Arbeit zurück? Wahrscheinlich macht er wieder Überstunden wegen Weihnachten. Willst du immer noch ein Fahrrad haben?«

Wyn schüttelte leicht den Kopf. Ihr Vater war seit zwanzig Jahren tot, aber daran wollte sie ihre Mutter jetzt nicht erinnern.

»Nein, Dad ist noch nicht zurück, ich glaube, wir müssen ohne ihn anfangen. Jetzt pusten wir: eins, zwei, drei, und los!«

Es klingelte an der Haustür. Wyn blies schnell den Rest der Kerzen aus, bevor sie zur Tür ging, weil sie ihre Mutter nicht mit einem offenen Feuer – und sei es auch noch so klein – allein lassen wollte.

Sam stampfte auf der Fußmatte herum, um sich warm zu halten. Dichter, eisiger Nebel war aufgezogen und es wurde sehr kalt. Die Tür ging auf und der Eingangsbereich wurde plötzlich mit Licht und Wärme aus dem Haus durchflutet. Sam sah ihre Schwester an. »Tut mir Leid, dass ich zu spät komme. Wieder Probleme in der letzten Minute.«

Wyn fiel es schwer, ihren Ärger zu verbergen. »Ich dachte schon, du kämst gar nicht mehr. Ich hatte doch gesagt, du sollst anrufen.« Wyn gab fast widerstrebend die Tür frei und Sam betrat das Haus.

»Ich hatte wirklich viel zu tun. Ich bin mit der Leiche beschäftigt, die sie in Northwick gefunden haben.«

Wyn zeigte sich wenig beeindruckt. »Tatsächlich? Möchtest du eine Tasse Tee?«

»Gerne, ich bin ganz durchgefroren. Wo ist Mum?«

»Im Wohnzimmer.

»Hat sie die Blumen bekommen?«

»Erstaunlich, dass du daran gedacht hast.«

Sam spürte einen Anflug von schlechtem Gewissen, sagte aber nichts. Ihre Schwester fuhr fort: »Sie stehen oben in ihrem Schlafzimmer, sie sind sehr schön. Du und deine Blumen, du bist genauso schlimm wie Dad.«

Sam lächelte, ihr gefiel dieser Vergleich. »Wie geht es ihr?«

»Ist keiner ihrer besseren Tage.«

Sam nickte und zog ihren Mantel aus. Sie hängte ihn über das Treppengeländer, bevor sie ins Wohnzimmer ging, um ihre Mutter zu begrüßen. Ein überraschender Anblick erwartete sie. Als Wyn gegangen war, um die Tür zu öffnen, hatte ihre Mutter beschlossen, ohne sie anzufangen, und mit den Händen große Stücke aus der Torte geschaufelt. Unglücklicherweise hatte sie sich dabei von oben bis unten bekleckert. Sam betrachtete sie lächelnd. »Oh Mum, das gibt Ärger.«

Ihre Mutter lächelte ebenfalls, offensichtlich war sie sich nicht im Geringsten dessen bewusst, was sie gerade angerichtet hatte. »Hallo, Liebes, bist du schon aus der Schule zurück?«

»Wyn, kannst du einen Lappen mitbringen, Mum hat schon ohne uns angefangen«, rief Sam in die Küche.

Wyn brauchte keinen Ton zu sagen. Ihr stand der Ärger ins Gesicht geschrieben, als sie ins Wohnzimmer kam und damit begann, ihrer Mutter das Kleid abzuwischen.

»Sie ist schlimmer als ein Baby.« Wyn fasste ihrer Mutter unters Kinn und sah sie an. »Weißt du, wie lange ich dafür gebraucht habe? Und wie viel das gekostet hat?«

Sam beobachtete besorgt, wie ihre Schwester ihre Mutter behandelte. »Beruhige dich, Wyn, sie weiß doch nicht, was sie tut.«

Doch Wyn hatte keine Lust, vernünftig zu sein. Sie hatte sich mit den Vorbereitungen solche Mühe gegeben und jetzt war alles dahin. Sie war müde und aus Wut rieb sie mit dem Lappen heftiger an ihrer Mutter herum, als es nötig gewesen wäre. »Sie weiß es ganz gut. Sie will mir das Leben nur noch schwerer machen, als es ohnehin schon ist.« Sie sah ihrer Mutter tief in die Augen. »Stimmt doch, oder? Du willst mich nur ärgern!«

»Das ist doch Blödsinn«, platzte Sam heraus.

Wyn fuhr herum. »Sag du mir nicht, dass es Blödsinn ist. Tu erst einmal etwas für diese Familie, dann kannst du dir auch ein Urteil erlauben. Wenn du jeden Tag und jede Nacht mit ihr leben musst, Woche für Woche ihr ständiges Gejammere und ihre Anschuldigungen aushalten musst, während du gerade mal wieder das Bett neu beziehst, dann darfst du mir sagen, dass es Blödsinn ist!«

Wyn zog ihrer Mutter dicke Tortenklumpen aus dem Haar, während Sam verärgert über diesen plötzlichen Ausbruch ihrer Schwester nach einer passenden Antwort suchte. »Soll ich mehr Unterhalt zahlen?«

Das war offensichtlich nicht das Richtige gewesen.

»Bei dir ist alles nur eine Frage des Geldes, nicht wahr? Nein, ich will nicht mehr von deinem Geld, ich will, dass du mehr Verantwortung übernimmst. Wenn Dad noch leben würde und nicht Mum, dann würdest du dich anders verhalten, stimmts?«

»Das ist nicht fair.«

Sam wusste, dass etwas Wahres an dieser Behauptung war, aber dennoch schmerzte es. Sie hatte ihrem Vater immer näher gestanden, genau wie Wyn immer ihrer Mutter näher gestanden zu haben schien. So war es eben in ihrer Familie gewesen. Sie war immer Papas liebes, schlaues Mädchen gewesen. Sein Tod hatte sie erschüttert, obwohl sie damals noch sehr klein gewesen war. Die meiste Zeit ihres Lebens schien sie seitdem damit zu verbringen, ihre Schuldgefühle zu bekämpfen und ihm über den Tod hinaus zu beweisen, was für ein liebes, schlaues Mädchen sie war.

Wyn sah sie verärgert an. »Es ist nicht fair? Hör mal, ich bin jetzt schon drei Jahre lang allein, seit John sich wieder nach Irland verpisst hat. Ich habe zwei Kinder und nur drei Schlafzimmer im Haus. Ich habe sie« – sie zeigte wütend auf ihre Mutter, die die letzten Krümel Torte von ihrem Kleid pickte und in ihren Mund stopfte – »und sie braucht mehr Aufmerksamkeit als ein kleines Baby und Ricky zusammen! Der ist übrigens letzte Woche siebzehn geworden, danke für die lieben Geburtstagsgrüße ...«

Sam hatte es einfach vergessen, da gab es keine Ausflüchte.

Wyn setzte ihre Tirade fort: »Ricky hat keine Lust mehr, das Zimmer mit seinem Bruder zu teilen. Er will sein eigenes Zimmer und scheint es lustig zu finden, mir bei seinem Weg in die Eigenständigkeit so viele Probleme wie möglich zu machen ...«

»Wie wäre es mit einem Pflegeheim?«, warf Sam ein, um sie zu beruhigen.

»Wie wäre es, wenn du sie mir mal eine Weile abnimmst?«

»Du weißt, dass ich das nicht kann.«

»Sie würde deine Privatsphäre stören, nicht wahr? Es würde bestimmt keinen guten Eindruck machen, wenn du sie deinen schicken Gästen beim Dinner vorführen müsstest ...«

Es war nicht zu übersehen, dass Wyn es heute auf einen Streit anlegte. Sam beschloss resigniert, den Rückzug anzutreten. »Ich gehe jetzt wohl besser.«

Wyn verschränkte wütend die Arme vor der Brust und nickte nur. Sam beugte sich zu ihrer Mutter hinunter und gab ihr einen Kuss auf die zerzauste Frisur.

»Alles Gute zum Geburtstag, Mum. Ich komme bald wieder.« Sie strich der alten Dame zärtlich über das Haar und bekleckerte sich dabei mit Fruchtresten. Wyn reichte ihr ein Tuch. »Danke.« Sie wischte sich schnell die Hände daran ab, schritt in den Flur hinaus und zog ihren Mantel über. Dann drehte sie sich noch einmal um. »Bis nächstes Mal dann!«

Wyn nickte nur. Sie war immer noch sauer.

»Sag Ricky, es tut mir Leid, dass ich seinen Geburtstag vergessen habe. Ich werde das wieder gutmachen.« Sam öffnete die Tür und ging den Weg zur Straße hinunter. Hinter ihr knallte die Haustür ins Schloss.

Wyns Verhalten empörte sie. Sie hatte ihrer Schwester nie besonders nahe gestanden, auch nicht in der Kindheit, sie waren so verschieden. Manchmal war es schwer zu glauben, dass sie tatsächlich dieselben Eltern hatten. Wenn man Wyn reden hörte, konnte man glauben, nur sie habe Opfer bringen müssen. Der einzige Grund, warum Sam London verlassen hatte, war, dass sie näher bei ihrer Mutter sein wollte. Das schien Wyn vergessen zu haben. Die Summe, die sie ihrer Schwester monatlich überwies, war großzügig bemessen. Ohne das Geld käme Wyn mit Sicherheit nicht zurecht, doch das gab sie nicht gerne zu. Aber auch wenn Sam sich über sie ärgerte, wusste sie doch nur zu gut, dass sie ja sonst keine Familie hatte, und egal, wie frustrierend das alles auch sein mochte, ihren ausgeprägten Familiensinn würde sie nie ganz ablegen können. Also musste sie das Beste aus der Situation machen.

Malcolm Purvis schlug gerade ein weiteres Ei in die Pfanne, als Frances in die Küche kam. Ohne sich umzudrehen, fragte er: »Lust auf Frühstück? Ich dachte, ich haue uns was in die Pfanne.«

Der Geruch von gebratenem Fett verursachte bei Frances eine stärkere Übelkeit als sonst. »Nein, danke. Solltest du nicht eigentlich schon auf der Arbeit sein?«

»Ich habe mir ein paar Tage freigenommen, die werden schon ohne mich auskommen. Ist alles eh nur Rechtshilfekram.« Er sah seine Tochter an. Es schien, als wären die vergangenen Jahre wie weggewischt. Sie trug ein weißes T-Shirt und einen langen blauen Jeansrock. Den hatte ihre Mutter ihr als Letztes gekauft, bevor sie gestorben war, erinnerte er sich.

Frances bemerkte seinen Blick und sah auf die längst aus der Mode gekommenen Kleidungsstücke hinab. »Es ist nicht gerade der letzte Schrei, aber es gab nicht viel Auswahl.«

»Ich habe dich darin zuletzt im Alter von …«

»Zwölf?«, warf Frances ein.

»Ja, ungefähr. Ich erinnere mich noch, wie deine Mutter dir den Rock aus der Stadt mitgebracht hat. Du hattest wochenlang um ihn gebettelt.«

Frances sah ihren Vater an und fand, dass dies der richtige Moment war. »Ich bin schwanger.«

Das kurze Schweigen, das ihren Worten folgte, erschien ihr wie ein ganzes Jahr. Ihr Vater nahm die Pfanne vom Herd, kam auf sie zu und ergriff ihre Hand. »Bist du sicher?«

Frances nickte. »Ganz sicher. Mir wird morgens immer ziemlich schlecht.«

»Wie bei deiner Mutter. Tut mir Leid wegen dem gebratenen Ei.«

»Bist du böse?«

»Böse? Warum sollte ich böse sein? Meine Tochter ist wieder zu Hause und ich werde bald Großvater.« Er zögerte einen Moment, vielleicht war er zu weit gegangen. »Das heißt, wenn du es behalten willst?«

»Ja, das will ich«, entgegnete sie entschlossen.

Malcom lächelte sie an. »Was ist mit dem Vater? Ist es von Sebastian?«

»Ich will nicht, dass er es erfährt.«

»Er könnte es trotzdem herausfinden.«

»Dann wird es zu spät sein, denn dann sitzt er schon im Gefängnis.«

»Warum? Hat er dir etwa etwas angetan?«, fragte Malcolm alarmiert.

»Mir nicht. Aber erinnerst du dich an Mark James?«

»Natürlich, ich habe ihn schließlich verteidigt!«

»Wusstest du schon, dass er ermordet wurde? Sie haben es in den Nachrichten gemeldet. Der Tote, der auf dem Friedhof gefunden wurde, das war Mark.«

»Hast du ihn gesehen?« Frances schüttelte den Kopf. »Wie kannst du dann so sicher sein?«

»Er hat sich meinen Namen auf seinen rechten Oberarm tätowiert, einfach mit einer Nadel und Tinte. Und der Tote auf dem Friedhof hatte auch ›Frances‹ auf seinem rechten Arm stehen. Es ist Mark, ich weiß es einfach.«

Malcolm legte ihr einen Arm um die Schulter. »Warst du schon bei der Polizei?«

Frances schüttelte den Kopf.

»Meinst du nicht, du solltest hingehen?«

»Es ist noch etwas komplizierter. Ich weiß, wer ihn getötet hat, es war Sebastian.«

Malcolm Purvis sah ihr in die Augen. »Bist du dir da ganz sicher?«

Frances nickte. »Ich habe Angst, dass ich die Nächste auf seiner Liste bin.«

Einen Augenblick lang war Malcolm wie gelähmt und konnte nicht klar denken, dann zog er seine Tochter an sich und drückte sie, als wollte er sie nie wieder loslassen. »Niemand wird dir je etwas tun, weder Bird noch irgendwer sonst. Wir sind jetzt wieder eine Familie und so wird es auch immer bleiben, das verspreche ich dir.«

Frances saß mit ihrem Vater gegenüber von Farmer und Adams im Vernehmungsraum. Farmer betrachtete sie eine Weile nachdenklich. Sie hatte Frances nie zuvor gesehen, aber sie kannte ihren Vater, den Staatsanwalt Malcolm Purvis, sehr gut. Er hatte einige Fälle bearbeitet, mit denen auch sie zu tun gehabt hatte, und er war gut in seinem Job. Sie reichte Frances das Phantombild des Opfers, das sie für die Pressekonferenz vorbereitet hatten.

»Ist das Mark James?«

Frances sah das Bild sehr lange und genau an, bevor sie sich entschied. »Es sieht ihm sehr ähnlich. Das Gesicht hat eine etwas andere Form und die Nase ist etwas zu groß, aber ansonsten, glaube ich, ist er es.« Sie gab Farmer das Bild zurück. »Seine Augen waren übrigens blau, dunkelblau.«

»Erzählen Sie mir von der Tätowierung!«

»Er hat sie sich selbst mit einer Nadel und einem Fläschchen blauer Tinte in den Arm eingeritzt. Ich glaube, er wollte mich damit beeindrucken. Er war kein schlechter Kerl, nur manchmal ein bisschen dumm, das ist alles.«

»Hat er Familie?«

»Nicht dass ich wüsste. Seine Eltern kamen bei einem Autounfall ums Leben, als er noch klein war. Er wuchs bei seiner Tante auf, aber sie kümmerte sich nicht besonders um ihn. Jedenfalls starb sie vor ein paar Jahren und jetzt hat er niemanden mehr. Er hatte eine Wohnung ...«

»Wo?«

»In der Histon Road, Nummer neunundsiebzig, glaube ich. Aber er hat sie nicht mehr. Er ist an dem Tag ausgezogen, an dem wir zusammen abhauen wollten.«

»Ich weiß nicht viel über Mark, aber er schien nicht wirklich Ihr Typ zu sein, oder?«

»Es war keine sexuelle Beziehung, jedenfalls nicht für mich. Eher geschwisterlich. Wir kannten uns seit der Grundschule, wir waren einfach gute Freunde.«

»Und Mark wollte mehr als nur Freundschaft?«

»Ja, aber er wusste, was ich davon hielt. Er hat es in all den Jahren nie versucht.« Sie hielt inne. »Haben Sie sein Auto schon gefunden?«

»Was für ein Auto hatte er?«

»Einen klapprigen alten Spitfire, den er sehr geliebt hat.«

Adams wandte sich an Farmer: »Es gab vor ein paar Wochen einen Bericht über ein ausgebranntes Fahrzeug, das gleich bei Northwick gefunden wurde, ich glaube, das war ein Spitfire. Es war nicht genug davon übrig, um den Eigentümer ermitteln zu können. Man nahm an, dass es von irgendwelchen Jungs für eine Spritztour geklaut worden war.«

»Alles, was er hatte, war in seinem Auto, sein ganzes Hab und Gut.«

»Warum wollten Sie denn weglaufen?«, fragte Farmer weiter.

»Ich bin schwanger. Sebastian wollte keine Kinder und ich hatte Angst, dass er mich zu einer Abtreibung zwingen würde. Er wurde auch gewalttätig.«

»Er hat Sie geschlagen?« Farmer hasste Männer, die Frauen verprügelten, wie die Pest und sie spürte, wie sofort Wut in ihr aufstieg.

»Ja.«

»Oft?«

»Nur einmal, in der Nacht, als Mark verschwand, aber das hat gereicht. Es fängt immer mit dem ersten Schlag an, nicht wahr?«

»Und warum haben Sie sich entschlossen, mit Mark abzuhauen?«

Frances sah zu ihrem Vater hinüber. »Ich dachte, er wäre der einzige Freund, der mir noch geblieben ist.«

Malcolm beugte sich zu seiner Tochter und nahm ihre Hand. »Meine Tochter und ich haben uns eine ganze Weile nicht gesehen, aber ich glaube, wir haben das jetzt in Ordnung gebracht.«

»Mark hat das Geld gestohlen, nicht wahr?«

»Ja, aber ich habe ihn dazu überredet. Er hätte alles für mich getan und ich habe ihn benutzt. Das war nicht sehr nett von mir, glaube ich«, sagte sie reumütig.

»Wozu brauchten Sie das Geld?«

»Es war nicht für mich, es war für das Baby. Ich wusste, Sebastian würde nichts zum Unterhalt beisteuern, und es ist doch sein Kind. Ich wollte es nicht in irgendeinem Slum großziehen.«

Malcolm ergriff wieder das Wort. »Ich zahle alles Geld zurück, das Sebastian aufgrund der Ereignisse verloren hat. Nennen Sie mir nur die Summe.«

Farmer nickte und führte die Befragung fort.

»Sie sagten, Sie haben Mark in dieser Nacht nicht gesehen?«

»Nein, er ist nicht aufgetaucht.«

»Aber Bird?«

»Ja, wir hatten gedacht, am Bahnhof wäre es sicher. Es erschien uns als ein guter Treffpunkt, keiner von Sebastians Freunden hätte uns da gesehen.«

»Warum glauben Sie, dass er Mark getötet hat?«

»Er hatte offensichtlich nach ihm gesucht und er wusste, wo ich war, das war kein Zufall. Er war auch ziemlich brutal drauf. Ich hatte ihn noch nie so wütend gesehen. Ich dachte, er würde mich umbringen.«

»Und dann hat er Sie geschlagen?«

Frances nickte.

»Hat er sein Geld wiederbekommen? Bei Mark wurde jedenfalls keins gefunden.«

»Ich weiß es nicht. Er hat es seitdem nie wieder erwähnt.«

»Also hat er hinterher nicht mehr nach Mark gesucht oder versucht, sein Geld zurückzubekommen?«

»Soviel ich weiß, nicht. Nein.«

»Haben Sie eine Ahnung, wie viel Geld Mark gestohlen hatte?«

»Ich weiß es nicht genau, aber ein paar tausend Pfund müssten es gewesen sein. Er hat sie aus Sebastians Safe im Club geholt.«

»Gut, ich glaube, wir haben genug gehört. Ich hole eine Polizeibeamtin, die Ihre Aussage zu Protokoll nimmt, und es wäre schön, wenn Sie ihr genau das erzählen, was Sie mir gerade erzählt haben.«

Frances sah zu ihrem Vater hinüber, der ihr aufmunternd zulächelte.

Die Warteschlangen vor Birds Club waren so lang wie immer. Farmer sah sich die jungen Gesichter eines nach dem anderen an und erkannte einige von ihnen. Hier waren anscheinend sämtliche junge Ganoven aus der ganzen Grafschaft versammelt. Sie schaute auf ihre Uhr. »Wo zum Teufel bleiben eigentlich die Wollmützen?«

Adams, der hinter dem Lenkrad saß, warf einen Blick auf die Uhr am Armaturenbrett. »Es ist gerade erst elf, Madam, jetzt werden Sie mal nicht unfair.«

Aber Farmer war nicht in der Stimmung, fair zu sein. »Wenn sie die Profis wären, die sie so gerne sein wollen, müssten sie um elf hier sein und nicht ein paar Minuten später.«

Adams merkte, dass heute nicht mit ihr zu spaßen war, und beschloss, diese Diskussion nicht weiterzuführen. Er nahm stattdessen einen tiefen Zug von seiner Zigarette, blies den Rauch aus dem offenen Wagenfenster und sah ihm nach, wie er sich in der kalten Nacht auflöste. Er hörte ein Auto bremsen und warf einen Blick in den Rückspiegel. Ein weißer Transporter war hinter ihnen aufgetaucht und einige stämmige Polizisten in schweren blauen Overalls sprangen hinaus auf die Straße. Adams sah zu Farmer hinüber. »Sie sind da.«

Sie stiegen aus dem Wagen und gingen zu den neun Beamten des Sondereinsatzkommandos hinüber, die auf ihre Befehle warteten. Farmer trat auf den Sergeant zu, der schnell eine Entschuldigung parat hatte: »Entschuldigen Sie die Verspätung, Madam. Wir hatten ein paar Probleme mit ...«

Farmer schnitt ihm das Wort ab: »Sind Sie auf dem neuesten Stand der Informationen?«

Der Sergeant nickte.

»Dann können wir ja anfangen, oder?«

Die Einheit folgte Farmer und Adams hinüber zum Club. Bis sie an der Tür waren, hatten die Leute in der Warteschlange schon mit lauten Buhrufen zu protestieren begonnen. Adams ging mit zwei Beamten zu dem großen Windspiel, das über dem Haupteingang des Clubs hing. Er besah sich die langen Messingröhren genau und entdeckte, dass mindestens zwei von ihnen fehlten. Er nickte einem der Beamten zu, der es abnahm und vorsichtig in eine große schwarze Plastiktüte gleiten ließ.

Die beiden Türsteher hatten nicht schnell genug reagiert. Sie wussten nicht genau, was sie tun sollten. Endlich entsann sich einer von ihnen, dass es sein Job war, unerwünschte Eindringlinge zurückzuhalten, und baute sich zwischen Farmer und dem Eingang auf. Sie blieb stehen, fixierte sein großes, markantes Gesicht und sah ihm tief in die Augen. Trotz seines Heldenmutes war er nervös. Sie konnte es in seinen Augen lesen. »Machen Sie den Weg frei! Oder muss ich Sie erst aus dem Weg räumen?« Er zögerte und erstarrte fast unter ihrem Blick. Er verharrte einen Moment zu lang. Es ging alles sehr schnell. Für einen ganz kurzen Moment schienen Farmers Augen von ihm abzulassen. Er war erleichtert und konnte spüren, wie sein Körper sich entspannte. Doch das war ein Fehler. Farmer zog mit ganzer Kraft ihr Knie hoch und rammte es ihm zwischen die Beine. Er krümmte sich vor Schmerz. In diesem Moment schlug sie ihm fest mit der Faust in den Nacken, worauf er der Länge nach zu Boden fiel. Sein Partner wollte ihm zu Hilfe eilen, aber Farmers finsterer Blick ließ ihn in seiner Bewegung innehalten.

Sie sah auf die ächzende, ausgestreckte Gestalt zu ihren Füßen herab. »Nehmen Sie ihn fest!«

»Weshalb denn?«, fragte der Sondereinsatzbeamte irritiert.

Farmer war es nicht gewohnt, dass man ihr Fragen stellte, und sie hasste es. »Störung der öffentlichen Ordnung. Los jetzt!«

Der Sergeant kommandierte zwei Mitglieder seiner Einheit ab und sie trugen den stöhnenden Mann zu ihrem Transporter. Farmer und Adams konnten ohne weitere Verzögerung die Treppe erklimmen, betraten den Club und steuerten auf Birds Büro zu. Farmer hielt sich nicht lange mit Höflichkeiten auf und stieß die Tür auf, ohne anzuklopfen. Bird saß über Papiere gebeugt an seinem großen Eichenholzschreibtisch. Erstaunt blickte er auf.

»Wer zum Teufel sind Sie?«

Farmer trat an den Schreibtisch, zog ihren Ausweis aus der Manteltasche und hielt ihn Bird hin. »Ich bin Detective Superintendent Farmer, und das« – sie wies auf Adams, der mit zwei Sondereinsatzbeamten an der Tür stehen geblieben war – »ist Detective Inspector Adams. Sind Sie Sebastian Bird?«

Bird sah Adams an, dann wieder Farmer. Das war schließlich sein Büro und er hasste Störungen. »Was ist das hier, eine Art Spiel? Sie wissen doch genau, wer ich bin. Worum geht es überhaupt?«

»Sebastian Bird, ich nehme Sie fest. Sie werden beschuldigt, Mark James ermordet zu haben. Sie haben das Recht zu schweigen. Alles, was Sie sagen ... « Sie leierte den Rest der Rechtsbelehrung herunter.

Bird fühlte Wut und Ärger in sich aufsteigen. »Das ist doch ein Witz, oder? Sie sind gar nicht von der Polizei, sondern von dieser Fernsehsendung, *Versteckte Kamera*!«

Farmer blickte zur Tür hinüber und nickte. Adams trat zur Seite und ließ die beiden Beamten in das Büro. Sie zogen Bird aus seinem Sessel, drehten ihm die Arme auf den Rücken und legten ihm Handschellen an. Bird war verunsichert und er begann die Fassung zu verlieren. Er hasste es, eine Situation nicht unter Kontrolle zu haben. »Das ist doch verrückt! Ich habe nichts getan! Ich habe niemanden umgebracht!«

Farmer sah ihm lächelnd nach, als er abgeführt wurde. Er beteuerte wieder und wieder seine Unschuld. Adams zündete sich eine Zigarette an und sog den Rauch tief in die Lungen ein, während er sich im Büro umsah. Birds Stil, so viel musste er sich eingestehen, beeindruckte ihn. Die Einrichtung sah sehr kostspielig aus und alle Einzelheiten waren vorzüglich aufeinander abgestimmt: Möbel, Tapeten, Teppiche, ja sogar die zahlreichen Topfpflanzen fügten sich perfekt ins Bild. Das Einzige, was seltsam fehl am Platz wirkte, war ein altes, vergilbtes Foto von zwei schwarzen Männern in grober viktorianischer Bauernkleidung. Das Foto hing über einem großen, grünen Efeugewächs, dessen Ranken bis auf den Boden herabhingen. Die beiden Männer standen nebeneinander vor einem strohgedeckten Cottage. Hinter ihnen war ein älterer Weißer mit einem langen, weißen Bart zu sehen, der ähnlich angezogen war. Adams studierte das Foto eine ganze Weile und fragte sich, wer diese beiden Männer wohl waren, bis er von Farmer aus seinen Überlegungen gerissen wurde.

»Okay, dann wollen wir mal alles auf den Kopf stellen«, sagte sie in ihrem üblichen Befehlston. »Ich will auch ein paar von den Einsatzleuten hier haben, wir wollen das sorgfältig erledigen.«

Sie warf Adams einen fragenden Blick zu. Adams verstand sofort, er kannte diesen Blick nur zu gut. Er wandte sich von dem Foto ab und fing an, Birds Schreibtischschubladen zu durchsuchen.

Malcolm Purvis klopfte sacht an die Zimmertür seiner Tochter und öffnete sie leise. Frances lag auf ihrem Bett. Die Hände hinter dem Kopf verschränkt, starrte sie nachdenklich an die Decke. Malcolm trat zu ihr.

»Ich habe gesehen, dass das Licht noch an war. Kannst du nicht schlafen?«

Frances stützte sich auf einen Ellbogen und sah ihren Vater an. »Nein, ich kann nicht aufhören, darüber nachzudenken, ob es richtig war, zur Polizei zu gehen. Vielleicht war es doch falsch?«

Malcolm setzte sich auf die Bettkante neben seine Tochter. »Du hast genau das Richtige getan. Wenn er Mark umgebracht hat, verdient er es, lange eingesperrt zu werden. Ich weiß, dass Mark nicht der perfekteste aller Menschen war, aber ich mochte ihn gern. Er hielt große Stücke auf dich und er hätte sicherlich Besseres verdient gehabt.«

Frances ließ sich zurück auf das Bett fallen. Sie blieb bei ihren Zweifeln. »Ich habe aber nicht gesehen, dass Sebastian es getan hat.«

»Nein, aber die Umstände sprechen für sich. Überlass das ruhig der Polizei und dem Richter, du hast deinen Teil getan.«

»Aber was, wenn er wieder herauskommt?«

»Das wird eine ganze Weile dauern. Und dann wird er so betreut, dass er keine Gefahr mehr darstellt.«

Frances setzte sich wieder auf. »Ich dachte, Anwälte könnten das Gute in jedem Menschen sehen?«

»Das gilt für die Sozialarbeiter, das ist etwas anderes. Ich mag die meisten meiner Klienten nicht.«

»Aber du hast Mark gemocht.«

»Ja, damit verstieß ich allerdings gegen meine Prinzipien. Vielleicht, weil er so gut zu dir war.«

Frances lächelte und griff nach seiner Hand. Malcolm beugte sich vor und suchte mit seiner freien Hand in einer Plastiktüte herum, die er mitgebracht hatte. Schließlich zog er ein kleines blaues Babyjäckchen heraus und hielt es hoch. »Wie gefällt dir das?«

Frances kicherte und nahm das Jäckchen. »Es ist total süß, aber bist du nicht etwas voreilig? Woher weißt du, dass es ein Junge wird?«

Malcolm steckte wieder seine Hand in die Tüte und zog diesmal ein rosa Jäckchen heraus, das er Frances reichte. Sie betrachtete beide und hielt sie nebeneinander. »Na, dann wird es eben eine wilde Mischung.« Sie schlang ihrem Vater die Arme um den Hals und drückte ihn an sich. »Ich weiß nicht, wie du es mit mir aushältst, Dad. Ich mache nur Ärger.«

Malcolm umarmte seine Tochter. »Du bist meine Tochter, und ich liebe dich vorbehaltlos. Alle für einen! Wie zu der Zeit, als deine Mutter noch lebte.«

Dicke, heiße Tränen liefen langsam über Frances' Wangen und tropften auf das Hemd ihres Vaters.

Farmer sprach in das Mikrophon des Aufnahmegeräts, das auf dem Tisch im Verhörzimmer stand. Sie saß mit Adams gegenüber von Bird und seinem Anwalt Colin Lane. Bird flegelte sich lässig auf seinem Stuhl.

»Ich muss Sie daran erinnern, dass wir Sie als Verdächtigen vernehmen. Haben Sie das verstanden?«

Als abschätzige Geste der Kenntnisnahme zog Bird die Augenbrauen hoch.

»Für das Aufnahmegerät, bitte.«

Bird beugte sich vor. »Ja.«

Farmer fuhr fort. »Ich untersuche den Tod eines Mannes namens Mark James. Ich glaube, dass Sie mir dabei helfen können.«

Bird schwieg und starrte weiter unbeteiligt in die Luft.

»Kennen Sie Mark James?«

»Ja, er hat mal für mich gearbeitet.«

»Als was?«

»Barkeeper.«

»Wie lange hat er für Sie gearbeitet?«

»Zwei Jahre lang, aber nur ab und zu. Er war nicht fest angestellt.«

»Wir sind darüber informiert worden, dass er Ihnen ein paar tausend Pfund gestohlen hat. Ist das richtig?«

Bird nickte und Adams zeigte auf den Kassettenrecorder.

»Ja, das ist richtig.«

Adams schaltete sich ein: »Warum haben Sie den Diebstahl nicht angezeigt?«

»Und wozu?«

»Wir hätten das Geld vielleicht wiederbeschaffen können.«

Bird beugte sich über den Tisch und sah Adams direkt in die Augen. Adams zuckte nicht mit der Wimper.

»Ich bekomme keinen Versicherungsschutz mehr und wissen Sie, warum? Weil in meinen Club im letzten Jahr mehrmals eingebrochen wurde. Mir wurden Einrichtungsgegenstände im Wert von über zwanzigtausend Pfund gestohlen oder beschädigt und Ihre Truppe hat nichts unternommen. Deshalb habe ich keine Anzeige erstattet.«

Mit diesen Worten lehnte Bird sich wieder zurück.

»Aber diesmal wussten Sie, wer es war.«

»Ich habe auch die sieben Male vorher gewusst, wer es war, aber trotzdem haben Sie nichts unternommen.«

Farmer klinkte sich wieder in das Verhör ein. »Und da haben Sie beschlossen, die Sache selbst in die Hand zu nehmen, und haben sich auf die Suche nach James gemacht.«

»Das ist richtig. Ich wollte mein Geld zurück.«

»Haben Sie ihn deshalb umgebracht?«

»Ich habe ihn nicht umgebracht.«

»Aber Sie waren hinter ihm her.«

»Hinter jemandem her sein und jemanden umbringen ist ein großer Unterschied.«

Bird beugte sich wieder vor. »Frances hat Ihnen das alles erzählt, nicht wahr? Hören Sie, die verfolgt doch ein persönliches Interesse, ihren Erzählungen würde ich nicht so viel

Bedeutung beimessen, sie ist ein bisschen ...« Er tippte sich mit dem Finger an die Stirn.

Adams fragte weiter: »Was passierte also, als sie ihn gefunden hatten?«

»Ich habe ihn nicht gefunden. Ich habe nach ihm gesucht, bin überall gewesen, in den Clubs, Pubs, in den Straßen, wo die Zuhälter und Nutten sich rumtreiben, aber er war verschwunden. Dann hat einer von meinen Freunden erzählt, er habe Frances in Richtung Bahnhof gehen sehen. Als ich von zu Hause wegfuhr, war sie noch sterbenskrank gewesen. Also bin ich dahin gefahren. Sie habe ich zwar gefunden, aber von Mark keine Spur.«

»Was wollten Sie tun, wenn Sie ihn gefunden hätten?«

»Ich wollte ihm eine reinhauen, das hatte er verdient, aber das war alles. Aber er ist ja nicht wieder aufgetaucht, also wars das.«

»Und dann haben Sie Ihren Frust an Frances ausgelassen?«

»Ja, vielleicht. Ich bin etwas zu weit gegangen. Ich wollte sie nicht verletzen, aber sie hat sich den Kopf angeschlagen. Ich habe mich bei ihr entschuldigt, habe versucht, es ihr zu erklären. Ich habe mich danach sehr schlecht gefühlt.«

»Es ging also nicht nur um das Geld, oder? Sie nahmen an, James wollte mit Ihrer Freundin abhauen. Sie hätten Ihr Gesicht verloren, wenn er es getan hätte.«

»Man bringt doch wegen einer Frau niemanden um!«

»Hunderte Männer tun es jedes Jahr, warum sollten Sie da eine Ausnahme machen?«, entgegnete Farmer.

»Frances ist ein freier Mensch, wenn sie mit dem Typen abhauen wollte, hätte sie das herzlich gern tun können. Sie sollten nur nicht mein Geld mitnehmen.«

»Haben Sie ihn deshalb umgebracht?«

»Sie können mich das noch tausendmal fragen, aber die Antwort wird immer dieselbe bleiben. Ich habe ihn nicht umgebracht! Ich habe ihn nicht einmal aufgespürt. Und wenn ich ihn gefunden hätte, hätte ich doch nicht Lebenslänglich riskiert. Sie haben den falschen Mann.«

»Warum haben Sie nicht weiter nach ihm gesucht, als sie Frances gefunden hatten?«

»Ich habe mich umgehört, aber er war wie vom Erdboden verschwunden. Ich dachte, er läge feixend irgendwo mit meinem Geld unterm Arm am Strand.«

Farmer legte das Windspiel und die Schnur, die man um James' Hals gefunden hatte, in einer Plastikhülle auf den Tisch.

»Ich zeige dem Angeklagten Bird Beweisstück Nummer zwölf, das Windspiel und die Schnur, mit der James erdrosselt wurde. Sie stammt eindeutig von dem Windspiel über dem Eingang zu Ihrem Club. Haben Sie dafür eine Erklärung?«

Bird nahm die Tüte an sich und betrachtete das Beweisstück durch die durchsichtige Plastikfolie.

»Ja, vielleicht. Vor ein paar Wochen sind ein paar von den Metallröhrchen verschwunden. Das passiert oft, weil es immer draußen hängt. Es soll böse Geister fern halten.« Er sah Farmer an. »Glauben Sie, ich bekomme mein Geld zurück? Es hat eindeutig nicht funktioniert.«

Bird grinste breit, während er sich wieder in seinen Stuhl zurücklehnte und die Hände hinter den Kopf legte.

Bird saß ruhig auf seiner Pritsche in der nüchternen Gefängniszelle und lächelte arrogant, als Farmer die Zellentür hinter sich zuknallen ließ. Der diensthabende Wachmann schrieb Birds Personalien mit Kreide an die Tafel neben der Tür und Farmer und Adams entfernten sich.

Adams zündete sich eine Zigarette an und sah seine Chefin an.

»Glauben Sie, dass er es war?«

»Er war es bestimmt. Dieser verdammte Irre will doch nur mit uns spielen.«

»Er wird es jedenfalls nicht gestehen, einer von der Sorte tut das nie. Glauben Sie, wir haben genug in der Hand, um ihn zu überführen?«

Farmer sah ihn an. »Bin nicht sicher. Vor ein paar Jahren hätte man da noch keine Probleme gehabt, aber mittlerweile ... Es kommt auf den Richter an, Sie wissen doch, wie inkonsequent diese Bastarde sein können. Wir brauchen noch ein bisschen mehr und ich weiß auch schon, wo wir das herkriegen.«

Der Wachhabende rief aus dem Büro hinter Farmer her: »Madam, der Chef möchte Sie sprechen. Sofort.«

Adams zog fragend die Augenbrauen hoch. »Soll ich mitkommen?«

»Nein, er wird nur wissen wollen, was es Neues gibt. Es reicht, wenn einer von uns Scheiße erzählt. Aber danke.«

Adams sah seiner Chefin nach. Er kannte den Chief Superintendent zu gut, um zu glauben, dass er mitten in der Nacht einen Bericht haben wollte. Und Farmer musste das auch wissen. Es gab Ärger und den wollte Farmer allein auf sich nehmen. Adams ging langsam in das Verhörzimmer zurück.

4

Detective Chief Superintendent Words knallte einen Packen Zeitungen auf seinen Schreibtisch. Farmer konnte Words ohnenhin nicht leiden, aber wenn er sich wie jetzt von seiner übelsten und großkotzigsten Seite zeigte, verachtete sie ihn.

»Die Zeitungen von morgen! Wir sind überall auf der ersten Seite!«

Farmer nahm das Revolverblatt, das obenauf lag, und las den fett gedruckten Aufmacher:

OKKULTER SEX-RITUALMORD IN DORF BEI CAMBRIDGE

Der Artikel berichtete reißerisch und in aller Ausführlichkeit über die polizeilichen Ermittlungen zu dem Mord an dem bisher nicht identifizierten Mann, der auf dem Friedhof von St. Mary's gefunden worden war. Neben einem Foto, das den Totengräber und seinen Hund zeigte, stand genau beschrieben, wie der Hund die Leiche entdeckt hatte. Die Berichterstattung in den anderen Zeitungen war ähnlich.

Words brüllte sie an: »Das ist einfach zu viel, Harriet! Das geht so wirklich nicht! Wo zum Teufel hat die Presse all die Informationen her?«

»Vielleicht hat sie dem Totengräber ein paar Pfund zugesteckt?«

»Der Totengräber kann ihnen nur einen Teil erzählt haben. Und wo kommt der ganze Quatsch über Schwarze Magie und Sex und so weiter her?«

»Doktor Ryan, die Pathologin, erwähnte so etwas in ihrem Bericht. Die bloße Andeutung genügte und den Rest haben sie sich ausgedacht.«

»Warum diese verdammten Leute ihre bizarren Ideen nicht für sich behalten, kann ich nicht verstehen. Alles, was wir von ihr wissen wollen, ist: Ja, er ist tot, und so ist er gestorben. Dann soll sie sich wieder vom Acker machen. Ich werde mit ihrem Chef darüber sprechen. Wollen Sie also behaupten, dass sie die undichte Stelle ist?«

»Nein, das kann ich nicht mit Sicherheit sagen.«

»Woher haben sie es dann? Von einem in Ihrem Team?« Farmer war allmählich seine hysterischen Anfälle und Anschuldigungen leid. »Ich habe keine Ahnung, wo sie die Geschichte her haben. Außer mir weiß nur Adams davon.«

»Dann sehen Sie zu, dass er seine verdammte Arbeit macht! Ich will, dass dieses Leck abgedichtet wird, und wenn es in Ihrem Team war, dann bringen Sie ihn mir, sobald Sie wissen, wer es ist.«

Farmer nickte. Was blieb ihr anderes übrig?

Words polterte weiter: »Was ist mit diesem Verdächtigen, den Sie in der Mangel haben? Ist er schon überführt?«

»Nein, noch nicht, aber es sieht viel versprechend aus.«

»Viel versprechend reicht mir nicht, Harriet! Ich will ein Ergebnis, und zwar verdammt schnell. Je früher dieser Blödsinn ein Ende findet und die Leute sich abends wieder beruhigt in ihre Betten legen können, desto besser!«

Er ließ Farmer etwas Zeit, sich zu entspannen, bevor er dann mit seiner letzten Drohung auftrumpfte: »Ich will mich mit Ihnen nicht entzweien, Harriet, aber wenn diese Sache nicht schnell erledigt wird und ich die Presse nicht vom Hals kriege, werden wir beide noch einmal über Ihre Karriere sprechen müssen und darüber, wie Sie sich in einer blauen Uniform machen würden!«

Farmer atmete hörbar aus, sagte aber nichts. Sie konnte nichts tun, um ihn zu beschwichtigen, außer Bird zu überführen, und sie war nicht sicher, ob sie dazu schon genügend gegen ihn in der Hand hatte.

Constable Sandy Wilson und sein Kollege Philip Troakes saßen in ihrem Dienstwagen in der Croft Lane vor der Hausnummer 42. Wilson ließ seinen Blick über die Häuser schweifen. Es war eine schöne Straße, modern und hübsch. Alle Häuser waren geräumig angelegt, mit vier Schlafzimmern, Doppelgarage und breiten Einfahrten, in denen erstklassige Wagen parkten. Genau das, wovon er träumte; aber er konnte es sich nicht leisten. Es gab Leute, die bereit waren, für diese Häuser jeden Preis zu zahlen. Und irgendjemand wollte immer eins kaufen. Die, die hier wohnten, mussten alle verdammt gut bezahlte Jobs haben oder faule Geschäfte machen, um sich so etwas leisten zu können, dachte Sandy. Er schaute Troakes an.

»Glaubst du, du könntest hier wohnen?«

Troakes, der auf dem Beifahrersitz gedöst hatte, schob seine Schirmmütze aus dem Gesicht und sah sich um. »Partnertausch und Orgien? Klar, würde ich probieren!«

»Wie kommst du denn darauf?«

»Noch nie die Sonntagszeitung gelesen? Da sind jede Woche solche Geschichten drin. Mittelklasse-Frauen, die sich zu Tode langweilen. Die sind ganz scharf darauf.«

Wilson schüttelte missbilligend den Kopf. »In was für einer Welt lebst du eigentlich?«

»Erinnere dich doch mal an die Untersuchungen zu dem Mord in Bradthorpe letztes Jahr. Mittelklasse-Gegend, richtig? Zwei von den lieben Kollegen wurden von den Untersuchungen wegen Alkohol im Dienst ausgeschlossen, sechs wegen Rumvögelei und einer davon hat es sogar mit der Frau des Bankdirektors getrieben. Wurden offensichtlich in flagranti erwischt, er hatte noch seinen Helm auf.« Troakes johlte über seinen eigenen Witz, bevor er sich die Mütze wieder über die Augen zog und in seinen Sitz zurücksank.

»Du machst der Polizei wirklich alle Ehre!«

Troakes antwortete, ohne sich zu rühren. »Sieh mal, das ist die schöne neue Welt des Polizeidienstes. Von uns wird erwartet, dass wir einen Service bereitstellen, stimmt doch, oder? Und genau das tun wir. ›Extragründliche Nahüberwachung‹, das wär doch 'ne prima Dienstbezeichnung dafür, was?«

Sandy Wilson schüttelte ungläubig den Kopf und beobachtete weiter das Haus. Er hasste Aufgaben wie diese. Familienstreitigkeiten endeten immer tränenreich und niemand zollte einem Anerkennung. Es wurden mehr Polizisten bei häuslichen Auseinandersetzungen verletzt und getötet als bei allen anderen Einsätzen. Als seine Gedanken Richtung

Wochenende davonzusegeln begannen und zu dem Fußballspiel am Samstag, bog ein dunkelgrauer Ford Escort in Birds Einfahrt ein und hielt an. Troakes, der aus seinem Schlummer erwachte, sah hinüber, als ein Mann im blauen Anzug ausstieg und zu ihnen herüberspähte.

»Ist er das?«

»Nein, wahrscheinlich sein Anwalt. Der Sergeant sagte, dass er kommen würde.«

Sie beobachteten, wie Birds Anwalt über die Einfahrt zur Haustür schritt und aufschloss. Ein Auto fuhr langsam vorbei und hielt – von ihnen unbemerkt – weiter oben an. Und auch wenn sie es bemerkt hätten, hätte es keinen Grund für sie gegeben, misstrauisch zu werden. Es war nur eins von den vielen Autos auf der Straße. Ihre Neugier war befriedigt und als das Objekt ihres Interesses im Haus verschwunden war, ließen sie sich wieder entspannt in ihre Sitze zurückfallen.

Malcolm Purvis kletterte aus seinem Range Rover und blickte zu dem Polizeiwagen hinüber. Er war absolut sicher, dass die beiden geschlafen hatten. Er knallte die Fahrertür laut zu, um sie wissen zu lassen, dass er da war. Die beiden Constables setzten sich ruckartig auf und stiegen zackig aus ihrem Wagen aus, nachdem sie ihre Mützen zurechtgerückt hatten. Malcolm hatte gemischte Gefühle gegenüber Polizisten. Ihm war klar, dass sie einen schwierigen Job hatten, aber er wünschte sich, sie gingen manchmal etwas professioneller an die Sache heran, besonders wenn sie zu einer Aussage vor Gericht erscheinen mussten. Er hatte zu viele Prozesse verloren, als dass er ihnen große Wertschätzung entgegenbringen konnte. Diese zwei schienen groß und ruppig genug, den Job zu erledigen. Er hoffte jedoch, dass er sie gar nicht brauchen würde. Er ging zum Kofferraum seines Wagens, öffnete ihn und holte einen großen braunen Koffer heraus. Dann folgte er den beiden Constables die Einfahrt hinauf zur Haustür.

Sie brauchten nicht zu klopfen, der Anwalt hatte sie kommen sehen und öffnete die Tür. Er führte sie nach oben ins Schlafzimmer und öffnete den Schrank. Malcolm Purvis dankte ihm mit einem Nicken und fing an, Frances' Kleider in den Koffer zu packen, den er mitgebracht hatte. Birds Anwalt stand hinter ihm, beobachtete ihn genau und notierte alles, was er mitnahm. Schließlich war der Koffer voll. Malcolm klappte ihn zu und ließ die Schnappverschlüsse einrasten. Der Anwalt begleitete die kleine Gesellschaft wieder die Treppe hinunter und ließ sie, bis sie aus dem Haus waren, keine Sekunde aus den Augen. Er verließ das Haus gleich nach ihnen, verschloss die Tür und wartete, bis Malcolm Purvis und die Polizei weggefahren waren.

Als die beiden Autos oben an der Straße um die Ecke bogen, bemerkte er, dass noch ein weiteres Fahrzeug losfuhr und sich an den kleinen Konvoi heftete. Was ihn misstrauisch machte, war das Verhalten des Fahrers. Er schien auf sie gewartet zu haben. Er zog das Handy von dem Clip an seinem Gürtel und überlegte, ob er einen kurzen anonymen Anruf bei der Polizei machen sollte. Wenn Birds Freunde beschlossen hatten, das Gesetz in ihre eigenen Hände zu nehmen, wollte er nichts damit zu tun haben. Obwohl das Auto weiter oben gestanden hatte, war er sicher, als Fahrer einen weißen Mann mittleren Alters erkannt zu haben. Er hatte eigentlich nicht wie jemand ausgesehen, der sich mit Bird einließ. Er zögerte noch ein paar Sekunden, dann steckte er das Handy wieder weg und ging die Einfahrt zu seinem Wagen hinunter.

Sam kam am frühen Abend nach Hause zurück, aus ihrem Auto quollen Pflanzen aller Arten und Größen. Manche ragten aus den offenen Fenstern des Wagens heraus, sodass dieser wie ein Gewächshaus auf Rädern aussah. Sie versuchte immer, sich die Wochenenden freizuhalten, und bis auf gelegentliche Notfälle oder Bereitschaftsdienste gelang ihr das auch. Am Wochenende konnte sie endlich einkaufen gehen, das Cottage sauber machen und ein paar Stunden in ihrem geliebten Garten verbringen. Im Herbst gab es dort immer viel zu tun. Sie mochte die sanfte Schläfrigkeit, die sich in dieser Jahreszeit über die Natur legte, und die nun anfallenden Arbeiten, wie Einpflanzen, Stutzen, Ablegerabtrennen und Laubzusammenkehren, waren für sie eine wunderbare Art zu entspannen.

Sam wohnte in dem kleinen Drei-Zimmer-Cottage des ehemaligen Wildhüters. Sie mochte das alte Haus sehr – es war bereits über zweihundert Jahre ait – und sie schätzte seinen Komfort. Vieles darin war noch original erhalten, wie der große offene Kamin und die Decke mit den dunklen Holzbalken, aber es war umfangreich renoviert und mit allem ausgerüstet worden, was der moderne Mensch braucht. Das einzig Störende an dem Cottage war, wie sie fand, sein Name: »Dachsruhe«. Soweit Sam wusste, waren alle Dachse im Bezirk vor langer Zeit schon ausgeräuchert oder von Hunden aus ihrem Bau gezerrt worden und seit sie vor einem Jahr hier eingezogen war, hatte sie zwar schon einige wilde Tiere erspähen können, aber noch keinen einzigen Dachs. Das Cottage lag abgelegen zwischen Wiesen und Wäldern, nur ein kleiner, holpriger Weg führte zu ihrer Haustür. Gerade deshalb hatte sie es sich ausgesucht – und weil dieser wunderschöne Gärten dazugehörte, der sie durch seine Düfte sofort betört hatte.

Der Garten war zwar arg vernachlässigt gewesen, hatte aber aus eigener Kraft gegen die eindringenden wilden Gräser standgehalten. Überall erblühten Teerosen, deren Duft von den modernen Kreuzungen selten erreicht wird, während sich Geißblatt und Jasmin zwischen Kletterrosen am Haus und an der Mauer, die den Garten vor Ostwind schützte, emporrankten. Aromatische Kräuter und verschiedene Lavendelarten säumten den Pfad hinter dem Haus, der von der Küchentür aus in den Hauptteil des Gartens führte. Hier erwärmte die Sonne die Pflanzen fast den ganzen Tag und jedes Mal, wenn Sam in den Garten ging, zeigten die Stauden ein tieferes Blau und verströmten ihren eigentümlichen, durchdringenden Geruch. Die Mauerblümchen hatten schon etliche Winter überlebt und sich mit Gartennelken vermischt, die schon viele Jahre in einem erhöhten Beet vor dem alten Fliederbusch wuchsen. In ihrem ersten Jahr hatte sie zu ihrem größten Entzücken entdeckt, dass es keine Jahreszeit gab, in der dieser bemerkenswerte Garten nicht duftende Blätter und Blüten hervorbrachte. Leider waren einige der Pflanzen krank oder zu alt, als dass man sie hätte retten können. Sie hatte viel Zeit in ihren Garten investiert, hatte Ableger gezogen, Samen eingesammelt und Kataloge gewälzt und viel Geld ausgegeben, um die Pflanzen zu ersetzen, die nicht mehr zu retten waren.

Ihr nächster Nachbar, der Bauer, dem das Cottage gehört hatte, wohnte über eine Meile entfernt hinter den Feldern, und sie genoss diese Einsamkeit. So hatte sie Zeit zum Nachdenken und konnte sich in Ruhe auf die vor ihr liegende Woche vorbereiten. Wenn sie nicht in ihrem Garten beschäftigt war, machte Sam stundenlange Spaziergänge querfeldein durch Wiesen und Wälder, atmete in der frischen, klaren Luft tief durch und bewunderte die sich stets wandelnde Natur um sie herum.

Sie fuhr immer sehr langsam über den holprigen Weg mit den tiefen Furchen zu ihrem Cottage und wich dabei den großen, wassergefüllten Schlaglöchern aus, von denen man nicht genau wissen konnte, wie tief sie waren. Eine kleine Unkonzentriertheit und sie säße in einem der Löcher fest, aus denen sie ohne Hilfe nicht wieder herauskäme – von dem Schaden am Auto ganz zu schweigen. Sam betrachtete diese Stolperstrecke zu ihrem Haus als eine Art »Übergangsritus«, der ihre Seele vom Stress des beruflichen Alltags befreite. Als sie endlich mit ihrem Land-Rover in die Einfahrt bog, sah sie, dass neben dem Cottage ein dunkelblauer Wagen rückwärts eingeparkt hatte. Es wurde allmählich dunkler, weshalb sie die Gesichter hinter der Windschutzscheibe nicht erkennen konnte, aber sie nahm an, dass es Polizeibeamte waren. Wie sehr man sich auch mühte, die Zivilfahrzeuge der Polizei ließen stets erkennen, aus welchem Stall sie kamen. Sam ging um ihren Wagen herum und fing an, die Pflanzen aus der Heckklappe zu entladen. Sie hörte das Knirschen von Schritten auf dem Kies, setzte den großen Hamamelis-Strauch ab, den sie gerade aus dem Auto befreit hatte, und drehte sich zu Farmer und Adams um. Sie beäugte sie argwöhnisch und hoffte, dass sie einen guten Grund hatten, sie am Wochenende zu stören.

»Ich wusste nicht, dass Sie auch Hausbesuche machen!«

Sam war deutlich anzusehen, dass sie verärgert war, und Farmer fühlte sich etwas unwohl in ihrer Haut.

»Entschuldigen Sie, aber das ist eine Art Notfall.«

»Sie werden mit mir im Garten sprechen müssen, denn ich will die hier noch einpflanzen, bevor es ganz dunkel wird. Sie zeigte auf den Strauch, die vor ihr auf dem Boden stand.

Farmer sah Adams an. »Würden Sie Doktor Ryan helfen, Inspektor?«

Adams war offensichtlich nicht besonders glücklich über diese Anweisung, aber er hatte keine andere Wahl. Sam grinste ihn verschmitzt an, bevor sie mit Farmer ins Haus ging und Adams mit dem Problem allein ließ, wie er den großen, unhandlichen Topf transportieren sollte, ohne sich schmutzig zu machen.

Es war ein langer Marsch von der Hauptstraße zum Cottage und es ging ständig bergauf. Der Zustand des Weges trug nicht gerade dazu bei, dass er schneller vorwärts kam. Er rutschte und stolperte mehrmals, bis er das Cottage erreichte, und seine Hände und Knie und der Saum seiner Hose waren nass und schlammverschmiert. Der große, weiße Apparat, den er fest mit den Armen umklammerte – fast wie ein Kind seinen Lieblingsteddy –, behinderte ihn noch zusätzlich, denn er machte es noch schwerer, das Gleichgewicht zu halten. Als er endlich am Ziel ankam, war er total erschöpft und ließ sich gegen einen der antiken Torpfosten fallen, um sich zu erholen. Erst in diesem Moment registrierte er den blauen Vauxhall, der neben dem Weg ein paar Meter vor ihm geparkt war. Zuerst dachte er sich nichts dabei, wahrscheinlich hatte sie Besuch. Als aber das Funkgerät plötzlich knackte und das typische Piepen und Rufsignale von sich gab, bekam er es mit der Angst zu tun. Er lehnte seine Beute an den Zaun, rannte Hals über Kopf in das Wäldchen hinein, das an das Cottage grenzte, und drang so tief ins Unterholz vor, bis er sich sicher fühlte.

Sogar wenn der Winter näher rückte, war Sams Garten noch bezaubernd schön. Farmer, die keine große Gärtnerin war, bewunderte ihn. Sie war beeindruckt von der vielen Arbeit, die nötig gewesen war, um einen solchen Garten in Schuss zu bringen und zu halten. Die Rabatten waren so bepflanzt, dass es das ganze Jahr über Farben, Formen und Düfte zu bewundern gab. Am anderen Ende des Gartens, abgetrennt durch eine gestutzte Hecke und ein hübsches Spalier, lag ein kleiner Obstgarten. Die Blätter der Bäume hatten sich bunt gefärbt und präsentierten zu dieser Jahreszeit ein rot-braunes Farbenmeer.

Sam ging zu dem kleinen Schuppen an der Rückseite des Cottages und holte ein Paar grüne Gummistiefel heraus, als Adams sich mit dem Hamamelis-Strauch in den Garten vorkämpfte und nach einem Platz zum Abstellen suchte. Sam merkte, dass er nicht wusste, wohin, und rief ihm zu: »In die Ecke!«

Adams bewegte sich weiter, aber in die falsche Richtung. Sam dirigierte ihn schnell um: »Nein, nicht in *die* Ecke, nach da, meine ich!« Sie wies auf das entlegene Ende des Gartens. Adams funkelte sie wütend an, er hatte keine Lust mehr auf Befehle und wurde seiner Dienstbotenarbeit überdrüssig. Als er endlich dort angekommen war, wo Sam ihn haben wollte, und sie ihm durch ein Kopfnicken gnädig ihre Zustimmung signalisiert hatte, setzte er vorsichtig seine Last ab.

Sam zog die Gummistiefel an, schnappte sich den Spaten und füllte einen Beutel mit Kompost ab, bevor sie Adams über die Wiese entgegenging. Sie fing an, ein großes Loch zu graben. Obwohl sie immer noch über das Erscheinen der ungebetenen Besucher verärgert war und sich beeilen musste, die Pflanze noch einzusetzen, bevor es völlig dunkel wurde, fragte sie ohne aufzuschauen: »Was ist also so wichtig, dass sie an einem kalten, nassen Samstag hier herauskommen?«

Farmer sah Adams an und dann Sam. Es verwirrte sie, ein bewegliches Ziel befragen zu müssen.

»Mark James. Wir haben einen Verdächtigen.«

Sam blickte kurz auf, schaufelte aber weiter. In der kalten Nachtluft wurde ihr Atem zu Nebel.

»Ich bin beeindruckt. Wenn Sie einen haben, wozu brauchen Sie mich dann?« Das Loch war mittlerweile tief genug und sie schüttete den Kompost hinein, ohne auf Farmers Antwort zu warten.

»Wir haben einen Clubbesitzer festgenommen, sein Name ist Sebastian Bird.«

Sam hielt einen Moment inne und stützte sich auf ihren Spaten. »Ist er irgendwie an okkulten Dingen interessiert?«

»Mit schwarzer Magie hat das Ganze doch gar nichts zu tun! Ein Ganove hat sich mit dem anderen überworfen und seine Strafe bekommen.«

»Und das Kreuz auf James' Bauch?«

»Das sind keine netten Leute. Die tun solche Sachen eben.«

»Es scheint, als hätten Sie schon auf alles eine Antwort. Wozu brauchen Sie mich also?«

»Wir wissen, dass James ein paar tausend Pfund aus Birds Safe gestohlen hat und dass Bird hinter ihm her war. Genau in der Nacht, in der er, so glauben wir, ermordet wurde. Wir haben eine Zeugin, die diese beiden Punkte bestätigt. Wir wissen auch, dass er erdrosselt wurde ...«

»Garrottiert«, warf Sam ein.

Farmer akzeptierte ihren Fehler widerwillig. »Garottiert mit einem Metallröhrchen aus dem Windspiel, das über Birds Clubeingang hing. Das Problem ist, jeder hätte es stehlen können, es hängt vierundzwanzig Stunden am Tag da und mehr haben wir unglücklicherweise nicht.«

Sam wandte sich wieder der Pflanze zu. »Er hat also noch nicht gestanden?« Adams und Farmer schüttelten gleichzeitig die Köpfe, sodass sie aussahen wie die Wackelhunde, die manche Leute sich vor die Heckscheibe ihres Autos stellen.

»Und wo komme ich ins Spiel?«

»Ich bin nicht sicher, ob wir genug haben, um ihn festzuhalten, es sind alles nur Indizien.«

Sam verteilte den Kompost gleichmäßig in dem Loch.

»Wir ...«, Farmer sah Adams kurz an, um ihm auch einen Teil der Verantwortung zuzuschieben, »... haben uns gefragt, ob Sie noch irgendetwas anderes gefunden haben, das uns helfen könnte.«

Sam ging zu dem Wasseranschluss neben dem kleinen Schuppen, drehte den Hahn auf und zog den langen schwarzen Gartenschlauch durch das Gras bis zu dem Loch. Sie ließ das Wasser hineinlaufen und sah Farmer wieder an. »Es scheint, als hätten Sie schon genug, seien es nun Indizien oder nicht. Ich glaube nicht, dass ich noch etwas beizusteuern habe.«

Nachdem der Boden ausreichend gewässert war, drehte sie den Hahn zu und befreite die Pflanze aus ihrem Topf. Adams ließ sich ungefragt an ihrer Seite nieder und half ihr dabei, den festen Wurzelballen vom Topf zu lösen und ihn in das Loch zu senken. Schlammiges Wasser spritzte auf.

Farmer wurde angesichts dieses Schauspiels ungeduldig, blieb aber hartnäckig. »Außer dem Windspiel, das wegen seiner leichten Zugänglichkeit nicht von großem Wert ist, haben wir keinen Beweis. Und wir konnten Bird auch mit keinem der anderen gerichtsmedizinischen Beweise in Verbindung bringen.«

Sam sah Farmer fragend an, die sogleich fortfuhr: »Also hofften wir, Sie hätten vielleicht noch etwas gefunden.«

Sam wusste nicht, was sie von ihr wollte. »Und was zum Beispiel?«

»Irgendetwas. Etwas, das Bird direkt mit dem Tatort in Verbindung bringt.«

»Marcia Evans hat an der Leiche einige Fasern entdeckt, vielleicht sehen Sie sich die einmal an.«

Adams schaltete sich ein: »Die haben wir schon überprüft. Wir sind ziemlich sicher, dass das Pferdehaar von James' Autositz stammte. Und Doktor Owen schickte uns ein Muster von seinem Jackett. Es ist dieselbe Faser wie auf der Leiche. Also war die auch nicht sehr hilfreich.«

Sam zog missbilligend die Augenbrauen hoch.

»Man hat schon mit ihm gesprochen. Er wird sich demnächst an die Vorschriften halten«, sagte Farmer schnippisch. Sam wollte ihr nicht so recht glauben, ließ Farmer aber weiterreden. »Sind Sie sicher, dass da sonst nichts war? Etwas, das uns auf die richtige Spur bringt, wenn wir es vielleicht neu interpretieren?«

Die Sonne ging schon hinter dem Dach des Cottages unter. Sam verteilte die letzten Schaufeln Erde um die Pflanze und trat den Boden gut fest, während Farmer noch einmal ansetzte.

»Wenn wir nicht schnell etwas finden, geht er uns durch die Lappen. Sind Sie sicher, dass Sie ... rein gar nichts gefunden haben?«

Sam wusste nicht genau, ob es der Klang ihrer Stimme oder ihr Gesichtsausdruck war, aber woran immer es auch lag, sie durchschaute plötzlich Farmers Absicht. Sam verstand genau, was sie von ihr wollte, und sie ärgerte sich darüber.

»Ich kann nichts finden, was nicht da ist«, entgegnete sie.

»Vielleicht haben Sie es beim ersten Mal übersehen und gerade erst entdeckt. Verstehen Sie mich?«

Sam war mit ihrer Arbeit fertig und sah Farmer fest in die Augen. »Ich verstehe Sie sehr gut. Sie haben meinen Bericht und da steht alles drin. Ich habe nichts übersehen.«

Farmers Gesicht wurde rot vor Ärger. Adams intervenierte schnell, um die Spannung aufzulösen.

»Soll ich die anderen Pflanzen auch noch holen?«

Sam löste ihren Blick von Farmer und sah ihn an. »Nein, das mache ich morgen früh. Für heute reicht es mir.«

Sie betrachtete Adams Hose, die mit Schlamm bespritzt war. »Tut mir Leid wegen Ihrer Hose.«

Adams sah an sich hinunter und versuchte verärgert, die schlimmsten Spritzer wegzuwischen. »Scheiße!«

Sam warf ihm einen Blick über die Schulter zu, während sie schon aufs Haus zuging. »Genau.«

Sie öffnete die Hintertür und ging in die Küche. Sie machte die Tür hinter sich zu, verschloss sie mit einem deutlichen Klick und ließ die beiden Detectives draußen im düsteren Garten stehen.

Es war vom ersten Moment an klar gewesen, was der Rest der Gruppe dachte, als sie hereinkamen. Ein älterer Mann mit einem jungen hübschen Mädchen am Arm – ein klarer Fall von Midlifecrisis. Sie war jung genug, um seine Tochter zu sein, was sie ja tatsächlich auch war. Malcolm Purvis setzte sich verlegen mit Frances in die letzte Reihe. Das Ganze war ihm peinlich und er freute sich auf den Moment, wenn er alles würde aufklären können. Die Dozentin, eine kleine, pummelige Hebamme mit einem runden, freundlichen Gesicht, begrüßte sie und bat dann die Anwesenden, sich reihum vorzustellen. Jedes Pärchen sagte seine Namen, wie weit die Schwangerschaft war und ein paar Sätze zum familiären Hintergrund. Als Malcolm an der Reihe war, drehten sich alle um und sahen ihn missbilligend an. Ihr unbegründeter Verdacht verärgerte ihn und er war fast versucht, ihnen zu erzählen, dass Frances tatsächlich seine Freundin und das Baby von ihm sei. Aber unter den gegebenen Umständen siegte doch der gesunde Menschenverstand und plötzlich platzte er heraus: »Ich heiße Malcolm Purvis und das ist meine Tochter ...«

Frances schaltete sich ein: »Frances, die ihm seinen ersten Enkel schenken wird ...«

»... worauf ich mich sehr freue«, beendete Malcolm schnell den Satz.

Die Kursteilnehmer drehten sich wieder zu der Hebamme um, manche lächelten erfreut, anderen schien ihre falsche Annahme peinlich zu sein. Frances bemerkte den zufriedenen Gesichtsausdruck ihres Vaters und stieß ihn sacht mit dem Ellbogen in die Rippen. Er lächelte.

Die Gestalt beobachtete aus ihrem dunklen Versteck, wie Farmer und Adams abfuhren. Er sah die Bremslichter des Autos in der Ferne aufleuchten und wartete, bis es auf der Hauptstraße verschwand. Als er sicher war, dass sie weg waren, drehte er sich um und ging über den Kiesweg zur

Hintertür von Sams Cottage. Sam stand in der Küche und machte sich etwas zu essen. Sie hatte großen Hunger, weil sie den ganzen Tag noch keine Zeit zum Essen gefunden hatte. Bernard, ihr getigerter Kater, sprang auf die Arbeitsfläche und schnüffelte um die Pfanne herum. Sam nahm ihn zärtlich auf den Arm und streichelte ihn. Bernard war der einzige Gefährte, den sie hatte, und sie liebte ihn sehr. Nach dem Umzug hatte er sich zunächst verloren gefühlt. Als altem Stadtkater hatte ihm die Natur da draußen eine Weile zugesetzt, aber er gewöhnte sich mit der Zeit an die neue Umgebung und brachte mittlerweile eine stattliche Anzahl toter Ratten und Mäuse von seinen Streifzügen mit nach Hause. Sie setzte ihn gerade wieder auf dem Boden ab, als sie ein Klopfen an der Glasscheibe des Wintergartens hörte. Sie spähte in die Dunkelheit, konnte aber nichts erkennen und schaltete deshalb die Sicherheitsbeleuchtung ein. Der Garten wurde in ein grelles Licht getaucht, aber es war nichts zu sehen. Leicht nervös zog Sam die Gummistiefel wieder an und schnappte sich den Spaten als Waffe. Sie schloss die Hintertür auf und wagte sich vorsichtig hinaus.

»Hallo, Tante Sam!«

Obwohl sie die Stimme erkannte, machte sie erschreckt einen Satz nach hinten. Sie fuhr herum und sah in das grinsende Gesicht ihres missratenen Neffen. Sie war erleichtert und wütend zugleich.

»Warum klopfst du nicht an der Haustür wie jeder normale Mensch? Du bist schuld, wenn ich irgendwann einen Herzinfarkt kriege!«

»'Tschuldige, ich habe gewartet, bis dein Besuch weg war.«

Sam konnte nicht glauben, wie er aussah. »Wo warst du eigentlich? Du siehst aus wie ein Dreckmonster.«

Ricky sah an seinen schlammbedeckten Kleidern hinunter. »Tut mir Leid, ich bin in ein paar Schlaglöcher gestolpert. Es war dunkel!«

Sam hatte ihren Neffen immer gemocht, aber manchmal war er nicht einfach. Er war groß und schlank und hatte diese schlaksige Unbeholfenheit, die alle Jungen in der Pubertät zu befallen schien. Gott sei Dank hatte er wenigstens keine Pickel und das hübsche Gesicht mit dem roten Schopf machte die Ungeschicklichkeit wieder wett.

»Hast du was gegessen?«

»Eigentlich nicht.«

»Dann komm, du kannst bei mir essen. Ich glaube, es reicht auch für zwei.«

Ricky folgte Sam ins Haus und zog seine schmutzigen Schuhe vor der Küchentür aus. Sam ging zum Herd hinüber und sah prüfend in den Topf.

»Nur noch ein paar Minuten, dann ist es fertig. Wie gehts zu Hause?«

»Immer dasselbe mit Oma. Mum scheint die ganze Zeit sauer zu sein und David ist meistens mit seiner neuen Freundin unterwegs.«

David war Wyns ältester Sohn und so sehr Sam Ricky mochte, so wenig hatte sie für David übrig. Er war seinem Vater viel zu ähnlich, egozentrisch und grüblerisch und ihm fehlte die unbefangene Freundlichkeit seines Bruders. Obwohl Ricky alles andere als perfekt war, hatte er doch ein gutes Herz, was Sam sehr schätzte. Sie hoffte, dass David bald auszog. Das würde Wyn und Ricky den Freiraum verschaffen, den sie dringend brauchten.

»Dann haben wir bald eine Hochzeit zu feiern?«

Ricky war sich da nicht so sicher. »Das bezweifle ich sehr. Der benutzt sie doch nur.«

Sam spürte, wie sich ihr die Nackenhaare sträubten. Das war typisch für David. Sie wechselte das Thema. »Kannst du zwei Teller auf den Tisch stellen, Ricky? Sie sind hier im Schrank.«

Als Ricky aufstand, zog er die linke Hand, die er bisher versteckt hatte, aus der Hosentasche. Sam sah, dass er ein schmutzig weißes Taschentuch darumgewickelt hatte. Das Taschentuch war mit Blut und Schlamm verschmiert. Sie trat zu ihm.

»Was hast du denn da gemacht?«

Sie nahm seine Hand und begann das Taschentuch abzuwickeln. Er zuckte zusammen, als sie es abnahm. Eine hässliche Wunde klaffte in seiner Handfläche.

»Wie hast du das denn geschafft?«

»Hab mich an einer Glasscherbe geschnitten, zu dämlich!«

Sie hatte es vorher nicht bemerkt, aber als sie so nah bei ihrem Neffen stand, konnte sie seinen Atem riechen.

»Hast du was getrunken?«

»Nur ein paar Bier.«

Sam nickte skeptisch und holte den Erste-Hilfe-Kasten aus dem Schrank. Sie tränkte einen Wattebausch mit Desinfektionsmittel und reinigte die Wunde. Er zuckte zusammen vor Schmerz.

»Tut mir Leid. Aber bist du sicher, dass es eine Glasscherbe war? Die Wunde sieht nicht so aus.«

Ricky nickte, aber Sam glaubte ihm nicht. Sie wickelte einen frischen Verband um seine Hand und befestigte das Ende mit einer Sicherheitsnadel.

»So, das sollte genügen.«

Sie stellte zwei Teller auf den Tisch und servierte die Nudeln.

Ricky fing an zu essen, noch bevor Sam mit dem Auftragen fertig war. Dann warf er seiner Tante einen flehentlichen Blick zu. »Kann ich heute Nacht hier bleiben? Wenn ich nach Hause gehe, muss ich das hier erklären.« Er hielt seine bandagierte Hand hoch.

Sam sah ihn an. »Da gibt es doch nichts zu erklären, oder?«

Ricky aß weiter und sprach mit vollem Mund. »Nein, aber versuch doch mal, Mum davon zu überzeugen.«

Sam seufzte, aber das Gefühl, helfen zu müssen, und die Zuneigung zu ihrem Neffen waren stärker als der Ärger über diese neuerliche Störung ihres Wochenendes.

»Ich mache dir ein Bett. Aber du rufst besser deine Mum an und sagst ihr Bescheid.«

Ricky sah sie verlegen an. »Könntest du sie nicht …«

»Nein, keine Chance, das erledigst du selbst und bevor du das tust, kannst du noch abwaschen.«

Ricky ließ sich in seinen Stuhl fallen und stöhnte laut. Sam wollte ihren Neffen nicht gegen sich aufbringen, also fügte sie besänftigend hinzu: »Entschuldige, dass ich deinen Geburtstag vergessen habe, ich hatte so viel Stress in der letzten Zeit.«

Rick zuckte mit den Schultern, als verstände er. Sam nahm ihr Portemonnaie aus der Handtasche und reichte ihm eine Zwanzig-Pfund-Note.

»Gib es für etwas Vernünftiges aus!«

Er strahlte sie an, als er den Schein nahm. »Danke, Tante Sam, das werde ich.«

Sie hatte da ihre Zweifel, aber es war schön, ihm eine Freude zu machen.

»Wie gefällt dir der neue Job?«

Ricky ließ den Kof hängen und sah verdrießlich auf seinen Teller.

»Was ist diesmal passiert?«

»Schlechtes Timing. Aber der Job war sowieso eine Sackgasse. Ich will wieder zurück aufs College, aber Mum will nicht.«

»Tja, du warst ja auch nicht gerade eine Leuchte auf der Schule, oder?«

»Das war etwas anderes. Die Lehrer haben mich gehasst.«

»Nicht ohne Grund, wie ich mich erinnere. Glaubst du, auf dem College wird das anders?«, gab Sam mit einem ironischen Grinsen zurück.

Er nickte enthusiastisch. »Da wird man wie ein Erwachsener behandelt und nicht wie ein Kind.«

»Die Frage ist, ob du dich auch wie ein Erwachsener verhältst.«

»Du redest schon wie Mum.«

Sam legte die Gabel zur Seite. Der Vergleich mit ihrer Schwester ärgerte sie und sie erklärte die Mahlzeit für beendet, um das Thema wechseln zu können.

»Du fängst schon mal mit dem Abwasch an und ich mache dein Bett.«

Ricky nickte.

»Und ruf deine Mum an!«

Rickys Gesichtsausdruck ließ sie daran zweifeln.

»Ich meine das ernst!«

Nachdem man zunächst mit Vorbehalten auf sie reagiert hatte, waren Malcolm und Frances die Stars in der Gruppe geworden. Die anderen Paare waren sehr beeindruckt davon, wie sehr Malcolm seine Tochter unterstützte. Es wurde viel darüber gesprochen, wie er sich wohl in der Praxis schlagen würde, und er und Frances wurden oft nach vorne gerufen, um etwas zu demonstrieren. Frances zeigte sich sehr geschickt und hatte ein gutes Gespür dafür, was zu tun war. Im Gegensatz zu ihr war Malcolm ein hoffnungsloser Fall. Er ließ die Puppe mindestens zweimal fallen, stach sie und sich selbst mit einer Sicherheitsnadel und schüttete sich das Badewasser auf die Hose. Frances schrie vor Lachen, aber sie liebte ihren Vater wegen seiner ungeschickten Bemühungen nur noch mehr. Am Ende des Abends und trotz der zahlreichen Katastrophen hatten ihm alle zukünftigen Eltern gratuliert.

Abgesehen davon, dass es ihm zuerst peinlich gewesen war, hatte Malcolm die Sache Spaß gemacht. Als sie zurück zum Auto gingen, war er sehr nachdenklich. Er dachte daran, was das Baby alles brauchen würde, und stellte im Kopf lange Listen mit dem Nötigsten zusammen. Frances hatte sich bei ihm untergehakt und sah ihn an. Sie erriet seine Gedanken.

»Ich glaube, wir nehmen Wegwerfwindeln, nach deinem Erfolg mit den richtigen zu urteilen, nicht wahr?«

»Da könntest du Recht haben«, sagte er kleinlaut. »Dann sind sie eben ein bisschen teurer, aber was solls?«

Frances lachte. Sie waren so in ihre Pläne vertieft, dass sie das dunkelbraune Auto nicht bemerkten, das nur ein paar Meter weiter stand. Der Insasse bemerkte die beiden sehr wohl. Er sah auf die Uhr und notierte sich die Zeit, bevor er ihnen nachfuhr, um ihren Heimweg zu erkunden.

Es war schon nach neun Uhr, als Sam nach unten kam. Der Duft von gebratenem Frühstücksspeck stieg ihr bereits auf der Treppe in die Nase. In der Küche war der Tisch gedeckt und ihr Neffe stand am Herd.

»Das ist aber schön!«

Ricky drehte sich kurz zu ihr um. »Ein ordentliches, gesundes Frühstück.

»Ich weiß nicht, ob das so gesund ist. Denk doch mal an das ganze Fett!«

Sam nahm ihren Mantel von dem Haken an der Außenseite der Küchentür. Ricky sah sie fragend an.

»Und was ist mit dem Frühstück?«

Sie ging zu ihm hinüber, gab ihm einen Kuss und seufzte bedauernd. »Tut mir Leid, keine Zeit, ich bin spät dran.«

»Aber es ist Sonntag!«

»Nicht für jeden endet die Arbeit am Freitagnachmittag, weißt du!«

Als Sam schon fast aus der Küchentür war, rief er sie zurück. »Hier, nimm!«

Ricky hielt ihr ein Sandwich mit gebratenem Speck entgegen und Sam schnappte es sich. Sie nahm einen großen Bissen.

»Danke. Hm, schmeckt super!«

Ricky beobachtete sie.

»Hat dir deine Mutter nicht gesagt, dass man mit vollem Mund nicht spricht?«

»Wirst du noch hier sein, wenn ich wiederkomme?«

»Wahrscheinlich nicht, ich gehe besser nach Hause und höre mir das Theater an.«

»Viel Glück!«

Sie ging zur Haustür und sah schnell ihre Post durch. Fast nur Werbung, aber eine Postkarte las sie sofort. Sie kicherte immer noch darüber, als sie wieder in ihr Sandwich biss und die Tür öffnete. Vor ihr stand Detective Inspector Tom Adams. Er hatte einen großen weißen Zigarettenautomaten auf dem Arm, an dessen Rückseite, dort, wo er von der Wand gerissen worden war, große Stücke Putz klebten. An einer scharfen Kante waren die blutigen Fingerabdrücke des Diebes noch gut erkennbar. Sam schluckte den letzten Rest ihres Sandwiches hinunter. Adams lächelte sie an und zeigte auf die Postkarte in ihrer Hand.

»Jemand aus der Familie im Urlaub?«

»Nein, nur ein alter Freund. Offensichtlich will er mich besuchen.«

Adams Gesichtsausdruck änderte sich daraufhin rasch und er klopfte auf den Automaten, den er vor sich abgestellt hatte.

»Ist das Ihrer? Der lag draußen am Zaun. Ich wusste gar nicht, dass Sie rauchen.«

Sam runzelte die Stirn. »Ich rauche nicht.«

Sie sah sich die Blutspuren an und auf einmal war ihr klar, wie Ricky zu seiner Verletzung gekommen war. Es wurde Zeit, dass er eine Lektion bekam. Und wenn sie nur darin bestand, dass man seine Tante nicht belog. Adams enthüllte den wahren Grund seines frühen Besuchs.

»Tut mir Leid wegen gestern Abend, ich konnte nichts dafür. Sie steht ein bisschen unter Druck, Ergebnisse abzuliefern.«

»Und den Druck gibt sie dann nach unten weiter?«

»So ungefähr.«

»Ich schätze Ihre Ehrlichkeit. Ich werde ihn mir noch einmal ansehen, wenn Sie wollen, aber wenn da nichts ist ...«

Adams hielt beschwichtigend die Hände hoch. »Ich habe verstanden, danke.«

Ricky, der gehört hatte, dass seine Tante mit jemandem sprach, kam forschend um die Ecke. Sam hörte seine Schritte und drehte sich zu ihm um.

»Ricky, ich möchte dir Tom Adams vorstellen.«

Ricky streckte seine verletzte Hand aus.

»Tom ist Detective Inspector.«

Ricky bemerkte den Zigarettenautomaten. Erschreckt zog er halb seine Hand zurück und trat unsicher von einem Bein auf das andere.

»Er hat das hier in der Einfahrt gefunden.« Sam zeigte auf den Automaten. Ricky versuchte, möglichst unbeteiligt zu wirken. »Sieht nach guten Fingerabdrücken aus, das sollte kein Problem sein, den Schuldigen zu finden, was meinen Sie, Inspector?« Adams nickte und sah Ricky geradewegs in die Augen.

»Wir erwarten einen schnellen Erfolg.«

Sam lächelte Ricky noch einmal an, bevor sie zum Auto ging. »Tja, ich muss los. Ich bin sicher, ihr beiden werdet viel zu besprechen haben.«

Ricky schaute ihr ungläubig hinterher. Er fühlte sich verraten. Adams sah ihn an.

»Sollen wir hineingehen und uns über deine jüngste ›Anti-Raucher-Kampagne‹ unterhalten?«

Adams nahm den Automaten wieder auf den Arm, folgte Ricky in das Cottage und schloss die Tür hinter sich.

Eine halbe Stunde später bog Sam auf den kleinen, mit Kopfsteinen gepflasterten Parkplatz vor dem St. Steven's College ein. Sie ging durch das Tor zur Portiersloge, wo man ihr den Weg zu Simon Clarkes Büro am anderen Ende des Gebäudes erklärte. Von allen alten und ehrwürdigen

Gemäuern Cambridges mochte Sam den *Grand Court* am liebsten. Es war ein großer Platz, der von drei Toren begrenzt wurde, zwischen denen Gebäudetrakte verliefen, in denen sowohl Studenten als auch Forschungsstipendiaten untergebracht waren. Vom Haupttor aus rechts auf dem Hof lag die Kapelle des Colleges, ein hohes, beeindruckendes Gebäude, in dem schon seit Jahrhunderten Gebete gesprochen wurden und in dem Roubilliacs Meisterwerk thronte: die Statue von Newton, dem berühmtesten Schüler des Colleges, der auf die Lehranstalt hinausblickte, die er nie wirklich verlassen hatte. Am anderen Ende des Platzes lag der Speisesaal mit seiner alter Balkendecke und den großen Buntglasfenstern, in dem den wenigen Leuten, die das Privileg hatten, Mitglieder dieses sehr exklusiven Clubs zu sein, das Essen immer noch von uniformierten College-Kellnern an langen Holztischen serviert wurde. Und im Zentrum des Platzes ragte majestätisch ein Springbrunnen empor, der in Sams Augen auch sein schönster Bestandteil war. Ein italienischer Künstler hatte ihn im elisabethanischen Stil erbaut. Das sanft gurgelnde Wasser war in fast jedem Raum um den Hof zu hören und schuf jene beruhigende, kontemplative Atmosphäre, die dem ernsthaften Studium so förderlich war.

Als Sam endlich den Treppenaufgang M10 gefunden hatte, stieg sie die ausgetretenen und abgewetzten Holzstufen hinauf, bis sie vor einer großen grünen Eichentür ankam. Die Außenflügel der Doppeltür waren geöffnet und die weiße Innentür stand einen Spalt offen.

Noch bevor sie anklopfen konnte, rief eine Stimme von drinnen: »Herein, herein, ich komme sofort, machen Sie es sich bequem!«

Sam schob die Tür auf und betrat den dunklen Raum. Die vier Fenster zur Hofseite waren mit dichtem Efeu bewachsen und das Tageslicht musste sich seinen Weg durch die Ranken bahnen, um das düstere Interieur wenigstens etwas aufzuhellen. Das Zimmer wurde dominiert von einem großen Kamin mit breitem Sims, auf dem Krüge, Statuen und Gefäße unterschiedlichster Form und Größe aufgereiht waren. Am anderen Ende des Raums stand ein Regal, das so mit alten Büchern voll gestopft war, dass sich die einzelnen Bretter durchbogen. Manche dieser Bücher mussten dringend neu geleimt werden und sahen aus, als würden sie jeden Augenblick auseinander fallen. Mitten im Raum stand ein mit Papieren und Büchern bedeckter Schreibtisch. In der Luft lag der schwache muffige Geruch alten feuchten Papiers, unter den sich abgestandener Rauch mischte, und man hätte denken können, der Raum wäre vor langer Zeit in größter Eile verlassen und seitdem nie mehr betreten worden. An den Wänden hingen Gemälde und Drucke mit den unterschiedlichsten Motiven, aber auch merkwürdige andere Dinge. Sams Blick fiel auf eine schwarze Totenmaske, die von einem Nagel über dem Kamin baumelte. Von ihr ging eine beinahe hypnotische Wirkung aus und je länger Sam in diesem Raum stand, desto stärker hatte sie den Eindruck, magisch von ihr angezogen zu werden. Eine schneidende Stimme ließ sie aufschrecken.

»Die Totenmaske von Aleister Crowley, dem großen Hexer, dem leibhaftigen Teufel!« Der Mann, der ins Zimmer getreten war, schrieb mit dem Finger eine große »666« in die Luft. »Eine echte Rarität«, fügte er dann mit einem Blick auf die Maske hinzu.

Sam hob die Augenbrauen und schaute ebenfalls wieder zu der Maske hoch. »Das glaube ich gern.«

»Sie müssen Samantha Ryan sein, Trevor Stuarts Bekannte. Ich bin Simon Clarke. Freut mich, Sie kennen zu lernen.« Er reichte ihr seine Hand, deren Finger gelbe Tabakspuren aufwiesen.

»Danke, dass Sie am Wochenende für mich Zeit gefunden haben«, sagte Sam, indem sie die dargebotene Hand schüttelte.

»Das macht keinen Unterschied für mich, Werktage, Sonntage, ich arbeite sowieso die ganze Zeit.«

Simon Clarke war etwa dreißig Jahre alt, aber er sah zehn Jahre älter aus. Er war groß und dünn und trug eine dicke Brille mit Drahtgestell. Er wirkte zerzaust und roch streng nach Zigaretten und Schweiß. Sein Blick wanderte wieder zu der Maske.

»Er beteiligte sich an jeder Art von Ausschweifung, die den Menschen seiner Zeit bekannt waren, und auch an solchen, die außer ihm noch keiner kannte. Er starb während einer Drogenorgie in Frankreich.«

»Bestimmt mit einem Lächeln auf dem Gesicht.«

Simon stieß ein kurzes, scharfes Lachen aus, bevor er abrupt zu seinem Schreibtisch hinüberging und ein großes, in Leder gebundenes Buch hervorholte. Er legte es auf den Boden und setzte sich im Schneidersitz davor.

»Warum haben Sie sich die Pathologie ausgesucht?«

Obwohl Sam diese Frage überraschte, antwortete sie bereitwillig: »Ich finde die Toten interessanter als die Lebenden. Und sie jammern nicht so viel, wenn man sie aufschneidet.«

Er lächelte kurz. »Ich habe drei Jahre lang Medizin studiert. Aber das war nichts für mich. Ich konnte mich nicht an diese Operationen gewöhnen, daran, irgendwelche Körperteile zu öffnen und wieder zusammenzunähen. Ich muss mich immer noch schütteln, wenn ich daran denke.«

Sam beschloss, den Spieß herumzudrehen. »Warum haben Sie sich dann für die Kriminologie entschieden?«

»Zuerst aus Gesinnungsgründen. Sie wissen schon, die Welt in Ordnung bringen, Kriminelle umerziehen, sie zu wertvollen Mitgliedern der Gesellschaft machen und so weiter.«

»Und jetzt?«

»Jetzt will ich die Bastarde nur noch kriegen. Die meisten von ihnen wollen sich gar nicht ändern, sie sind ganz zufrieden damit, Kriminelle zu sein. Umso besser, wenn ich helfen kann, ein paar von ihnen einzusperren.«

»Peitscht sie aus und hängt sie!«

»Eher eine Kugel ins Genick, das ist sauberer und geht schneller.«

Sam war von seinen Ansichten überrascht. Simon amüsierte sich darüber.

»Jetzt sind Sie schockiert. Offensichtlich sind Sie noch nicht verbittert und abgearbeitet genug. Wenn jemand aus Ihrem Umfeld umgebracht oder überfallen wird und das System nur darauf aus ist, den Übeltäter so schnell wie möglich wieder auf die Straße zu lassen, damit er mit dem Gemetzel weitermachen kann, dann werden Sie anders denken. Kommen Sie dann noch mal bei mir vorbei.«

Sam schwieg und er wechselte schnell das Thema. »Es ist nicht das erste Mal, dass diese Art Symbol bei einem Mord verwendet wurde.«

Sam schaute ihn verwirrt an.

»Das umgedrehte Kreuz – es wurde nicht zum ersten Mal benutzt.«

Sam war wieder bei der Sache und setzte sich zu Clarke auf den Boden.

»Tatsächlich?«

Simon erklärte weiter: »Es geschah alles hier in der Gegend. Na, im weiteren Gebiet der Fenlands jedenfalls. Kennen Sie sich ein bisschen aus mit schwarzer Magie?«

Sam schüttelte den Kopf. Simon schlug das Buch auf und blätterte suchend darin herum. Endlich ließ er es aufgeklappt auf den Boden fallen. Jede der beiden aufgeschlagenen Buchseiten zeigte eine Frau auf einem Scheiterhaufen.

»In der ganzen Gegend hier wimmelt es nur so davon.«

Sam sah sich die Bilder genau an. Eine der beiden Frauen schrie, weil die Flammen an ihren Beinen zu lecken begannen. Die andere, aus deren schmerzverzerrtem Gesicht blau und geschwollen die Zunge baumelte, wurde von einem Henker erdrosselt, während ein zweiter den Scheiterhaufen unter ihr anzündete. Sam zeigte auf die zweite Frau. »Was geschieht mit ihr?«

Simon blickte auf das Bild. »Sie wird garrottiert.«

»Aber warum? Sie soll doch verbrannt werden.«

»Wenn sie sich schuldig bekannten, wurden sie vor der Verbrennung garrottiert. Dieser Tod ist schneller und weniger schmerzhaft. Eine große Gnade, nicht wahr?«

Sam betrachtete wieder das Bild. »Ja, sehr gnädig.« Sie bemerkte, dass jeweils um das linke Handgelenk der beiden Frauen etwas gewickelt war, und zeigte darauf. »Was tragen sie da um ihre Handgelenke?«

»Wahrscheinlich Efeu.« Simon nahm ein Vergrößerungsglas von seinem Schreibtisch und hielt es über die betreffenden Stellen. »Ja, Efeuranken. Es sollte die Hexen daran hindern, ihre Macht gegen ihre Feinde zu benutzen. Efeu wird in vielen schwarzmagischen Zeremonien verwendet. Schon die Römer ließen die Juden davor beten.«

Sam nickte. Sie war fasziniert. »Aber was hat das alles mit dem Mord an Mark James zu tun?«

»Dazu wollte ich gerade kommen.« Er blätterte weiter bis zu einem Bild von zwei schwarzen Männern in Bauernkleidung, wie sie im 19. Jahrhundert üblich war. »Hier sind sie, Charles und Isaac Ironsmith.«

»Sie waren Schwarze?«

»Ja und ich glaube, sie waren damals die einzigen Schwarzen in der Gegend. Sie waren eine ziemliche Sensation. Die Leute reisten von weit her an, nur, um sie sich anzusehen.«

Sam nahm das Vergrößerungsglas und studierte das Foto eingehend, während er mit seiner Geschichte fortfuhr.

»Sie tauchten kurz nach der Jahrhundertwende in Little Overton auf. Sie waren damals erst zehn Jahre alt und konnten kein Wort Englisch. Niemand schien zu wissen, woher sie kamen. Jedenfalls nahm Joseph Ironsmith, ein Bauer, sie auf und zog sie wie seine eigenen Kinder auf. Er gab ihnen sogar seinen Namen. Er hatte seine beiden Söhne im Burenkrieg verloren und brauchte dringend Hilfe auf seinem Hof. Und es schien eine fruchtbare Verbindung zu sein. Als der alte Mann starb, hinterließ er den beiden den Bauernhof und obwohl sie sehr zurückgezogen lebten, gab es, soweit ich weiß, niemals ein Problem. Sie führten den Betrieb einwandfrei.«

»Haben sie je Englisch gelernt?«

»Ja und nein. Niemand hat sie je wirklich Englisch sprechen hören, aber die meisten Leute, die mit ihnen in Kontakt kamen, waren überzeugt, dass sie jedes Wort verstanden, und mit dem alten Mann hatten sie offensichtlich auch keine Verständigungsprobleme.«

»Das ist alles ungeheuer faszinierend. Aber Sie haben meine Frage noch nicht beantwortet.«

»Geduld, Geduld, wir nähern uns der Sache. Um die beiden Jungen rankten sich viele Geschichten, die größtenteils Unfug waren, aber in ihrer Anwesenheit schienen merkwürdige Dinge zu geschehen.«

»Zum Beispiel?«

»Es wurden Wachsabdrücke von Leuten an die Kirchentür genagelt vorgefunden, Grabstätten wurden verwüstet, Vieh wurde krank. Das Übliche halt und nichts davon konnte man in direkten Zusammenhang mit den Brüdern bringen. Ich glaube, ein paar von den Dorfbewohnern hätten sie gerne verbrannt, wenn sie gekonnt hätten, aber der alte Mann nahm sie stets in Schutz.«

»Hat man jemals herausgefunden, woher sie kamen?«

»Es gab ein paar Gerüchte. Man munkelte, dass etwa einen Monat, bevor die Jungen im Dorf aufgetaucht waren, ein Handelsschiff aus Haiti vor der Küste von Norfolk Schiffbruch erlitten hatte, daher die Voodoo-Gerüchte.«

»Ist das wahr?«

Simon zuckte mit den Schultern. »Ich habe in jedem nur möglichen Archiv gesucht und keine Eintragung über einen Schiffbruch gefunden, aber das bedeutet nicht, dass es keinen gegeben hat. Nicht alles wurde damals aufgezeichnet.«

»Das klingt mir alles ein bisschen zu weit hergeholt.«

»Kann schon sein, aber der Voodoo-Glaube ist sicherlich eine Synthese vieler afrikanischer Glaubensrichtungen. Und er enthält katholische Elemente. Die Jungen können in ihrer Kindheit durchaus davon beeinflusst worden sein. Das würde eine Menge erklären.«

»Sie haben mir immer noch nicht gesagt, was das mit Mark James zu tun hat.

»Sehr viel. Einer der Brüder, Isaac, kam bei einem Arbeitsunfall in den Zwanzigern um und ließ Charlie auf sich gestellt zurück. Der Hof war für einen allein zu viel Arbeit, also verkaufte er ihn an einen Großgrundbesitzer und zog in eines der kleinen Cottages, wo er bis zu seinem frühen Tod zufrieden lebte und Gelegenheitsarbeiten verrichtete.«

»Was passierte mit ihm?«

»Er wurde Mitte der sechziger Jahre ermordet.«

»Ermordet?«

»Er war draußen gewesen, um die Hecken zu stutzen, und als er bei Anbruch der Dunkelheit nicht zurückkehrte, suchten sie nach ihm. Sie fanden ihn auf dem Primrose Hill draußen vor dem Dorf.«

»Und wo ist die Verbindung zu Mark James?«

»Er wurde garrottiert und eine Efeuranke war um sein linkes Handgelenk gewickelt.« Er beobachtete, wie Sam auf diese Informationen reagierte. »Noch interessanter ist allerdings« – er machte eine kleine Pause, um die Spannung zu steigern – »dass man ein großes umgedrehtes Kreuz auf seinen Bauch geritzt hatte.«

Sam war erleichtert, dass ihr Besuch doch keine totale Zeitverschwendung war, wie sie allmählich befürchtet hatte. »Hat man den Schuldigen gefunden?«

»Nicht dass ich wüsste. Aber da müssen Sie mit John Shaw sprechen. Er ist schon seit über zwanzig Jahren Pfarrer in Little Dorking. Er ist so eine Art wandelnde Enzyklopädie über das Hexenwesen in der Region und die Ermordung des alten Charlie. Vielleicht sollten Sie ihn besuchen.«

Sam stand auf und sah sich noch einmal Crowleys Totenmaske an der Wand an. »Hören Sie, ich will das ja nicht alles einfach so abtun, aber beschränkt sich dieser ganze Hexenkram nicht eher auf Leute, die an merkwürdigen Orten Sex haben und dabei komische Hüte tragen?«

»Für die einen ja. Aber auf der anderen Seite gibt es zur Zeit über eine Viertelmillion praktizierender Hexen und Hexer in unserem Land, und die meisten von ihnen nehmen ihre Sache ziemlich ernst.«

»Sie meinen, so richtig mit Geistern und Gespenstern und langbeinigen Ungeheuern und unheimlichen Erscheinungen im Wald?«

Simon lächelte gequält. »Ich kenne noch jemanden, mit dem Sie reden sollten: einen meiner ehemaligen Studenten. Er hat seine Dissertation über die Ironsmith-Geschichte geschrieben. Sie war sehr gut, soweit ich mich erinnere. Er wurde nur leider so besessen von der Geschichte, dass er den Rest seiner Arbeit vergaß und schließlich entlassen wurde.«

Er fing an, in den Papieren auf seinem Schreibtisch herumzustöbern. »Wie war denn noch sein Name? Ich habe ihn hier irgendwo.« Schließlich fand er den Zettel, den er gesucht hatte, und wedelte triumphierend mit ihm durch die Luft. »Genau, so hieß er: Sebastian Bird.«

Sam starrte ihn an und konnte nicht glauben, was er da gerade gesagt hatte.

Detective Superintendent Harriet Farmer stürmte durch die engen Korridore des Schiedsgerichts von Cambridge. Ihre Absätze hämmerten auf den harten Steinfußboden und das Klappern hallte im ganzen Gebäude wider.

»Diese verdammten Weltverbesserer überall! Hat denn keiner mehr einen Sinn für Verantwortung? Wo hat er nur diese Bürgschaften herbekommen? Das ist doch wirklich lächerlich. Wenn er noch jemanden umbringt, dann geht das auf deren Kappe, nicht auf meine!«

Adams, der ihr dicht auf den Fersen folgte, versuchte sachlich zu argumentieren. »Die Beweislage war nicht so überragend, Madam, das wussten Sie schon vorher. Sie haben gewisse Konditionen an seine Freilassung geknüpft und wir können ihn jederzeit wieder einsperren, wenn wir etwas mehr in der Hand haben.«

»Versuchen Sie mal, das der Familie des nächsten Opfers zu erklären.« Sie hielt einen Moment inne und drehte sich zu ihm um. »Ich will, dass er rund um die Uhr observiert wird. Wenn dieser Bastard auch nur Piep macht, will ich, dass es einer von uns hört. Habe ich mich klar ausgedrückt?«

Adams nickte und Farmer preschte weiter durch das Gebäude und hinaus in die milde Herbstsonne. Am oberen Treppenabsatz blieb sie plötzlich stehen, als wäre sie gegen eine unsichtbare Wand geprallt. Adams, der immer noch dicht hinter ihr war, musste rasch zur Seite ausweichen, sonst wäre er in ihren vor Entrüstung steifen Rücken gekracht. Farmer stand wie angenagelt da und starrte die Treppe hinunter. Adams folgte ihrem Blick. Sebastian Bird stand dort unten mit seinem Anwalt neben seinem roten Porsche. Sie sprachen offenbar über den Ausgang der Anhörung und strotzten vor Selbstzufriedenheit. Nachdem die beiden Männer sich mit Handschlag verabschiedet hatten, sah Bird noch einmal die Treppe hinauf und entdeckte Farmer. Ein arrogantes Grinsen breitete sich langsam auf seinem Gesicht aus. Farmer blieb zunächst regungslos stehen, doch als sie erkannte, dass Birds Auto im absoluten Halteverbot geparkt war, durchfuhr ein gewaltiges Beben ihren Körper. »Das Schwein steht im Halteverbot«, raunte sie Adams zu, »gehen Sie und verpassen Sie ihm einen Strafzettel.«

Adams sah sie verzweifelt an. »Aber warum denn, Madam?«

»Weil er gegen das Gesetz verstößt, Inspector. Und nun tun Sie Ihre Pflicht!«

Adams seufzte unhörbar und ging langsam die Treppe hinunter auf Bird zu.

5

Seit der letzten Tötung war mittlerweile fast ein Monat vergangen und er war bereit für die nächste. Er hatte nicht erwartet, dass das Gericht so entscheiden würde, wie es entschieden hatte, freute sich aber darüber. Die Zeit war schnell vergangen und er hatte sie gut genutzt. Er zog einen grünen Aktendeckel aus dem Schrank und breitete den Inhalt auf dem großen Eichentisch vor sich aus. Fotos, Landkarten, Blätter voller wichtiger Notizen – er hatte nichts dem Zufall überlassen. Wahrscheinlich wusste er besser über die täglichen Gewohnheiten von Frances Purvis Bescheid als sie selbst. In vielerlei Hinsicht war Mord eine intellektuelle Herausforderung, für die er wie geschaffen war. Als Tatorte und Verstecke für die Leichen hatte er mehrere Alternativen parat, für den Fall, dass seine erste Wahl sich als unpassend erweisen sollte. Er hatte diese Orte aufgesucht, sich genauestens mit ihnen vertraut gemacht und mögliche Komplikationen abgewägt. Noch nie in seinem ganzen Leben hatte er sich so sicher gefühlt. Während seiner letzten Mission hatte sich wieder einmal gezeigt, wie wichtig eine gute

Planung war, und er hatte sie mit der Präzision eines Uhrwerks erfüllt. Es hatte ihn angenehm überrascht zu erleben, wie leicht es ihm fiel, Mark James zu töten. Er hatte keine Reue verspürt, kein schlechtes Gewissen; tatsächlich hatte er sogar jeden Moment genossen. So musste es sich anfühlen, nach einer gut geplanten Schlacht den totalen Sieg zu erringen. Rache, so fand er, war ein gutes Motiv, und er labte sich an den Emotionen, die sie in ihm freisetzte. Die Hochstimmung, in die ihn die Tötung versetzt hatte, hatte tagelang angehalten und übertraf mit Sicherheit die Wirkung aller Drogen, die er je probiert hatte. Dieser Kick war besser als alles, was er jemals in seinem Leben gefühlt hatte, und er lechzte nach dem nächsten.

Er ging ein weiteres Mal jedes Detail des Plans durch, vergewisserte sich, dass er auch die kleinste Kleinigkeit auswendig wusste. Er prüfte sich selbst, indem er alles im Kopf noch einmal wiederholte. Als er mit sich zufrieden war, sammelte er die Unterlagen wieder ein, steckte sie in die Aktenmappe zurück und klappte sie zu. Das Foto von Frances hatte er auf den Deckel geheftet, aber nach einem letzten Blick auf ihr Gesicht ordnete er es in die Rubrik »Zu erledigen« ein. Er war sich seiner Sache zwar sehr sicher, wollte aber das Schicksal nicht herausfordern. Er beugte sich über die Sessellehne und nahm eine kleine, schwarze Ledertasche vom Boden auf. Er stellte sie auf den Tisch, ließ den Verschluss aufschnappen und begann ihren Inhalt zu kontrollieren. Die schwarze Tasche, fand er, gab den Vorgängen einen ziemlich makabren Anstrich. Sie war eines der drei Erkennungszeichen, die auf jedem Foto von Jack the Ripper zu sehen waren: sein Hut, sein Umhang und vor allem seine kleine, schwarze Tasche, in der er seine tödlichen Instrumente aufbewahrte. Er zog das

Präpariermesser heraus und nahm die Klinge unter die Lupe. Obwohl schon einmal benutzt, war sie immer noch scharf und glatt. Er fragte sich, wie oft er das Messer wohl noch verwenden konnte, bevor die Klinge stumpf wurde und er sie ersetzen musste. Er strich sanft mit dem Daumen über die Klinge, bevor er das Messer wieder in seine Schutzhülle steckte und an seinen Platz in der Tasche schob. Dann überprüfte er seine Spritzen und Nadeln. Sie waren alle in Ordnung und steckten in den vorgesehenen Laschen. Die Nadeln konnte er nur einmal benutzen, aber das war egal, davon hatte er genug.

Die beiden letzten Dinge, die er aus der Tasche nahm, hielt er für die wichtigsten: das kleine, bronzefarbene Metallröhrchen von einem Windspiel, an dem oben und unten die Enden einer langen Schnur befestigt waren, und die lange Efeuranke, die er erst kürzlich abgeschnitten hatte. Er ließ sie durch seine Finger gleiten und bewunderte die Blätter. Er hatte nie bemerkt, was für eine schöne Pflanze das eigentlich war. Schon ewig wuchs sie in seiner Umgebung, aber erst jetzt, wo sie ein so wichtiger Bestandteil seines Plans geworden war, hatte er ihre Schönheit und Zartheit zu schätzen gelernt. Er ließ beides wieder in seine Tasche gleiten, die er mit einem Klicken schloss, bevor er sie auf den Boden stellte. Angesichts der Aufgabe, es gleich mit zwei Leuten aufzunehmen, hatte er zunächst gezögert, aber Er schien ihm diese Richtung vorzugeben. Er hatte natürlich einen speziellen Plan ausgeheckt, aber zwei Leute auf einen Schlag zu töten war problematisch. Die Vorbereitungen hatten ihn einiges Kopfzerbrechen gekostet. Er würde es genießen, denn dann war alles vorbei und er würde wieder Ruhe finden.

Frances sortierte gerade ihre alte Garderobe aus, als ihr Vater ins Schlafzimmer kam. Sie hatte ihre ausrangierten Kleider schon auf dem Bett aufgetürmt, um sie in den örtlichen Secondhandladen zu bringen. Ein paar ihrer Lieblingsstücke, an denen besondere Erinnerungen hingen, hatte sie zur Seite gelegt. Eines von diesen Kleidern hielt sie in der Hand, als sie sich zu ihrem Vater umdrehte. »Erinnerst du dich noch daran?«, fragte sie.

Malcolm machte einen etwas verwirrten Eindruck, offensichtlich erinnerte er sich nicht.

»Das habe ich bei Tante Kittys Hochzeit getragen. Weißt du noch, wie John sich total betrunken hat und es ihm sehr, sehr schlecht ging? Sieh mal ...« Sie zeigte auf eine Stelle auf dem Kleid. »Dieser Fleck ist nie rausgegangen. Einmal getragen und schon ruiniert. Und er hat nie angeboten, mir ein neues zu kaufen.«

Malcolm nickte zwar tapfer, aber mit seinen Gedanken war er irgendwo anders. Frances fiel wieder ein, dass er auch früher oft unter starken Stimmungsschwankungen gelitten hatte. Sie warf das Kleid zu den anderen Sachen auf ihrem Bett und wartete darauf, dass er zu reden begann.

»Morgen Abend kann ich nicht zu dem Elternkurs mitkommen, es tut mir Leid.«

Frances verbarg ihre Enttäuschung nicht. »Warum? Du weißt doch, wie wichtig es ist.«

»Es ist das letzte Mal, ich schwöre es. Bei einem meiner alten Fälle ist etwas schief gelaufen und ich muss nach London fahren, um nach dem Rechten zu sehen.«

Frances verschränkte ihre Arme vor der Brust und sah enttäuscht zu Boden.

»Ich springe morgen kurz bei *Hamleys* rein und bringe euch beiden etwas Schönes mit.«

Sie schaute ihren Vater wieder an. »Versprichst du, dass es das letzte Mal ist?«

Er hob seine Hand. »Großes Pfadfinderehrenwort!«

Frances sah ihm in die Augen, um zu prüfen, ob er möglicherweise log, aber er schien es ernst zu meinen. »Wenn das so ist, dann geh besser bei *Armani* vorbei und kauf mir etwas Schönes!« Malcolm warf mit gespieltem Entsetzen seine Hände in die Luft.

»Aber nur der liebe Gott weiß, wie der Kurs morgen ohne seinen Star zurechtkommen soll.«

Malcolm lachte. »Ich bin sicher, ich werde das nächste Woche mehr als ausgleichen.«

»Das wirst du sicherlich«, pflichtete Frances ihm bei.

Er war überrascht gewesen, ihn abfahren zu sehen. Die Tatsache, dass er mitsamt einem Koffer von einem Taxi abgeholt wurde, ließ vermuten, dass er eine Weile weg sein würde, aber man konnte nicht wissen, wie lange. Nach all der langwierigen Planung schien es, als würden sie den Augenblick der Vergeltung doch nicht gemeinsam erleben. Wie würde sich Frances verhalten, jetzt, da ihr Vater verreist war? Sie machten ihm das Leben wirklich schwer und dafür sollten sie leiden. Ihm wurde klar, dass es nichts zu tun gab und er einfach nur abwarten und beobachten konnte und hoffen musste, nicht zu viele Unannehmlichkeiten beschert zu bekommen. In der folgenden Woche würde er sehr beschäftigt sein und er wollte die Sache schnell erledigt wissen, andernfalls dauerte es vielleicht Wochen, bevor er es wieder versuchen konnte.

Marcia Evans schaute auf die Uhr am anderen Ende des Labors. Sie blinzelte in das helle Neonlicht, bis sich ihre Augen vom Blick durch das Mikroskop auf die große Entfernung umgestellt hatten. Viertel nach zwei, nur zehn Minuten waren vergangen, seit sie zuletzt auf die Uhr gesehen hatte. Sie rieb sich vorsichtig die Augen, versuchte, sie zu entspannen und auf den nächsten Versuch vorzubereiten. Auch wenn sie erst vierundzwanzig war, machte sich bereits die stundenlange Belastung ihrer Augen bei der Arbeit am Mikroskop bemerkbar. Sie hasste die Vorstellung, eines Tages eine Brille tragen zu müssen. Ihr war ein Satz von Dorothy Parker in Erinnerung geblieben, der besagte, dass Männer sich nicht für Frauen mit Brillen interessierten. Aber sie könnte ja immer noch Kontaktlinsen tragen, tröstete sie sich. Trotz ihrer Sorgen schaute sie erneut durch das Mikroskop, stellte scharf und verlor sich in einer Welt der Fasern und Flecken.

Sam schritt besorgt in ihrem Wohnzimmer auf und ab und blieb gelegentlich vor dem Kamin stehen, um in dem prasselnden Feuer nach Inspiration zu suchen. Es knackte und zischelte vor sich hin und bildete gespenstische Formen in seinem heißen, lodernden Inneren. Nachdem sie in der letzten Zeit bereits einige Male mitten in der Nacht aus dem Bett geklingelt worden war, fand sie es nur gerecht, sich einen Nachmittag freizunehmen. Abgesehen davon brauchte sie Zeit zum Nachdenken. Farmer war an ihren wilden Theorien nicht interessiert, also musste sie irgendeinen Beweis zur Untermauerung ihres Verdachts finden, bevor sie noch einmal mit ihr sprach. Wie sehr sie auch versuchte, den Fall aus ihren Gedanken zu verbannen, gelang es ihr doch nicht, an etwas anderes zu denken. Sie steckte in einem riesigen Dilemma, mit dem sie sich allein gelassen fühlte. Nur ihr Kater Bernard stand ihr in ihrem inneren Aufruhr bei. Er beobachtete sie träge vom Sofa am anderen Ende des Zimmers aus, sein Kopf drehte sich nach links und rechts wie bei den Zuschauern eines Tennismatchs und nur ab und zu hielt er inne, um sich zu putzen oder sich ausgiebig zu räkeln. Schließlich blieb Sam am Fenster stehen, schaute durch den Regen zu den Wäldern oben auf dem Berg hinüber und fasste einen Entschluss. Sie ging schnell in den Flur, nahm den Telefonhörer ab und wählte eine Nummer.

Marcia wollte gerade einen der kleinen gläsernen Objektträger gegen einen neuen austauschen, als das Telefon am anderen Ende des Labors klingelte. Sogar das war eine willkommene Pause für ihre schmerzenden Augen. Sie sprang von ihrem Hocker, ging zum Telefon und nahm den Hörer ab. »Marcia Evans ...« Sie erkannte die Stimme sofort. »So wahr ich lebe, das ist Doktor Ryan! Was kann ein armes Mädchen wie ich für dich tun?«

Sams Stimme verriet ihr, dass sie nicht gerade in bester Laune war. »Marcia, ich weiß, es mag merkwürdig klingen, aber waren im Fall James Efeuranken bei dem Beweismaterial?«

Marcia fand diese Frage zwar seltsam, aber sie war offensichtlich ernst gemeint. Sie ließ die Späße bleiben und ging das Material im Geiste noch einmal durch. »Ich glaube nicht, soll ich es nachprüfen?«

Sie ging zu ihrem Arbeitstisch, auf dem neben ihrem Mikroskop ein kleiner ordentlicher Stapel von Papieren lag, und kämmte ihn durch. Einige Blätter las sie vorsichtshalber zweimal durch, um sicherzugehen, dass ihr nichts entging, aber da war nichts. Sie ging zum Telefon zurück. »Nein, kein Efeu, keine Ranken oder so.«

Sam seufzte enttäuscht.

»War es wichtig?«, fragte Marcia.

»Ich bin nicht sicher. Vielleicht. War nur so ein Verdacht.«

»Wenn ich etwas Derartiges in die Finger bekomme, rufe ich sofort an.«

Sam antwortete mit einem abwesenden »Hmm«, aus dem Marcia schloss, dass sie mit ihren Gedanken schon wieder ganz woanders war, verstrickt in komplexe Theorien, um ein Problem zu lösen, das sie gerade beschäftigte. Als sie es geknackt zu haben schien, sagte sie endlich: »Ich habe mich gerade gefragt, ob du vielleicht Lust hast, morgen mit zum Medizineressen zu gehen. Ich habe noch eine Karte übrig.«

Das war natürlich eine große Versuchung für Marcia, aber angesichts der Berge von Arbeit, die sie noch vor sich hatte, musste sie morgen bestimmt länger arbeiten. Selbst wenn sie pünktlich Schluss machte, würde sie bestimmt zu müde sein und es lohnte die hohen Kosten nicht. »Eigentlich gern, aber ich bin diesen Monat etwas knapp bei Kasse.«

»Lass das meine Sorge sein. Außerdem gibt es da viele junge, gut aussehende ...«

Marcia wurde plötzlich hellwach und ihr Gehirn suchte fieberhaft nach einer Idee, wie sie ihre Arbeitsverpflichtungen umorganisieren konnte. Sie fühlte sich wie Aschenputtel, das gerne einmal auf den Ball gehen will, aber jedes Mal durchkreuzt etwas ihre Pläne. »Ich habe nichts anzuziehen.« Sam entging nicht, dass Marcia schon fast entschlossen war, und zog ihren Trumpf aus dem Ärmel: »Richard wird auch da sein ...«

Das wars. Marcia musste einfach mitkommen. »Okay, ich gebe mich geschlagen. Wo und wann?«

Sam wusste, dass sie beim nächsten Schritt vorsichtig sein musste, und sprach sehr schnell, in der Hoffnung, Marcia würde ihr Hintergedanke bei der Einladung entgehen. »Um vier Uhr auf dem Friedhof hinter St. Mary's, Drinks dann um sechs in der *Master's Lodge*. Zieh dein kleines Schwarzes an, falls du eins hast.« Aber sie war nicht schnell genug gewesen.

»Moment, Moment! Ich weiß nicht, ob ich richtig gehört habe. Hast du Friedhof gesagt?«

»Ja, ich habe gedacht, du könntest mir erst noch einen kleinen Gefallen tun.«

»Mit den wenigen erlesenen Klamotten, die ich habe, soll ich auf den Friedhof gehen? Keine Chance, wirklich absolut nicht drin.«

Obwohl es noch früh am Abend war, näherten sich bereits ein paar Leute Birds Club. Die beiden Polizisten, die den Club beobachteten, vermuteten, dass es die Angestellten waren, die zeitig kamen, um alles für den Abend vorzubereiten. Bird war bei den Ersten gewesen, die eintrafen. Er parkte seinen Porsche auf der Straße vor dem Club und ging hinein. Die Kamera von DC Jock McFadyed klickte; er machte zwei Fotos in schneller Folge. Auf dem ersten stieg Bird gerade aus seinem Auto, und das zweite zeigte ihn von hinten, als er zur Tür hineinging. Während McFadyed fotografierte, notierte sein Partner Peter Morant den Zeitpunkt, Nummer und Marke von Birds Wagen und alle anderen Details, die er für wichtig hielt. Als er alles aufgeschrieben hatte, legte er das Klemmbrett zu seinen Füßen ab, verschränkte die Arme vor der Brust und starrte wieder durch die Windschutzscheibe.

Er hasste Observationen mehr als alles andere. Sie dauerten Ewigkeiten, waren langweilig, in der Regel fruchtlos und brachten sein Privatleben durcheinander. Normalerweise sollte er jetzt eigentlich mit seiner Freundin unten im *Dog and Bear* sitzen, ein Bier trinken und ein bisschen Tratsch mit George und Glenda austauschen. Aber stattdessen musste er so einen Trottel überwachen, der wahrscheinlich ohnehin über die Aktion informiert war und deshalb bestimmt keinen Fehler machen, geschweige denn einen Mord begehen würde. Er warf Jock einen schrägen Seitenblick zu.

»Ich sehe was, was du nicht siehst, und das fängt mit ›W‹ an.«

Jock sah ihn mit gespieltem Interesse an. »Windschutzscheibe.«

»Richtig!«

Jetzt war Jock an der Reihe. »Ich sehe was, was du nicht siehst, und das fängt mit ...«

»... ›W‹ an«, warf Morant ein. Jock nickte, und Morant sagte: »Windschutzscheibe.«

Jock schüttelte den Kopf. »Das kannst du wirklich gut!«

»Reine Übungssache.«

Jock stimmte ihm zu. »Genauso ist es bei mir mit dem Sex.«

»Besonders, wenn du allein bist, wie ich gehört habe«, entgegnete Morant und grinste.

Jock warf ihm einen finsteren Blick zu und sie fingen beide an zu lachen. Da bemerkte Morant eine attraktive junge Frau, die zu ihnen herüberkam. Sie trug ein Tablett mit zwei Gläsern darauf und trat an die Beifahrerseite. Jock kurbelte die Scheibe herunter. Er hatte ein flaues Gefühl im Bauch. Lächelnd sah sie zu ihnen ins Auto.

»Mister Bird meinte, Sie sähen etwas genervt aus, und bat mich, Ihnen ein paar Drinks zu servieren.«

Die beiden Detectives sahen sich an, sie waren misstrauisch und gleichzeitig erstaunt. Die Frau setzte noch eins drauf: »Er sagte, er hätte sie gern selbst gebracht, aber er musste dringend fort.«

Die Detectives stöhnten unisono auf. Jock nahm die Gläser und reichte eins an seinen Partner weiter. »Sie wird uns an den Eiern aufspießen!«

Morant prostete mit seinem Glas der Kellnerin zu, die ihn anlächelte. »Zum Teufel, was solls! Sie können uns nur einmal hängen!«

Und die beiden leerten ihre Gläser in einem Zug.

Sam und Marcia sahen sich einen Moment lang an, bevor Sam endlich den Mut aufbrachte, an die Tür des Schuppens zu klopfen. Fast augenblicklich öffnete sie sich und der Totengräber stand mit der Schaufel in der Hand vor ihnen. Er sah verärgert aus. Sam stellte sich vor: »Doktor Ryan, ich habe mit dem Pfarrer telefoniert.«

»Sie kommen zu spät. Der Pfarrer sagte mir, Sie wären um vier hier. Jetzt ist es halb fünf. Ich habe auch noch etwas anderes zu tun, als hier auf Sie zu warten.«

Sam entschuldigte sich. Was sollte sie sonst tun? »Sorry, wir haben im Stau gestanden. Sie wissen ja, wie das ist.«

Er sah sie einen Moment lang schweigend an, schwang dann die Schaufel über die Schulter und kam aus dem Schuppen heraus. Als er auf Marcia zuging, wich sie unwillkürlich zurück und dachte sogar eine Sekunde lang daran, einfach wegzulaufen. Einzig der Hund des Totengräbers hielt sie davon ab. Er kam schwanzwedelnd auf sie zugelaufen und versuchte herauszufinden, ob sie freundlicher oder feindlicher Gesinnung war. Marcia ging in die Hocke und streichelte ihn. Sofort rollte er sich auf den Rücken. »Süßer Hund!«, sagte sie.

Wortlos schritt der Totengräber über den Friedhof, gefolgt von Marcia und Sam. Als sie an den alten Grabsteinen und Gruften vorbeigingen, bemerkte Sam zum ersten Mal, wie schön die Anlage eigentlich war. Hier, inmitten der Gräber, blühte das Leben in bunter Vielfalt. Sie hatte noch nie so viele unterschiedliche wilde Blumen an einem Ort gesehen. Seltene Efeuarten überwucherten die alten Steine, während kleine Bäume und Büsche sich aus den alten Gräbern erhoben wie die Finger der Toten, die sich dem Licht entgegenreckten. Der Herbst hatte alles verändert und verglichen mit den menschlichen Überresten, mit denen sie es normalerweise zu tun hatte, zeigte der Tod sich hier von seiner schönen Seite. Als ob die verfärbten Blätter eine letzte Chance nutzten, darauf hinzuweisen, wie schön die Pflanzen auch im Leben gewesen waren. An diesen Ort wollte sie gern noch einmal zurückkommen.

Sie erreichten endlich die Grabanlage, die sie suchten, und der Totengräber drehte sich zu ihnen um. »Viel Arbeit für nichts, wenn Sie mich fragen. Sie werden hier nichts finden, die Polizei hat das ganze Grab schon auf den Kopf gestellt. Und sie haben nicht alles wieder an seinen Ort geräumt.«

Sam sah ihn an. »Sie wussten nicht, wonach sie suchen sollten.« Sie betrachtete die Grabstätte. Aus der Platte war an einer Ecke ein großes Stück herausgebrochen, durch das sie sich wahrscheinlich durchquetschen konnte. Sie wandte sich an den Totengräber: »Sie haben ihn gefunden, nicht wahr?«

Er hielt sich mit zwei Fingern die Nase zu. »Eher gerochen. Es stank ziemlich widerlich.«

Sam nickte. »Dann sehe ich mir das mal an.« Sie nahm eine kleine Taschenlampe aus ihrem Beutel, den sie Marcia reichte, und zwängte sich durch das Loch. Es war ziemlich eng, aber sie passte gerade hindurch und kroch schon bald in dem dunklen Innern herum. Sie schaltete ihre Taschenlampe ein und ließ den Lichtstrahl über die Wände schweifen. Die Luft in der Gruft war schwer und feucht, irgendwie drückend. Obwohl die polizeiliche Durchsuchung erst kurze Zeit zurücklag, hatten sich die Spinnen schon wieder in den Fugen eingenistet und Dutzende von Netzen hingen ringsumher. Der Boden war nicht so sauber, wie Sam gedacht hatte, weil das verstreute Blattwerk nur durchwühlt, nicht aber entfernt worden war. Das zuunterst liegende alte Laub hatte einen dünnen, schleimigen Teppich gebildet, der von neuen trockenen Herbstblättern bedeckt war. Sie ließ ihre Hände vorsichtig durch die Blätter gleiten, nahm gelegentlich eins auf und sah es sich genauer an. Sie versuchte systematisch vorzugehen, aber das gestaltete sich schwierig. Der Innenraum war sehr eng und ließ ihr wenig Bewegungsspielraum. Ab und zu huschte ein Insekt, das sie aufgeschreckt hatte, unter ihrer Hand hervor oder über ihre Schuhe, um der Gefahr zu entkommen, die sie für sein Leben darstellte. Als sie gerade resignieren und die Suche aufgeben wollte, erfasste das Licht der Taschenlampe endlich ein verwelktes, aber dennoch an seiner charakteristischen Form deutlich erkennbares Efeublatt. Sie fegte mit der Hand die anderen Blätter von ihrer Trophäe, legte sie ganz frei und zwängte sich wieder durch das Loch hinaus in die frische Herbstluft. Sie zitterte ein wenig, nicht etwa, weil ihr kalt war, sondern eher vor Erleichterung und Freude, dass sich ihre Vermutung bestätigt hatte.

»Sie sind also fündig geworden?«, fragte der Totengräber.

Sam lächelte, hielt triumphierend die Efeuranke in die Höhe, die sie mitgebracht hatte, und betrachtete sie zufrieden, während sie im Wind leicht hin und her wehte.

Nachdem die Richter des Berufungsgerichts in ihren roten Roben das Urteil verlesen hatten, tobte der ganze Saal. Der Verteidiger sprang auf, sah zur Zuschauer-Tribüne hinauf, wo seine Freunde standen und johlten, riss die Arme hoch und boxte mit seinen Fäusten begeistert in die Luft.

Eine schwere Hand legte sich auf Malcolm Purvis' Schulter. Er drehte sich um und sah in das Gesicht des Anwalts seines Klienten, der ihn anlächelte und ihm die Hand entgegenstreckte, um sich zu bedanken. Die beiden Männer tauschten einen warmen Händedruck, bevor Malcolm wieder zur Anklagebank hinüberblickte. Der Angeklagte, ein flott gekleideter, rundlicher Mann Mitte dreißig, hatte sich auf seinen Stuhl fallen gelassen und die Hände vors Gesicht geschlagen. Er weinte wie ein kleines Kind, nachdem die erste Euphorie über das Urteil verflogen war. Normalerweise hätte Malcolm gewartet und noch mit seinem Klienten und der Familie gesprochen, hätte eine Weile in dem Ruhm gebadet, den es bei solchen Gelegenheiten zu ernten gab. Diesmal aber hatte sich der Prozess in die Länge gezogen. Es war schon spät und er wollte möglichst rasch verschwinden. Er verließ ruhig, aber zielstrebig den Gerichtssaal, ging in die Garderobe, um Perücke und Robe abzulegen, und begab sich dann in Richtung Hauptausgang. Am Fuße der Treppe lauerte eine ganze Armee von Journalisten und Fernsehreportern. Als er erschien, drängten sie auf ihn zu, und er erstarrte. Aber glücklicherweise waren sie nicht an ihm interessiert, sondern an seinem Klienten, der im Hintergrund gerade mit seiner Familie und seinem Hausanwalt den Gerichtssaal verließ. Während die Journalisten sich mit ihren Kameras, Aufnahmegeräten und Notebooks einen Weg zu ihm bahnten, konnte Malcolm sich unauffällig davonmachen. Wenigstens, dachte er, waren sie von der Unschuld seines Klienten überzeugt – das war mehr, als er von sich selbst sagen konnte. Er eilte die Straße zu seiner Kanzlei hinunter, die etwa einen halben Kilometer vom Gericht entfernt lag. Als er endlich dort ankam, jagte er die Holztreppe hinauf und nahm immer zwei Stufen auf einmal. Oben angekommen war er so erschöpft, dass er sich am Geländer fest halten musste, um nicht umzukippen.

»Sie werden noch einen Herzinfarkt bekommen, wenn Sie nicht besser auf sich aufpassen, Mister Purvis.«

Das war die Stimme seines Sekretärs Michael Scott, der vor seinem Büro auf ihn wartete. Neben ihm stand ein schöner, großer, königsblauer Kinderwagen, den er sanft schaukelte. Er summte ein Schlaflied für das imaginäre, im Inneren verborgene Kind und wartete geduldig, bis sein Chef wieder zu Atem gekommen war. Als Malcolm sich endlich so weit erholt hatte, dass er aufstehen konnte, sah er seinen Mitarbeiter anerkennend an. »Gut gemacht, Michael, das ist genau das Richtige! Wunderbar!«

»Immer zu Diensten, Sir. Aber finden Sie ihn nicht doch ein wenig zu altmodisch für die junge Generation?«

Malcolm war entrüstet. »Blödsinn. Es ist genau derselbe, den wir für Frances gekauft haben.«

»Vor zwanzig Jahren. Die Zeiten haben sich geändert und die jungen Frauen auch.«

Malcolm sah zum Kinderwagen und wieder zurück zu seinem Sekretär. »Er wird ihr sehr gefallen. Er ist genau das Richtige für meinen Enkel.«

»Dann hat sie das Baby schon bekommen?«

»Nein, noch nicht, wie kommen Sie darauf?«

»Enkel?«

»Na, dann eben Enkelin. Das ist doch egal, solange es nur gesund ist.«

Michael lächelte und nickte seinem Chef aufmunternd zu, der den Kinderwagen nahm und es Michael nachtat: Er sah in den Wagen und schaukelte ihn sanft. Erst jetzt merkte er, wie erschöpft er war, und zog sich in seine Räume am Ende des Korridors zurück.

Es gab nichts Anstrengenderes, als Großvater zu werden, das stand für ihn fest.

Frances nahm einen letzten Schluck Kaffee und stellte ihre Tasse auf den Küchentisch, bevor sie ihren Mantel vom Garderobenhaken in der Eingangshalle angelte und ihren großen Wollhut aufsetzte. Sie fror, hatte immer schon viel gefroren, auch als sie noch klein war. Ihr Vater hatte Stunden damit zugebracht, ihre Füße warm zu reiben, um sie vor Frostbeulen zu bewahren. Es hatte nicht immer geholfen, aber sie hatte die fürsorgliche Nähe ihres Vater genossen. Sie warf einen letzten prüfenden Blick in die Runde, um sicherzugehen, dass alles gut aussah. Sie hatte den ganzen Tag das Haus von oben bis unten sauber gemacht und überall Vasen mit frischen Blumen aufgestellt. Sie hatte sich daran erinnert, dass ihre Mutter das immer getan hatte, um ihrem Vater als Zeichen ihrer Dankbarkeit für seine Unterstützung und die freundliche Aufnahme eine Überraschung zu bereiten. Sie sah auf ihre Uhr: Es war schon spät. Sie eilte aus der Haustür zum Auto und steckte den Schlüssel ins Türschloss. Das Auto war genauso alt wie jenes, das Bird ihr geschenkt hatte. Es hatte ihrer Mutter gehört und Frances war überzeugt, dass es ihrem Vater eine immense Freude bereiten würde, wenn sie es fuhr. Als sie die Tür öffnete, wurde sie von einem Geräusch hinter dem Busch in der Nähe des Eingangstors irritiert. Frances drehte sich um und strengte ihre Augen an, um herauszufinden, was da sein könnte. Obwohl die Einfahrt noch von den Straßenlaternen beleuchtet wurde, konnte sie die Gestalt nicht erkennen, die sich erhob, als sie hinüberspähte. Es war seine Stimme, nicht seine Erscheinung, die ihn verriet. Ein kalter Schauer jagte ihr über den Rücken – es war Bird. Er kam langsam hinter dem Busch hervor und blieb ein paar Schritte vor ihr stehen. Frances bekam keine Luft mehr und ihr Magen schnürte sich in seinem beengten Raum über ihrem Baby zusammen. Schützend legte sie die Hände auf ihren Bauch.

Als Bird einen weiteren Schritt näher kam, fummelte Frances fieberhaft an dem Alarmgerät herum, das sie, weil ihr Vater darauf bestanden hatte, immer in ihrer Manteltasche trug. Ihre Finger lösten, ohne dass sie gezielt auf einen Knopf gedrückt hatte, den Alarm aus. Der Lärm, den das Gerät machte, war erstaunlich. Die Sirene war sehr laut, das hatte sie erwartet, aber der Ton schien von den Wänden und Sträuchern widerzuhallen und erfüllte die ganze Einfahrt mit ohrenbetäubendem Geheul. Frances war so überrascht, dass sie das Gerät fallen ließ und sich mit beiden Händen die Ohren zuhielt, um die unerträgliche Lautstärke wenigstens etwas abzumildern. Bird traf der Alarm völlig unvorbereitet und er wirbelte in Verteidigungsstellung herum, auf den sofortigen Angriff eines unbekannten Feindes oder die Ankunft einer ganzen Polizeieinheit gefasst. Entlang der Straße gingen die Lichter an und Türen öffneten sich. Frances' Nachbar sah über den Zaun und versuchte, den Lärm zu übertönen.

»Sind Sie okay? Was ist los?« Er sah zu Bird herüber, der ihm einen finsteren Blick zuwarf, bevor er die Nerven verlor und aus der Einfahrt floh, in seinen Sportwagen sprang und mit aufheulendem Motor die Straße hinunter Richtung Stadt verschwand.

Frances löste sich endlich aus ihrer Starre, hob das Alarmgerät auf und stellte es ab. Die plötzliche Stille war unheimlich, es erschien ihr fast, als wäre sie taub geworden. Sie verharrte auf der Stelle und versuchte sich wieder zu beruhigen. Ihr Nachbar, der immer noch auf der anderen Seite des Zauns stand, rief wieder zu ihr herüber: »Ist alles in Ordnung? Wer war das?«

Frances spürte, dass jede Nervenfaser in ihrem Körper noch immer zum Zerreißen gespannt war, aber sie drehte sich herum, um dem aufgeregten Mann Entwarnung zu geben. »Alles wieder in Ordnung! Danke, Mister Miles! Nur ein bisschen Ärger mit einem Ex.«

»Ja, wenn dann alles in Ordnung ist ...«

Frances nickte und er verschwand wieder in der Haustür. Der Schreck saß Frances noch tief in den Gliedern und trotz aller Bemühungen, sich zusammenzunehmen, fing sie heftig an zu zittern. Sie öffnete rasch die Autotür, ließ sich auf den Sitz fallen und klammerte sich an das Lenkrad, um Halt zu finden. Sie atmete schwer. Sie fühlte sich krank und schwach und überlegte einen Moment lang, ob sie wieder ins Haus gehen und den Kurs einmal ausfallen lassen sollte. Aber dann beschloss sie, dass Bird schon genug Schaden in ihrem Leben angerichtet hatte und sie nicht für alle Ewigkeiten Angst haben wollte. Sie kurbelte die Scheibe herunter, atmete mehrmals tief durch und wischte die Tränen, die ihr über die Wangen liefen, mit dem Jackenärmel weg. Endlich beruhigte sie sich, setzte sich wieder gerade hin, drehte den Schlüssel im Zündschloss und fuhr rückwärts aus der Einfahrt.

Die körperlosen Stimmen des Chors auf der Empore hoch oben in der *Old Hall* schwebten majestätisch über die mit Kerzen erleuchteten Tische. Die Leute warteten, manche hatten die Augen geschlossen, um die Klänge besser in sich aufnehmen zu können, die schon seit Hunderten von Jahren immer wieder an diesem Ort zu hören waren. Andere sahen zur Decke und beobachteten die eigentümlichen Schatten, die über die Porträts der früheren Rektoren des Colleges tanzten, die in der Halle hingen. Wenn Lichtschimmer über die gemalten Figuren glitten, schienen sie noch einmal lebendig zu werden. Als der Chor sein Lied beendet hatte, wurde die Aufmerksamkeit der Gäste zu dem hohen Tisch ganz vorn gelenkt. Professor John Watkins, der Rektor, erhob sich mit einem Glas Wein in der Hand. »Meine Damen und Herren, auf die Königin!«

Als er sein Glas hoch hielt, standen alle auf und erwiderten den Toast. »Auf die Königin!«

Danach setzte sich die versammelte Menge wieder auf die langen Eichenbänke und der Raum war augenblicklich erfüllt von Stimmengewirr und Lachen von Dutzenden Menschen. Sam wirkte ausgesprochen elegant und saß direkt vor einem Porträt eines der streng dreinblickenden Rektoren. Auf der kurzen Fahrt zwischen dem Friedhof von St. Mary's und dem College hatte sie es irgendwie geschafft, in ein kurzes, schwarzes Kleid zu schlüpfen, sich die Spinnweben aus dem Haar zu bürsten und ihr Make-up aufzufrischen, sodass sie in dem gedämpften, weichen Kerzenlicht genauso perfekt aussah wie alle anderen Gäste.

Marcia, die sie verloren hatte, als sie mit den anderen aus der *Master's Lodge* in den Saal geströmt war, saß jetzt einem recht gut aussehenden Mann von etwa siebenundzwanzig Jahren gegenüber. Die Körpersprache während ihrer lebhaften Konversation verriet, dass sie sich prima verstanden. Sam grinste in sich hinein und verspürte einen Tick Eifersucht auf Marcias Jugend und das, was sich da ankündigte. Sie erinnerte sich eher wehmütig an die kurzen Beziehungen, die sie während ihres Studiums an der Universität gehabt hatte. Das waren recht lockere Beziehungen gewesen damals, mit fließenden Übergängen. Jemand außerhalb des Freundeskreises hätte nur schwer bestimmen können, wer mit wem zusammen war, denn alle waren offensichtlich allen zugetan. Sie konnte nicht den genauen Zeitpunkt nennen, von dem an ihre Beziehungen anspruchsvoller und eine Belastung in ihrem Leben geworden waren, als sie sich immer mehr auf ihre Karriere und ihren Ehrgeiz konzentrierte.

»Die geben ein hübsches Paar ab, nicht wahr?«

Der Kommentar platzte in ihre Träumereien wie ein Echo aus diesen sorgenfreien Tagen. Er kam von der Frau, die ihr gegenübersaß. Sam sah sie an. »Ja, finden Sie auch?«

»Ach, wenn man noch mal jung sein könnte!«

»Manchmal jedenfalls.«

Die Frau streckte ihr die Hand entgegen. »Ich bin Janet Owen, ich glaube, Sie kennen meinen Mann Richard?«

Sam nickte. »Der Polizeiarzt?«

»Tja, er gibt nicht auf, aber, ehrlich gesagt, glaube ich, er ist mittlerweile etwas zu alt dafür.«

Sam lächelte ihr begütigend über den Tisch zu und versuchte ihre absolute Zustimmung zu verbergen. Doch Janet war nicht so leicht zu täuschen. »Ich sehe, dass Sie ganz meiner Meinung sind.«

Ein kleines Spektakel am anderen Ende des Tisches lenkte von Sams Verlegenheit ab. Trevor Stuart saß dort neben einer jungen attraktiven Blondine. Seine Hände fummelten überall an ihr herum und sie kicherte vor Vergnügen. Er zeigte den um ihn versammelten missgünstigen Männern genüsslich und überdeutlich, dass sie ihm gehörte. Obwohl Sam Trevor eigentlich mochte, war sie mehr als angeekelt.

Janet sah sie wieder an. »Wie schafft er das nur immer? Wenn sie noch jünger werden, brauchen sie bald Windeln.«

Sam beobachtete immer noch das unmögliche Verhalten ihres Kollegen. »Na, meine Liebe, Sie wollen doch einen guten Abschluss machen?«, säuselte er. »Aber das werden wir schon hinkriegen.«

Auch Janet sah wieder zu Trevor hin, der mittlerweile am Nacken seiner Freundin knabberte. Sam konnte Trevors offen anzügliches Benehmen nicht länger ertragen und wandte sich wieder Janet zu. Obwohl bereits Mitte vierzig, war sie noch wunderbar in Form, hatte ein hübsches Gesicht und eine sportliche Figur. Das konnte man über ihren Mann nicht gerade sagen, dachte Sam. Es wollte ihr nicht in den Kopf, warum so viele ihrer Freundinnen weiterhin gut aussahen, während die jeweiligen Partner allmählich zu Wracks verkamen.

»Wo ist Richard denn heute Abend, er hat doch sicher keinen Bereitschaftsdienst?«

»Nein, er ist hier irgendwo und sucht nach Gesprächspartnern, mit denen er über den letzten Mord reden kann, mit dem er zu tun hatte.«

»Den Mord an Mark James?«

Janet schien überrascht zu sein, dass Sam darüber Bescheid wusste. Doch ihr Gesicht entspannte sich wieder, als sie sich erinnerte: »An dem Fall arbeiten Sie doch auch, nicht wahr? Deshalb macht er sich solche Sorgen.«

»Sorgen?«

»Weil Sie ihn neulich vor Gericht lächerlich gemacht haben.«

Sam war betroffen. »Ich habe ihn nicht lächerlich gemacht.«

»Er hat es aber so empfunden, besonders wegen dieses Todeskrampfs.«

»Aber ein Allgemeinmediziner, auch einer mit Richards Erfahrung, muss so etwas nicht erkennen.«

»Aber Sie haben es erkannt.«

»Ich hatte Glück, das ist alles. Ich will mich nicht wegen dieser Sache mit ihm entzweien.«

Janet lächelte. »Das werden Sie auch nicht. Sie haben nur seinen männlichen Stolz erheblich angekratzt, das ist alles.«

Sam lächelte, aber Janets Worte konnten sie nicht richtig überzeugen, obwohl ihr gefiel, was sie sagte. Sie wechselte das Thema. »Richard hat mir erzählt, dass Sie aufgehört haben zu arbeiten?«

»Nur halb, ich arbeite immer noch etwas in der Praxis.« Sie zeigte Sam ihre rechte Hand. Sie war angeschwollen und leicht bläulich verfärbt und ihre Finger schienen unnatürlich gekrümmt. »Leider kann ich deshalb nicht mehr arbeiten. Gegen Arthritis kann man eben nichts machen. Ich habe zu viele Jahre an kalten, unangenehmen Orten gehockt. Aber mir ist schon die Rolle von Großmutter Wendy in *Peter Pan* angeboten worden.«

Sam lächelte angesichts ihrer Tapferkeit. »Wie kommen Sie mit der Arbeit zurecht?«

»Es gibt nicht viel, was ich tun kann. Mit Tabletten kann ich zwar den Schmerz unter Kontrolle halten, aber in ein paar Jahren …« Sie zuckte mit den Schultern. »Ich überlege, ob ich mich der Psychologie zuwenden soll.«

»In den Seelen rumstochern statt in den Körpern?«

»So ungefähr.«

Wieder wurde Sams Aufmerksamkeit an das andere Ende des Tisches gelenkt. Trevor Stuart war mit seiner jungen Freundin auf die Bank geklettert. Er war mittlerweile ziemlich betrunken und genoss die Aufmerksamkeit, die ihm zuteil wurde. Zwei der Portiers mit den klassischen Melonen auf den Häuptern eilten auf ihn zu und zerrten ihn wieder hinunter. Dabei rutschte er aus und schlug der Länge nach hin, wobei er seine Freundin mit sich riss. Sam schüttelte angewidert den Kopf und beschloss, das Fest zu verlassen.

Frances fing an zu bereuen, dass sie zum Kurs gefahren war. Es lag nicht an Birds Besuch oder an dem Kurs selbst, sie genoss ihn jedes Mal, mit oder ohne ihren Vater. Es lag am Wetter. Als sie losgefahren war, war die Luft noch glasklar gewesen, aber innerhalb kurzer Zeit hatte sich dichter Nebel über die ganze Stadt gelegt, der die Sicht auf nur wenige Meter beschränkte. Im Zentrum war es nicht so schlimm gewesen, dort brachen die Gebäude den Nebel etwas auf und die Straßenlaternen konnten ihn zusammen mit den hell erleuchteten Schaufenstern der Geschäfte noch durchdringen. Aber die zwei Kilometer Landstraße nach Hause erwiesen sich als sehr schwierig. Ohne künstliche Beleuchtung war es stockdunkel und nichts konnte die Nebelbänke durchdringen, die über die Felder zogen und die Straßen bedeckten. Sie beugte sich nach vorn über das Lenkrad und versuchte angestrengt den Verlauf der Straße auszumachen. Auch die Scheinwerfer konnten gegen die dichten Schwaden nichts ausrichten, ganz im Gegenteil: Das weiße Licht wurde einfach reflektiert. Sie fuhr ganz langsam, gerade mal zwanzig Stundenkilometer zeigte der Tacho an. Sie kannte diese Straße gut, sie musste sie hunderte Male entlanggelaufen und -gefahren sein, aber im Nebel sah sie vollkommen fremd aus. Sie versuchte abzuschätzen, wie weit es noch war, aber sie konnte da draußen nichts erkennen, woran sie sich hätte orientieren können.

Es war kein heftiger Aufprall, eher ein Ruck. Glücklicherweise hatte sich Frances gerade in ihren Sitz zurückgelehnt und ihr Sicherheitsgurt rastete ein. Sie sah in den Rückspiegel, um herauszufinden, wer ihr da ins Auto gefahren war. Sie konnte nicht viel sehen, nur die verschwommenen Umrisse eines großen Autos. Obwohl es nicht wie ein Porsche aussah, kam ihr plötzlich in den Sinn, dass es Bird sein könnte. Trotz all ihrer Vorsätze hatte sie plötzlich wieder Angst. Sie sah im Rückspiegel, wie sich die Fahrertür öffnete und eine Gestalt um ihren Wagen herum zur Beifahrertür kam. Die Gestalt bückte sich und lächelte ins Fenster. Sie lächelte zurück, lehnte sich herüber und zog den Verriegelungsknopf hoch. Der Mann öffnete die Tür und setzte sich zu ihr ins Auto.

Er stand am Fenster seines Arbeitszimmers und sah, wie der weiße Rauch über den Dächern verschwand. Das Feuer brannte gut. Er wusste, dass er später noch einmal in den Garten gehen und alles aufsammeln musste, was es nicht verschlungen hatte. Knöpfe, Metallbroschen – es hatte ihn schon immer überrascht, wie viel beim Verbrennen übrig blieb. Wenn er die Reste eingesammelt hatte, würde er sie an verschiedenen Orten vergraben, so dass niemand sie finden konnte. Und wenn man sie doch fand, würde man sie nicht mit einem der Morde in Verbindung bringen.

Er war enttäuscht gewesen, dass sie nicht zusammengewesen waren, dadurch hätte er Zeit gespart. Trotzdem hatte er Glück gehabt. Er hatte sie zuerst im Nebel verloren und schon befürchtet, einen neuen Plan erstellen zu müssen, aber dann war er im buchstäblichen Sinne auf sie gestoßen. Das hatte er zunächst für pures Glück gehalten, aber dann war ihm bewusst geworden, dass Seine Hand ihn durch den Nebel seiner Bestimmung entgegengeführt hatte.

»Zwei Akten sind geschlossen, noch achtzehn weitere liegen vor mir«, murmelte er vor sich hin. Er griff in das Regal und zog eine von ihnen heraus. Er hatte angefangen, sie regelmäßig durchzumischen, sodass er nicht wusste, welches sein nächstes Opfer sein würde. Die ersten drei Opfer hatte er selbst ausgewählt, aber jetzt sollte Gott das Schicksal der übrigen bestimmen. Sie mussten natürlich alle sterben, aber er fand, er hatte nicht das Recht, die Reihenfolge zu bestimmen. Nur Gott konnte das tun. Er öffnete den Aktendeckel, breitete den Inhalt auf seinem Tisch aus und sah sich alles an.

Die Akten enthielten in der Regel die wichtigsten Informationen über eine Person: Name, Adresse, Alter und manchmal Details über ihren Arbeitsplatz oder ihr Auto. Das Wichtigste aber war immer das Foto. Er hatte von jeder Person eins bekommen können, worauf er sehr stolz war. Er pinnte das Foto an die Korktafel über seinem Schreibtisch, sodass er es immer ansehen konnte und sich an das Vergehen dieser Person erinnerte.

Er wusste, wer diese Frau war. Sie war Mitglied des Schöffengerichts gewesen. Er rief sich in Erinnerung, wie er nach der Urteilsverkündung ihr Gesicht studiert hatte. Er hoffte, sie würde sich noch an ihn erinnern, wenn ihre Zeit gekommen war.

Es war Mittag, bis Sam in Little Dorking ankam, obwohl sie gleich nach ihrem Morgenprogramm aufgebrochen war. Der Nebel, der sich letzte Nacht unerwartet ausgebreitet hatte, war noch nicht ganz verschwunden, was die Fahrt sowohl langsamer als auch schwieriger machte. Als sie endlich das kleine Dorf in den Fenlands erreichte, hatte sich der Nebel fast ganz gelichtet und die Sonnenstrahlen brachen durch seine immer dünner werdenden Schleier. Sie stellte ihr Auto vor einem Hotel ab, das *The Black Dog* hieß. Es war ein schönes weißes Haus, lang gestreckt, mit einem Reetdach und kleinen Bleiglasfenstern. So schön das Gebäude war, fand Sam, so fehl am Platz war das Schild, das über dem Eingang schaukelte. Darauf war ein großer schwarzer knurrender Hund mit gebleckten Zähnen und stechenden roten Augen abgebildet. Das Bild eines schwarzen Labradors mit einem Fasan im Maul wäre viel passender, malte sie sich aus. Als sie aus ihrem Wagen stieg, bemerkte sie, dass sie von zwei

Frauen, die sich auf der anderen Straßenseite unterhielten, beobachtet wurde. Sam fühlte sich nicht wohl in ihrer Haut. Die beiden sahen sie fast feindselig an. Sie versuchte es mit einem freundlichen Lächeln, aber in diesem Moment wandten sich die Frauen ab, als ob sie ihr Gespräch fortsetzen wollten. Sam war sich sicher, dass sie nicht wirklich miteinander sprachen, sondern nur auf eine weitere Gelegenheit warteten, sie anstarren zu können. Sie drehte sich um und betrat raschen Schrittes das Hotel.

Die Rezeption war nicht besetzt, also drückte Sam auf die Klingel und wartete darauf, dass jemand kam. Das Innere des Hotels war genauso reizend wie sein Äußeres. Zwar war es deutlich modernisiert worden, aber genügend ursprüngliche Details waren erhalten geblieben, um ihm einen altertümlichen, interessanten Anstrich zu verleihen. Gegenüber der Rezeption war ein großer offener Kamin, an dessen rußgeschwärzten Innenwänden man erkennen konnte, dass er regelmäßig benutzt wurde. Am Fuß dieses Kamins bemerkte Sam ein paar ineinander verschlungene weiße Kreise. Sie erinnerten sie ein wenig an die Ringe des olympischen Emblems, waren aber weniger gleichmäßig und etwas größer. Die Empfangsdame, eine kleine, rundliche Frau mittleren Alters, tauchte schließlich hinter dem Tresen auf und lächelte Sam erwartungsvoll an.

»Kann ich Ihnen helfen?«

Sam mochte ihr warmes Lächeln. »Ja, ich hoffe, Sie können mir den Weg zu Reverend Shaws Haus erklären.«

Immer noch lächelnd ging die Frau mit ihr auf die Straße hinaus. Während sie den Weg erklärte, ruderte sie mit den Armen. »Folgen Sie dieser Straße bis in die Mitte des Dorfes und fahren Sie an dem alten Denkmal vorbei. Fahren Sie weiter bis zu der alten Schmiede, biegen Sie dort links auf die Swallow Road ab und dann sehen Sie das Pfarrhaus einige hundert Meter weiter zu Ihrer Rechten.«

Als die Frau wieder ins Hotel zurückgehen wollte, siegte Sams Neugier: »Warum haben Sie diese weißen Ringe da unten am Kamin?«

»Damit die Hexen nicht durch den Schornstein hereinkommen!«

»Aha.« Sam war nicht sicher, ob sie lächeln oder weise nicken sollte, doch die Frau drehte sich um und verschwand in der Tür und Sam machte sich auf den Weg durch das Dorf.

Es war alt und idyllisch wie viele Dörfer in den Fenlands. Jedoch deutete hier die Mischung von Alt und Neu auf eine stadtplanerische Katastrophe. Die schneeweißen Cottages mit ihren kleinen Fenstern und Türen wirkten neben den modernen Geschäften mit ihren großen Schaufenstern und den jüngeren Häusern, die mit Kunststoff-Fenstern ausgestattet waren, völlig deplaziert. Sam überquerte den holprigen, mit Kopfsteinen gepflasterten Marktplatz. In seiner Mitte stand ein großer Steinobelisk auf ein paar Steinstufen. Zuerst dachte Sam, es sei nur ein weiteres Kriegerdenkmal von Hunderten in der Gegend, die an die Opfer zweier Weltkriege erinnerten. Aber als sie näher kam, wurde schlagartig ihre Neugier geweckt. Vorn auf dem massiven Podest, auf dem der Obelisk errichtet war, stand in ungleichmäßigen Buchstaben eingraviert:

ZUM GEDENKEN AN MABEL STEER,
DIE IM JAHRE 1722 AN DIESER STELLE
AUF DEM SCHEITERHAUFEN VERBRANNT WURDE.
DIE LETZTE HEXENVERBRENNUNG IN ENGLAND.

Während Sam den Gedenkstein noch eine Weile betrachtete, stellte sie sich die Schreie vor, die diese Frau ausgestoßen haben musste, als die Flammen ihren Körper zu ergreifen begannen und ihr Fleisch verbrannten. Sie erinnerte sich an die Bilder, die sie bei Simon gesehen hatte, und hoffte, dass sie schon tot gewesen war, bevor die Flammen sie erreicht hatten. Die einzige Sünde der armen Frau war wahrscheinlich gewesen, eine frühe Form der Medizin zu praktizieren; beruflich betrachtet war sie im Grunde eine frühe Vorfahrin von Sam. Aber schlaue Frauen machten Männern eben damals wie heute Angst, dachte Sam. Schlimmer noch: Die Hexen hatten der Kirche Angst eingejagt, *der* Bastion männlicher Macht schlechthin.

Nach einem letzten Blick auf den hohen braunen Stein fuhr sie weiter. Die Frau hatte ihr den Weg sehr gut erklärt, und bald schritt Sam den Kiespfad zu dem großen viktorianischen Pfarrhaus hinauf. Sie hatte schon ähnliche Gebäude gesehen, aber die waren fast alle zu Altenheimen umgebaut worden oder zu Büros. Dieses hier wurde, obwohl es etwas heruntergekommen und vernachlässigt wirkte, noch genau für den Zweck verwendet, für den es erbaut worden war, und strahlte schon allein deshalb einen besonderen Charme aus. Viele Jahre hatte Sam davon geträumt, sich ein solches Haus zu kaufen, aber sie wusste, dass es nicht besonders einfach war, als Einzelperson in einem so großen Haus zu wohnen. Sollte sie jemals Kinder bekommen, was noch nicht entschieden war, würde sie den Plan erneut in Erwägung ziehen. Da sie jedoch mit Männern so gar kein Glück zu haben schien, hielt sie es nicht mehr für wahrscheinlich, dass sie einmal eigene Kinder haben würde. Sie ging auf die große weiße Eingangstür zu und klopfte laut an. Sie hörte, wie das Echo im ganzen Haus widerhallte, aber niemand öffnete. Leise Tritte auf dem Kiespfad, der neben dem Haus verlief, ließen sie aufmerken. Eine alte braune Labradorhündin kam auf sie zu. Sie hielt ihren Kopf gesenkt, wedelte aber freundlich mit dem Schwanz.

Sam hockte sich hin und streichelte ihr über Kopf und Ohren. »Wo ist denn dein Herrchen, hm? Wo ist er?«

Als hätte die Hündin ihre Frage verstanden, drehte sie sich um und trat den Weg zurück hinter das Haus an. Sam folgte ihr. Als sie um die Hausecke bog, sah sie einen beeindruckenden Garten vor sich. Auf den ersten Blick sah er fast verwildert aus, aber Sam konnte schnell feststellen, dass hier ein ambitionierter Geist am Werke gewesen war.

Der Labrador trottete weiter durch den Garten auf einen Mann in einem dicken Pullover zu, der vor einem Gemüsebeet kniete, und legte sich neben ihn hin. Sam überquerte den Rasen und bewunderte die geschickte Kombination von wilden und gezüchteten Pflanzen. Als sie sich näherte, sagte der Mann, ohne sich umzudrehen: »Sie müssen Doktor Ryan sein.«

Sam war verblüfft. »Ja, aber ...«

Er sammelte weiter die Schnecken von seinem Gemüse und beantwortete ihre Frage: »Seien Sie nicht überrascht, Simon Clarke hat mir gesagt, dass Sie vielleicht vorbeikommen. Und sonst besucht mich niemand mitten am Tag, also war es nicht so schwer zu erraten.«

Sam kicherte beeindruckt. »Aha, ich verstehe.«

»Sie interessieren sich für den Mord an dem alten Charlie Ironsmith?«

»Ja.«

»Lassen Sie mich nur diese paar ... Jetzt habe ich sie.« Er ließ seine letzten beiden Opfer in einen großen Eimer mit

Salzwasser fallen. »Die einzige Möglichkeit, sie wirklich zu killen. Ich habe auch schon Pestizide ausprobiert, die töten zwar die Schnecken, aber auch jedes andere nützliche Tier in diesem Garten.« Er sah in den Eimer. »Abends geht es natürlich am besten, aber gestern Abend war ich weg. Glücklicherweise ist es heute feucht genug, damit sie herauskommen. Einmal habe ich mehr als hundert Stück gesammelt, das ist eine Leistung, was?«

Sam schaute in den Eimer mit den toten Weichtieren. Als sie wieder aufblickte, bemerkte sie, dass Reverend Shaw sie genau studierte. »Simon hat Sie sehr gut beschrieben.«

Sam wurde angesichts der Aufmerksamkeit des Pfarrers verlegen und konnte spüren, wie ihr die Röte ins Gesicht stieg. Er war ganz anders, als sie ihn sich vorgestellt hatte. Obwohl er jünger wirkte, musste er mindestens Mitte vierzig sein, schätzte Sam. Er war groß und schlank und hatte ein gut geschnittenes Gesicht und lockiges schwarzes Haar. Innerlich blieb Sam der Mund offen stehen. Sie empfand auch Schuldgefühle, weil ihr ein Mann der Kirche gefiel. Er bemerkte ihr Unbehagen und lächelte sie an. »Das ist schon ein paar Jahre her, seit eine Frau meinetwegen errötet ist.«

»Dann haben Sie keine Frau?«

»Sie ist gestorben.«

Sam wurde noch verlegener. »Das tut mir Leid.«

»Danke, das ist schon eine ganze Weile her. Autounfall, der andere Fahrer war betrunken. Ich vermisse sie immer noch.«

Für einen Moment wurde sein Gesicht traurig und angespannt. Dann lächelte er und seine Züge glätteten sich wieder. »Haben Sie Lust auf eine Tasse Tee?«

»Klingt gut.«

Sie machten sich in Richtung Küche auf und sprachen unterwegs über Details der Gartenpflege. Die treue Peggy folgte ihnen auf dem Fuß.

Tom Adams war mit seinem Wagen gerade auf der King Street, als er den Aufruhr bemerkte. Er musste in einer langen Schlange von Autos warten, die sich hinter einem Bus voller japanischer Touristen gebildet hatte, die das King's College von allen Seiten fotografierten. Geduld war in Cambridge eine Tugend. In dieser kleinen Stadt gab es so viel Leben wie in einer Metropole, und die Studenten schienen alles zu dominieren. Manchmal wünschte er, sie verschwänden wieder, aber dann erinnerte er sich daran, wie wichtig sie für die städtische Wirtschaft waren. Sie sorgten für Tausende von Arbeitsplätzen, denn sie gingen einkaufen, ins Restaurant oder ins Café, und die Touristen, welche die Colleges besuchten, ließen Millionen in die Kassen der Stadt fließen. Plötzlich wurde seine Aufmerksamkeit auf eine Gruppe betrunkener Jugendlicher gelenkt, die in seine Richtung torkelten. Zuerst hielt er sie für Studenten, aber als sie näher kamen, musste er seinen Eindruck korrigieren; Studenten trugen andere Kleidung und zeigten ein anderes Gebaren – das mussten einheimische Jugendliche sein, die zu tief ins Glas geschaut hatten. Plötzlich sprang einer von ihnen auf die Motorhaube eines der Autos in der Warteschlange und hopste darauf herum, wodurch das dünne Metall auf den Motorblock gedrückt wurde. Adams sprang aus seinem Wagen, aber bevor er eingreifen konnte, kamen zwei uniformierte Polizisten mit ihren Helmen in der Hand die King Street heruntergerannt. Die Gruppe, die auf dem Bürgersteig wartete und ihren Freund anfeuerte, entdeckte sie rechtzeitig, wurde durch ihren Anblick rasch ernüchtert und suchte das Weite. Der Junge auf dem Auto hatte nicht so viel Glück, er sprang zwar schnell hinunter, rutschte aber aus und fiel hin. Bevor er wieder auf die Füße kam, waren die beiden Polizisten schon bei ihm. Der eine packte ihn und drückte ihn mit dem Gesicht nach unten auf die Straße. Nachdem er ihm Handschellen angelegt hatte, packte er ihn derb am Kragen und stellte ihn an eine Wand, während der andere über Funk Verstärkung anforderte. Adams konnte sich den Jungen, der sich heftig wehrte und die Polizisten beschimpfte, erst jetzt genauer ansehen. Und als er ihm sein Gesicht zuwandte, erkannte er, dass es Rick war, der Neffe von Sam.

Auf ihrem Weg durch das Haus des Pfarrers ins Wohnzimmer bemerkte Sam überrascht, wie hell und modern es eingerichtet war. Das viktorianische Ambiente hatte man als tragenden Bestandteil der inneren Struktur des Hauses erhalten, aber alles andere, von den Vorhängen bis zu den Bildern an der Wand, wirkte ausgesprochen zeitgenössisch und verblüffend farbenfroh. Sogar die über das Haus verstreuten Kruzifixe und andere religiöse Kunstobjekte waren modern und hochgradig stilisiert. Aber ein Detail fiel etwas aus dem Rahmen: ein großes Foto von Shaw in Militäruniform, auf dem er sich umringt von ein paar sehr tough aussehenden Männern an einen alten Jaguar lehnte.

»Der Tee ist fertig.«

Sam drehte sich um. Reverend Shaw kam mit einem großen Holztablett herein, auf dem er zwei Porzellantassen, eine alte braune Teekanne und Teller mit Scones und Marmelade balancierte. »Ich kann Ihnen leider nur schwarzen Tee anbieten, ich bin in Bezug auf Tee etwas altmodisch«, sagte er, während er das Tablett auf einem kleinen Beistelltisch absetzte.

Sam ließ sich ihm gegenüber in einem großen Sessel nieder. »Das macht überhaupt nichts. Ich bin auch kein Fan von aromatisiertem Tee. Ihre Inneneinrichtung zeigt unverkennbar weiblichen Einfluss, sehe ich das richtig?«

Reverend Shaw schenkte den Tee ein und benutzte zum Auffangen der Teeblätter ein silbernes Sieb. »In der Tat. Meine Frau liebte die zeitgenössische Kunst und betrieb ein blühendes kleines Geschäft für Innendesign, bevor sie ... Ja, jedenfalls bin ich froh, diese Erinnerungen an sie um mich zu haben.«

»Mir war nicht klar, dass Sie in der Armee waren.«

»Beim Territorialheer. Ich war Feldgeistlicher in einem örtlichen Fallschirmbataillon.«

»Ein eigenartiger Job für einen Mann Gottes!«

»Ich war dem Sanitärkorps angeschlossen, erste Hilfe und solche Sachen.«

»Dann glauben Sie also nicht, dass Sie jemanden töten könnten?«

»Das sollte so sein, aber wer weiß das schon. Ich glaube, das hängt von den Umständen ab.« Er reichte Sam ihre Tasse und wechselte das Thema: »Was wollen Sie also über den armen alten Charlie wissen?«

»So viel, wie Sie mir erzählen können.« Sie nippte an ihrem Tee. »Wahrscheinlich bin ich ja auf der falschen Fährte, aber es gibt gewisse Übereinstimmungen zwischen dem Tod von Charlie und einem Mord, mit dem ich in Cambridge zu tun habe.«

»Dem Mord an Mark James?«

»Ja, genau.«

»Darüber habe ich gelesen. Eine schreckliche Sache, er war so jung. Sind sie dem Killer schon auf den Fersen?«

»Nein, nicht wirklich, die Polizei hat einen Verdächtigen, aber ich bin nicht sicher, dass er es war.«

»Gibt es Beweise?«

»Ein paar Wollflusen, aber das ist auch schon alles.«

Reverend Shaw lehnte sich zurück und fragte interessiert weiter. »Was sind das für Flusen?«

»Eine Sorte stammt von einem wollenen Kleidungsstück, das andere ist Pferdehaar.«

»Pferdehaar, wie merkwürdig!«

Sam fühlte sich angesichts seiner Fragen nicht ganz wohl in ihrer Haut. Sie hatte mehr erzählt, als sie eigentlich durfte. »Beide wurden als Beweisstücke ausgeschlossen. Sie scheinen sich sehr für den Fall zu interessieren?«

»Ich bin ein kleiner Agatha-Christie-Fan. Ich finde Verbrechen faszinierend und ich habe hier draußen nicht viel Gelegenheit, mit jemandem über so etwas zu sprechen. Der Fall Ironsmith war der einzige interessante Fall, der sich in diesem Dorf seit dreihundert Jahren zugetragen hat.«

Sam lenkte das Gespräch zum Thema zurück. »Simon sagte mir, Sie seien ein wahrer Experte in dieser Sache.«

»Ich weiß ein bisschen was darüber, viel davon ist allerdings Dorfklatsch. Sie wissen ja, wie das in so kleinen Orten ist. Chief Inspector Romer hätte Ihnen helfen können.«

»Wo kann ich ihn finden?«

»Auf dem Friedhof nebenan, leider. Da kommen Sie ein paar Jahre zu spät.

»Was ist passiert?«

»Keine Fremdeinwirkung, der arme Mann hatte Krebs. Ich habe seine Beerdigung abgehalten, das war meine erste

Amtshandlung hier in diesem Dorf. Dieser alte Mordfall wurde zu seiner Obsession, sogar über seinen Tod hinaus. Er hat darauf bestanden, hier auf dem Friedhof beerdigt zu werden, als eine Art ständige Warnung an den Täter. Das hat damals ziemlich viel Staub aufgewirbelt. Und all das nur, weil er den Fall nicht lösen konnte.«

»Erzählen Sie mir von Charlie!«

»Wussten Sie, dass er ein Schwarzer war? Ich glaube, er und sein Bruder waren die ersten Schwarzen hier in der Gegend. Heute sind es immer noch nicht viel mehr. Jedenfalls hatten viele Leute Angst vor ihm.«

»Weil er schwarz war?«, fragte Sam dazwischen.

»Zum Teil, glaube ich, aber sie dachten auch, er sei ein *Warlock*, ein Hexer. Viele seltsame Dinge sind mit ihm in Verbindung gebracht worden, es gab einen Haufen Geschichten, die sich um ihn rankten.«

Sam wurde immer neugieriger. »Was für Geschichten?«

»Also, das Merkwürdigste habe ich hier.« Er nahm ein schweres, ledergebundenes Buch von dem Tischchen neben seinem Sessel. »*Volksbrauchtum und Aberglaube in den Fenlands* von Reverend Clive Moulton, einem meiner Vorgänger. Er war der Erste, der über die Legende vom schwarzen Hund geschrieben hat. Hat Simon Ihnen nicht davon erzählt?«

Sam schüttelte den Kopf und nahm noch einen Schluck Tee, bevor er kalt wurde.

»Das Hotel im Dorf ist danach benannt.« Sam fiel das unheimliche Schild wieder ein. Shaw fuhr fort: »Im Jahre 1910 entdeckte ein Pflüger, der auf dem Feld arbeitete, einen großen schwarzen Hund. Er erblickte ihn achtmal hintereinander in der Dämmerung. Der Junge, der immer allein gewesen war, wenn er das riesige Tier gesehen hatte, erzählte den anderen Bauern von seinem Erlebnis, aber natürlich lachten sie ihn nur aus und zogen ihn damit auf. Am nächsten Abend wurde der Junge jedoch wieder heimgesucht, aber diesmal verwandelte sich der Hund in eine kopflose Frau, anstatt wieder zu verschwinden. Diese Erscheinung fuhr ihm dann auf haarsträubende Weise durch den Körper, worauf er in Ohnmacht fiel. Noch am selben Abend kam der Bruder des Jungen ums Leben, indem er unter die Räder eines Karrens geriet. Von dieser Zeit an glaubte man, dass ein gewaltsamer Tod geschieht, wenn der Hund jemandem erscheint.«

Obwohl es schon Mittagszeit war, wollte Marcia Evans noch weiter im Labor arbeiten. Es war die einzige Zeit, zu der garantiert niemand sonst anwesend war. Wenn sie den Efeu untersuchte, den Sam in der Gruft gefunden hatte, konnte sie auch niemanden gebrauchen, der ihr blöde Fragen stellte. Sie betrachtete ihn eingehend durch ein starkes Vergrößerungsglas. Ihr Hauptaugenmerk richtete sich dabei auf den Knoten in der Mitte der Ranke. Sie sah ihn sich genau an und versuchte, ihn auf einem Stück Papier abzuzeichnen. Als sie mit ihrer Zeichnung zufrieden war, legte sie das Vergrößerungsglas zur Seite und machte sich mit dem Zettel in der Hand auf den Weg zu George Bishop.

Sie hatte Glück. George saß an einem der Arbeitstische seines Labors und war in die neueste Ausgabe seiner heiß geliebten Seglerzeitschrift vertieft, während er gleichzeitig versuchte, mit dem Fingernagel ein Stückchen Corned Beef von seinem Sandwich aus seinen Zähnen zu kratzen. George war einer der Schusswaffenexperten des Labors, aber er war auch ein passionierter Segler und hatte schon zahlreiche

Bücher darüber veröffentlicht – von denen Marcia im Moment das Buch über die verschiedenen Knotenarten am meisten interessierte.

Sie klopfte an und betrat das Labor. George sah auf. Er freute sich stets, Marcia zu sehen. Sie war die attraktivste Frau im ganzen Labor, wie er fand, und ganz gewiss hatte sie die fantastischsten Beine von allen. Er betrachtete sie wohlgefällig, während sie auf ihn zukam, und stellte sich vor, wie sie wohl aussähe, wenn sie in der Kabine seines Bootes auf ihm läge. Er hatte sie schon mehrmals zu Segeltouren eingeladen, aber sie hatte immer abgelehnt. Obwohl er bereits dreiundvierzig Jahre alt war, übergewichtig und verheiratet und zudem noch Vater dreier Kinder, rechnete er sich immer noch Chancen aus. Endlich hatte er das störende Fleischstückchen entfernt und wischte, nachdem er es genau unter die Lupe genommen hatte, den Finger an seiner Sandwichtüte ab.

»Du willst endlich mit mir Segeln gehen?«

Marcia lächelte schwach. Sie hatte schon oft bemerkt, dass er sie beobachtete und wenn sie mit ihm im Gespräch war, wichen seine Augen selten von ihrem Busen. Sie fühlte sich nicht unwohl dabei, es amüsierte sie lediglich. Sie konnte ziemlich gut mit all den George Bishops auf dieser Welt umgehen. Sie wusste, dass sie mit Hilfe eines kleinen Flirts und indem sie die naive Unschuldige spielte, das von ihm bekommen würde, was sie brauchte. »Mal sehen, vielleicht! Kommt drauf an, ob du mir hiermit helfen kannst.«

Der kleinste Hinweis darauf, dass Marcia doch noch ihre Meinung in Bezug auf den Segeltrip ändern könnte, ließ George aufhorchen. Er wischte eilig seine Hände an seinem Laborkittel ab, nahm sich den Zettel und betrachtete Marcias Zeichnung.

»Erkennst du diesen Knoten?«

Bishop nickte. »Gute Zeichnung, du hast offensichtlich sehr begabte Hände.«

Marcia zog neckisch eine Augenbraue hoch.

»Es ist ein Chirurgenknoten. Entwickelt im Jahre 1918 während des Ersten Weltkriegs von einem Chirurgen namens William Speakman.«

Marcia lächelte ihn strahlend an, um ihm weitere Informationen zu entlocken.

»Man schlägt zuerst rechts über links, dann links über rechts ...«

»Klingt nach Weberknoten.«

Bishop war beeindruckt.

»Ich war als Kind bei den Pfadfindern.«

»Hast du die Uniform noch?«

Marcia tat so, als würde sie diese Frage amüsieren, und lachte kurz auf.

»Ja, also, es ist fast wie ein Weberknoten, es gibt aber ein paar kleine Unterschiede. Es ist links über rechts, rechts über links, aber dann rechts wieder über links.«

»Wird er immer noch von Chirurgen benutzt?«

»Von manchen. Es gibt noch andere Knoten, aber dieser wird auch noch benutzt.«

Marcia nahm ihren Zettel auf und sah noch einmal auf die Zeichnung.

»Warum willst du das wissen? Einer von deinen Aufträgen?«

»Nein, aber ich habe gedacht, wenn ich mit dir segeln will, sollte ich vielleicht erst mal ein paar Knoten lernen.«

Sie hielt ihre Handgelenke wie gefesselt vor sich. Bishop bekam große Augen. Marcia überlegte, ob sie vielleicht etwas zu weit gegangen war, verließ fluchtartig das Labor und kehrte schnell an ihren Schreibtisch zurück, um Sam anzurufen.

Sam griff in ihre Tasche und zog ein kleines Glasfläschchen heraus, in das sie ein Stück der Efeuranke gesteckt hatte. Sie reichte es Shaw. »Ich habe das hier in dem Grab gefunden, wo die Leiche von James entdeckt wurde.«

Shaw hielt das Fläschchen gegen das Licht und blinzelte kurzsichtig.

»Mir wurde gesagt, Sie seien auch so eine Art Efeu-Experte.«

»Experte? Da bin ich nicht so sicher, aber ich beschäftige mich damit.«

»Können Sie mir irgendetwas zu diesem hier sagen? Leider habe ich nicht viel davon, der Rest wird gerade untersucht.«

Shaw lehnte sich in seinem Sessel zurück und ließ das Fläschchen sinken. »Es ist schon ziemlich braun an den Rändern, aber ich glaube, ich kann Ihnen helfen. Sie haben es auf dem Friedhof gefunden, sagten Sie?«

Sam nickte. »Ja, ich glaube, es war möglicherweise um Mark James' Handgelenk gewickelt.«

»Das macht Sinn, wenn es, wie Sie offensichtlich glauben, irgendein rituelles Element in diesem Mordfall gibt. Die meisten solcher Rituale werden an einem geweihten Ort abgehalten.«

»Ich dachte, Charlie wäre oben auf einem Berg getötet worden?«

»Ja natürlich, aber Primrose Hill ist doch ein solcher geweihter Ort. Er wurde schon immer mit Hexenzauber und Teufelswerk in Verbindung gebracht. Wann wurde James ermordet?«

»Wir sind nicht ganz sicher, er wurde seit dem 20. September vermisst.«

Shaw nickte wissend. »Einen Tag später, am 21., ist Herbst-Tagundnachtgleiche, das ist eine der acht größten Hexensabbat-Feiern im Jahr. Die dann beginnende Periode, die den Okkultisten wohl bekannt ist, ist eine Zeit voller Ruhelosigkeit und psychischem Stress. Sie beginnt kurz vor dem Ende des Weinmonats und läutet den Monat des Efeus ein.«

»Wann ist der nächste Sabbat?«

»Am 31. Oktober, er heißt *Samhain*. Wir feiern an diesem Tag Halloween. Es ist der Beginn des keltischen Winters, die dunklen Kräfte kommen an diesem Tag machtvoll zum Vorschein.«

Sam setzte sich plötzlich kerzengerade auf. »Aber das ist ja heute!«

»Ist denn irgendetwas passiert?«

»Nicht dass ich wüsste.«

»Sieht so aus, als wären Sie noch einmal davongekommen.«

Sam sah ihn unsicher an. Machte er sich über sie lustig?

Graham Dawes betrachtete die beiden jungen Golden Retriever, die im Zwinger in seinem Garten herumsprangen. Für ihre sechs Monate waren sie schon ziemlich groß und er konnte sie kaum noch in Schach halten. Sogar in der Hundeschule war er mit ihnen gewesen, aber sie hatten kläglich versagt. Er wusste nicht, ob es an ihm selbst oder an den Hunden gelegen hatte. Er war einfach zu sanft und jetzt blieben ihm nur drei Möglichkeiten: sie einschläfern zu lassen, sie zu verkaufen oder wegzugeben. Er überlegte, dass er zunächst versuchen wollte, sie zu verkaufen, und wenn das nicht klappte, tja ... Er zuckte mit den Schultern. Die Hunde sprangen an dem Gatter hoch, ihre Augen waren klar und strahlten, und sie wedelten wild mit ihren Schwänzen. Es war Zeit, sie wieder einmal auszuführen. Ein schnelles Bier in der Kneipe und dann würde er sie eine halbe Stunde im Park laufen lassen. Das sollte genügen, dachte er. Er steckte seine Hand durch den Zaun und ließ sie an seinen Fingern lecken, bevor er wegging, um die Hundeleinen zu holen.

Es war ein großes Gewächshaus und es war sehr beeindruckend. Seltene Orchideen verschiedenster Art wuchsen hier und die Variationen von Formen und Farben waren wunderschön. Shaw war selbstverständlich stolz auf seine Sammlung und rühmte sich damit, Pflanzen aus aller Herren Länder zu züchten. Als Sam das Gewächshaus betrat, wurde sie von einem betörenden Duft überwältigt. Sie sah sich entzückt um und entdeckte seine Quelle: eine *Stephanotis* wuchs zwischen den anderen farbenprächtigen Orchideen. Sam hielt ihre Nase ganz dicht an eine der trompetenförmigen Blüten und sog den Duft tief ein. Er war überwältigend und herrlich. Das musste er auch sein, aber das Formalin griff bereits ihren Geruchssinn an, wie bei Dutzenden ihrer Freunde und Kollegen. Wenn diese Beeinträchtigung irgendwann zu stark würde, wären ihre Tage als Pathologin gezählt. Denn von allen fünf Sinnen war der Geruchssinn für sie der wichtigste. Auch wenn sie im Laufe ihres Lebens einmal ihr Augenlicht verlieren sollte und ihren Garten und die Pflanzen nicht mehr sehen konnte, so blieb ihr wenigstens der Duft. Und ohne den Duft wäre das Leben nicht mehr lebenswert.

Weiter hinten im Gewächshaus sah alles auf einmal ganz anders aus. Hier gab es die umfassendste Sammlung von Efeugewächsen, die Sam je gesehen hatte. Jede Form, Größe und Farbe war vertreten. Reverend Shaw ließ ihre Efeuprobe aus dem Fläschchen auf die Bank vor sich gleiten und drehte sich zu Sam um. »Wann haben Sie Ihren Glauben verloren?«

Sam traf diese Frage völlig unvorbereitet und ihr Gehirn suchte fieberhaft nach einer Antwort. Shaw antwortete an ihrer Stelle: »Als jemand starb, der Ihnen nahe stand.«

Sam konnte nur nicken.

»Das dachte ich mir, das ist normalerweise der Fall.«

»Woher haben Sie es gewusst?«

»Ich habe Sie beobachtet, als Sie sich die Kruzifixe angesehen haben. Ich bin Sammler. Sie waren interessiert, aber da war keine Leidenschaft. Ich glaubte sogar, etwas Groll zu verspüren. Ich wollte Sie nicht in Verlegenheit bringen. Ich bin ganz groß darin, Leute zu beobachten, das bringt der Beruf mit sich.«

»Mein Vater, er wurde ermordet, als ich noch klein war. Ich habe gesehen, wie es geschah.« Sam wusste nicht, warum sie ihm das erzählte, sie hatte es noch niemandem erzählt. Er lächelte sie an, als verstünde er, und wandte sich wieder dem Efeu zu. Sam war verunsichert und mehr als nur ein bisschen verwirrt – ein Gefühl, das sie nicht besonders schätzte.

»Es gibt zehn Arten von Efeu und Sie haben es geschafft, eine von den eher raren zu finden.«

Sam trat näher an ihn heran und sah auf die Blätter auf der Bank hinunter. »Wirklich?«

»*Hedera Hibernica*. Es ist zwar der Falsche, aber er ist selten. Es gibt nur eine Efeuart, die mit dem Okkulten zu tun hat, und das ist *Helix Poetica*, der Dichterefeu. Eine Ranke davon war um Charlies Handgelenk gewickelt, als man ihn fand.«

»Sind Sie sicher?«

»Absolut! Ihre Hexen scheinen nicht sehr gut informiert zu sein, nicht wahr?«

Sam zog die Augenbrauen hoch.

»Ich zeige es Ihnen.«

Er nahm einen großen Efeutopf vom Regal herunter und stellte ihn auf die Bank.

»Das«, sagte er und zeigte auf den Topf, »ist *Helix Poetica*. Wenn Sie das jetzt mit der Probe vergleichen, die Sie mitgebracht haben, dem *Hedera Hibernica*, dann werden Sie Verschiedenes feststellen.« Er zog ein Vergrößerungsglas aus der Hosentasche und reichte es Sam. Sie fing an, die Blätter zu untersuchen. »Sie werden sehen, dass die Blattadern des *Hibernica* viel deutlicher hervortreten und eher weißlich sind. Die Blätter sind insgesamt etwas größer. Aber der deutlichste Unterschied zeigt sich später im Jahr, wenn der *Poetica* sich mit schönen orangefarbenen Beeren schmückt.«

Ohne aufzusehen fragte Sam: »Und was ist mit dem *Hibernica*?«

»Der wächst nur wild in einer bestimmten Region, unten am Helford River in Cornwall. Aber ich habe auch gehört, dass Kew ein paar schöne Exemplare hat.«

»Kann man ihn züchten?«

»Oh ja, ziemlich leicht sogar. Wie Sie sehen, ist es eine schöne Pflanze.«

Sam gab ihm das Vergrößerungsglas zurück und nickte. Shaw fuhr fort: »Vor ein paar Jahren war ein junger Mann hier, der völlig fasziniert war von der Ironsmith-Geschichte. Er schnitt sich sogar etwas von dem Efeu ab. Er wollte ein Buch darüber schreiben. Wie war denn noch sein Name? Hatte irgendetwas mit einem Tier zu tun.«

»Sebastian Bird?«

»Ja, das ist es: Bird.«

Malcolm Purvis war früh am Morgen von London nach Hause zurückgekehrt. Er hatte es vorgezogen, ein Auto zu mieten und damit zurückzufahren, anstatt am Vorabend den Zug zu nehmen. Er hatte sich nicht vorstellen können, die Zugreise lebendig zu überstehen, nicht einmal in der ersten Klasse, und die Nebelwarnungen hatten ihn davon abgehalten, vor dem Morgengrauen loszufahren. Er holte den zusammengeklappten Kinderwagen aus dem Kofferraum und schleppte ihn langsam zur Haustür.

Er hatte sich immer größere Sorgen um Frances gemacht, nachdem er zahlreiche Nachrichten auf dem Anrufbeantworter hinterlassen hatte, sie aber auf keine reagiert hatte. Er schloss die Tür auf und schob den Wagen hinein. Da die Vorhänge noch zugezogen waren, war es dunkel, aber er bemerkte sofort den Duft frischer Blumen, der allgegenwärtig war. Dergleichen hatte er nicht gerochen, seit seine Frau gestorben war. »Das hat Frances getan«, dachte er und er liebte sie dafür umso mehr. Er schaltete das Licht ein, ging durch das Haus und rief ihren Namen. Er lief sogar in den Garten hinaus, aber sie antwortete nicht. Er schaute in die Garage und stellte fest, dass auch ihr Auto weg war. Zurück im Wohnzimmer hörte er den Anrufbeantworter ab. Die einzigen Nachrichten darauf waren seine eigenen, Frances hatte sie offensichtlich nicht einmal abgehört. Als das Band stoppte, beschlich ihn eine dunkle Vorahnung. Er nahm den Telefonhörer ab und wählte die Nummer der Polizei.

Das Bier hatte ihm geschmeckt, es waren dann doch drei Pints geworden. Die Hunde hatten über eine Stunde im Auto gewartet und er hatte ein schlechtes Gewissen. Also war er ein paar Kilometer weiter hinausgefahren, um sie in den Klosteranlagen auszuführen. Das alte Gemäuer bot einen beeindruckenden Anblick. Normalerweise wurde es von einem Dutzend Scheinwerfern beleuchtet, die die baufälligen Mauern in strahlendes Licht tauchten. Aber nun war das Kloster seit einigen Wochen wegen Reparaturarbeiten geschlossen und er hatte sich einen Weg über die Felder und durch ein Loch in der Hecke bahnen müssen. Er zündete sich eine Zigarette an und beobachtete seine Hunde, die durch den Park auf die Ruinen zutollten und sich gegenseitig in großen Bögen überholten und jagten. Es wurde jetzt rasch dunkel und eine düstere Atmosphäre breitete sich aus. Als die Hunde sich allzu weit entfernten, rief er sie zurück: »Pip, Max, hierher! Kommt hierher!«

Sie ignorierten ihn, rannten weiter auf das Kloster zu, sprangen über eine niedrige Steinmauer und verschwanden in den Ruinen. »Schweinehunde«, dachte er, denn er musste den ganzen Park durchqueren, um sie zurückzuholen. Dawes war ein stämmiger Mann, der zwar an lange Trinkgelage, aber nur an kurze Spaziergänge gewöhnt war. Er hatte die Hunde gekauft, um etwas für seine Fitness zu tun, aber er war ihrer schnell überdrüssig geworden und als seine Faulheit wieder gesiegt hatte, waren die Spaziergänge rasch kürzer geworden. Plötzlich hörte er, wie die Hunde wild zu bellen anfingen, sie klangen verängstigt und irritiert von etwas, das sie nicht zu verstehen schienen. Ihr Bellen hatte einen unnatürlichen, merkwürdig hohlen Klang. Für einen Augenblick bekam Dawes es mit der Angst zu tun, aber seine Neugier siegte und er fing an, nach den Hunden zu suchen. Schließlich stand er vor einer Treppe, die unter das Kloster führte. Das Bellen kam definitiv von da unten. Er rief wieder nach den Hunden, aber sie reagierten nicht. Er blieb zunächst unentschlossen stehen, nahm dann aber allen Mut zusammen, zog eine kleine Taschenlampe hervor und ging vorsichtig hinunter. Der Lichtschein fiel auf eine große Eichentür, die halb offen stand. Das Türschloss hing lose herunter, die Beschläge waren abgerissen. Er zwängte seinen recht beleibten Körper zwischen Mauer und Türkante durch und stand mitten in einem großen Raum. Dieser sah wie eine Art private Kapelle aus, machte aber einen ziemlich renovierungsbedürftigen Eindruck. Seine Hunde standen vor dem Altar am anderen Ende des Raumes und bellten etwas an, das ausgestreckt darauf lag. Graham Dawes zog die Leinen aus der Manteltasche und ging auf sie zu. Seine Anwesenheit beruhigte sie nicht, wie er eigentlich gehofft hatte, und zum ersten Mal schaute er in die Richtung, in die sie bellten, um herauszufinden, was sie so sehr aufregte. Was er sah, ließ ihn zurückweichen.

»Oh mein Gott, oh mein Gott!«

Er packte die Hunde an den Halsbändern und nahm sie an die Leine. Seine Augen ließen nicht ab von dem schrecklichen Anblick auf dem Altar, als er sie rückwärts hastend hinter sich herschleifte. Schließlich drehte er sich um und stolperte in panischer Angst die Stufen hinauf.

6

Ein Spinnennetz bedeckte ihr ganzes Gesicht wie ein grotesker Schleier, der die darunter liegende Schönheit nicht preisgeben will. Die Spuren ihres Todeskampfes jedoch vermochte er nicht zu verbergen. Ihr Tod musste schrecklich gewesen sein, sie hatte gegen ihr Schicksal angeheult und ihr Mund stand offen in einem stummen Schrei. Adams sah, wie die Bewohnerin des Netzes, eine große, braun-weiße Spinne, plötzlich auf ihre zappelnde Beute zukrabbelte. Die Fliege war direkt über dem Mund des Mädchens in die Spinnweben geraten, als sie unterwegs war, ihre Eier in die tiefsten Nischen des toten Körpers zu legen, und nun war sie in einen Kampf um Leben und Tod verwickelt, den sie wohl verlieren würde. Schon bald bewegte sich die Fliege nicht mehr und die Spinne fing an, ihren Faden eng um den paralysierten Körper zu wickeln. Adams wusste, dass er es nicht tun durfte, nichts an einem Leichenfundort durfte angefasst werden, aber er konnte es nicht aushalten. Er beugte sich vor und zupfte die Spinne aus dem Netz. Das war gar nicht so einfach und ein Teil des Netzes blieb an ihr kleben. Es war mit einem langen Silberohrring verbunden, der sanft zu schaukeln begann, als das Netz riss. Adams wollte die Spinne nicht umbringen, er hatte für heute genug Tote gesehen. Er setzte das Insekt vorsichtig auf einer Mauer ab und beobachtete noch, wie es in einer Spalte verschwand, bevor er sich wieder umdrehte.

Detective Superintendent Farmer stieß später als gewohnt zu ihm und war ziemlich schlechter Laune. Sie war am anderen Ende des Bezirks zu Nachforschungen unterwegs gewesen, als man hinter ihr hertelefonierte, und ihr idiotischer Fahrer hatte nicht die Intelligenz besessen, ihr Bescheid zu sagen, bis sie zum Wagen zurückgekehrt war. Um sich selbst zu trösten, beschloss sie, dafür zu sorgen, dass er noch vor Monatsende wieder auf den kalten Straßen von Cambridge patrouillierte. Sie kannte keine Gnade; die war ihr im Laufe ihrer Karriere auch nie gewährt worden.

Sie meldete sich bei dem Constable am Tor und folgte dem markierten Weg zum Fundort. Auf halbem Weg zu den Ruinen kam ihr Adams entgegen.

»Wer hat sie gefunden?«, fragte sie, ohne groß Luft zu holen.

»Ein Typ, der mit seinen Hunden spazieren ging.«

»Ich glaube, ich mache eine Abteilung für Männer mit Hunden auf, sie scheinen mehr Verbrechen aufzudecken als wir. Wer ist sie?«

»Frances Purvis.«

Der Name ließ sie einen Moment lang innehalten und sie spürte, wie Ärger in ihr aufstieg. »Birds Freundin?«

Adams nickte.

»Dieser Bastard! Was habe ich Ihnen gesagt? Da werden wir eine Menge unangenehmer Fragen zu beantworten haben. Ich hoffe, die Presse knöpft sich die Leute vor, die für seine Freilassung verantwortlich sind. Ich will ihn überführen, egal, was wir dafür tun müssen und wer es tut; ich will ihn haben.«

»Ist schon alles veranlasst. Mit etwas Glück haben sie ihn jetzt schon.«

Farmer ging weiter, ohne noch etwas zu sagen, und Adams folgte ihr. Sie stieg rasch die Treppe hinunter und stand bald in der Kapelle. Sie hatte schon unzählige Tatorte und noch viel mehr Leichen gesehen, aber dieser Anblick schockierte sie dennoch. Vielleicht, vermutete sie, lag es daran, dass sie die Frau gekannt hatte, wenn auch nur flüchtig. Es war ganz anders als sonst. Die meisten Toten, egal, wie schrecklich sie zugerichtet waren, konnte man mit etwas Abstand betrachten und den einzigen wirklichen Kummer hatten die Familie und die Freunde des Toten. Das war normal und jeder in der Truppe lernte, damit umzugehen. Aber die Diskrepanz zwischen dem einst blühenden Leben und dieser nun vor ihr liegenden, übel zugerichteten Leiche von Frances Purvis machte ihr schwer zu schaffen.

Sie erinnerte sich, wie Frances mit ihrem Vater aufs Revier gekommen war, um sie über Bird und James zu informieren. Alle, einschließlich Farmer selbst, waren von ihrer Schönheit und ihrem Lebenshunger beeindruckt gewesen. Sie war offensichtlich eine Zeit lang von der Bahn abgekommen und hatte sich mit dubiosen Zeitgenossen eingelassen, aber sie war intelligent und hatte einen klaren Bericht darüber abgegeben, was an dem Abend vor James' Tod geschehen war. Sie hätte eine gute Zeugin abgegeben, dachte Farmer. Nun lag all das zu ihren Füßen, zerrissen und aufgedunsen wie der Kadaver eines toten Tieres, der auf dem Feld verrottet. Sie beobachtete Polizeiarzt Owen dabei, wie er sich Notizen machte.

»Wie lange ist sie schon tot?«

»Ein paar Tage, glaube ich. Sie wurde erwürgt. Aber da müssen Sie auf die Gerichtsmedizinerin warten, um sicher zu sein. Ich will nicht wieder in Schwierigkeiten geraten.«

Farmer sah Adams an. »Wo ist sie?«

»Unterwegs.«

»Das ist sie immer.«

Farmer war insgeheim froh, dass Sam zu spät kam. Sie empfand ein perverses Vergnügen dabei, selbstgerechte Entrüstung zur Schau zu stellen, wenn es um Sams Unfähigkeit ging, pünktlich am Tatort einzutreffen. Tatsächlich hatte sie eher Angst, dass Sam eines Tages als Erste eintreffen könnte. Aber das war nicht sehr wahrscheinlich. Farmer grinste in sich hinein und widmete ihre Aufmerksamkeit dann wieder der Leiche.

»Das hier ist ein öffentlicher Park. Warum hat es so lange gedauert, bis sie gefunden wurde?«

»Er war in den letzten Wochen wegen Restaurierungsarbeiten geschlossen, einige Mauern des Klosters sind ziemlich baufällig. Der Typ, der sie gefunden hat, hätte nicht einmal hereingedurft. Aber seine Hunde sind ihm weggelaufen und er ist ihnen gefolgt.«

Owen beendete seine Notizen und packte seine Tasche. »Morgen früh haben Sie meinen Bericht.«

Farmer nickte und der Polizeiarzt verschwand über die Treppe.

Sam hatte der Anruf erreicht, als sie von Little Dorking auf dem Heimweg gewesen war. Früher hatte sie sich einmal geschworen, nie ein Handy zu benutzen. Mittlerweile akzeptierte sie das Gerät, weil es ihr gute Dienste leistete und sie ohne es oft aufgeschmissen wäre. Diesmal kannte sie den Ort genau, wo die Leiche gefunden worden war. Im letzten Sommer hatte sie dort mit ihrer Mutter ein Picknick veranstaltet. Es war eine der letzten Gelegenheiten gewesen, so erinnerte sie sich, bei der ihre Mutter noch sie selbst war und nicht die traurige Gestalt, als die sie nun erschien, da ihr Verstand und ihr Erinnerungsvermögen sie Stück für Stück verlassen hatten. Sam erinnerte sich daran, dass ihre Mutter in der warmen Sonne gesessen hatte, während sie selbst in den alten Ruinen herumgeklettert war. Obwohl das Kloster immer noch einen majestätischen Anblick bot, hatte der sichtbare Verfall sie betrübt. Sie hatte auf einer der wenigen noch erhaltenen Mauern gestanden und ihre Augen vor der Sonne abgeschirmt, um über die Ruinen hinweg zu ihrer Mutter hinüberzuschauen. Für kurze Zeit von dem Wissen über den langsam fortschreitenden Verfall ihres Verstandes befreit, hatte sie glücklich unter einer großen Eiche gesessen und sie hatte gut in diese Umgebung gepasst, in der das einst Beständige im gleichmäßigen Takt der Zeit langsam verging. Ein paar Gedichtzeilen von Shelley kamen ihr in den Sinn, während sie daran zurückdachte: »Mein Name ist Ozymandias, König der Könige: Seht auf mein Werk, Ihr Mächtigen, und verzweifelt!«

Als sie den Weg zum Kloster einschlug, fiel ihr Blick auf Richard Owen. Wenigstens trug er diesmal einen Schutzanzug. Sie wollte auf keinen Fall stehen bleiben und mit ihm reden, denn sie war schon spät genug und nichts, was er ihr sagen konnte, würde ihre eigenen Nachforschungen weiterbringen. Owen entdeckte sie, winkte ihr zu und blieb stehen, um über seine Beobachtungen zu referieren. Doch sie fegte an ihm vorbei. »Tut mir Leid, Richard, keine Zeit. Ich bin spät dran. Ich werde morgen Ihren Bericht lesen.«

Sie winkte ihm noch einmal flüchtig zu und verschwand im Gelände. Owen blickte ihr irritiert hinterher.

Sobald sie das Gewölbe betrat, wusste Sam, dass sie es mit demselben Mörder zu tun hatte, der auch James getötet hatte. Diesmal war das Kreuz, das tief in die Bauchseite eingeritzt war, klar zu erkennen. An dem Seil, das sich in den Hals gefressen hatte, hing, wie gehabt, das Metallröhrchen von einem Windspiel. Sie betrachtete den linken Arm, der ausgestreckt auf der ihr zugewandten Seite lag. Über die Hand war eine durchsichtige Plastiktüte gestülpt, durch die man vage erkennen konnte, dass eine dunkelgrüne Efeuranke um das Handgelenk gewickelt war. Sam ging in die Hocke, zog ein paar Blätter aus der Tüte und untersuchte sie. In diesem Moment wurde ihr klar, dass der Mörder, wer immer er auch war, nichts mit Hexenkünsten zu tun hatte. Sie legte den Arm vorsichtig wieder ab, öffnete ihre Tasche und fing mit ihren Voruntersuchungen an.

Constable Carver war beleidigt, weil er wegen seines Mangels an Erfahrung von den meisten aufregenden Ereignissen ausgeschlossen wurde. Als die Leiche entdeckt wurde, war fast das komplette Revier ausgerückt, um Hilfe zu leisten oder einfach nur zu gaffen. Mord war in diesem Teil der Welt immer noch ein außergewöhnliches Ereignis, das keiner verpassen wollte. Er selbst hatte es gerade bis auf den Hinterhof geschafft, da wurde er auch schon zurückgerufen. Er sollte die Gegend mit dem Wagen abfahren, während die anderen am Fundort beschäftigt waren. »Immerhin«, dachte er, »das ist besser als gar nichts!« Es war das erste Mal, dass man ihn allein mit dem Auto auf Streife schickte. Vielleicht war das seine große Chance. Vielleicht konnte er, während die anderen alle in dem Kloster hockten, die große Entdeckung machen und den Fall lösen. Damit würde er sie beeindrucken! Er fühlte sich unheimlich wichtig, wie er da langsam die Hauptstraße entlangfuhr, und hielt sich für den einzigen wirklich effektiven Gesetzeshüter weit und breit. All diese Menschen brauchten seinen Schutz und er war nicht einmal einundzwanzig – das erfüllte ihn mit Stolz.

Während er so seinen Gedanken nachhing, erfassten seine Augen einen Schatten, der vor ihm die Straße überquerte. Ein dumpfer Aufprall und ein Jaulen vor der Kühlerhaube und er wusste, dass er etwas überfahren hatte. Er trat auf die Bremse, brachte den Wagen zum Stehen und hielt durch die Windschutzscheibe Ausschau nach seinem Opfer. Er öffnete die Wagentür und konnte gerade noch sehen, wie ein Fuchs hinkend und winselnd unter einem Gatter hindurch aufs frisch gepflügte Feld rannte. Das Blut, das von seinem verletzten Bein auf den Boden tropfte, hinterließ eine Spur bis in das Feld. Weit konnte er in diesem Zustand nicht kommen, dachte Carver, er musste ihn finden und töten. Er zog seinen Schlagstock aus der Seitentasche und folgte der Spur. Im Schein der Taschenlampe schritt er vorwärts. Das Feld lag groß und schwarz vor ihm und kein Laut war zu hören. So würde er ihn nie finden. Wahrscheinlich war er in irgendeine Höhle oder unter einen Busch gekrochen, um friedlich zu sterben. Carver befestigte den Schlagstock wieder an seinem Gürtel und wollte schon umdrehen, als er das Auto sah. Es war dicht hinter einer Hecke geparkt. Er ging hinüber und ließ den Lichtkegel der Taschenlampe darübergleiten. Zuerst dachte er, er würde ein knutschendes Pärchen entdecken, aber dann sah er, dass der Wagen leer war. Er ging nach hinten und beleuchtete das Nummernschild, dann nahm er sein Funkgerät und hielt es sich dicht vor den Mund. »Sechzehn-zweiunddreißig an Zentrale, over.«

»Zentrale an sechzehn-zweiunddreißig, ich höre, over.«

»Ich habe hier ein Nummernschild, das überprüft werden muss, over.«

Die Stimme am anderen Ende klang nicht besonders begeistert. »Ist das jetzt unbedingt notwendig, angesichts der Lage?«

Er fand, es war nötig. »Ja, over.«

»Legen Sie los, over«, ertönte es barsch aus dem Funkgerät.

»Blauer Renault mit dem Kennzeichen L wie Leopold, sieben acht vier, Friedrich, Ypsilon, Otto. Over.«

»Bleiben Sie dran.«

Während er wartete, nahm er das Auto genauer in Augenschein. Der Auffahrschaden hinten wies darauf hin, dass es erst kürzlich in einen Unfall verwickelt war. Das betrübte ihn. Wahrscheinlich hatte man es nur hier abgestellt, um es später abholen zu lassen, überlegte er. Dann würde er etwas zu hören kriegen, wenn er zurück auf die Wache kam. Sein Funkgerät knackte. »Nicht als verloren oder gestohlen gemeldet. Eingetragener Besitzer ist ein Malcolm Purvis, Adresse: The Gables, Fereham.«

»Danke, Zentrale.«

Er beschloss, wenigstens Mister Purvis anzurufen und nachzufragen, was los war. Er stieg wieder in den Wagen und ließ ihn an, bevor er die Heizung voll aufdrehte und Gesicht und Hände in dem warmen Luftstrom wärmte. Er wollte gerade losfahren, als das Funkgerät wieder knackte. Diesmal war es sein Inspector, der sich meldete: »Zentrale an sechzehn-zweiunddreißig, sind Sie noch bei dem Wagen, over?«

Er antwortete: »Ja, over.«

»Bleiben Sie dort. Wir schicken jemanden. Es kann sein, dass er in Verbindung mit dem Mord oben im Kloster steht.«

Constable Carver spürte, wie die Aufregung in ihm hoch stieg. Das Funkgerät knackte erneut. Es war wieder der Inspector: »Gut gemacht!«

Mit stolzgeschwellter Brust richtete Constable Carver seine Mütze, zog die schwarzen Lederhandschuhe an und ging auf das Feld zurück, um »sein« Beweisstück zu bewachen.

Als sie die Voruntersuchungen beendet hatte, packte Sam ihr Diktaphon weg und zog die Handschuhe aus. Sie sah auf die Uhr. »Obduktion um neun, wenns recht ist?«

Farmer nickte und weil sie allein den Ton angab, fasste Sam es als Bestätigung auf und verließ das Kloster. Farmer folgte ihr dicht auf den Fersen: »Was können Sie uns jetzt schon sagen?«

Sam ging weiter den markierten Pfad entlang. »Ich bin mir noch nicht ganz sicher. Ich werde mehr wissen, wenn ich die Obduktion durchgeführt habe, aber ich nehme mit ziemlicher Sicherheit an, dass sie von derselben Person getötet wurde wie Mark James.«

»Das habe ich mir auch schon gedacht«, entgegnete Farmer patzig. »Wir sollten Bird noch heute Abend festnehmen.«

»Sie sind immer noch überzeugt, dass er es war?«

»Oh ja, es war Bird, und wenn Sie mit dem Beweis rübergekommen wären, als ich Sie danach gefragt habe, könnte das arme Mädchen da drin noch leben. Ich hoffe, dass Sie damit leben können!«

Sam blieb stehen und wandte sich empört zu Farmer um. »Wenn es einen Beweis gegeben hätte, hätte ich ihn auch gefunden. Aber es gab keinen und ich werde mir weder für Sie noch für irgendjemanden sonst einen ausdenken!«

Farmer schoss sofort zurück: »Auch wenn das zur Folge hat, dass ein unschuldiges junges Mädchen stirbt?«

Das wollte Sam nicht auf sich sitzen lassen. »Machen Sie mich nicht für Ihre Schlamperei verantwortlich. Sie haben Bird ohne den geringsten Beweis verhaftet und von mir erwartet, dass ich das für Sie gerade biege. Tja, aber so arbeite ich nicht. Versuchen Sie lieber einmal, Ihre Arbeit ordentlich zu machen, vielleicht wäre dann dieses arme kleine Mädchen noch am Leben!«

Sam stapfte wütend weiter, blieb aber nach ein paar Schritten wieder stehen und drehte sich noch einmal zu Farmer um. »Und übrigens, Bird war es nicht! Da liegen Sie falsch.«

Für einen Moment war Farmer sprachlos und dachte daran, hinter der schnell entschwindenden Gerichtsmedizinerin herzurennen, überlegte es sich dann jedoch anders. Sie wollte lieber nach der Obduktion mit ihr reden, wenn sich die Gemüter etwas abgekühlt hatten. Sie war sicher, dass Bird der Schuldige war, aber Sam schien genauso überzeugt vom Gegenteil zu sein. Ein Gefühl von Beunruhigung keimte in ihr auf, aber sie riss sich zusammen und verbot sich jedes Anzeichen von Schwäche.

Sam hatte nur vierzig Minuten für den Heimweg gebraucht. Sie sah auf ihre Uhr und seufzte. Schon bald würde die

Sonne aufgehen. Durch die Stille in ihrem Cottage drang ein Piepen. Sie ging zum Anrufbeantworter und hörte ihn ab. Marcia hatte eine Nachricht hinterlassen.

»Ich habe eine ziemlich interessante Entdeckung im Zusammenhang mit diesem Efeuknoten gemacht. Ruf mich an, wenn du wieder da bist. Oh, und danke für den schönen Abend. Ich habe mich hervorragend amüsiert.«

Es gab keine weiteren Nachrichten und das Band schaltete sich ab. Sam griff instinktiv zum Hörer, hielt aber inne, als sie sich der frühen Stunde bewusst wurde. Sie nahm sich vor, Marcia später am Morgen anzurufen. Es lohnte sich nicht, ins Bett zu gehen. Sam wusste, dass sie sowieso nicht schlafen konnte, ihr Gehirn lief auf Hochtouren und wog Dutzende Theorien gegeneinander ab. Sie zog sich schnell um und stieg in ihre Gummistiefel, bevor sie zum Schuppen hinter dem Haus ging. Der ideale Zeitpunkt schien gekommen zu sein, die Pflanzen endlich in die Erde zu setzen, die sie vor ein paar Tagen gekauft hatte. Sie schaltete das Sicherheitslicht ein, das den ganzen Garten erhellte, holte die Schaufel und fing an, ein großes Loch unweit der Grenze zur benachbarten Wiese zu graben. Nur hier in ihrem Garten konnte sie sich wirklich entspannen. Hier fühlte sie sich im Einklang mit sich selbst, konnte sich von überflüssigen Gedanken befreien und sich auf das Wesentliche konzentrieren. Das Graben war anstrengend, aber sie arbeitete mit großem Elan, während sie über die beiden Morde nachdachte. Ihr wurde bewusst, dass sie nicht nur auf Farmer wütend war, sie hinterfragte auch sich selbst und ihre eigenen Fähigkeiten. Was, wenn Bird doch der Mörder war? Vielleicht hatte Farmer Recht, obwohl die Beweise eher schwach waren, Indizien in der Hauptsache. Aber sie war ja schließlich keine Polizistin, sondern lediglich Pathologin. Vielleicht war sie diesmal übers Ziel hinausgeschossen? Hatte sie etwas übersehen? Vielleicht hätte sie mehr aus den Beweisstücken machen können und es wäre tatsächlich möglich gewesen, den Mörder, Bird oder wen auch immer zu identifizieren. Dann könnte das Mädchen noch leben. Frustriert und wütend rammte sie den Spaten in den Boden, brach die Erde auf und schaufelte sie auf die Seite. Schließlich war das Loch groß genug und sie machte sich daran, den vorgesehenen Busch über den Rasen zu seinem neuen Standort zu schleppen. Plötzlich durchbrach eine Stimme die kalte Nachtluft.

»Brauchen Sie Hilfe?«

Sam fuhr herum und sah in das grinsende Gesicht von Tom Adams. Sie war müde und schlecht gelaunt und wollte weder Tom noch irgendeinen anderen Polizisten sehen. Sie versuchte, ihm das zu verdeutlichen.

»Sie und Farmer, Sie sind ein richtiges Comedy-Duo, was? Den Witzemacher habe ich ja schon kennen gelernt, dann sind Sie wohl der Stichwortgeber!«

Adams lächelte nur über diese Beschimpfung, da hatte er schon viel Schlimmeres zu hören bekommen.

»Unterbrechen Sie mich, wenn Sie den schon kennen, aber haben Sie schon die Geschichte vom Superintendent gehört, der es in einem Monat mit zwei Mordfällen zu tun hatte und dessen Hauptverdächtiger frei wie ein ... Vogel herumläuft?«

Sam zeigte sich wenig beeindruckt. »Das ist Ihr Problem.«

Sie kamen mit dem Busch bei dem Loch an und ließen den Wurzelballen hineinfallen.

»Ich dachte, es wäre auch Ihres.«

Sam drehte den Hahn des Gartenschlauchs auf und wässerte den Busch. »Warum denn das?«

»Sie ist der erste weibliche Detective Superintendent in der Truppe und es gibt eine Menge Leute, die es gerne sähen, wenn sie diesen Fall nicht knackt. Manche haben sogar schon die Gelegenheit genutzt, an ihrem Stuhl zu sägen. Sie macht so einen robusten Eindruck, aber in Wirklichkeit hat sie große Angst zu versagen.«

Sam stellte das Wasser ab und sah ihn an. »Haben wir das nicht alle?«

Plötzlich war sie froh, dass er da war. Sie schaute ihm direkt ins Gesicht und fragte sich, ob er sie genauso unterstützen würde, wie er Farmer unterstützte. Sie fing an, etwas eifersüchtig auf seine Beziehung zu seiner Chefin zu werden. Als sie bemerkte, dass sie ihn schon viel zu lange angestarrt hatte, wandte sie sich abrupt ab, um ihre Verlegenheit zu verbergen, und begann, das Loch wieder mit Erde aufzufüllen. Adams war etwas verblüfft. Einen Moment lang hatte er geglaubt, eine gewisse Wärme bei ihr zu verspüren. Aber da musste er sich wohl getäuscht haben und es war klar, dass er sich eine Abfuhr einhandeln würde, wenn er sich jetzt an sie heranmachte. Sie war mit Sicherheit keine leichte Beute. Er überlegte, was er noch sagen konnte, weil er die Begegnung nicht mit einem Missklang beenden wollte.

»Brauchen Sie noch mehr Hilfe in Ihrem Dschungel?«

»Nein, vielen Dank, ich bin schon fast fertig.« Sie seufzte und ihr Gesicht hellte sich etwas auf. Am Klang seiner Stimme erkannte sie, dass er betreten war. Und eigentlich wollte sie ihn gar nicht so schnell wieder loswerden.

»Wenn Sie mir wirklich helfen wollen, dann machen Sie doch schon mal Tee.«

»Für zwei?«

Sam nickte und Adams verschwand in der Küche.

Malcolm Purvis hatte überall gesucht, bei ihren alten Freunden, in Birds Club, bei ihm zu Hause. Es gab weder eine Spur von Frances noch von Bird. Er vertraute zwar der Polizei, aber die Beamten kannten sie nicht so gut wie er und er glaubte, er hätte bessere Chancen, sie zu finden. Er hatte sogar mit der Leiterin des Elternkurses gesprochen, die ihm bestätigt hatte, dass Frances zum Kurs erschienen war und sich guter Dinge verabschiedet hatte. Sie hatte versprochen, nächste Woche auf alle Fälle ihren Vater mitzubringen. Er stellte den Wagen in der Garage ab, schloss das Tor und ging ins Haus. Er trat an den Kinderwagen heran, schaukelte ihn sacht und spürte, wie Angst und Verzweiflung in ihm aufstiegen. Das Klingeln an der Tür ließ ihn erleichtert aufatmen. Er hastete zur Tür und riss sie weit auf. Er hoffte, in das zerknirschte Gesicht seiner Tochter blicken zu können und faule Ausreden zu hören zu bekommen, aber eigentlich war ihm ganz egal, wo sie gewesen war. Sie wäre wieder in Sicherheit und allein darauf kam es an.

Polizisten haben diese gewisse Art, einem alles zu erzählen, ohne dabei den Mund aufzumachen. Er hatte bei Gericht viel über ihr Mienenspiel gelernt und rühmte sich, ihre Gedanken lesen zu können, egal, wie ausdruckslos oder uninteressiert sie sich auch gaben. Also wusste er, was sie ihm zu sagen hatten, noch bevor sie das Wort ergriffen, und er musste gegen die Versuchung ankämpfen, ihnen einfach die Tür vor der Nase zuzuschlagen. Wenn er es nicht hörte, war es auch nicht wahr.

»Mister Purvis?«

»Ja.«

»Können wir vielleicht einen Moment hereinkommen, Sir?«

Er bewegte sich nicht und versperrte ihnen den Weg. »Sie ist tot, oder?«

Dem Inspector war nicht wohl in seiner Haut und der jungen Polizeibeamtin an seiner Seite schien es ebenso zu gehen. »Können wir hereinkommen, Sir?«

Malcolm Purvis warf seinen Kopf in den Nacken und starrte in den dunklen Himmel. Der Schrei, den er ausstieß, kam aus tiefster Seele, seine gesamte Energie schoss durch seinen geöffneten Mund hinaus. Die junge, unerfahrene Polizistin wich erschreckt zurück. Der Inspector jedoch war mit solchen Reaktionen vertraut. Er legte Malcolm die Arme um die Schultern und hielt ihn fest wie ein Vater sein krankes Kind.

Sam hatte sich auf die kleine Holzbank niedergelassen, die sie ganz hinten im Garten aufgestellt hatte, um den Blick auf das offene Land genießen zu können. Neben ihr saß Tom Adams und nippte an seinem heißen Tee. Sam deutete auf ihre Tasse.

»Guter Tee.«

»Das macht die jahrelange Übung. Wissen Sie, ein oder zwei Dinge lernt man schon bei der Polizei.«

Sam lächelte, ihr gefiel sein Sinn für Humor. »Ich bin froh, das zu hören.«

Auch über Toms Gesicht glitt ein Lächeln, doch dann wurde er plötzlich ernst. »Ich muss mit Ihnen über Ricky reden.«

»Sie wollen ihn doch wohl nicht wegen dieses Zigarettenautomaten einsperren!«

»Nein, da hatten wir eine Abmachung getroffen, aber er ist verhaftet worden.«

Sam war schockiert. »Weshalb?«

»Sachbeschädigung. Er war betrunken und hat die Motorhaube irgendeines Unglückswurms als Trampolin missbraucht.«

Sam blieb die Luft weg. »Sind Sie sicher, dass es wirklich Ricky war?«

Adams wand sich verlegen. »Ich habe ihn dabei gesehen, tut mir Leid.«

Sam starrte über die noch in der Dunkelheit liegenden Felder. »Das muss Ihnen doch nicht Leid tun, er hat es schließlich getan. So ein Idiot!«

»Er ist noch so jung und er war ziemlich betrunken.«

»Das ist keine Entschuldigung. Nur Gott allein weiß, was Wyn dazu sagen wird, wenn sie es erfährt. Sie hat ohnehin schon genug um die Ohren. Er muss doch nicht ins Gefängnis oder so?«

»Das glaube ich nicht. Ich habe mit dem Beamten gesprochen, der ihn festgenommen hat, er ist ein alter Kumpel von mir. Ich denke, ich kann das schon hinbiegen. Aber es kommt darauf an, ob wir den Eigentümer des Autos davon abhalten können, Anzeige zu erstatten. Wahrscheinlich unternimmt er nichts, wenn er den Schaden bezahlt bekommt.«

»Na prima! Ricky ist arbeitslos und Wyn kommt gerade so über die Runden. Wie viel ist es?«

Adams griff in seine Jackentasche, zog einen Kostenvoranschlag heraus und reichte ihn ihr.

»So viel! Was war das für ein Auto, ein Rolls-Royce?« Sie las das Schreiben noch einmal durch. »Er ist kein schlechter

Junge, wissen Sie, er hat nur eine schlechte Phase. Wenn ich das bezahle, kommt der kleine Idiot dann nicht vor Gericht?«

»Ich kann das nicht versprechen ... Aber ich werde sehen, was ich tun kann.«

»Danke Tom, ich weiß das sehr zu schätzen.«

Adams hatte sich für sie sehr weit aus dem Fenster gelehnt und es war eine Erleichterung für sie, dass ihr jemand ein Stück Verantwortung für die Familie abnahm. Er lächelte sie an und für einen Moment trafen sich ihre Blicke. Diesmal sah Sam nicht weg. Adams kam ganz langsam mit seinem Gesicht näher, um ihr Zeit zu geben, wegzuschauen oder sich zurückzuziehen, falls sie nicht interessiert war. Sie bewegte sich nicht. Aber es sollte dennoch nicht Adams' Glückstag sein, denn bevor sich ihre Lippen berührten, knackte plötzlich sein Funkgerät zwischen ihnen.

»Zentrale an Detective Inspector Adams, over.«

Adams hielt inne, sah sie einen Augenblick lang an und antwortete dann. »Detective Inspector Adams an Zentrale, over.«

»Superintendent Farmer lässt Sie grüßen, Sir. Sie möchte sich mit Ihnen an der B 784 treffen, drei Meilen vor Fereham. Sie haben den Wagen des toten Mädchens gefunden.«

»Bin in zwanzig Minuten da, over.«

Er steckte das Funkgerät wieder in die Tasche. »Ich muss gehen.«

Sam nickte verständnisvoll, war aber dennoch enttäuscht.

»Ach so, übrigens, haben Sie Ihre Meinung immer noch nicht geändert?«

Sam schaute ihn irritiert an.

»Dass Bird unschuldig ist.«

»Ich war ziemlich wütend. Ich bin nicht ganz sicher, aber da gibt es noch ein paar Ungereimtheiten.«

»Zum Beispiel?«

»Die Efeuranke um Frances' Handgelenk, es ist die falsche Sorte. Diese hat nichts mit Okkultismus zu tun.«

»Es gab eine Efeupflanze in Birds Büro.«

»Könnte ich davon eine Probe bekommen? Das würde einige Fragen beantworten.«

»Wenn ich das tue, muss es aber unter uns bleiben. Ich habe keine Lust, wieder mit einer komischen Mütze auf dem Kopf und dem Schlagstock am Gürtel durch die Gegend zu laufen.«

Die Sonne lugte endlich über den weit entfernten Horizont und erhellte die Wiesen und Felder hinter dem Garten. Adams genoss den Ausblick. »Das wird ein toller Sonnenaufgang.«

»Die Sonnenuntergänge sind auch nicht schlecht«, sagte Sam schelmisch.

Sie lächelten sich in wortlosem Einverständnis an.

»Na so was«, dachte Adams, »die eisige Jungfrau taut ja langsam richtig auf!«

Adams traf früher am Fundort des Wagens ein, als er erwartet hatte. Die Straßen waren noch ganz leer gewesen. Alles erstrahlte schon im hellen Licht von sechs Scheinwerfern und das Summen des Generators lag in der Luft. Am Straßenrand wartete ein großer Abschleppwagen und zwei Polizisten bereiteten den Wagen vor, damit er aus dem Feld gezogen werden konnte. Adams entdeckte Farmer, die gerade einen Beamten der Spurensicherung dabei beobachtete, wie er Lackspuren vom beschädigten Heck des Wagens abkratzte. Sie warf ihm einen vorwurfsvollen Blick zu. »Gut, dass Sie auch schon kommen.«

Adams schwieg und sparte sich jede Entschuldigung. Farmer wandte sich wieder dem Beamten zu, der die Spuren sicherte und die kleinen roten Lacksplitter untersuchte, die er in eine Plastiktüte hatte rieseln lassen.

»Ist es auch mit Sicherheit der richtige Wagen, Bert?«

Der Beamte hob sein großes, rundes Gesicht und sah Farmer an. »Der Wagen ist auf Malcolm Purvis zugelassen, der, wie ich vermute, der Vater des toten Mädchens ist. Armes Schwein. Und wir haben das hier gefunden.« Er hielt einen langen Silberohrring hoch, der genauso aussah wie der, den Farmer an Frances' Ohr hatte baumeln sehen.

»Sonst noch etwas?«

»Ein paar Lackspuren. Aber nicht so viele, wie ich gehofft hatte. Unser Killer stellt sich nicht dumm an, er macht hinterher sauber.«

»Also haben wir nicht mal Lackreste als Beweismittel?«, warf Adams ein.

»Ach, da bin ich nicht so sicher«, sagte Bert mit einem selbstgefälligen Grinsen. »Er war nicht so schlau, wie er gedacht hat. Er hat die Stelle vergessen, an der der Zusammenstoß eigentlich passiert ist. Ich habe ein paar gute Proben auf der Straße und auf dem Seitenstreifen gefunden, die sollten für einen Vergleich genügen.«

Adams trat an das Auto heran und betrachtete es genau. »Gibt es irgendwelche Hinweise darauf, dass er es verbrennen wollte?«

Bert schaute ihn an. »Nein, wenn er es verbrannt hätte, wäre ich ja nicht hier. Warum?«

»Wenn es derselbe Mörder ist, frage ich mich, warum er das Auto nicht verbrannt hat. Bis jetzt war er sehr vorsichtig. Er hat James' Auto auch ausbrennen lassen.«

Bert sah sinnierend auf den Wagen. »Die werden alle irgendwann unvorsichtig und dann kriegen wir sie.«

Adams nickte und ging zurück zu seinen Kollegen. Farmer folgte den Beamten der Spurensicherung zurück auf die Straße. »Wann können wir die Ergebnisse haben?«

»Rufen Sie morgen Nachmittag an, bis dahin sollten wir soweit sein.«

Farmer war damit nicht zufrieden. »Warum heißt es bei euch immer morgen, warum könnt ihr das nicht sofort erledigen?«

»Fragen Sie mich das morgen«, sagte Bert und kicherte, als er wegging.

Farmer ließ einen strengen Blick über ihre Kollegen gleiten, die sich selbstverständlich jedes Anzeichen von Amüsiertheit verkniffen.

Sam war endlich einmal pünktlich in der Leichenhalle angekommen. Sie wollte die Akte zum Fall Mark James noch einmal genau durchsehen, bevor sie mit der Obduktion von Frances' Leiche begann. Sie war sich bereits sicher, dass es sich um denselben Mörder handelte und dass er entweder irgendeine Art Spiel trieb oder wirklich ein religiöser Fanatiker war. Sam wollte auf jedes Detail achten.

Sie hängte ihren Mantel an den Haken an der Tür und durchquerte den Raum. Ein kleiner brauner Umschlag lag auf ihrem Schreibtisch. Darauf stand mit blauer Tinte ihr Name geschrieben. Sie öffnete ihn und zog einen Zettel und ein Stück Efeuranke heraus. Sie las: »Normalerweise schenke ich einer Dame Blumen, aber ich habe das hier in Birds Büro gefunden, als wir ihn festgenommen haben, und dachte mir, dass es Sie interessiert. Tom.«

Sie lächelte. Er hatte ihr wirklich die Efeuprobe beschafft! Sie war sich nicht sicher gewesen, ob er es tun würde, und hatte überlegt, ob sie mit ihm etwas zu weit gegangen war. Aber dem war offensichtlich nicht so, wie sie erfreut feststellte. Sam legte die kurze Efeuranke auf ihre Kladde und nahm ein Vergrößerungslas. *Poetica*, sie hatte Recht gehabt. Sie war jetzt überzeugt, dass Bird nichts mit diesen Morden zu tun hatte. Wenn Bird der Mörder gewesen wäre und seine Taten mit dem Okkulten hätte in Verbindung bringen wollen, hätte er genau gewusst, welche Efeuart zu verwenden war; er hätte sie sich sogar leicht beschaffen können. Aber es würde trotzdem sehr schwer sein, Farmer von seiner Unschuld zu überzeugen. Sie brauchte noch mehr Beweise.

Malcolm Purvis wurde an der Seite des Inspectors, der ihn sacht am Arm hielt, in die Leichenhalle geführt. Alle Farbe war aus seinem Gesicht gewichen und er sah alt und zerfurcht aus. Beim Hineingehen hoffte er inständig, dass sich alles nur als ein schrecklicher Irrtum herausstellte und die Tote gar nicht Frances war. Zum ersten Mal, seit er seine Frau verloren hatte, betete er. Betete, dass es nicht Frances wäre, sondern ein anderes Mädchen, egal, welches. Der Egoismus seiner Gedanken war ihm wohl bewusst, aber es war ihm gleich. Als er den Raum betrat, sah er Fred, der mit ernster Miene an einer stählernen Rollbahre stand. Der tote Körper war unter einem großen weißen Laken verborgen. Eine Hitzewelle überfiel ihn und seine Eingeweide zogen sich zusammen. Sanft sprach ihn der Inspector an: »Sind Sie bereit, Sir?«

Fred bewegte sich nicht, denn er wartete auf das Nicken des Inspectors. Malcolm verharrte bewegungslos. Er wollte den Moment, der sein ganzes Leben verändern würde, hinauszögern. Der Inspector versuchte es erneut: »Sind Sie bereit?«

Diesmal nickte Malcolm. Der Inspector sah Fred an, der das Laken zurückzog und die Sicht auf Frances' Gesicht freigab. Er sah sie nicht an. Er starrte gerade vor sich hin, er schluckte und Tränen traten ihm in die Augen. Schließlich zupfte ihn der Inspector am Ärmel, und er senkte seinen Blick.

Was da vor ihm lag, war nicht Frances, sondern eine schwarzblutige Karikatur seiner Tochter. Doch selbst in diesem schrecklich entstellten Gesicht konnte er noch ihre vertrauten, einst so schönen Züge erkennen. Er wischte die Tränen fort, die ihm über die Wangen liefen. »Nicht jetzt, Gott, bitte nicht jetzt. Lass mich nicht allein.«

»Ist das Ihre Tochter, Sir?«, fragte der Inspector flüsternd.

Malcolm nickte. »Ja, es ist meine Tochter.«

Fred wollte auf Geheiß des Inspectors die Leiche wieder bedecken, aber Malcolm hielt ihn am Arm fest. Er sah Fred mit gequältem Blick an. »Gehen Sie bitte sanft mit ihr um, ja? Sie hat schon genug gelitten.«

Diesmal tauchte kein witziger Spruch oder Gedanke in Freds Kopf auf. »Wir geben gut auf sie Acht, Sir, machen Sie sich keine Sorgen.«

Malcolm nickte und nach einem letzten Blick auf das Gesicht seiner Tochter erlaubte er Fred, es wieder zu verhüllen. Gerade als er sich umdrehte, um die Leichenhalle zu verlassen, kam Sam herein. Sie hatte sich schon umgezogen und war bereit für die Obduktion. Malcolm erblickte sie und ihm wurde klar, was sie gleich tun würde. Der Horror, der ihn bei dieser Vorstellung überfiel, war so groß, dass ihm die Beine wegknickten. Der Inspector trat schnell zu ihm, schlang die Arme um seinen Oberkörper und bewahrte ihn so davor umzukippen. Er führte ihn behutsam hinaus und als sie an Sam vorbeigingen, schaute Malcolm sie noch einmal verzweifelt an. Ihr war klar, dass sie im falschen Moment aufgetaucht war. Sie hatte ihren Job zu erledigen und sie war auch stolz auf ihren Beruf, aber zum ersten Mal überkam sie ein Gefühl der Scham und sie senkte ihren Blick, weil sie ihm nicht in die Augen sehen konnte.

Obwohl es Sam schwer fiel, Malcolm Purvis' Gesicht aus ihren Gedanken zu verbannen, war sie entschlossen, das Erlebnis zu vergessen und sich auf die Obduktion zu konzentrieren. Sie musste vergessen, dass dies einmal ein Mensch gewesen war, der von anderen geliebt wurde. Sie hatte eine wichtige Aufgabe zu erfüllen. Ihre Untersuchung konnte die Beweise erbringen, die zur Verhaftung des Mörders nötig waren, bevor er noch einmal zuschlagen konnte. Und sie musste diese Beweise schnell finden.

Fred hatte den Körper schon aus dem Leichensack geholt. Er lag jetzt auf dem weißen Marmortisch und ein paar weiß gekleidete Beamte der Spurensicherung sammelten ihre Proben ein. Sam schaute sich um. Unter den wie gewöhnlich zahlreichen Leuten auf der Zuschauertribüne war auch Adams, der alles genau beobachtete. Sie wusste, dass Adams nicht gern bei Obduktionen zusah. Er hatte ihr einmal erzählt, dass es gar nicht so sehr der Anblick war, der ihm zu schaffen machte, als vielmehr der Geruch. Tja, das konnte sie nicht ändern, Menschen rochen nun einmal. Richard Owen saß ebenfalls auf der Empore und war ins Gespräch mit Farmer vertieft. Es war ungewöhnlich, dass der Polizeiarzt einer Obduktion beiwohnte, und sie nahm an, dass es wahrscheinlich mehr mit ihr selbst zu tun hatte als mit der Leiche auf dem Tisch. Einen Augenblick lang wünschte sie, als unscheinbare Fliege an der Wand ihr Gespräch belauschen zu können, aber dann änderte sie ihre Meinung: Wer will schon Schlechtes über sich hören? Die Beamten von der Spurensicherung waren fertig, und Sam sah Fred an. »Alles bereit?«

Er nickte. »Eins sollten Sie wissen. Ich glaube, der Körper wurde gesäubert.«

Sam glaubte ihren Ohren nicht zu trauen. »Wer zum Teufel war das?«, fragte sie zornig.

»Von uns niemand, Chef. Ich glaube, der Mörder war es. Er wollte wohl keine Spuren hinterlassen.«

»Warum?«, fragte sich Sam. Hatte der Mörder kriminalistische Kenntnisse? War diesmal etwas schief gelaufen und der Killer wusste, dass er belastende Beweise zurückgelassen hatte? Mit was für einem Typen hatten sie es zu tun? Sie trat zu Fred an den Tisch, um mit ihrem Bericht zu beginnen, und die Welt um sie herum versank im Nichts.

»Obduktionsbericht vom 1. November 1995, neun Uhr. Wir haben hier den Körper einer gut entwickelten und ordentlich ernährten weißen Frau. Sie ist siebenundsechzig Inches groß und wiegt einhundertdreizehn Pfund.« Sie nahm die Karteikarte zur Hand und überprüfte die Informationen. »Es handelt sich um Frances Purvis, vierundzwanzig Jahre alt. Sie hat braunes Haar und blaue Augen. Der Körper wurde gestern, am 31. Oktober gegen dreiundzwanzig Uhr dreißig im Kloster Ruilex gefunden. Der Tod wurde von

Doktor Richard Owen, dem Polizeiarzt, um null Uhr zweiundvierzig bestätigt.«

Sie legte die Karte zurück auf einen kleinen Tisch und begann mit der Obduktion. Sie hatte schon hunderte durchgeführt, aber sie versuchte, jede aufs Neue interessant zu finden, denn selbstgefällige Routinearbeit führte nur zu Nachlässigkeiten. Nachdem alles Nötige fotografiert worden war, schnitt sie die Schnur durch, die immer noch tief in Frances' Hals eingegraben war. Sie achtete darauf, keine Knoten zu beschädigen. Auch die Efeuranke um ihr Handgelenk durchtrennte sie vorsichtig. Beide Beweisstücke wurden in Tüten verpackt und versiegelt. Dann nahm sie Proben unter den Fingernägeln und Abstriche aus Mund, Nase und Vagina und untersuchte die Konjunktivae – die Membrane, die das innere Augenlid mit dem Augapfel verbinden – auf die verräterischen Blutgerinnsel hin, die beim Tod durch Erdrosseln oder Ersticken entstehen. Fred ging auf die andere Seite des Tisches und rollte Frances' Leiche auf den Bauch, so dass Sam den Rücken untersuchen konnte.

»Es gibt keine Zeichen von Verletzung auf der Rückseite des Körpers.« Sie befühlte den Schädel. »Auch der Kopf scheint frei von Verletzungen zu sein ... Was ist das?«

Sie fuhr mit der Fingerspitze über eine kleine Einstichstelle in Frances' Nacken. Sie war überrascht und ärgerte sich über sich selbst, weil sie ihr nicht gleich am Fundort aufgefallen war. »Es gibt eine kleine Einstichstelle im Nacken, wahrscheinlich von einer Nadel.«

Sie sah den Fotografen an. »Kann ich davon ganz viele Aufnahmen haben, bitte?«

Der Beamte nickte und nahm diverse Fotos aus unterschiedlichen Perspektiven auf, bevor Fred den Körper wieder zurückrollte. Sam konnte jetzt mit dem Sezieren beginnen. Sie führte einen großen V-förmigen Schnitt um den Hals aus und zog das Skalpell dann über den ganzen Körper hinunter. Dabei achtete sie sorgfältig darauf, die Schnitte, die das umgedrehte Kreuz bildeten, nicht zu zerstören. Dann wurden die Nackenmuskeln schichtweise durchtrennt, um den Kehlkopf freizulegen, der mit anderen Nacken- und Brust-Partien zur Untersuchung entfernt wurde. Später entdeckte sie das Kind im Bauch. »In der Gebärmutter befindet sich ein gut entwickelter, etwa achtzehn bis zwanzig Wochen alter Fötus.«

Sam hob ihn sanft heraus und reichte ihn Fred. Sie war sehr traurig und fragte sich, ob Reverend Shaw an seinem Glauben festhalten würde, wenn er sähe, was Gott selbst den Unschuldigsten widerfahren ließ. Sie holte tief Luft und fuhr mit der Obduktion fort.

7

Marcia Evans betrat die Garage des Instituts, deren Betonboden zahlreiche Ölflecken aufwies. Mitten in der Garage stand der blaue Renault von Frances Purvis. Er war mit einer großen durchsichtigen Plane bedeckt. Darunter kroch ein weiß bekleideter Beamter der Spurensicherung mit Mundschutz und Kopfhaube umher und versuchte den grauen Nebel zu vertreiben, der in dem Auto stand und sich auf alle Oberflächen legte. Alex Wood, der Leiter der Abteilung, kam zu ihr herüber. Er war ein kleiner stämmiger Mann, der zur Rundlichkeit neigte. Sein Haar wurde allmählich schütter und er trug einen Vollbart. Er war ein hart arbeitendes Genie, aber ihm fehlten der Ehrgeiz und das Selbstvertrauen, auf der Karriereleiter ganz nach oben zu klettern.

»Was machen Sie denn hier? Ich dachte, Sie wären für Flecken, Kleckse und Sperma zuständig.«

Marcia sah ihn an. »Und ich dachte, ich sehe mir mal an, was die andere Hälfte so treibt. Was macht er da gerade?«

»Wartet, dass der Superkleber abzieht. Er reagiert mit möglicherweise vorhandenen Schweißspuren und mit etwas Glück finden wir so bisher unentdeckte Fingerabdrücke.«

Marcia beobachtete, wie der Nebel langsam aus dem Auto kroch und durch die Luftschächte in der Decke abzog.

»Lights hat dann also bislang keine gefunden?«

»Keinen, der uns weitergebracht hätte. Das ist unsere letzte Hoffnung.«

»Dann wollen wir mal hoffen, dass der Täter nicht so schlau war, Handschuhe zu tragen.« Marcia lächelte, aber Alex gab keine Antwort. Marcia genoss als kompetente Fachfrau auf ihrem Gebiet großen Respekt und sie war mit Doktor Ryan befreundet. Er fühlte sich nicht wohl in ihrer Anwesenheit und er wollte seine Kompetenz nicht infrage gestellt sehen. Er überwachte die Arbeit seiner Kollegen, die mittlerweile wieder in das Auto geklettert waren und mit Hilfe eines hellen Strahlers auch in den hintersten Ritzen des Wagens suchten. Marcia ging in die Hocke und spähte ins Innere. Die Oberflächen waren schneeweiß, wie von Raureif überzogen. Einer der Spurenexperten konzentrierte sich mit seiner Lampe und einem Vergrößerungsglas ganz auf den Kunststoff unter der Lenkradsäule.

Alex bemerkte seine gesteigerte Aufmerksamkeit. »Was gefunden, Bert?«

»Bingo! Und diesmal ein paar Gute. Sehen Sie mal!«

Alex trat an das Fahrzeug und Bert reicht ihm das Vergrößerungsglas. »Sehr schön, wirklich sehr schön. Wir rufen besser den Fotografen.« Alex kam wieder unter der Plane hervor. Mit einem selbstgefälligen Grinsen reichte er Marcia die Lupe. »Sieht so aus, als wäre unser Mörder nicht schlau genug gewesen. Wollen Sie mal sehen?«

Marcia nahm das Glas und sah sich die Fingerabdrücke an.

Sie waren gut erkennbar, wie sie da dicht beieinander lagen, und die Schleifen und Linien der Fingerkuppen traten deutlich hervor. Sie stand auf und gab Alex das Glas zurück. »Ich bin beeindruckt. Da klebt der alles entscheidende Beweis!« Aber der Mann von der Spurensicherung nahm sich selbst viel zu ernst und fand Marcias Bemerkung gar nicht witzig. Sie fuhr fort: »Aber sie sitzen an einer ziemlich ungewöhnlichen Stelle, nicht wahr?«

Alex entgegnete, als müsse er sich rechtfertigen: »Ich hab schon welche an noch merkwürdigeren Stellen gefunden. Manchmal hat man Glück und manchmal eben nicht ...«

»Und diesmal hatten Sie Glück?«, warf Marcia ein.

Ihre beharrliche Skepsis erhöhte Alex' Unbehagen. »Allerdings! Aber nur, wenn sie nicht wieder identifiziert und ausgeschlossen werden.«

Sie nickte nur und verließ die Garage. Alex schaute verunsichert und beleidigt hinter ihr her.

Nach der Obduktion streifte Sam ihren grünen Kittel ab und warf die Handschuhe in den Müll, bevor sie in das kleine Büro nebenan ging. Farmer, Adams und Owen folgten ihr auf dem Fuß. Ohne Umschweife begann Farmer mit ihrer Befragung und kam mit scharfer Stimme direkt auf den Punkt: »Haben wir es mit demselben Mörder zu tun?«

Sam war todmüde. Ihre Erschöpfung rührte jedoch eher von zu viel Nachdenken her als von körperlicher Anstrengung. An den Schreibtisch gelehnt seufzte sie. »Ich bin fast sicher ...«

Farmer ließ sie gar nicht erst ausreden. »Sagen Sie uns einfach nur, was Sie gefunden haben, und machen Sie es nicht so kompliziert!«

Sam war befremdet. »Gut, Superintendent, dann bringen wir es für Sie auf Kinderstunden-Niveau.«

Adams und Owen konnten sich angesichts der dauernden Dispute zwischen den beiden Frauen ein Grinsen nicht verkneifen, aber Farmer bemerkte es und sah sie strafend an.

Sam fuhr fort: »Wie Sie wissen, sind die ungewöhnlichen Verletzungen auf der Bauchseite bei Mark James und Frances Purvis gleich.« Sie nahm ein paar Fotos vom Schreibtisch und reichte sie herum. Auf einem zeigte sie die Schnitte. »Sie formen ein auf dem Kopf stehendes Kreuz.« Sie fuhr mit einem Stift über das Kreuz auf dem Foto. »Übrigens, Ihr Mörder ist Linkshänder.«

»Wie Jack the Ripper.«

»Damals hat die Polizei sich auch nicht besonders gut geschlagen, nicht wahr?«, gab Sam zurück.

Farmer runzelte die Stirn und Adams schritt ein, weil er die wachsende Feindseligkeit spürte. »Kann das ein Zufall sein?«

Sam schüttelte den Kopf. »Bei so identischen Schnitten bezweifle ich das. Aber wir haben noch mehr: Beide Opfer wurden garrottiert, was an sich schon interessant ist.«

Farmer meldete sich zurück: »Also wurden sie erdrosselt wie Hunderte von anderen auch. Ich verstehe nicht, wie uns das weiterhelfen soll.«

»Die Tatsache, dass unser Mörder die Zeit und Mühe aufbrachte, so eine Garrotte herzustellen, kann uns schon etwas weiterhelfen. Ich zeige Ihnen, was ich meine.« Sie öffnete die Schreibtischschublade und zog eine Schnur heraus, die an beide Enden eines Bleistifts geknotet war. »Ich habe hier eine selbst gebastelte. Kann ich Ihr Handgelenk einen Moment haben, Superintendent?« Farmer willigte widerstebend ein. »Es tut ja nicht weh.«

»Nein, ist nur ein bisschen unangenehm.«

Sam zog die Schlaufe über den ausgestreckten Arm und begann den Stift zu drehen, wodurch sich die Schnur immer enger um Farmers Handgelenk legte. »Wenn die Schnur einmal um den Hals des Opfers gelegt ist, braucht man nicht besonders viel Kraft, um sie zuzuziehen. Ein Kind könnte das schaffen. Man muss nur den Stab drehen und sie legt sich immer enger um den Hals des Opfers, bis schließlich ...«

Sie drehte den Stift noch einmal ruckartig herum und die Haut unter der Schnur wurde weiß. Farmer zuckte zusammen. Sam war mit ihrer Demonstration fertig, lockerte das Seil und zog es von Farmers Handgelenk. »Das war vor Jahrhunderten in Spanien die verbreitetste Hinrichtungsart.«

Farmer sah Sam an und rieb sich ihr Handgelenk. »Da werde ich wohl lieber meinen Urlaub in Benidorm canceln!«

»Ich muss zwar noch auf die Laborergebnisse warten, aber ich glaube, dass beide Opfer auch unter Drogen gesetzt wurden.«

Owen überraschte diese Enthüllung. »Ich kann mich nicht erinnern, dass Sie in Ihrem Bericht über James Drogen erwähnt haben.«

»Habe ich auch nicht, weil es keine Spuren gab, aber ich glaube, wir werden in Frances' Körper welche finden.«

Adams schaltete sich ein: »Warum glauben Sie, dass unser Killer Drogen verwendet hat?«

»Angesichts dessen, was unsere Opfer durchgemacht haben, bevor sie umgebracht wurden, hätte ich erwartet, dass man irgendwelche Verletzungsspuren findet, die darauf hinweisen, dass sie sich gewehrt haben: Blutergüsse, Kratzer oder wunde Stellen von dem Seil um ihre Handgelenke vielleicht, aber nichts dergleichen habe ich gefunden. Bis James' Leiche gefunden wurde, hatten sich möglicherweise in seinem Körper vorhandene Drogen bereits aufgelöst oder verflüchtigt und eine kleine Einstichstelle von einer Spritze war unmöglich auf diesem zersetzten Körper noch zu entdecken. Jedenfalls gab es eine solche Einstichstelle in Frances' Nacken, dort wurde die Spritze angesetzt, denke ich. Vielleicht hat sich der Mörder deshalb auch so viel Mühe gegeben, James' Leiche zu verstecken. Bis er gefunden wurde, waren alle Drogenspuren verschwunden.«

Farmer war noch nicht überzeugt. »Warum hat er dann nicht Frances' Leiche genauso gut versteckt?«

»Hat er ja versucht«, ließ Adams sich vernehmen. »Das Kloster war wegen Reparaturarbeiten geschlossen. Er hatte erwartet, dass erst wieder in ein paar Wochen jemand in dem alten Gemäuer herumstreunen würde. Wir hatten nur Glück wegen der Hunde.«

Farmer sah Owen an. »Bird ist Diabetiker, nicht wahr?«

Owen nickte und Farmer fuhr fort: »Also hat er Zugang zu Spritzen und Nadeln.«

»Ja, aber tausend andere auch, dadurch wird er noch nicht zum Mörder.«

Sam warf ihm einen Blick zu, denn sie war froh über seine Unterstützung, und sagte dann: »Sie sollten noch etwas anderes wissen.« Sie zögerte kaum merklich, bevor sie fortfuhr. »Ich habe herausgefunden, dass Bird in seiner Collegezeit Nachforschungen über einen Mord angestellt hat, der Mitte der sechziger Jahre in den Fenlands geschah. Er hat gründlich nachgeforscht und später etwas darüber geschrieben. Die Umstände waren dieselben wie bei Mark und Frances. Das Opfer, ein Mann namens Ironsmith, wurde auf geweihtem Boden garrottiert und ein auf dem Kopf stehendes Kreuz wurde in seinen Körper geritzt.«

Farmer lief vor Zorn rot an. »Wie lange wissen Sie das schon?«

»Nicht sehr lange. Ich war mir bis jetzt nicht sicher, ob es relevant ist.«

»Ich beurteile, ob etwas relevant ist, nicht Sie! Sonst noch Beweise, die Sie mir vorenthalten haben?«

»*Ich* erbringe Beweise, ich enthalte sie niemandem vor, Superintendent! Das ist mein Beruf. Ich habe eine ähnliche Efeuranke, wie sie um Frances' Handgelenk gewickelt war, auch in der Grabstätte gefunden, wo James' Leiche versteckt wurde. Es scheint eine Verbindung zu dem Fenlands-Mörder zu geben.«

Sam erwartete, dass Farmer explodierte, aber das tat sie nicht. Sie setzte sich langsam hin, fast zufrieden.

»Also haben Sie am Ende doch noch etwas gefunden. Sieht so aus, als kriegten wir Bird diesmal dran. Gut gemacht.«

»Es gibt noch etwas, das ich Ihnen sagen möchte.«

Farmer sah sie misstrauisch an.

»Ich habe es Ihnen schon im Kloster gesagt. Ich glaube nicht, dass Bird es war.«

Farmers zufriedener Gesichtsausdruck verschwand. »Tatsächlich? Und warum nicht?«, fragte sie wütend.

»Das Efeu, es war die falsche Sorte.«

»Verstehe. Sie haben mir gerade genug Beweise geliefert, um Bird beider Morde zu überführen, und jetzt wollen Sie mir weismachen, dass er unschuldig ist, weil es *die falsche Pflanze* war!«

»Bird hätte einen solchen Fehler nicht gemacht. Er hätte gewusst, welches Efeu man verwenden muss, um der Sache einen okkulten Anstrich zu geben. Mein Gott, er hat einen Topf davon in seinem Büro!«

Farmer starrte sie an. »Woher zum Teufel wissen Sie das?«

Sam sah Adams verlegen an. In dieser Sekunde war ihr klar geworden, dass sie ihn verraten hatte. Farmer folgte ihrem Blick und kapierte sofort, was geschehen war. Sie ließ sich in ihren Stuhl zurückfallen, sah Adams an und dann wieder Sam.

»Da haben wir ja eine feine Verschwörung! Und was geht sonst noch hinter meinem Rücken vor? Ich kriege Sie beide dran, wenn es noch einmal Pfusch bei den Ermittlungen gibt.« Farmer wusste, dass sie unfair handelte, aber sie fühlte sich von einem engen Mitarbeiter hintergangen und es war schwer für sie, ihren Ärger zu kontrollieren. Sam wollte wütend zu einer Verteidigungsrede ansetzen, aber bevor sie etwas sagen konnte, trat plötzlich Fred Dale ins Büro.

»Entschuldigen Sie die Störung, aber ich habe eine dringende Nachricht für den Superintendent.« Farmer blickte auf. »Sie sollen sich so schnell wie möglich mit der Spurensicherung in Verbindung setzten. Die Fingerabdrücke, die in Frances' Auto gefunden wurden, sind von Bird.«

Farmer drehte sich mit einem triumphierenden Grinsen im Gesicht zu Sam um. »Sieht so aus, als müssten wir einen Mörder verhaften!« Sie stand auf und zerrte ihre Jacke von der Rückenlehne. »Und in Zukunft, Doktor Ryan, empfehle ich Ihnen, Ihre Neugier auf die Leichenhalle zu beschränken und den Rest der Ermittlungen den Profis zu überlassen. Sie sind fürs Aufschneiden zuständig und ich fürs Verhaften!« Farmer machte auf dem Absatz kehrt und verließ das Büro, ohne Adams anzusehen. Als er ihr folgte, versuchte Sam einen Blick von ihm zu erhaschen, aber er wich ihr aus. Er fühlte sich verraten, war sich jedoch nicht sicher, ob sie ihn nur benutzt hatte oder ob Sam in der Hitze des Gefechts einfach ein Fehler unterlaufen war. Er brauchte Zeit, darüber nachzudenken, und abgesehen davon musste er erst einmal Farmer besänftigen. Sam sah Owen an, der angesichts der jüngsten Ereignisse nur verblüfft mit den Schultern zuckte.

Sam hasste diese unterirdische Garage, auch jetzt, am hellichten Tag, wirkte sie gefährlich. Es war der beklemmendste Ort, den sie kannte. Das Klappern ihrer Absätze hallte von den Wänden wider und es klang, als versteckten sich Dutzende von unsichtbaren Leuten hinter jeder dunklen Ecke und beobachteten sie. Bei ihrem Wagen angekommen, suchte Sam zwischen all dem Krimskrams in ihrer Handtasche nach dem Schlüssel. Plötzlich lief ihr ein Schauer über den Rücken, denn sie hörte Schritte hinter sich. Sie waren zwar noch weit entfernt, kamen aber eindeutig auf sie zu. Eine irrationale Angst überfiel sie und sie versuchte, mit logischem Denken dagegen anzukämpfen: Ihr Auto war ja nicht das Einzige hier und die Angestellten verließen zu den unterschiedlichsten Zeiten das Krankenhaus. Sie hatte oft nette Kollegen auf diesem Parkdeck getroffen, die sie während der Arbeitszeit kaum je zu Gesicht bekam. Aber wie sehr sie sich auch bemühte, die Vernunft konnte ihr ungutes Gefühl nicht besiegen und vor ihrem inneren Auge erschienen die Leichen von Mark James und Frances Purvis. Sie ging zum Kofferraum und strengte alle Sinne an, um herauszufinden, wer da war. Sie redete sich ein, dass es bestimmt nur ein Krankenhausmitarbeiter auf dem Heimweg war, aber als sie angestrengt in die Dunkelheit spähte, stoppten die Schritte. Die plötzliche Stille war wie ein Vorhang, durch den sie nichts sehen konnte.

Sie wartete einen Moment, kontrollierte ihren Atem, sodass die Luft wieder gleichmäßig durch ihre Lungen strömte, und horchte weiter in die Stille. Sie hoffte, eine zuklappende Autotür oder einen aufheulenden Motor zu hören. Aber nichts davon geschah und als sie sich wieder ihrem Auto zuwandte, hallten erneut die Schritte durch die Garage. Diesmal kamen sie schneller näher. Sam suchte in Panik weiter nach ihrem Schlüsselbund. Endlich erwischte sie ihn unter zusammengeknüllten Quittungen in einer kleinen Seitentasche. Sie zog ihn heraus, fluchte und fummelte nervös daran herum, bevor sie endlich den Schlüssel ins Schloss steckte und sich ins Auto warf.

Sie knallte die Tür hinter sich zu und verriegelte von innen. Sie ließ den Motor an, schaltete die Scheinwerfer ein, legte unsanft den Rückwärtsgang ein und schoss blindlings aus ihrer Parklücke. Innerlich war sie auf einen Aufprall gefasst. Aber nichts geschah und sie schaltete in den ersten Gang. Mit quietschenden Reifen raste sie Richtung Ausfahrt. Sie war nicht sicher, es war nur ein Eindruck gewesen, aber als sie davonfuhr, war ihr, als hätte hinter einem der Pfeiler jemand gestanden. Als sie daran vorbeigefahren war, warf sie einen Blick in den Rückspiegel, aber wo gerade noch das Scheinwerferlicht alles erhellt hatte, war es jetzt wieder dunkel und sie konnte nichts erkennen.

Als sie endlich die Ausfahrt erreicht hatte und auf den gut beleuchteten Platz vor dem Krankenhaus fuhr, fühlte sie sich allmählich wieder sicherer. Sie atmete langsamer und fing an, sich etwas albern vorzukommen, weil sie sich so von Panik hatte überwältigen lassen. Sie fand, dieses Erlebnis zeigte nur noch einmal mehr, welche möglichen Gefahren in der isolierten, schlecht beleuchteten Garage auf die Angestellten lauerten, besonders auf die weiblichen, und sie beschloss, deswegen noch einmal Ärger zu machen. Es war vielleicht nur Einbildung, aber trotzdem ... Sie wollte Jean am nächsten Morgen einen Bericht darüber zum Tippen geben und darauf bestehen, dass zumindest neue Lampen installiert wurden.

Als sie gerade auf die Straße abbiegen wollte, leuchteten hinter ihr Scheinwerfer auf und sie sah in den Rückspiegel. Der Wagen fuhr nicht nur zu dicht auf, er hatte auch das Fernlicht eingeschaltet. Sam legte die Hand an den Rückspiegel und hoffte, er würde die Geste verstehen und abblenden, aber nichts passierte, also klappte sie den Spiegel herunter, um nicht mehr geblendet zu werden. Auf ihrem ganzen Weg durch den Innenstadtverkehr von Cambridge bis hinaus aufs Land blieb das Auto dicht hinter ihr. Das Fernlicht war immer noch eingeschaltet, obwohl entgegenkommende Fahrzeuge schon verärgert aufgeblendet hatten. Das Auto verfolgte sie auch über die kurvigen Landstraßen, die zu ihrem Cottage führten. Sam merkte, wie ihr Mund trocken wurde, als die Angst, die sie in der Garage gehabt hatte, sie erneut überfiel. Sie beschleunigte und beobachtete, wie der Tacho auf eine Geschwindigkeit kletterte, die für diese Straßen viel zu hoch war. Schließlich scherte der Wagen hinter ihr aus und setzte zum Überholen an. Sam wusste, sie durfte es um keinen Preis zulassen, denn sonst wäre sie erledigt. Sie trat das Gaspedal ganz durch, aber es nützte nicht viel. Langsam, aber sicher wurde sie überholt. Rasch blickte sie nach rechts zu dem Fahrer hinüber, aber sie konnte nur eine dunkle Gestalt am Steuer ausmachen. Sie kannte sich zwar ein wenig mit Autos aus, aber bei dieser Geschwindigkeit und mit der Angst im Nacken konnte sie die Marke nicht erkennen. Sie nahm wahr, dass es kein neuer Wagen war, er war lang und schwer und seine Umrisse wirkten altmodisch, wie von einem dieser Oldtimer, die sie neulich in den Straßen von Cambridge gesehen hatte. Als er sich schließlich direkt vor sie in die Spur setzte und zu bremsen begann, sah Sam ihren Ausweg: Ein schmaler Weg ging von der Straße links ab. Sie trat mit voller Wucht auf die Bremse, schleuderte um die Kurve und beschleunigte wieder. Als sie an der nächsten Kreuzung ankam, hielt sie kurz an und schaute zurück. Das andere Auto hatte gedreht und kam nun mit hoher Geschwindigkeit auf sie zu. Ein verzweifelter Schluchzer entfuhr ihr, als sie auf die Kreuzung hinausfuhr und den Schildern zurück in die Stadt folgte. Sie sah auf ihre Hände. Sie zitterten heftig, hielten aber das Lenkrad fest umklammert. Sie hatte das Gefühl, dass ihr ganzer Körper sich verkrampfte und unkontrollierbar geworden sei. Es war eine Erleichterung, als sie endlich wieder den Stadtrand von Cambridge erreichte. Sie bog von der Hauptstraße ab und kurvte ein paar Minuten lang durch verschiedene Seitenstraßen, bevor sie weiter Richtung Zentrum fuhr. Sie wusste, dass sie nicht nach Hause fahren konnte, und beschloss, von ihrem Recht Gebrauch zu machen, in ihrem alten College zu übernachten, wenn es ein freies Zimmer gab. Sie hielt vor einer Ampel und war erleichtert, als sie in den Rückspiegel sah: Die Straße hinter ihr war leer. Sie legte den Kopf für einen Moment auf das Lenkrad und versuchte sich wieder zu sammeln.

Ein Schlag an die Scheibe ließ sie auffahren und als sie den Kopf vom Lenkrad hob, schrie sie laut auf. Der Fensterreiniger, der ungebeten begonnen hatte, die Windschutzscheibe einzuseifen, sprang überrascht zurück. Er war alle möglichen Reaktionen gewohnt, aber er konnte sich nicht erinnern, dass je eine Fahrerin derart geschrien hätte. Er sah ihr einen Augenblick lang ins Gesicht – sie starrte ihn nur entgeistert an. Er wusste nicht, ob sie verrückt war oder einfach nur Angst hatte. Als die Ampel auf Grün sprang, fuhr sie schnell davon und das Fensterleder, das er auf der Scheibe liegen gelassen hatte, flog im hohen Bogen auf die Straße. Als er es wieder einsammeln wollte, hielt ein anderes Auto vor der Ampel. Er drehte sich um und gestikulierte mit seinem Fensterleder, aber der Fahrer hatte kein Interesse. »Wie schade!«, dachte er. Er putzte gern die alten Klassiker. Ihre Besitzer waren meist besonders großzügig.

Sam war froh, Marcia allein im Labor vorzufinden. Obwohl sie noch sehr aufgeregt war, wollte sie die Geschichte erst einmal für sich behalten, weil sie wusste, dass Marcia furchtbar erschrecken und sich Sorgen machen würde.

Marcia war so in ihre Arbeit vertieft, dass sie Sam erst bemerkte, als sie neben ihr stand.

»Und, wie ging es mit deinem blauäugigen Einsneunziger vom Medizineressen weiter?«

Marcia lächelte sie an. »Es war fantastisch! Ich habe ihn mit dem Versprechen, ihm meine Sammlung seltener Faserproben zu zeigen, in meine Wohnung gelockt. Dann ist ihm schlecht geworden und er hat meinen neuen Teppich ruiniert und ist auf dem Sofa zusammengeklappt. Ich habe ihn seither nicht wiedergesehen.«

Sam versuchte, sich das Lachen zu verkneifen. »Ach ja, wie gewonnen, so zerronnen!«

Marcia runzelte die Stirn. »Ich würde ja gerne einmal gewinnen. Aber dich habe ich in der letzten Zeit auch nicht so oft mit einem Traummann an der Hand gesehen, wo wir schon beim Thema sind.«

»Tja, dann warte mal ab. Ich habe neulich eine Postkarte von einer alten Flamme bekommen, von Liam.«

Marcia war skeptisch. Sie hatte Sam noch nie mit einem Mann gesehen, was – angesichts der Tatsache, dass sie eine intelligente und attraktive Frau war – eigentlich überraschend war. »Na, wir werden ja sehen!«

Sam lächelte. »Ganz sicher bald. Danke übrigens für die Infos über die Knoten.«

»Du hast keine Ahnung, was für ein Opfer ich für diese Informationen noch bringen muss.«

Sam wollte im Moment nicht nachbohren, was das genau zu bedeuten hatte. »Ich habe eine Weile geglaubt, wir hätten eine heiße Spur.«

»Also hast du schon von den Fingerabdrücken gehört?«

Sam nickte. »Farmer führt sich auf wie ein Hund mit zwei Schwänzen. Und ich war so sicher.«

»Kann schon mal vorkommen.«

»Aber warum ein chirurgischer Knoten und kein Weberknoten oder Omaknoten oder sonst was?«

Marcia zuckte mit den Schultern und holte von einem Regal an der gegenüberliegenden Wand einen Bericht. »Ich würde die Hoffnung noch nicht aufgeben. Ich habe möglicherweise gute Nachrichten für dich.«

»Ihr wurde etwas injiziert!«

»Bin ich nicht ein schlaues Mädchen? Ich habe Curare-Abbauprodukte in ihrer Leber gefunden.«

»Curare? Ich dachte, das verwendet man seit Agatha Christie nicht mehr?«

»Offensichtlich doch. Es gibt es sogar in Cambridge. Ich habe den Toxikologen die Proben von James überprüfen lassen und weißt du was? Sie haben Spuren des Gifts in dem zersetzten Gewebe gefunden!«

Sam war erfreut, das zu hören, aber eigentlich stellten sich dadurch nur neue Fragen, ohne dass sie die alten schon hätte beantwortet können. »Aber warum hat er Curare benutzt? Warum verwendet er überhaupt eine Droge? Beide Opfer wurden erdrosselt, nicht vergiftet.« Sam überlegte und fand schnell die Antwort auf ihre eigene Frage: »Curare ist nicht unbedingt tödlich, nicht wahr? Es kann doch bei entsprechend geringer Dosierung auch zu einem Lähmungszustand führen.«

»Kann es, aber dazu muss man sich schon sehr gut auskennen. Es ist nur ein schmaler Grat zwischen Lähmen und Töten.«

»Also lebten die Opfer noch, als er sie erdrosselt hat. Sie waren lediglich gelähmt. Das ist ja ein absoluter Alptraum. Wo hat es unser Mörder herbekommen, was meinst du?«

»Es ist ein Alkaloid einer südamerikanischen Pflanze, aber die meisten Krankenhäuser haben es. Es sollte nicht so schwer sein, es zu bekommen.«

Sams Gedanken kehrten in Reverend Shaws Gewächshaus zurück. »Könnte die Pflanze auch außerhalb ihrer natürlichen Umgebung wachsen? Kann man sie zum Beispiel in einem Gewächshaus züchten?«

»Vielleicht. Warum? Kennst du einen, der eine hat?«

»Ich bin nicht sicher, vielleicht.«

Farmer und Adams saßen einem ramponierten und ungekämmten Sebastian Bird gegenüber. Seine Arroganz war verschwunden, er schien kleiner geworden zu sein. An seiner Seite saß, tadellos gekleidet wie immer, sein Anwalt Colin Lane. Farmer begann mit dem Verhör.

»Wann haben Sie Frances Purvis zum letzten Mal gesehen?«

Bird schwieg einen Moment verwirrt. Bevor sie gekommen waren, um ihn festzunehmen, hatte er stundenlang vor einem Foto von Frances gehockt. Er war sich vorher gar nicht darüber im Klaren gewesen, aber er liebte sie. Er wusste nur, dass er immer Angst gehabt hatte, sie zu verlieren, und dass sie aus Furcht weggelaufen war. Nun hatte er sie für immer verloren. Er antwortete endlich: »Ich kann mich nicht erinnern.«

»Gestern Abend, nicht wahr?«

»Nein, das glaube ich nicht.« Sicherlich, überlegte er, war es schon länger her.

»Sie wurden von mehreren Nachbarn gesehen, wie Sie mit Frances stritten.«

Bird merkte, dass es dumm war zu lügen, bedauerte seine Aussage sogleich, blieb aber dennoch bei seiner Linie: »Vielleicht war es gestern, ich erinnere mich nicht.«

»Sie haben die Auflagen, die an Ihre Freilassung geknüpft waren, missachtet.«

Bird zuckte mit den Schultern. »Ich wollte nur mit ihr reden, ich wollte ihr sagen, dass ich es nicht war, dass ich nichts mit dem Mord an Mark zu tun habe. Sie wollte nicht zuhören und hat sich aufgeregt. Das wollte ich nicht, also bin ich abgehauen. Ich würde ihr nicht wehtun, ich habe sie geliebt.«

»Sie haben ihr wehgetan, als Sie sie geschlagen haben in der Nacht, als Mark verschwand.«

»Das war ein einziges Mal und damit muss ich bis ans Ende meiner Tage leben. Liebe ist keine einfache Sache, manchmal macht man eben Dummheiten.«

»Wussten Sie, welches ihr Auto war?«

»Es stand nur eins in der Einfahrt, ein kleiner, blauer Renault, glaube ich. Das müsste ihres gewesen sein.«

Adams stellte die nächste Frage: »Sind Sie jemals in Frances' Auto gestiegen, in den Renault, meine ich?«

»Nein, nie. Ich habe es an diesem Abend zum ersten Mal gesehen.«

»Also sind Sie niemals darin gefahren?«

»Nein, niemals.«

Farmer trumpfte auf: »Und warum haben wir dann Ihre Fingerabdrücke unter der Lenkradsäule gefunden?«

Bird schaute sie konsterniert an. »Das kann nicht sein, ich war nie in diesem Auto.«

»Tja, aber wir haben Abdrücke gefunden und es sind definitiv Ihre. Haben Sie eine Erklärung dafür?«

»Nein, die muss jemand dahin geschmuggelt haben. So was können Ihre Leute doch!«

»Wie bitte? Wir haben Sie nachts zu dem Auto geschleppt und Ihre Fingerabdrücke darin verteilt, bevor wir Sie wieder ins Bett gesteckt haben? Los, kommen Sie, das wird noch nicht einmal das Gericht von Cambridge glauben.«

Bird starrte sie nur an und gab keine Antwort. Farmer fuhr fort: »Wo sind Sie hingegangen, nachdem Sie Frances verlassen haben?«

»Ich bin eine Weile durch die Gegend gefahren und dann zurück in den Club.«

Adams schaltete sich ein: »Um wie viel Uhr sind Sie zurück in den Club gefahren?«

»Ich weiß nicht, eins, halb zwei ... Sehen Sie, ich war sehr aufgeregt. Fragen Sie Garry, meinen Türsteher, der weiß es vielleicht genauer als ich.«

»Das werden wir. Waren Sie während dieser Zeit allein?«

»Ja, ich musste nachdenken, das war alles.«

»Sind Sie deshalb vor meinen Männern abgehauen, die vor dem Club standen?«

»Zum Teil. Sehen Sie, sie hätten mich doch nicht in die Nähe von Frances gelassen. Ich wollte ihr nur klar machen, dass ich es nicht war.«

»Aber Sie wollten Frances nicht etwa deshalb sehen, um sie davon abzubringen, gegen Sie auszusagen?«

»Nein, ich wollte ihr nur die Wahrheit sagen.«

»Aber mit ihr wurde die Hauptzeugin gegen Sie aus dem Weg geräumt. Eine Entlastung für Sie!«

»Ich würde mich eher lebenslänglich einsperren lassen, als sie zu töten, ich habe sie geliebt.«

»In unserem letzten Gespräch haben Sie aber gesagt, sie sei ein freier Mensch.«

»Sie ist ... war ... Aber das bedeutet doch nicht, dass ich sie verlieren wollte, dass ich nicht um sie gekämpft habe ...«

»Und sie umgebracht haben?«

»Nein, niemals! Das könnte ich niemals tun!«

»Im letzten Verhör haben Sie gesagt, dass das Windspiel über dem Eingang Ihres Clubs dazu da wäre, böse Geister fernzuhalten.«

Bird zuckte mit den Schultern.

»Ich habe gehört«, fuhr Farmer fort, »Sie sind so etwas wie ein Experte in Sachen Okkultismus, Sie haben sogar darüber geschrieben?«

»Ich weiß ein bisschen was darüber, ich bin aber kein Experte.«

»Na, kommen Sie, da sind Sie aber zu bescheiden. Haben Sie nicht über okkulte Morde in den Fenlands geschrieben? Wie hieß Ihr Buch noch? *Das Rätsel um die Fenland-Morde*.«

»Das ist schon lange her, da war ich neunzehn. Ich wollte mir einen Namen machen.«

»Trotzdem interessant. Ironsmith wurde auf geheiligtem Boden getötet, Frances und Mark auch. Ironsmith wurde an einem so genannten Hexensabbat getötet, Frances und Mark auch. Ironsmith wurde garrottiert und hatte ein umgedrehtes Kreuz auf dem Bauch. Und was für eine Überraschung: Frances und Mark auch! Sie können mich ruhig für kleinlich halten, aber das sind ziemlich viele Zufälle auf einmal, oder?«

»Die Geschichte ist doch wohl bekannt, jeder hätte das recherchieren können.«

»So bekannt ist sie nun auch wieder nicht. Ich hatte davon noch nie gehört, Sie sind der Experte.«

Als Bird nicht reagierte, fuhr Adams fort: »Als der erste Mord dieser Art verübt wurde, waren wir alle noch Kinder. Also ist es sehr wahrscheinlich, dass der Mörder des armen alten Charlie Ironsmith nicht mehr unter uns weilt, und daher haben wir nur eine Person, die das Wissen hatte und auch ein Motiv, diese zwei Morde zu begehen.«

»Warum hätte ich sie dann auf diese Art umbringen sollen? Das hätte doch den Verdacht sofort auf mich gelenkt!«

»Weil Sie gedacht haben, wir finden es nicht heraus.«

»Da unterschätzen Sie sich aber, Superintendent.«

Für einen Augenblick verlor Farmer die Fassung und sie fauchte Bird an: »Haben Sie sie umgebracht, weil Sie annahmen, sie wäre von einem anderen schwanger?«

Jetzt war es an Bird, die Fassung zu verlieren. »Schwanger?«

»Frances war schwanger, als sie umgebracht wurde. Das sind wohl Ihre Vorstellungen von Abtreibung, was?«

Birds Anwalt bemerkte, wie schockiert sein Klient war, und schaltete sich ein: »Ich muss energisch gegen diese Art der Befragung protestieren! So geht das wirklich nicht!«

Bird liefen Tränen über die Wangen und er versuchte sich zu verteidigen: »Ich habe nicht ... Das hat sie mir nie gesagt. War es meins?«

»Sie hat ihrem Vater gesagt, es sei von Ihnen, und sie wollte, dass Sie nichts davon erfahren.«

Bird fiel in sich zusammen, sein Blick war starr ins Leere gerichtet. »Das wusste ich nicht, das wusste ich wirklich nicht.«

»Hätten Sie sie nicht aufgeschlitzt, wenn Sie es gewusst hätten?«

Farmer hatte sich jetzt bedrohlich vor Bird aufgebaut. Sie spürte, dass der von ihr lang ersehnte Moment gekommen war: Bird war kurz davor zu gestehen. Aber er schwieg. Sein Anwalt schaltete sich wieder ein: »Mein Klient ist nicht in der Lage, dieses Verhör weiterzuführen. Ich bitte Sie, es sofort einzustellen, damit wir uns beraten können.«

»Verhör beendet um sechzehn Uhr zweiundzwanzig.« Farmer stellte den Kassettenrecorder ab und sah Bird an. »Diesmal wird keiner die Kaution für Sie stellen, denn niemand wird noch etwas mit Ihnen zu tun haben wollen.«

Bird schüttelte hilflos den Kopf. Sein Gesicht war tränenüberströmt.

Sam und Marcia hatten sich an die langen Arbeitstische des Labors begeben und Sam klebte förmlich mit ihren Augen an den Okularen eines Mikroskops.

»Was ist das da eigentlich?«

»Die Lackspuren, die an Frances Purvis' Auto gefunden wurden.«

»Und was hat die Untersuchung bislang ergeben?«

»Sie sind von einem alten Jaguar, wahrscheinlich Mark II, 3,8 Liter, Jahrgang 1963 bis 66.«

»Das sieht man alles an so einem Splitter? Ich bin beeindruckt! Erzähl mir mehr, Sherlock.«

»Du siehst es zwar auch, aber du nimmst es nicht richtig wahr. Man kann das alles an den Farbschichten erkennen. Diese Probe hier ist kastanienbraun-metallic.«

»Dann war es bestimmt Inspector Morse aus diesem Fernsehkrimi!«

»Kann nicht sein, der ermittelt doch in Oxford.« Marcia wechselte den Objektträger und Sam schaute wieder durch das Okular. »Wenn du dir die Farbschichten mal genau ansiehst, wirst du bemerken, dass die unterste Schicht dunkelbraun ist, die nächste rot, dann eine cremefarbene und eine grüne, und dann wird die Hauptfarbe, in diesem Fall kastanienbraun, darüber gesprüht. Diese Art der Beschichtung wurde nur für metallicfarbene Autos und nur zwischen 1963 und 1966 verwendet. Danach ging man zu drei Unterlacken über, aber bei dem original *Knicker Ripper* selbst, der alten E-Klasse, wurde sie bis 1968 verwendet.«

Sam sah auf. »Warum könnte es dann nicht so einer sein?«

»Das ist einfach, meine Liebe, weil es die nicht in Kastanienbraun-Metallic gab!«

»Fantastisch! Wie viele Jaguars dieser Sorte gibt es denn heute noch?«

»Es gibt nur noch ein paar, das sind richtige Liebhaberstücke. Die Polizei überprüft die Eigentümer, aber das wird dauern.«

Sam nickte. »Ich muss jetzt los. Ich habe noch eine lange Liste für den Nachmittag vor mir.«

Sie klopfte Marcia liebevoll auf die Schulter und ging zur Tür. Als sie schon fast draußen war, rief Marcia ihr nach: »Ach, übrigens, was ist mir da zu Ohren gekommen? Du hast Owen zur Sau gemacht, weil er am Tatort keinen Schutzanzug getragen hat?«

Sam grinste sie an. »Du weißt doch, dass du nicht auf das Getratsche hören sollst, Marcia.«

»Das hatte er aber auch verdient. Die Spucke hättest du dir allerdings sparen können. Ich weiß nicht, wie die Spurensicherung es mit ihm aushält.«

»Das weiß ich auch nicht.«

Marcia wandte sich wieder ihrem Mikroskop zu und Sam schloss leise die Tür hinter sich.

Farmer und Adams saßen sich in Farmers Büro gegenüber. Das größte Möbelstück in diesem trostlosen Raum war ihr alter Schreibtisch mit den abgestoßenen Ecken und der zerkratzten, abgenutzten Oberfläche. Er hatte schon mehrfach ausgetauscht werden sollen, aber Farmer hatte immer darauf bestanden, ihn zu behalten. Er sei ihr Glücksbringer, sagte sie, was auch immer das zu bedeuten hatte. Die bereits stark verschmutzten beigefarbenen Wände und das Schwarzweißfoto von Farmer trugen auch nicht gerade zur Belebung der Atmosphäre bei. Aber das bizarrste Objekt im ganzen Raum war ein großes Gemälde in Farmers Rücken. Ein stattlicher, distinguiert wirkender Chief Superintendent in Uniform blickte streng von der Wand herab in die Runde. Das Bild war neu. Adams sah es zum ersten Mal und musste immer wieder hinaufschauen.

»Mein Vater«, sagte Farmer

Adams sah sie erstaunt an.

»Das Bild, das Sie da ansehen, zeigt meinen Vater. Sie haben wohl geglaubt, ich hätte keinen, was?« Adams wurde etwas verlegen. »Das Foto hat er zu seiner Pensionierung geschenkt bekommen. Er starb vor ein paar Jahren und seitdem stand es in meiner Garage. Aber weil es allmählich feucht wurde, habe ich gedacht, ich hänge es hier auf, um den Raum etwas aufzuhellen.«

»Wohl kaum«, dachte Adams.

Farmer fuhr fort: »Nach seiner Pensionierung war er nicht mehr wiederzuerkennen. Er hatte für seinen Beruf gelebt, der war ihm wichtiger als alles andere, sogar wichtiger als seine Familie.« Sie schlug mit der Faust auf den Tisch. »Das hier war sein Schreibtisch und er stand sogar in diesem Büro. Ich glaube, meine Mutter war froh, als er von uns ging. Herzinfarkt im Urlaub in Yarmouth. In meiner Familie sind alle Polizisten, sämtliche Onkel und auch alle Cousins. Aber er wollte nicht, dass ich Polizistin werde. Er sagte, das wäre nichts für eine Frau. Er hat es mir nie verziehen, dass ich nicht geheiratet und ihm Enkelkinder geschenkt habe. Als ich Inspector wurde, hat er sich noch mehr aufgeregt. Er war kein bisschen stolz, verstehen Sie, nur verärgert.« Sie drehte sich um und sah das Bild an. »Ich wüsste zu gern, was er denken würde, wenn er mich jetzt hier sehen könnte.«

Zum ersten Mal, seit sie sich kennen gelernt hatten, spürte Adams so etwas wie Sympathie für Farmer. Vielleicht signalisierte ihr sein Gesichtsausdruck, dass sie etwas zu vertraulich geworden war, und sie kam schnell zum Thema zurück.

»Sobald wir den Papierkram erledigt haben, klagen wir ihn an.«

»Die Sache mit dem Baby schien ihn wirklich mitzunehmen.«

»Vielleicht war er traurig. Vielleicht wusste er es wirklich nicht, aber es kann auch eine Show für den Kassettenrecorder und die Jury gewesen sein. Auch wenn er es gewusst hätte, hätte er sie umgebracht. Er wollte weder Vater werden noch Lebenslänglich kassieren. Es gibt ja noch andere Frauen, andere Kinder.«

»Kann schon sein, aber dass ein Mann ohne Vorstrafen so einen Mord begeht ...« Adams schüttelte ungläubig den Kopf.

»Er hat genug auf dem Kerbholz, es steht nur nicht in den Akten, weil wir ihn nie gekriegt haben. Zweifeln Sie etwa immer noch?«

»Ein wenig schon.«

»Sie gefällt Ihnen, nicht wahr, Tom?«

Adams setzte einen unschuldigen Blick auf, aber er wusste genau, von wem sie sprach. »Wer?«

»Versuchen Sie nicht, mich hinters Licht zu führen, Tom. Sam Ryan, die Pathologin.«

»Das ist doch gar nicht meine Klasse, Madam.«

»Man kann nie wissen, vielleicht hat sie es gern etwas gröber!«

Adams atmete hörbar aus. »Na, vielen Dank.«

»Sehen Sie, Sie sind Polizist. Wenn Sie mit der Gerichtsmedizinerin anbandeln wollen, prima, viel Vergnügen! Aber Sie lassen sich davon Ihr Urteilsvermögen trüben.«

»Das tue ich nicht. Ich denke, ich hätte diese Zweifel auch, wenn ich ihre Meinung zu dem Fall nicht kennen würde.«

»Schwachsinn! Hören Sie, lassen Sie Ihren Verstand nicht von Ihrem Schwanz steuern, das war schon der Untergang für bessere Polizisten als Sie! Die Beweislast gegen Bird ist erdrückend, dafür wird man uns allen auf die Schulter klopfen, also lehnen Sie sich entspannt zurück, genießen Sie den Applaus und machen Sie nicht alles kaputt wegen ein paar blöden Pflanzen.« Adams war klar, dass sie noch nicht mit ihm fertig war, und hielt vorsichtshalber den Mund. »Und noch eins: Wenn Sie so etwas wie mit dem Efeu noch mal machen, verlieren Sie nicht nur den Fall, sondern gleich Ihren Job!«

»Ja, Madam.«

»Sie arbeitet für ein Dienstleistungsunternehmen. Sie versorgt uns mit Informationen, die es uns erleichtern, die Schweine zu kriegen, die solche Dinge tun, sonst nichts. Wenn Sie und Doktor Ryan immer daran denken, dann werden wir alle gut miteinander zurechtkommen, wenn nicht, dann werfen Sie mir nicht vor, dass ich Sie nicht gewarnt hätte.«

Bevor Adams sich verteidigen oder seine Gründe darlegen konnte, weshalb er Sam eine Probe von dem Efeu besorgt hatte, klopfte es an der Tür und ein uniformierter Constable betrat das Büro.

»Der Wachhabende ist bereit. Wenn Sie so weit wären, Madam?«

Farmer nickte und der Constable verließ den Raum. Farmer stand auf und ging zur Tür. »Los, kommen Sie, bringen wir es hinter uns!«

Adams folgte ihr über den Flur und die Treppen hinunter, die von den Büros des CID zum Büro des Wachhabenden führten. Bird und sein Anwalt waren bereits eingetroffen. Adams musste zugeben, dass der Verdächtige in einem erbärmlichen Zustand war. Seine Augen waren rot und verquollen, seine Kleider zerknittert. Ein Gefühl der Trauer und schwere Depressionen schienen sich seiner bemächtigt zu haben. Der Wachhabende reichte Farmer die Anklageschrift, die sie mit erhobener Stimme verlas.

»Sebastian Bird, Sie werden beschuldigt, zwischen dem 20. September 1995 und dem 5. Oktober 1995 in Cambridge Mark James ermordet zu haben.«

Als Farmer die obligatorische Rechtsbelehrung vortrug, starrte Bird nur die Wand hinter ihr an. Sie fuhr mit dem zweiten Anklagepunkt fort.

»Sebastian Bird, Sie werden ferner beschuldigt, zwischen dem 30. Oktober 1995 und dem 1. November 1995 Frances Purvis getötet zu haben.«

Sie wiederholte die Belehrung. Bird begann zu zittern und er sah Farmer direkt in die Augen. Plötzlich sprang er auf, packte Farmer bei den Schultern und schrie sie an: »Sie haben den Falschen! Sie haben den Falschen!«

Adams und der Wachhabende sprangen schnell dazwischen. Farmer stürzte zu Boden, während Adams Bird packte und ihm so heftig den Arm auf den Rücken drehte, dass er sich über den Tisch beugen musste. Er wusste, Bird war stark und wusste sich zu wehren. Sein Ruf eilte ihm voraus. Aber als er ihn am Wickel hatte und ihm die Handschellen angelegt wurden, konnte Adams keine äußeren Zeichen von Aggression an ihm erkennen, lediglich eine innere Wut, als kämpfe er gegen sich selbst, als versuche er, sich zusammenzunehmen und richtig zu stellen, was passiert war.

Sam hatte ihre Aufgabenliste erst zur Hälfte abgehakt, als Trevor Stuart in die Leichenhalle kam, in der mehrere Körper in verschiedenen Präparationsstadien aufgebahrt waren.

»Haben Sie eine Minute Zeit?«

Sam sah auf und signalisierte ihm mit dem Skalpell in der Hand, dass er draußen auf sie warten solle. Sie wandte sich an ihren Mitarbeiter: »Würden Sie das übernehmen und ihn wieder zunähen, Fred?«

Fred, der gerade noch damit beschäftigt war, die zuletzt obduzierte Leiche zuzunähen, nickte ihr zu, und Sam trat in den Flur vor der Leichenhalle.

»Ich hoffe, es dauert nicht lange, Trevor, ich habe noch zehn da liegen.«

Sie gingen in das kleine Büro und setzten sich an den Tisch.

»Farmer hat das Kriegsbeil ausgegraben und droht damit, zum Chef zu gehen. Sie sollen Informationen zurückhalten oder so.«

»Informationen, die sie selbst zu blöd war zu beschaffen. Wer hat Ihnen das erzählt?«

»Ich habe so meine Kontakte. Jedenfalls, wie auch immer, Sie sollten in nächster Zeit etwas vorsichtig sein.«

»Was kann sie denn schon groß tun?«

»Sie könnte Ihnen das Leben ein bisschen schwerer machen, je nachdem, wie weit sie gehen will.«

»Ich könnte also Probleme bekommen?«

»Keine großen. Sie wird nicht gern herumerzählen wollen, dass Sie den Beweis erbrachten, der zu Birds Festnahme führte. Aber Sie sollten sich eine Weile vor Skalpellen in Acht nehmen, die hinter Ihrem Rücken geworfen werden.«

Sam erfreute diese Nachricht zwar nicht gerade, aber sie wusste Trevors aufrichtige Besorgnis zu schätzen. »Danke, Trevor!«

Er lächelte sie an. »Gehört alles zum Service.«

Sam wollte gerade wieder in die Leichenhalle zurückgehen, da kam Jean Carr ins Büro. »Ich störe nur kurz, Doktor Ryan. Sie haben doch nicht vergessen, dass Sie morgen mit dem Fall Nash vor Gericht müssen?«

Sam hatte es in der Tat vergessen, aber sie wollte es nicht zugeben. »Ja, ja, ich werde da sein.«

Jean erkannte an Sams Gesichtsausdruck, dass ihr der Termin sehr wohl entfallen war und ihr jetzt große Zeitprobleme bereitete. »Sie wurden doch informiert.«

»Ich weiß, ich weiß. Tut mir Leid, Jean, ich habe im Moment viel um die Ohren.«

Fred, der noch seinen Kittel anhatte, stand plötzlich in der Tür und hielt eine Nadel hoch, an der ein Faden herunterhing. »Der Darm hat diesmal eine schlechte Qualität. Die Leichen platzen einfach wieder auf!«

Sam bemerkte, dass ihre Sekretärin ganz blass wurde. Sie legte ihr einen Arm um die Schulter und drückte sie liebevoll an sich.

Malcolm Purvis saß mit übereinander geschlagenen Beinen vor seinem Fernseher und hatte die Fernbedienung für den Videorecorder in der Hand. Er sah sich ein Video von Frances und ihrer Mutter an. Er hatte den Film vor Jahren in einem Park gedreht, ihn aber erst kürzlich auf Video überspielt. An einer Stelle des Films, an der Frances sich eng an ihre Mutter klammerte, zoomte die Kamera zu einer Nahaufnahme dicht an sie heran. Frances schaute mit ihrem kleinen Gesicht direkt in die Kamera und rief, nachdem die Mutter sie dazu ermuntert hatte, ihrem Vater lächelnd zu: »Ich liebe dich, Daddy.« Sie legte ihre Hand an die Lippen und pustete ihrem Vater einen Kuss zu. Er spielte diese Szene immer und immer wieder ab, wobei er manchmal das Bild anhielt und lange das Gesicht seiner Tochter betrachtete.

Adams kam allein. Er fand, Farmers Sportsgeist war in einer solchen Situation nicht gefragt. Er klopfte an die große Eichentür und wartete. Wenige Sekunden später kam Malcolm Purvis heraus. Adams hatte sich vorgenommen, vorsichtig und sanft mit ihm umzugehen. »Es tut mir Leid, Sie zu stören, Sir, besonders zu dieser Zeit, aber ich muss Ihnen etwas mitteilen.«

Malcolm Purvis starrte ihn einen Moment lang mit leerem Blick an, trat dann zur Seite und winkte ihn hinein. Adams folgte ihm ins Wohnzimmer, wo immer noch das Video lief. Er setzte sich auf das Sofa und sah den Film eine Weile mit an. Gerade war Frances zu sehen, wie sie mit ihrer Mutter und einem kleinen Jungen draußen spielte. Es war Sommer und sie kugelten über das Gras, übten Handstand und genossen ihr junges Leben.

»Ist das Frances?« Adams zeigte auf den Bildschirm.

»Ja, das ist sie. Das ist bestimmt elf oder zwölf Jahre her.«

»Sie war damals schon sehr hübsch.«

Malcolm setzte sich neben Adams und sah auf den Bildschirm. »Ja, das war sie. Sie kam Gott sei Dank auf ihre Mutter.«

»Ist das Ihre Frau?«

»Ja, das ist Anne. Sie ist ungefähr ein Jahr danach an Krebs gestorben.«

Adams sah Malcolm an. Seit ihrer letzten Begegnung schien er gealtert zu sein. Die Furchen in seinem Gesicht waren zahlreicher und tiefer geworden und sein graues Haar hatte jede Eleganz verloren. »Das tut mir Leid.«

»Für Frances war es sehr schwer. Und ich war zu beschäftigt und zu deprimiert, um mich um sie zu kümmern. Ich habe sie enttäuscht, als sie mich gebraucht hat. Deshalb ist letztlich alles meine Schuld, verstehen Sie?«

»Das bezweifle ich. Im Leben pendelt sich doch vieles wieder ein: Sie ist wieder nach Hause gekommen und sie hat Sie geliebt, also können Sie nicht so schrecklich gewesen sein.«

Malcolm sah Adams mit einem kleinen dankbaren Lächeln im Gesicht an. Adams Aufmerksamkeit wurde wieder auf den Bildschirm gelenkt. »Wer ist der Junge?«

»Mark James, stellen Sie sich vor. Sie waren schon seit ihrer Kindheit befreundet. Vor ein paar Jahren habe ich ihn aus einem Prozess wegen Drogenhandel rausgehauen. Ich hätte den Fall normalerweise nicht angenommen, aber sie konnte mich schon immer um den Finger wickeln und er war sehr dankbar.«

»Ein eher tragischer Film, nicht wahr?«

»Ja, das ist wahr. Ich weiß nicht, warum das Los auf uns fiel, aber in den letzten Jahren hat diese Familie zu viel mit dem Tod zu tun gehabt.«

»Wir haben Bird der Morde an Mark und Frances angeklagt. Ich dachte, das sollten Sie wissen.«

»Danke, Inspector, aber das kommt zu spät, nicht wahr?«

Malcolm wandte sich wieder dem Fernseher und dem Lachen seiner Tochter zu.

In Sams Küche herrschte das übliche Chaos und sie war wie immer spät dran. Als sie gerade an einer Scheibe verbranntem Toast knabberte, dazu eine Tasse heißen Kaffee schlürfte und dabei immer wieder auf die Uhr sah, bemerkte sie, dass ihre Autoschlüssel nicht da waren, wo sie sein sollten: an einem kleinen Haken mit der Aufschrift »Autoschlüssel« neben der Küchentür. Nicht dass sie da jemals hingen, aber eigentlich sollten sie es. Sie warf den Rest ihres Toasts in den bereits überquellenden Mülleimer. Er landete obenauf, rutschte über eine alte Bohnendose und fiel zu Boden. Sam bemerkte es gar nicht, weil sie fieberhaft nach ihrem Schlüsselbund suchte. Sie schob Papiere beiseite, hob alle Kissen hoch und sah sogar im Katzenkörbchen nach, aber er war nirgends zu finden. In ihrer Not beschloss sie, den Ersatzschlüssel zu nehmen. Sie flitzte an die Schublade, zog sie auf, erinnerte sich dann aber, dass sie ja bereits seit einigen Tagen den Ersatzschlüssel benutzte, und knallte sie wieder zu. In Gedanken versuchte sie, minutiös zurückzuverfolgen, was sie getan hatte, seit sie das Auto zuletzt benutzt hatte. Da klingelte es an der Tür.

Ricky stand mit zerknirschtem Gesicht im Türrahmen. Er war tatsächlich anständig angezogen mit Jackett und Krawatte und sein Haar war ordentlich gekämmt. Das war sehr ungewöhnlich.

»Tut mir Leid, Tante Sam.«

Sam starrte ihn einen Moment lang an und überlegte, wofür er sich entschuldigte. Dann erinnerte sie sich an das demolierte Auto und die hohe Rechnung, die sie beglichen hatte. »Na, das will ich hoffen, dass es dir Leid tut.«

»Es wird nicht wieder vorkommen.«

»Ich bin froh, das zu hören. Wie bist du aus der Sache rausgekommen?«

»Dieser Freund von dir, Inspector …«

»Adams?«

»Ja, genau der. Er hat mich mit einer Verwarnung davonkommen lassen. Deshalb habe ich auch meine guten Klamotten an. Aber er hat gesagt, wenn noch einmal so etwas passiert, kann er nichts mehr tun.«

»Da hast du aber Glück gehabt!«

»Ja, ich weiß. Er ist echt in Ordnung. Ich werde dir alles zurückzahlen, sobald ich wieder einen Job habe.«

Sam lächelte ihn an und drückte ihn. »Also, ich habe über das Geld nachgedacht …«

»Du musst es mir nicht erlassen, ich werde es zurückzahlen.«

»Ich wollte es dir nicht erlassen!«

Das war nicht die Antwort, die Ricky erwartet hatte.

»Komm mal mit!«

Sie führte ihren neugierigen Neffen durch die Hintertür in den Garten. Sie öffnete die Schuppentür und kam mit einem Overall, einem Paar Gummistiefel und einem Spaten wieder heraus. Dann ging sie mit ihm bis zum Ende des Gartens zu dem grasüberwucherten Stück Land von etwa einem halben Morgen Größe, das einmal ein schöner Gemüsegarten gewesen war.

»Tja, da sind wir schon. Du siehst, hier muss dringend umgegraben werden. Aber erst reißt du das Unkraut aus. Und danach holst du die Kompostbeutel aus dem

Schuppen. Der Kompost muss gleichmäßig auf dem Beet verteilt werden.«

Ricky blieb der Mund offen stehen. Von allen Arbeiten hasste er die im Garten am meisten und man musste ihn schreiend aus dem Haus zerren, wenn er einmal den Rasen mähen sollte. Aber das hier war bedeutend schlimmer.

»Von Sklavenarbeit war aber nicht die Rede.«

»Weiß deine Mutter von der Verwarnung?«

»Nein.«

»Willst du, dass sie es erfährt?«

»Nein.«

»Dann leg mal los! Ich werde gegen sechs wieder zurück sein. Dann fahre ich dich nach Hause.«

Sie verließ den Garten. »Sorry, aber ich bin in Eile. Ich hätte dir gern noch auf die Finger geschaut, aber ich muss ein Taxi rufen, weil jemand meinen Autoschlüssel versteckt hat. Es wird nur ein paar Tage dauern und dann hast du deine Schulden beglichen. Ein guter Handel, wenn du mich fragst!«

Geschlagen setzte sich Ricky auf die Gartenbank und zog seine Schnürsenkel auf. Plötzlich bemerkte er einen Schlüsselbund neben sich auf der Bank. Er nahm ihn und rief seiner Tante hinterher: »Suchst du vielleicht das hier?«

Sam drehte sich um und kam wieder in den Garten zurück.

»Der Einbrecher muss ihn verloren haben, als er durch den Garten abgehauen ist, was meinst du?«

Sam schnappte sich die Schlüssel und presste ein verlegenes »Danke« heraus.

Tom Adams kämpfte sich durch die überfüllte Bar bis zu dem kleinen braunen Tisch, an dem Sam wartete. Er stellte ihr den gewünschten Tomatensaft hin und setzte sich nach einem Schluck aus seinem Bierglas neben sie.

Sam hob ihr Glas. »Cheers.«

Adams prostete ihr zu, bevor er einen weiteren großen Schluck nahm. Sam ärgerte sich immer noch über sich selbst, weil sie Adams mit dem Efeu verraten hatte, und wollte die Gelegenheit nutzen, die Sache richtig zu stellen.

»Ich war nicht sicher, ob Sie kommen würden.«

Adams trank wieder an seinem Bier. »Ich auch nicht. Ich muss vorsichtig sein.«

»Und warum sind Sie dann gekommen?«

»Wahrscheinlich, weil ich glaube, dass Sie den Mörder am ehesten finden.«

»Sie sind also nicht einer Meinung mit Farmer?«

»Sie ist der Boss, also muss ich ihre Entscheidungen mittragen. Aber ich habe in meinem Leben schon ein paar Mörder gesehen und ich bin nicht davon überzeugt, dass Bird einer ist.«

Sam nippte an ihrem Saft und versuchte innerlich den Mut für eine Entschuldigung zu sammeln. Sie musste es tun, aber die Worte waren so schwer auszusprechen. »Es tut mir Leid, es ist mir einfach rausgerutscht. Ich war wütend und es war wirklich blöd von mir, Sie zu verraten.«

So sehr Adams Sam auch mochte und respektierte, er war noch nicht bereit, ihr zu vergeben. »Ja, das war es. Sie brauchen mich nicht noch einmal um etwas zu bitten.«

Sam hatte gehofft, es würde leichter werden. »Ich habe es wirklich nicht mit Absicht getan.«

Adams knallte sein Glas auf den Tisch, sodass das Bier überschwappte und auf den Bierdeckel floss. »In diesem Spiel, *Doktor* Ryan, ist Vertrauen alles. Ohne Vertrauen sind Sie am Arsch. Sie haben mich nicht nur enttäuscht, Sie haben mir auch einen Anschiss von Farmer eingebrockt, auf den ich gut hätte verzichten können. Meine Karriere war gefährdet, weil ich Ihnen einen Gefallen getan habe.«

Sam hatte Adams noch nie zuvor so wütend gesehen und es gefiel ihr gar nicht. Besonders weil sie der Stein des Anstoßes war. »Würde es etwas nützen, wenn ich mit ihr rede?«

»Nein danke. Bei Ihrem Talent lande ich dann bestimmt hinter Gittern.«

Sam wand sich. »Was hat Farmer gesagt?«

»Im Wesentlichen, dass ich es, wenn ich Sie ins Bett kriegen will, in meiner Freizeit versuchen soll. Auf meine Kosten und nicht auf ihre. Da hat sie Recht.«

Sam sah betreten in ihr Glas und nippte daran. Sie zögerte, die nächste Frage zu stellen. »Haben Sie es deshalb gemacht?«

Adams schien damit kein großes Problem zu haben und sah ihr direkt in die Augen. »Teilweise.«

Sam war eigenartig zu Mute. Einerseits war sie wütend auf Adams wegen seiner niederen Beweggründe, ihr zu helfen, aber gleichzeitig fühlte sie sich geschmeichelt wegen seines offensichtlichen Interesses an ihr.

»Es war aber nicht der Hauptgrund«, setzte Adams nach.

Sam fiel auf, dass seine Stimme wieder einen etwas weicheren Klang bekommen hatte. Vielleicht hatte er das Gefühl, zu weit gegangen zu sein. Sie sah ihn an.

»Sie sind eine Exotin, etwas ganz Einmaliges. Sie sind die erste und, wie ich hoffe, letzte Pathologin, die ich kennen lerne, die bereit ist, ihre Arbeit auch außerhalb des Obduktionssaals fortzuführen. Und Sie haben auch den nötigen Durchblick. Um ehrlich zu sein, wenn Sie nicht so effektiv wären, würde man Sie nicht tolerieren.«

»Findet Farmer das auch?«

»Ja. Aber deshalb sieht sie in Ihnen auch eine Bedrohung. Und wenn es an die Lorbeeren für diesen Fall geht: die will sie alle für sich.«

»Ich verstehe.«

Adams sah sie ernst an. »Sam …«

Sie war erfreut, dass sie wenigstens wieder bei den Vornamen angekommen waren.

»Mischen Sie sich nicht weiter ein! Es könnte zu gefährlich werden und Sie kratzen an zu vielen empfindlichen Egos. Wenn Sie Farmer zu heftig angehen, wird sie reagieren und dann sitzen wir beide in der Scheiße.«

Sam nickte. »Okay.«

Adams lächelte sie an. Er freute sich, dass sie Vernunft annahm. »Noch einen Drink?«

Sam sah auf ihre Uhr. Wenn sie jetzt nicht ging, würde es schon dunkel sein, bis sie in Little Dorking ankam.

»Tut mir Leid, Tom, aber ich muss zurück ins Krankenhaus. Ich habe noch viel vor heute Nachmittag.«

Adams war enttäuscht, sie konnte es in seinen Augen ablesen. Er war wirklich ein sehr attraktiver Mann. Sie trat an ihn heran, küsste ihn sanft auf die Lippen und flüsterte: »Du musst mir keinen Gefallen tun, du brauchst nur zu fragen.«

Sie drehte sich um, nahm ihre Handtasche vom Tisch und drängte sich durch die Bar zum Ausgang. Adams blieb verwirrt und frustriert zurück.

8

Er tobte durch das Haus. Es war ganz eindeutig ein großer Fehler gewesen. Nicht im ursprünglichen Plan vorgesehen, nicht geheiligt. Solche Dinge brauchten ihre Zeit. Das wusste er doch und er hatte noch nie geschlampt. Der Versuch, Doktor Ryan umzubringen, war übereilt gewesen und deshalb fehlgeschlagen. Jetzt war sie alarmiert, sie war sich der drohenden Gefahr sicherlich bewusst und folglich auf der Hut. Das verkomplizierte die Situation und drohte all die vorangegangene harte Arbeit zunichte zu machen. Er musste geduldig sein. Enttäuschung wallte in ihm auf und er musste das Äußerste an Selbstbeherrschung aufbringen, um bei klarem Verstand zu bleiben. Er hielt sich an der Schreibtischkante fest und zwang sich zur Ruhe. Samantha musste zwar umgebracht werden, aber er musste warten, er musste auf den ursprünglichen Plan zurückgreifen.

Weil Bird nicht mehr frei herumlief, musste er die Strategie aber ein wenig ändern. Die Simulation ritueller Tötungen war ein nützlicher Trick gewesen und seiner Sache sehr dienlich. Zwei waren schon tot und einer würde hinter Gittern sitzen, bis er ein sehr alter Mann war. Birds Freilassung hatte ihn unvorbereitet getroffen, ihm aber die Gelegenheit gegeben, noch einmal auf dieselbe Weise Vergeltung zu üben. Birds Verhalten war sogar sehr hilfreich gewesen, weil es perfekt ins Muster passte und seine letztendliche Vernichtung vorantrieb. Es war alles wunderbar einfach gewesen. Das Glück war auf seiner Seite, wenn das eine angemessene Beschreibung Seiner göttlichen Intervention war.

Er musste neue Methoden finden, um die verbleibenden Opfer zu bestrafen. Ganz früh hatte er bereits beschlossen, nicht zweimal dieselbe Methode anzuwenden. Bei Mark und Frances war es angebracht gewesen und hatte ja auch gut funktioniert, aber nun war es Zeit für eine Änderung. Er nahm Malcolm Purvis' Akte, öffnete sie und las die Notizen durch, in denen er skizziert hatte, auf welche Weise Malcolm seiner gerechten Strafe zugeführt werden sollte. Der Plan war gut und man würde keine Schlüssel zur Identität der Beteiligten finden.

Es war eine sehr schwierige Entscheidung für ihn, aber es gab keinen Grund, länger an all dem festzuhalten. Diesmal war sie nicht nur für eine Zeit lang weggegangen, sie war nicht verreist oder bei Freunden. Sie war tot und sie würde nie mehr nach Hause zurückkommen. Ihm blieben seine Erinnerungen und die Filme, die er hütete wie einen Schatz, aber das war alles, was ihm noch geblieben war. Er hatte den ganzen Abend damit verbracht, all ihre Kleider, das Spielzeug und den Kleinkram in Kisten zu verpacken. Sie hätte es so gewollt. Er lud sie in seinen Wagen und machte sich auf den Weg zu einem Laden, der Secondhandware zugunsten der Krebsforschung verkaufte. Die Requisiten eines ganzen jungen Lebens passten in nur fünf Kartons und zwei Tragetaschen. Er hatte ein paar Sachen behalten, dumme, sentimentale Kleinigkeiten, die sie geliebt hatte und von denen er sich nicht trennen konnte. Ihren Teddy Barney zum Beispiel, sein erstes Geschenk gleich nach ihrer Geburt. Und das schwarze Kleid, das sie zur Beerdigung ihrer Mutter getragen hatte, als sie sich gegenseitig Liebe und Unterstützung gaben. Er schüttelte gramerfüllt den Kopf. Er hatte nach ihrem Tod so viel Besuch bekommen. Von Leuten, von denen er vollkommen vergessen hatte, dass sie existierten. Freunde aus ihrer Vergangenheit, alte Schulkameraden, Exfreunde, die er jahrelang nicht gesehen hatte, sogar Leute aus dem Elternkurs, den sie besucht hatten. Sie waren ihm alle willkommen gewesen; sie halfen ihm dabei, die Erinnerung an sie zu bewahren, und ließen ihn daran denken, was für ein sanftes, liebenswertes Kind sie gewesen war. Manche hatten haarsträubende und dumme Dinge über Leben und Tod gesagt, als wäre alles ein Spiel mit Siegern und Verlierern. Andere sprachen von »Seiner göttlichen Intervention« und von »Seinem Willen und Plan für uns alle«. Sie gaben Plattheiten über Tod, Frieden und eine bessere Welt von sich. Malcolm hörte geduldig zu und hatte Verständnis für ihre Schwierigkeiten und ihr Ringen um Worte bei ihren Versuchen, ihn zu trösten, aber er war nie ein gläubiger Mensch gewesen. Sogar jetzt, als er Trost darin hätte finden können, war er nicht bereit, von seiner Haltung abzurücken. Für ihn hatte der Himmel aus seinem irdischen Glück bestanden, das er aus seiner Liebe zu seiner Frau und seiner Tochter geschöpft hatte, und nun war ihm all das entrissen worden. Als er den Kofferraumdeckel zuklappte, sah er zu dem Schild an seinem Haus hinauf: ZU VERKAUFEN. Dies war nicht länger sein Zuhause. Er hatte beschlossen, die ihm noch verbleibenden Jahre in seiner Londoner Wohnung zu verbringen. Eigentlich hatte er sowieso nichts mehr, für das es sich noch zu leben lohnte.

Das Verkaufsschild am Haus hatte die Entwicklung beschleunigt. Er musste umdisponieren und sich schnell einen neuen Plan ausdenken. Er hatte Malcolm dabei beobachtet, wie er ihre Sachen in den Kofferraum geladen hatte. Er hatte ein perverses Vergnügen dabei empfunden, seine eigenen Erinnerungen wieder aufleben zu sehen. Bittere Erinnerungen daran, wie er dieselben Dinge getan hatte. Die ganze Nacht hatte er in ihrem Zimmer all ihre kostbare Habe weggepackt und bei jedem Stück geweint, das er in die Hand nahm, bis er fast wahnsinnig geworden war. Er hoffte, dass Malcoms Gram und Schmerz nicht geringer waren als sein eigener. Es war Ironie des Schicksals, fand er, aber Frances würde wahrscheinlich auf demselben Friedhof beigesetzt werden wie seine Tochter. »Im Tode vereint«, sagte er zu sich selbst und kicherte.

Sobald Malcolm aus der Einfahrt gekommen und Richtung Cambridge verschwunden war, ging er zum Haus hinüber. Er zog ein kleines Notizbuch aus der Tasche und fing an, alles konzentriert aufzuschreiben: wie viele Türen es gab, ihre genaue Position; die Entfernung zwischen der Hintertür und der Einfahrt; ob die Einfahrt einsehbar war oder nicht; wie groß der rückwärtige Garten war und wohin er führte. Er hielt sich immer mindestens zwei Fluchtwege offen, für den Fall, dass etwas schief ging. Er gab sich große Mühe, Probleme zu vermeiden, denn Gott hilft denen, die sich selber helfen, und so bereitete er sich gewissenhaft vor. Als er damit fertig war und wirklich jede Eventualität bedacht hatte, ging er zu seinem Auto zurück. Der nächste Schritt war, in dem Viertel umherzufahren und sich mit den Straßen vertraut zu machen. Er musste wissen, wohin sie führten, welche davon Sackgassen waren, wo man abkürzen konnte. Nach einer halben Stunde war er sicher, dass er gründlich gearbeitet hatte, und machte sich auf den Heimweg. Als er durch die Straßen von Cambridge fuhr, lächelte er in sich hinein und dachte: »Bald, schon sehr bald!«

Sie waren sehr dankbar für die Kisten gewesen und hatten gleich angefangen, sie auszupacken. Offensichtlich ließen sich in Cambridge die Teenager-Größen gut verkaufen. Die ältere Dame, die die Kleider annahm, dankte Malcolm herzlich und bat ihn, den Dank auch seiner Tochter zu übermitteln. Sie konnte nicht wissen, wer er war oder was er gerade durchmachte, und so versprach er, es zu tun. Als er wieder draußen war, sah er noch einmal zurück in den Laden. Die Kleider wurden bereits auf Drahtbügeln an die langen Stangen gehängt, die auf beiden Seiten entlang den Wänden befestigt waren. Zwei Mädchen schlenderten daran vorbei und nahmen eins von Frances' Kleidern in Augenschein. Sie hatte es auf einer Sommerreise nach London gekauft, fiel ihm ein. Es war nicht gerade billig gewesen, aber sie hatte so gut darin ausgesehen, dass er sich bereit erklärt hatte, die Rechnung zu übernehmen. Er sah, wie eines der Mädchen sich das Kleid anhielt. Ihr stand es nicht so gut wie Frances, fand er. Das Mädchen bemerkte ihn und stieß ihre Freundin an. Sie drehte sich herum und er wurde von ihnen angestarrt, als wäre er ein schmutziger alter Voyeur, der nach ihren jungen Körpern gierte. Als ihre Blicke endlich in sein Bewusstsein vordrangen, wandte er sich betreten ab und ging zu seinem leeren Auto zurück.

Es war bereits später Nachmittag, als Sam endlich in Little Dorking vor Reverend Shaws Haus eintraf. Sie wusste noch nicht genau, wie sie vorgehen sollte. Sie würde improvisieren müssen. Sie stellte ihr Auto in der Einfahrt ab, ging über den Kiespfad zur Vordertür und klopfte. Das Geräusch hallte zwar durch das alte Haus, blieb aber ohne Antwort. Sam sah sich um, weil sie fast erwartete, Peggy würde auftauchen, um sie wieder einmal zu ihrem Herrchen zu führen. Diesmal aber war von dem freundlichen Hund weit und breit keine Spur und Sam machte sich auf eigene Faust auf in den rückwärtigen Garten. Sie spähte durch die Fenster, aber Shaw war nirgends zu sehen. Das erleichterte sie und sie hoffte, ihr Vorhaben ausführen und wieder verschwinden zu können, ohne dass Reverend Shaw überhaupt merkte, dass sie da gewesen war. Sie ging zur Garage hinüber und lugte durch ein Loch in dem alten Holztor ins Innere. Frische Ölflecken glänzten auf dem Betonboden. Sie wiesen darauf hin, dass hier regelmäßig ein Auto abgestellt wurde, aber die Garage war leer und das Auto, das sie auf dem Foto an seiner Wohnzimmerwand gesehen hatte, war nirgendwo zu sehen. Ihr Interesse galt als Nächstes dem Gewächshaus am anderen Ende des Gartens. Sie schritt über den feuchten, moosigen Pfad auf ihr Ziel zu. Sogar jetzt, inmitten ihrer geheimen Operation, konnte sie nicht widerstehen und hielt inne, um den Duft der Blumen zu genießen. Ihr war schon lange klar, dass sie ein Duft-Junkie war, und sie war davon überzeugt, dass sie dadurch irgendwann in große Schwierigkeiten geraten würde.

Sie schob die Tür des Gewächshauses auf, ging hinein und schloss die Tür sorgsam hinter sich. Sie wusste nicht genau, wonach sie suchte, eine Pflanze mit einem Schild, auf dem »Curare« stünde, wäre ihr gelegen gekommen oder Ausrüstungsgegenstände für die Herstellung illegaler Drogen, aber nichts dergleichen war hier zu entdecken. Nur ein großes Gewächshaus mit einer Fülle von Pflanzen und Blumen aller Arten. Sie hatte sich Fotos von der Pflanze angesehen, nach der sie suchte, aber das nützte nicht viel. Es gab nichts wirklich Bemerkenswertes an ihr und sie ließ sich leicht in einem solchen Blumendschungel verstecken. Es war wie die Suche nach der berühmten Nadel im Heuhaufen. Als sie von Pflanze zu Pflanze ging und jede einzeln unter die Lupe nahm, kam ihr die Befürchtung, dass sie mindestens eine Woche in diesem Gewächshaus verbringen müsste, um alle Pflanzen gesehen zu haben. Da rief plötzlich jemand nach ihr: »Doktor Ryan! Doktor Ryan!«

Es war Reverend Shaw. Ihr schlechtes Gewissen ließ sie aufschrecken und nach einem Versteck Ausschau halten. Aber es hatte keinen Sinn, sich zu verstecken, denn ihr Auto stand vor dem Haus und er rief ja auch schon nach ihr. Ihr Gehirn arbeitete fieberhaft an einer Ausrede, als sie langsam das Gewächshaus verließ. Draußen nahte Reverend Shaw mit Peggy über den Pfad heran. Der Hund wedelte freundlich mit dem Schwanz und lief ihr entgegen. Shaw winkte ihr fröhlich zu. »Guten Tag! Wie komme ich zu dieser Ehre?«

Sie winkte zurück und bückte sich, um Peggy zu kraulen. Eine dunkle Ahnung überkam sie und sie verteufelte sich innerlich dafür, dass sie sich stets in solche Situationen hineinmanövrierte. Es war, als kämpften zwei Facetten ihrer

Persönlichkeit um die Kontrolle über ihren Geist. Die eine Hälfte sagte: Geh arbeiten, komm nach Hause, verschließ die Tür und bleib in Sicherheit, und die andere Hälfte brauchte diesen Adrenalinstoß, um sich lebendig zu fühlen. Ihrer Vernunft und ihrem natürlichen Selbstschutz-Instinkt zum Trotz siegte doch weitaus häufiger der Leichtsinn über die Vorsicht.

»Ich wollte mir noch einmal ein paar von den Efeugewächsen ansehen. Ich, äh, habe gedacht, dabei würde ich auf etwas stoßen, das ich noch nicht weiß. Ich habe geklopft, aber Sie waren nicht da, also habe ich ...«

»Und, sind Sie auf etwas gestoßen?« Seine Stimme wirkte frisch und schwungvoll, als hätte ihr Interesse an seinem Thema ihn in Aufregung versetzt.

»Nein, nicht wirklich.«

Er sah enttäuscht aus und so schmückte sie ermutigt ihre Lüge weiter aus: »Aber es war trotzdem interessant.«

Seine Miene schien sich wieder aufzuhellen und sie gingen zusammen zum Haus zurück, wobei sie sich über seinen Garten unterhielten. Sam hatte sich bereits viele der interessanten und ungewöhnlichen Aspekte des Gartens gemerkt und beschlossen, sie in die Pläne für ihren eigenen Garten einzugliedern. Er war sinnvoll angelegt und verfügte über eine solche Vielfalt von Pflanzen, die nur ein Garten von einer gewissen Größe verkraften konnte. Wie immer hatte das Gartengespräch eine entspannende, ja fast einschläfernde Wirkung auf ihre strapazierten Nerven. Als sie vor dem Haus angekommen waren, warf Sam einen Blick auf das Auto, das neben ihrem parkte. Es war ein in die Jahre gekommener Ford Escort, der mit Sicherheit schon bessere Zeiten gesehen hatte. Shaw bemerkte ihr Interesse. »Ist zwar schon ein altes Wrack, aber er fährt mich von A nach B und die Reparaturen sind billig.«

»Ein zweifarbiges Auto!«

Shaw sah sich verblüfft die dunkelblaue Lackierung seines Wagens an.

»Blau und Rost«, erklärte Sam.

Ihm gefiel dieser Witz und er lachte herzlich.

»Aber finden Sie nicht, dass es gar nicht zu einem Mann wie Ihnen passt? Ich hatte den Eindruck, Sie wären eher der Klassiker-Typ.«

»Das war ich auch, aber ich musste den Wagen verkaufen, er war viel zu teuer im Unterhalt.«

»War es der, neben dem sie auf dem Foto stehen?«

»Auf dem Foto? Ja, genau!«

Sam bohrte weiter: »Ich kenne mich leider nicht so gut mit Autos aus. Was für eine Marke war es? Es hatte eine tolle Farbe.«

»Ein Jaguar Mark II, in Kastanienbraun-Metallic.«

Sam merkte, wie ihr Mund plötzlich trocken wurde, als der Adrenalinstoß kam. Diesmal war es keine Angst, sondern Aufregung.

»Ich habe ihn seinerzeit einem Bauern abgekauft. Die Karosserie war noch in Ordnung, aber der Motor war hin. Ich habe über ein Jahr mit der Instandsetzung verbracht. Ach, aber das war es auch wert.« Stolz und Zärtlichkeit lagen in seiner Stimme. Sam versuchte ihre Aufregung zu verbergen. Es musste ja nicht dasselbe Auto sein, es dürften Hunderte in dieser Farbe produziert worden sein, aber es war doch ein außergewöhnlicher Zufall.

»Wem haben Sie es verkauft?«

»Irgendjemandem aus der Gegend, vor etwa sechs Monaten. Ich vermisse zwar das Auto, nicht aber die laufenden Kosten dafür.«

Sam gab sich Mühe, möglichst beiläufig zu fragen. »Können Sie sich an seinen Namen erinnern?«

»Hm, nicht so auf Anhieb, tut mir Leid. Ein Mann mittleren Alters, graues Haar, er wusste viel über den Wagen. Ich war sicher, er würde in gute Hände kommen.«

»Können Sie sich erinnern, wo er wohnt?«

»Irgendwo in Cambridge ... Warten Sie mal, wenn Sie es wissen wollen, ich habe immer noch die Quittung, ich bin ein bisschen sentimental veranlagt.«

Er ging ins Haus und Sam und Peggy folgten ihm. Im Wohnzimmer rumorte er in der Schublade einer alten Anrichte. Nach einer Weile zog er triumphierend ein kleines Papier heraus. »Hier ist sie. Ich wusste doch, dass ich sie in die Schublade gesteckt habe. Der gute Simon Clarke hat ihn mir vermittelt, ich musste nicht einmal eine Anzeige aufgeben.«

Sam platzte fast vor Spannung. Der Stress schlug sich auf ihre Stimme. »Wie heißt er?«, quiekte sie.

Er faltete das Papier langsam auseinander. Wenn Sam es nicht besser gewusst hätte, hätte sie schwören können, er täte es mit Absicht, um die Spannung zu erhöhen. »Ja, hier steht es: Doktor Richard Owen, Owl Coats Farm, Swanham, Cambridge.«

Brian Wattons Stimme hatte so dringlich geklungen, dass Marcia alles stehen und liegen ließ und sofort reagierte. Sie wusste nicht genau, warum er sie rief, sie hatte mit Fingerabdrücken nie etwas zu tun. Sie vermutete, er hatte von ihrem Interesse an dem Fall Wind bekommen und wollte ihr nun jede neue Information, die er entdeckte, sofort zukommen lassen. Sie eilte den Korridor zu Brians Labor hinunter und ging hinein. Brian war der Bär unter den Männern: über einsneunzig groß, ein sprichwörtlicher Klotz mit schwarzem Vollbart und dicker Brille, Biertrinker selbstverständlich. Marcia mochte ihn sehr. Er gehörte zur seltenen Gattung glücklicher Ehemänner und sie fühlte sich in seiner Gegenwart sehr wohl. Obwohl er sich schon seit Ewigkeiten mit Fingerspuren beschäftigte, war er immer noch ein Enthusiast.

Er schob sie auf einen Stuhl, bevor er den kleinen Diaprojektor einschaltete, der weiter hinten im Raum aufgebaut war. Das Bild von vier dicht nebeneinander liegenden Fingerabdrücken wurde auf die Leinwand geworfen.

»Zuerst war ich nicht sicher, aber je länger ich die Abdrücke studierte, desto überzeugter war ich, dass etwas nicht stimmt.«

Marcia sah sich die Abdrücke genau an, konnte aber keine Fehler finden. »Für mich sehen sie okay aus.«

Brian erhob sich, um ihr das Problem darzustellen. »Streck deine Hand aus. Die Länge deiner Finger ist unterschiedlich. Der Zeigefinger ist kleiner als der Mittelfinger, der Ringfinger ist größer als der Zeigefinger, aber kleiner als der Mittelfinger und so weiter. Aber«, er machte eine theatralische Pause, »die Abdrücke aus dem Auto liegen genau in einer Linie.«

»Und?«

»Das ist nur der Fall, wenn jemand ein zylinderförmiges Objekt in die Hand nimmt, ein Glas zum Beispiel. Nicht aber, wenn man die Hand auf eine glatte Oberfläche legt.« Marcia rückte mit ihrem Stuhl näher. »Die Linien der Fingerkuppen sind auch zu dick. So sehen sie nur aus, wenn jemand Druck ausübt, um etwas hochzuheben.«

»Aber es sind doch Birds Abdrücke?«

Brian nickte. »Es sind Birds Abdrücke, aber ich glaube nicht, dass er sie dort hinterlassen hat. Ich glaube, jemand hat sie ins Auto geschmuggelt.«

Marcia war noch nicht überzeugt. »Aber wie? Ich dachte, so etwas käme nur in Krimis vor.«

»Vielleicht sind die Krimis gar nicht so schlecht. Warte, ich zeige es dir.«

Er ging ans Spülbecken und füllte einen Glasbecher mit Wasser, den er Marcia reichte. »Halt das mal einen Moment!«

Nach ein paar Sekunden nahm er ihr das Glas wieder weg und ging damit an einen der Arbeitstische. Mit einem Pinsel, an dem Aluminiumpuder haftete, strich er darüber. Als er fertig war, zeigte er Marcia ihre Abdrücke, die der Puder auf der Oberfläche des Gefäßes sichtbar gemacht hatte.

»Wenn wir jetzt etwas Klebeband nehmen« – er schnitt einen Streifen von der Rolle auf dem Schreibtisch ab und zog ihn fest über Marcias Abdrücke – »und fest darauf drücken, damit es ... keine ... Blasen gibt, dann sollte ich deine Abdrücke von dem Glas abheben können.« Er zog den Klebestreifen vorsichtig ab. »Da sind sie, deine Fingerabdrücke vom Glas!« Er zeigte sie Marcia. Sie konnte deutlich die Linien und Schleifen ihrer eigenen Fingerkuppen erkennen. »Wenn ich nun diesen Becher nehme«, er nahm einen weiteren Glasbecher von der Arbeitsfläche, »und den Klebestreifen fest darauf abreibe, sollte ich ... sie ... jawohl, da sind sie!« Mit einer weihevollen Handbewegung zog er den Klebestreifen wieder ab und reichte Marcia das Glas. »Ein Satz

Fingerabdrücke von Glas A auf Glas B übertragen. Und sie beweisen, dass *du* es warst.«

Marcia betrachtete ihre Fingerabdrücke auf dem Gefäß und war beeindruckt und besorgt zugleich.

»Wenn du genau hinsiehst, wird dir auffallen, dass deine Abdrücke alle in einer Reihe sind, wie die von Bird. Und um sicherzugehen, dass man die Täuschung nicht bemerkt, entferne ich die Aluminiumrestchen mit meinem kleinen Pinsel.«

»Bist du sicher? Ich meine, du bist ein Experte, aber kennt ein normaler Killer sich mit solchen Sachen aus?«

Brian zuckte mit den Schultern. »Das kommt darauf an, ob wir es mit einem normalen Killer zu tun haben. Ich glaube das nicht. Vielleicht hat sich Mister Bird ein paar clevere Feinde gemacht.«

Als Farmer und Adams über den Korridor eilten, rief einer der vielen blau uniformierten Detectives hinter ihnen her. »Entschuldigen Sie, Madam, aber es gibt da ein Problem. Sie werden sofort in der Funkzentrale am Telefon verlangt.«

Farmer sah Adams an, der nur mit den Schultern zuckte. Sie machte auf dem Absatz kehrt und folgte ihrem Mitarbeiter zurück über den Flur. Er hielt ihr die Tür auf und sie betrat den Raum. Drinnen war es stockdunkel. Farmer strengte ihre Augen an, um etwas zu sehen. Plötzlich wurde das Licht eingeschaltet und ein Dutzend Detectives des Morddezernats begann im Chor *For she's a jolly good fellow* zu singen. Sie hatten sich kleine Partyhütchen aufgesetzt und jeder hatte bereits eine Dose Bier oder ein Glas Wein in der Hand. Quer über die Wand war ein großes Transparent gespannt, auf dem zu lesen stand: »GUT GEMACHT, CHEF!« Sie warf Tom einen fragenden Blick zu und er lächelte sie an. Sicherlich hatte er davon gewusst. Sie wandte sich stirnrunzelnd an die Gruppe. »Und was ist mit den Verbrechern da draußen? Habt ihr nichts Besseres zu tun, als Partys zu feiern?«

Unisono antworteten sie: »Nein!«

Farmer grinste. »Ihr faulen Hunde, gebt mir lieber etwas zu trinken, bevor ich unangenehm werde.«

Zustimmendes Gejohle und eine Dose Bier wurde ihr in die Hand gedrückt. Jemand schaltete die Musik ein. Adams sah sie an und erhob seine Dose. Sie stieß mit ihm an und beide nahmen einen großen Schluck Bier.

Sam kam früher nach Hause, als sie erwartet hatte. Sie steckte schon wieder in einem riesigen Dilemma und wusste weder ein noch aus. Wenn sie jetzt zu Farmer ging, müsste sie Owen des Mordes beschuldigen und Farmer erklären, warum sie sich immer noch in den Fall einmischte, obwohl man sie gewarnt hatte, sich auf ihr Labor zu beschränken. Es musste noch einen anderen Weg geben, der Wahrheit Geltung zu verschaffen. Sie tauchte aus ihren Grübeleien auf, als sie vier Jugendliche bemerkte – alle um die achtzehn –, die den Weg zur Hauptstraße herunterkamen. Sie waren ziemlich schmutzig und sahen erschöpft aus. Wahrscheinlich waren es Gelegenheitsarbeiter, auf dem Heimweg von der Farm, die eine Viertelmeile entfernt lag. Sie stellte ihren Wagen in der Einfahrt ab und ging nach hinten in den Garten, um zu sehen, wie Ricky zurechtkam. Da stand zwar der Spaten an den Schuppen gelehnt, aber von ihrem missratenen Neffen war nichts zu sehen. Sie ging bis ans hintere Ende des Gartens, um nachzuschauen, ob er sich vielleicht auf eine schnelle Zigarette in die Sträucher verdrückt hatte. Als sie zu dem Gemüsebeet kam, entdeckte sie begeistert, dass es nicht nur bereits gejätet und umgegraben war, auch der Kompost war schon darauf verteilt. Sie war total beeindruckt.

Plötzlich drang Rickys Stimme an ihr Ohr. »Der Tee ist fertig, willst du auch einen?«

Sie sah zum Haus zurück. Ihr Neffe winkte ihr grinsend aus der Hintertür zu. Sie winkte zurück, nahm den Spaten, rieb ihn auf dem Rasen sauber und brachte ihn zurück in den Schuppen, wo sie ihn neben die anderen Geräte an die Wand hängte. Dabei bemerkte sie, dass es in dem Verschlag irgendwie seltsam roch, als hätte jemand darin geraucht. Der Schuldige war offensichtlich Ricky und obwohl sie etwas dagegen hatte, dass er rauchte, wollte sie unter den gegebenen Umständen darüber hinwegsehen. Sie nahm einen leeren Topf von einem der Regale. Er war voller Zigarettenkippen, dreißig oder vierzig mochten es sein. Wenn Ricky nicht ein wahnsinniger Kettenraucher geworden war, hatte er den Tag nicht allein verbracht. Auf einmal kapierte sie, wo die vier Jungen, die sie auf dem Weg gesehen hatte, hergekommen waren und grinste in sich hinein. Sie nahm den Topf mit und leerte den Inhalt in die Mülltonne neben dem Haus, bevor sie ihre Schuhe auszog und die Küche betrat.

Es roch nach Curry. Das war zwar nicht gerade eins ihrer Lieblingsgerichte, aber weil Ricky es gemacht hatte, wollte sie nicht unhöflich sein. Sie ging zum Herd hinüber, an dem Ricky stand und mit dem Holzlöffel in einem Topf rührte. Sam gab ihm einen Kuss auf die Wange und schnüffelte. »Curry, wie schön! Das esse ich sehr gern. Ich bin überrascht, dass du nach der ganzen Gartenarbeit überhaupt noch Energie hast.«

»Wenn man einmal dran ist und sich Mühe gibt, kann man überraschend viel schaffen.«

Sam nickte in gespieltem Einverständnis. »Du rauchst immer noch?«

Ricky sah sie verlegen an. »Nur mal ab und zu.«

»Das ist aber sehr bescheiden formuliert. In dem Topf waren mindestens dreißig Kippen.«

Ricky schwieg.

»Wie hast du sie denn dazu gekriegt, dir zu helfen?«

Ricky beschloss, weiter den Unschuldigen zu spielen. »Wen?«

»Deine vier Freunde, die mir auf dem Weg entgegengekommen sind.«

»Ach die, die sind nur so vorbeigekommen.«

»Was für ein Glück, nicht wahr?«

Ricky stieß ein kurzes falsches Lachen aus. »Ja, wirklich.«

»Also haben sie es aus Freundschaft getan?«

Ricky merkte, dass es keinen Zweck hatte, weiter zu schwindeln. »Okay, sie waren es mir schuldig. Sie waren mit mir zusammen, als das Auto beschädigt wurde, und ich habe sie nicht verpfiffen. Das war ihr Dankeschön. Sorry.«

Sam wollte gar nicht allzu sehr von seinen Leistungen ablenken, besonders weil er ja etwas für sie getan hatte. »Sehr geschäftstüchtig, ich bin beeindruckt. Du wirst es einmal sehr weit bringen, mein Junge.« Sie klopfte ihm auf die Schulter. »Bravo.«

Ricky lächelte sie an und rührte mit neuer Kraft in dem Topf.

Zu Sams großer Überraschung war das Essen gar nicht so übel und sie genoss die Gesellschaft ihres Neffen, der fast ununterbrochen redete, während er das Curry servierte. Sam öffnete eine Flasche Rotwein und hörte Ricky zu, der über seine Zukunftspläne sprach. Er wusste immer noch nicht, was er wollte. Sam schlug ihm vor, Koch zu werden, musste aber zugeben, dass seine kulinarischen Fähigkeiten eher beschränkt waren. Curry und sein früherer Job in einem Fastfood-Restaurant reichten als Referenz wohl nicht aus. Trotzdem war er der Sache nicht ganz abgeneigt. Da es schon spät wurde, rief Sam ein Taxi für ihn. Doch als er gegangen war, fühlte sie sich plötzlich sehr allein. Dieses Gefühl war neu für sie. Normalerweise zog sie es vor, mit sich allein zu sein, aber jetzt, ohne Rickys jugendlichen Überschwang, wirkte das Cottage kalt und leer. Als sie das Geschirr in die Spülmaschine räumte, klingelte das Telefon. Sie zögerte einen Moment und ließ erst den Anrufbeantworter anspringen, um zu hören, wer sie sprechen wollte. Sie erkannte die Stimme sofort und nahm den Hörer ab.

»Sorry, Marcia, ich war im Bad.«

Marcia klang ziemlich aufgeregt und Sam war sofort klar, dass etwas passiert sein musste. »Die Fingerabdrücke in Purvis' Auto, die waren gefälscht!«

»Was? Bist du sicher ... Weiß Farmer ... Lassen sie Bird jetzt frei?«

»Sie überprüfen das natürlich wieder und wieder, bevor sie es der Polizei sagen, aber die Kollegen schienen sehr überzeugt zu sein.«

Sams Gedanken rasten, als sie sich plötzlich wieder an Richard Owens Verbindung zu den Morden erinnerte. »Diese Faser, von der wir denken, dass sie von Owens Jacke stammte, hast du noch Zugang dazu?«

»Welche meinst du? Die vom Fundort James oder die vom Fundort Purvis?«

Sam war irritiert. »Wie, vom Fundort Purvis?«

»Ich habe noch mehr Fasern an der Schnur um ihren Hals gefunden, dieselben wie die vom Fundort James.«

Sam war verärgert. »Warum hast du mir nichts davon erzählt?«

»Das habe ich, als du neulich zu mir ins Labor gekommen bist. Ich habe dich gefragt, wie es die Spurensicherung mit ihm aushält.«

Sam erinnerte sich an diese Bemerkung und jetzt verstand sie erst, worauf Marcia angespielt hatte. »Passten sie zu der Probe von Owens Jacke?«

»Es war dieselbe Faser, wie wir sie auf Mark James' Leiche gefunden haben, also habe ich einfach angenommen, dass es seine waren. Offensichtlich hatte er wieder einmal keinen Schutzanzug an.«

»Aber er hatte einen an! Am Fundort von Frances Purvis trug er einen Schutzanzug!«

Sam kam früh bei Owens Haus an. Sie hoffte, ihn noch zu erwischen. Irgendetwas stimmte nicht, Zweifel nagten an ihr. Sie brauchte Fasern von seiner Jacke, um ihren schlimmsten Verdacht zu zerstreuen. Weder das Auto von Richard noch das von Janet stand in der Einfahrt, aber trotzdem klopfte sie kräftig an die Haustür, um sicherzugehen. Sie wartete einen Augenblick, aber nichts regte sich.

Sie ging hinter das Haus und spähte in die Fenster. Nirgendwo ein Lebenszeichen. Obwohl sie vielleicht nicht an Owens Jacke herankam, wollte sie sich die Gelegenheit nicht entgehen lassen, sich etwas umzusehen. Sie wusste, sie wäre in Schwierigkeiten, wenn sie erwischt würde, aber dieses Risiko wollte sie eingehen. Sie ging über den ordentlich getrimmten Rasen zum Gewächshaus hinüber. Der Garten war einer der langweiligsten, die sie je gesehen hatte. Er bestand aus einer rechteckigen Rasenfläche, um die herum ein schmaler Streifen Pflanzen verlief. Alles war so angelegt, dass der Besitzer möglichst wenig Arbeit hatte, allerdings aber auch wenig Vergnügen. Das Gewächshaus war, wie der Garten, klein und nicht besonders aufregend. Außer Tomaten gab es da nicht viel. Sie überquerte wieder den Rasen, ging zur Garage und sah durch eines der kleinen Seitenfenster hinein. Sie war nicht sehr groß, aber unter einer dunklen Plane war ein Auto in ihr versteckt.

Sam merkte, wie ihr Herz schneller schlug. Sie war bis zu diesem Moment erstaunlich ruhig geblieben, denn sie hatte ja nur einen vagen Verdacht gehabt. Sie ging zur Vorderseite der Garage und rüttelte an beiden Klinken. Aber das Tor war fest verschlossen und es gab keine Möglichkeit, ohne beträchtliche Mühe und unvermeidbaren Schaden hineinzugelangen. Auch die beiden kleinen Seitenfenster waren fest verschlossen, also ging sie auf die rückwärtige Seite, wo es noch eine Tür gab. Ohne große Hoffnung drückte sie die Klinke herunter und die Tür gab tatsächlich nach. Sie klemmte etwas an den Stellen, wo die Feuchtigkeit das Holz hatte aufquellen lassen, klappte dann aber ganz auf, worauf Sam kurzzeitig die Balance verlor. Ein letzter Blick in die Einfahrt und sie holte tief Luft und betrat die Garage. Was immer für ein Auto unter der schweren Plane steckte, es war gewiss sehr lang. Sie ging nach vorn, bückte sich und hob die Plane an. Ein kastanienbrauner Jaguar kam zum Vorschein. Sie starrte ihn einen Moment lang an, als wäre er lebendig, und stellte sich vor, was für Geschichten enthüllt würden, wenn die Spurensicherung ihn untersuchte. Ein Schauer lief ihr über den Rücken, als sie sich die Angst und die Schmerzen von Mark James und Frances Purvis vorstellte, und sie versuchte vergeblich, sich den verschrobenen, freundlichen Owen als ihren grausamen Killer vorzustellen. Sie schob ihre Gedanken beiseite und untersuchte die Kühlerhaube des Autos. Ein Kotflügel war beschädigt, ein paar tiefe Kratzer zogen sich über das Blech. Auch die Stoßstange fehlte. Es sah aus, als wäre sie auf der einen Seite aus ihrer Halterung gerissen, auf der anderen Seite aber vorsichtig abgeschraubt worden. Sie fuhr mit der Hand über den glatten, dunklen Lack und suchte nach einer Stelle, an der sie unbemerkt eine Probe nehmen konnte. Ein weiterer Kratzer am schon beschädigten Kotflügel würde wohl kaum auffallen, also nahm sie ein Taschenmesser und eine kleine Plastiktüte aus ihrer Handtasche und kratzte genug Lack für einen Vergleich ab. Nachdem sie Taschenmesser und Tüte zurück in ihre Tasche gesteckt hatte, zog sie die Plane wieder über die Motorhaube. Es gab kaum noch Zweifel: Owen war der Mörder.

Sam zog die Garagentür fest hinter sich ins Schloss und war gerade wieder am Haus angekommen, als sie ihn rufen hörte.

»Samantha!«

Owens Stimme ließ sie erstarren. Es waren einzig Willenskraft und Überlebensinstinkt, die sie veranlassten, sich schließlich doch umzudrehen und ihm lächelnd zuzuwinken. Owen kam auf sie zu. Sie bemerkte, dass er dieselbe Jacke trug wie am Fundort von Mark James' Leiche. Jetzt, in dem hellen Sonnenlicht, erschien sie gar nicht so dunkel wie in ihrer Erinnerung – sie war zweifelsohne blau.

»Was für eine nette Überraschung! Was führt Sie hierher?«

Sam stand unter Hochspannung und fing leicht an zu zittern. Sie wusste, dass sie sich beruhigen und ganz normal wirken musste, wenn sie sich irgendwie aus dieser Situation herauslavieren wollte. Sie mobilisierte all ihre mentalen Reserven und schlug einen sachlichen Ton an. »Ich habe es vorne versucht, aber es hat niemand aufgemacht. Ich dachte, ich würde Sie vielleicht hinten im Garten finden.«

»Und nun haben Sie mich gefunden! Ich musste noch etwas einkaufen und weil mein Auto in der Werkstatt ist, war ich zu Fuß unterwegs. Aber das hat mir bestimmt gut getan. Möchten Sie vielleicht einen Kaffee?«

Alles, was sie in diesem Moment tun wollte, war eigentlich, schreiend auf die Straße zu laufen, um Hilfe zu rufen und der Welt klar zu machen, dass dieser freundliche alte Doktor Owen in Wirklichkeit ein Menschen mordender Irrer war und für immer weggesperrt gehörte. Stattdessen nickte sie nur. »Sehr gern.«

Sie folgte Owen durch die Haustür ins Innere. Sie war noch nie in ihrem ganzen Leben so in Alarmbereitschaft gewesen. Ihr Blick schoss von links nach rechts, suchte permanent nach dem schnellsten Fluchtweg oder nach etwas, das sie als Waffe gebrauchen konnte. Mittlerweile klopfte ihr Herz so laut, dass sie sicher war, Owen könnte es auch durch ihre Kleidung hindurch bemerken. Sie versuchte verzweifelt, ruhig zu bleiben.

»Ich habe nicht wirklich erwartet, Sie anzutreffen. Ich dachte, Sie wären vielleicht noch in Ihrem Sprechzimmer.«

»Donnerstags habe ich frei. Janet übernimmt dann den Dienst für mich, sie macht das gern. So, dann wollen wir mal nach dem Kaffee sehen.«

Er ging in die Küche, zog unterwegs seine Jacke aus und warf sie achtlos auf einen Stuhl. Sam nutzte die Gelegenheit und bewegte sich langsam darauf zu. Sie war nur ein paar Schritte weit gekommen, als er etwas aus der Küche rief.

»Schwarz und ohne Zucker, nicht wahr?«

»Ja, das stimmt, danke!«, antwortete Sam.

Sie holte tief Luft, zupfte schnell ein paar Fasern von der Jacke und legte sie in ein Papiertaschentuch, das sie aus ihrer Handtasche gezogen hatte. Sie hatte es noch in der Hand, als Owen schon mit zwei dampfenden Tassen Kaffe aus der Küche kam. Sam hielt sich das Taschentuch schnell an die Nase und gab vor, sich zu schnäuzen.

»Das klingt ja, als wäre da eine Erkältung im Anmarsch. Soll ich Ihnen etwas dagegen geben?«

Sam schüttelte den Kopf. »Nein, danke, ist nicht so schlimm.«

Owen stellte seine Tasse auf einen kleinen Tisch und ging zu einem der Fenster hinüber. »Entschuldigen Sie bitte, ich muss die Jalousie wieder in Ordnung bringen. Die Schnur ist abgerissen.«

Während er ihr den Rücken zuwandte, steckte Sam das Taschentuch in ihre Tasche. »Ich nehme an, Sie sind nicht nur zum Spaß hierhergekommen. Verraten Sie mir, was ich für Sie tun kann?«

Sam schluckte.

»Ich laufe bei diesen beiden letzten Morden immer wieder vor eine Wand. Ich dachte, Sie hätten vielleicht noch eine Idee, wie man weiterkommen könnte.«

»Hat man denn nicht diesen Bird eingesperrt?«

»Doch, aber ich bin nicht überzeugt, dass er es war.«

»Tatsächlich? Darf ich fragen, warum?«

Owen sah sie an. Er hatte die lange weiße Schnur von der Jalousie abmontiert und ließ sie unaufhörlich durch seine Hände gleiten. Seine Bewegungen schienen einen fast hypnotischen Effekt auf Sam zu haben. Sie erstarrte wie das Kaninchen vor der Schlange und wartete auf den tödlichen Angriff.

»Zu viele Löcher in der Beweisführung.«

»Zum Beispiel?«

Die Bewegungen seiner Hände wurden schneller und signalisierten, dass er zunehmend in Aufregung geriet.

»Die Fingerabdrücke, sie waren gefälscht.«

»Gefälscht? Woher wollen Sie das wissen?«

»Die Leute im Labor haben einige Ungereimtheiten entdeckt.«

»Das ist mir ja ganz neu! Wann ist das alles passiert?«

»Gestern Abend.«

»Lassen sie ihn dann frei?«

Sams Atmung passte sich der rhythmischen Bewegung von Owens Händen an. Sie nippte an ihrem Kaffee und versuchte ganz ausgeglichen zu wirken und sich zu beruhigen. »Keine Ahnung.«

»Tja, dann wollen wir hoffen, dass sie ihm wenigstens den Club dichtmachen.«

Sam nickte und heuchelte Zustimmung. Owen hörte auf, mit der Schnur herumzuspielen, und entschuldigte sich für einen Augenblick: »Sie ist zu lang, ich muss sie abschneiden. Ich bin gleich zurück.« Er verschwand in der Küche und Sam überlegte, ob sie einfach abhauen sollte. Sie wusste nicht, wie viel sie noch würde aushalten können. Aber ein solches Verhalten alarmierte ihn nur und er würde entkommen, bevor die Polizei überhaupt zugreifen konnte. Er kam schon bald ins Wohnzimmer zurück, aber anstatt wieder zum Fenster hinüberzugehen, stellte er sich hinter sie. Sam sah ihn über die Schulter an. Er hatte sich die Schnur um eine Hand gewickelt, während er das herunterhängende Ende mit dem Skalpell abschnitt. »Das Schärfste, was ich im Hause habe, es schneidet eigentlich alles auf Anhieb durch«, sagte er mit einem Blick auf sie.

Sam lächelte ihn nervös an und zwang sich dazu, sich wie beiläufig wieder umzudrehen, während sie jede Sekunde erwartete, die Schnur um ihren Hals zu spüren oder den Schnitt des scharfen Skalpells durch ihre Kehle.

Sie redete weiter und verfolgte anhand seiner Stimme seine Bewegung im Raum. »Ich wusste nicht, dass Sie sich für Birds Club interessieren.«

Seine Antwort klang scharf und verärgert: »Tu ich auch nicht, aber man hört da solche Geschichten. Schlechter Einfluss auf die Jugend, das Ding gehört geschlossen.«

Sam fiel das Foto eines jungen Mädchens auf dem Kamin auf und sie nahm es als willkommene Ausrede, aufstehen und sich aus Owens Reichweite bewegen zu können. »Sie ist hübsch, wer ist das?«

»Meine Tochter. Sie war achtzehn, als das Foto gemacht wurde. Sie hatte sich gerade in der Trinity Hall eingeschrieben, um Jura zu studieren. Sie hatte ihr ganzes Leben noch vor sich.«

»Wo ist sie jetzt?«

»Tot, sie wurde vor ein paar Jahren umgebracht.«

Sam war überrascht und verlegen zugleich. Ihr wurde plötzlich klar, wie wenig sie über Owen wusste. Sie hatte ihn stets als Kollegen gemocht, aber besonders nah hatten sie sich nie gestanden und sie hatte nie Einblick in sein Privatleben gehabt. Sie bezweifelte auch, dass er ihn anderen gewährt hatte. Er war sehr geschickt darin, Vertrautheit zu simulieren, ohne tatsächlich etwas von sich zu preiszugeben. Owen drehte sich plötzlich zu ihr um und Sam konnte in seinen Augen lesen, dass er dazu ansetzte, die Arbeit zu beenden, die er von ein paar Tagen begonnen hatte, als er sie mit dem Auto von der Straße hatte drängen wollen.

Farmer war im Verhörzimmer, als der Anruf kam. Es wurde bereits zusammengepackt, Computer wurden abgebaut und die Mitarbeiter der für die Morde gebildeten Untersuchungskommission räumten ihre Schubladen aus, um wieder in ihre Abteilungen zurückzukehren. Der Detective, der den Hörer abnahm, klang nicht besonders interessiert: »Constable Parker, Morddezernat.« Er lauschte eine Weile und rief dann zu Farmer hinüber, die einen Stapel Zeugenaussagen mit Adams durchsah: »Es ist für Sie, Chef, das Labor, ich stelle durch.«

Sobald das weiße Lämpchen auf ihrem Telefon aufleuchtete, hob Farmer ab. »Detective Superintendent Farmer, hallo?«

Die unverkennbare Stimme von Brian Watton drang an ihr Ohr. Sie war ihr nur allzu vertraut. Brian war ein As auf seinem Gebiet und hatte mehr als einmal die Inspiration zur Lösung eines Falles geliefert. Was er ihr allerdings diesmal zu sagen hatte, wollte sie gar nicht hören. Adams sah auf, als es still im Raum wurde.

»Sind Sie da ganz sicher? ... Verstehen Sie überhaupt, was Sie damit anrichten? ... Ja, sicher.« Farmer knallte den Hörer auf die Gabel. »Scheiße, Scheiße, Scheiße!«

Adams und die anwesenden Kollegen verhielten sich still und warteten ab. Farmer stand schließlich auf und sah die

Detectives an. Ihr entfuhr ein tiefer Seufzer, dann verkündete sie: »Also, es gibt gute und schlechte Neuigkeiten. Wir sind wieder da, wo wir am Anfang waren. Die Fingerabdrücke in Purvis' Auto waren gefälscht und wir stehen jetzt wie Idioten da!«

»Und die gute Nachricht?«, fragte einer der Untergebenen.

»Das war die gute Nachricht!« knurrte sie ihn an. »Die schlechte ist, dass es keine Freizeit mehr gibt, bis wir diesen Bastard haben.«

Sie sah zu ihrem GUT GEMACHT-Tansparent auf, das immer noch an der Wand hing. »Und holt das herunter, bevor ich jemanden damit erdrossele, äh, pardon, garrottiere!«

Sam war überzeugt, dass nur Janets rechtzeitiges Eintreffen sie gerettet hatte. Owens Frau hatte ihre Sprechstunde offensichtlich früher beendet und war gleich nach Hause gekommen. Ihre Ankunft hatte den Bann des Augenblicks gebrochen und der glasige Blick war aus Owens Augen verschwunden. Sam konnte sich nicht erinnern, jemals in ihrem Leben so erleichtert gewesen zu sein, jemanden zu sehen. Sie hatte keine Zeit verschwendet und war mit eiligen Ausflüchten, warum sie schon gehen müsse, aus dem Haus geeilt. Janet hatte überrascht gewirkt und sie verständnislos angesehen. Sam versuchte verzweifelt, die in ihr aufsteigende Panik zu bekämpfen, aber ihre Hände zitterten so sehr, dass sie große Schwierigkeiten hatte, den Autoschlüssel ins Schloss zu stecken. Endlich ging die Tür auf. Sie warf sich hinein, ließ den Motor an und bog aus der Einfahrt. Auf der Straße beschleunigte sie kräftig. Janet stand an der Haustür und winkte ihr nach. Sam war noch nicht weit gekommen, da schossen ihr Tränen in die Augen und trübten ihren Blick, sodass sie auf dem Seitenstreifen anhalten musste. Sie zog ihr Handy aus der Tasche und tippte eine Nummer ein, wobei sie vor lauter Tränen kaum die Tasten sehen konnte. Endlich kam die Verbindung zustande.

»Marcia Evans bitte.« Sam versuchte ihre Stimme in den Griff zu bekommen, aber sie versagte fast, als der Schmerz in ihrem Hals anschwoll und ihre Stimmbänder paralysierte. »Könnten Sie sie bitte schnell suchen, hier ist Doktor Ryan vom Park Hospital, es ist sehr dringend.«

Marcia war absolut konzentriert, während sie durch ihr Mikroskop schaute. Sie wechselte mehrere Objektträger, bevor sie wieder aufsah. Sam saß auf einer Bank am anderen Ende des Labors. Obwohl seit ihrer Begegnung mit Richard Owen mehrere Stunden vergangen waren, hatte sie sich noch nicht wieder ganz gefangen. Sie sah Marcia erwartungsvoll an.

»Die Lackschichten und Farben sind identisch. Ich bin zu neunzig Prozent sicher, dass es dasselbe Auto ist. Wo hast du es gefunden?«

»Es stand in der Garage von Richard Owen.«

»Dem Polizeiarzt?« Sam nickte.

»Also habe ich die ganze Zeit Recht gehabt!«

Sam zwang sich zu einem Lächeln. »Was ist mit den Fasern von seiner Jacke?«

Marcia ging zu dem pummeligen jungen Mädchen an dem Arbeitsplatz neben ihr. »Wie siehts aus, Jenny?«

Das Mädchen sah auf. »Ich brauche zwar noch etwas mehr Zeit, um ganz sicher zu sein, aber es sieht so aus, als wären sie nicht identisch.«

Sam hätte überrascht sein sollen, war es aber nicht. »Worin unterscheiden sie sich?«

Das Mädchen legte die Fasern, die Sam von Owens Jacke mitgebracht hatte, unter ultraviolettes Licht. »Wenn Sie genau hinsehen, bemerken Sie, dass die Farbe unter diesem Licht blaugrün aussieht.«

Marcia und Sam nahmen die Fasern genau unter die Lupe und Jenny wechselte die Probe aus.

»Die Fasern, die wir von den Fundorten haben, haben eine intensivere Farbe, sie sind tiefblau. Sie stammen definitiv nicht von ein und demselben Kleidungsstück.«

Marcia sah Sam an. »Bist du sicher, dass es dieselbe Jacke war?«

»Ja. Na ja, sie sah so aus. Sie war ganz gewiss blau.«

»Letztes Mal war es dunkel, als du sie gesehen hast. Du könntest dich geirrt haben. Wahrscheinlich wird er mehr als eine Jacke haben und sie werden alle dunkel aussehen. Ich glaube nicht, dass Owen sich eine rote kaufen würde.«

Sam war sich so sicher gewesen. »Nein, ich vermute …«

»Er wird uns wohl kaum belastendes Material vor die Füße werfen, oder?«

»Nein, da hast du Recht.«

»Wir haben durch die Lackproben sowieso schon genug in der Hand.«

»Das hoffe ich, ich würde ihn ungern jetzt wieder verlieren.« Sam sah Jenny an. »Außer den Fasern habe ich nichts Brauchbares von seiner Jacke mitgebracht?«

»Nicht viel, ein paar Pflanzenfasern, das ist alles.«

Sam spürte, wie plötzlich wieder Interesse und Optimismus in ihr aufkeimten. »Was für Pflanzenfasern?«

Jenny schüttelte den Kopf. »Ich weiß nicht genau. Sehen Sie selbst!«

Sam trat an das Mikroskop und sah hinein. Sie betrachtete die Probe eine Weile und richtete sich mit einem triumphierenden Blick wieder auf. »Ich weiß, was das ist! *Hedera Hibernica.* Wenn man sie berührt, bleibt immer etwas an einem hängen. Und man kann die Fasern kaum wieder abwischen.«

Marcia kam auf Sam zu und legte ihr einen Arm um die Schultern. »Ich glaube, es wird Zeit, Farmer anzurufen. Die Sache wird allmählich etwas zu gefährlich für uns Landeier.«

9

Es war fast vorbei. Er hatte es gewusst, als er die Einfahrt hinaufgekommen war und sie aus der Garage hatte kommen sehen. Ihr unwillkürlicher Griff zu ihrer Handtasche, als sie ihn gesehen hatte, war so enthüllend gewesen. Sie hatte es herausgefunden, sie hatte nach Beweisen gesucht und das Auto entdeckt. Er war sicher, sie hatte Lackproben in ihrer Tasche. Proben, die zu den durch den Zusammenstoß mit Frances' Auto verursachten Spuren passten. Sie hatte sich bemüht, ruhig zu wirken, was ihr aber nicht ganz überzeugend geglückt war. Er kannte sie gut genug, um ihre Aufregung erahnen zu können. Er konnte sie in ihren Augen erkennen, an ihrer Körpersprache und ihrer Mimik. Er hatte auch gemerkt, dass sie die Flusen von seiner Jacke in einem Taschentuch versteckt hatte und keineswegs erkältet war. Nachdem sie aus dem Haus geflohen war, hatte er noch gesehen, wie ihre Hände so stark zitterten, dass sie nur mit Mühe den Schlüssel ins Schloss bekommen hatte. Er hatte fast Mitleid mit ihr empfunden, wie sie so vollkommen verängstigt war, und überlegt, ihr zu helfen. Vielleicht hätte er sie töten sollen, als er die Gelegenheit dazu gehabt hatte. Wenn Janet nicht gekommen wäre, hätte er es vermutlich auch getan, aber was hätte er dadurch gewonnen? Sie hatte bestimmt jemandem erzählt, wo sie hinfahren wollte, und das Spiel wäre ohnehin vorbei gewesen. Abgesehen davon hatte Er nicht angeordnet, sie zu töten. Und von Seinen eindeutigen Absichten abzuweichen hätte ihn zu einem ganz gewöhnlichen Mörder gemacht und ein solcher war er nie gewesen. Er glaubte nicht, dass er die Nerven dafür hatte. Obwohl er wütend und frustriert war, dass sie seine Pläne durchkreuzt hatte, mochte er Sam immer noch. Sie war ehrlich und fleißig und würde zweifellos mehr Gutes für die Welt tun als er, wenn seine Mission erst erfüllt war.

Er wusste nicht, warum, aber Gott hatte eindeutig beschlossen, dass seine Mission fast vollendet war und dass er genug getan hatte. Gnade war gewiss ein Geschenk Gottes, aber er wollte sie nicht gewähren. Er hatte noch eine Tat zu vollbringen, bevor er so etwas Ähnliches wie Frieden finden konnte. Jetzt musste er Zeit gewinnen und seine Spuren so gut wie möglich verwischen, damit er mit seiner Mission fortfahren konnte. Er war bemerkenswert ruhig für einen Mann, der wusste, dass er mindestens die nächsten zehn Jahre im Gefängnis verbringen würde. »Lebenslänglich« nannten sie es – für einen Mann in seinem Alter wahrscheinlich die richtige Bezeichnung.

Er ging hinaus in den Garten, wo er eine große Schachtel Streichhölzer aus der Tasche zog und ein Feuer zu entfachen begann. Er beobachtete, wie es von trockenem Holz und Blättern Besitz ergriff und wie graue Rauchschwaden langsam in die feuchte, bewegungslose Luft aufstiegen und über die angrenzenden Gärten zogen. Er wartete, bis die Flammen hoch aufloderten, bevor er mehr Astwerk und Blätter darauf häufte. Als er sich davon überzeugt hatte, dass das Feuer richtig brannte, holte er einen Spaten aus dem Schuppen, ging zu den Büschen weiter hinten im Garten und grub eine Efeupflanze aus. Sie war gut zwischen den immergrünen Büschen versteckt gewesen und man hatte sie kaum sehen können, wenn man nicht nach ihr suchte. Er löste die langen Ranken vom Zaun, bevor er sie ins Feuer warf. Es brannte nicht besonders gut, aber es brannte. Dann kehrte er zurück, um heruntergefallene Blätter, Ranken und Wurzeln aufzusammeln, bevor er das Loch zuschaufelte, die Erde gleichmäßig verteilte und ins Haus zurückging.

Malcolm Purvis sah den Umzugsleuten dabei zu, wie sie Möbelstück für Möbelstück aus dem Haus trugen und in den großen Transporter luden, der in der Einfahrt stand. Er hatte vor, die meisten davon aufzubewahren. Das, was er nicht mehr brauchte, wollte er verkaufen und den Rest wohltätigen Vereinen zukommen lassen. Die Wohnung in London war voll möbliert, daher brauchte er die Sachen aus dem Haus nicht wirklich. Aber viele waren mit Erinnerungen verknüpft und jedes Teil war mit großer Sorgfalt und nach langen Diskussionen mit seiner geliebten Frau gekauft worden. Er wartete, bis das große Klavier an der Reihe war, und beobachtete die Packer dabei, wie sie sich damit die Treppe hinunterkämpften, bevor er wieder ins Haus und hinauf in Frances' Zimmer ging. Es sah so verlassen aus ohne das Bettzeug und ihre Teddys. Erinnerungen an vergangene Weihnachtsfeste und Geburtstage überfielen ihn, Bilder von Freud und Leid, Kummer und Krankheit zogen vor seinem inneren Auge vorüber. Er fragte sich, ob sich all diese Erinnerungen und sein

Gram wohl in die Substanz des Hauses geätzt hatten, um später den zukünftigen Besitzern als ungebetene Geister zu erscheinen. Er versuchte sich von allen Gedanken zu befreien, um zu prüfen, ob er ihre Anwesenheit spüren konnte, aber sie war nicht da, sogar ihr Geruch war weg. Die tröstenden Worte, die sie ihm einmal gesagt hatte, kamen ihm in den Sinn: »Wo immer du bist, Daddy, da werde auch ich sein.« Er fühlte sich getröstet. Er beschloss, dieses Zimmer nicht noch einmal zu betreten. Es war nur eine leere Muschel ohne Leben. Schließlich ging er zum Fenster, zog die Vorhänge zu und verließ das Zimmer. Die Tür fiel leise hinter ihm ins Schloss.

Er maß die Flüssigkeit präzise in die Spritze ab. Als das Fläschchen fast leer war, drückte er sacht auf den Kolben, bis etwas Flüssigkeit in die Luft schoss und in kleinen Tröpfchen auf den Teppich fiel. Er steckte die so präparierte Giftspritze in seine schwarze Tasche und ließ die Verschlüsse zuschnappen. Das Telefon klingelte zweimal, bevor er den Hörer hochnahm. Nach einem kurzen Gespräch schob er die Tasche unter seinen Schreibtisch und verließ den Raum.

Das Feuer brannte noch gut, als Owen zurückkam, diesmal mit Akten, Fotos und Notizen auf dem Arm. Sogar der Efeu schien mittlerweile zu verbrennen. Er warf alles auf das Feuer und stocherte mit einem langen Stock in der Glut herum, um es anzuheizen. Feuer hatte eine Eigenschaft, die ihm sehr gut gefiel. Er fand zwar auch das Knacken und Zischeln beruhigend, aber was am wichtigsten war: Feuer hatte reinigende Kräfte. Der Mensch hatte das von Anbeginn der Zeit gewusst. Es zerstörte, um etwas Neues zu erschaffen. Jetzt würde es die meisten Beweise gegen ihn vernichten und ihm eine neue Gelegenheit geben, sein Werk zu vollenden. Er hob eine Akte auf, die aus der Reichweite der Flammen gerutscht war, und sah hinein. An ihn erinnerte er sich: Michael Kemp, 64 Denning Lane, Cambridge, ein dreiundvierzigjähriger Bauunternehmer. Er hatte eine Frau und einen Sohn, der in Nottingham aufs College ging. Er besaß zwei Autos, einen alten blauen Ford Transit mit dem Kennzeichen LLD 435E und einen schwarzen BMW aus der Dreier-Serie mit Kennzeichen M256 PDR. Er warf noch einen zweiten Blick auf die Akte, bevor er sie in die Flammen warf. Die Pappe fing sofort Feuer. Die Ecken wurden schwarz und kringelten sich nach innen, bevor der ganze Deckel in Flammen aufging. Jetzt benötigte er die Akten zwar nicht mehr, sie waren ihm jedoch schon ans Herz gewachsen, zu Vertrauten geworden, die ihn trösteten. Er hatte so viel Zeit mit der Recherche verbracht, damit, jedes Detail wieder und wieder zu studieren, dass die Informationen fast zu einem Bestandteil seines eigenen Wesens geworden waren. Er würde sie vermissen, aber er brauchte sie nicht mehr.

Nach einem letzten prüfenden Blick in den Spiegel zog sie ihre Anzugjacke stramm und wischte sich ein paar Haare aus dem Gesicht, dann verließ sie die Damentoilette und machte sich auf den Weg zum Büro des Chief Superintendent. Sie war natürlich immer bestrebt, ordentlich auszusehen, aber diesmal war sie besonders um ihr Erscheinungsbild besorgt. Denn sie wusste, dass nicht nur ihre Stellung als Chefin der Mordkommission gefährdet war, sondern ihre gesamte Karriere bei der Polizei von Cambridge.

Das große schwarze Schild mit der Aufschrift DETECTIVE CHIEF SUPERINTENDENT MARK WORDS nahm das gesamte obere Drittel der Tür ein. Sie fragte sich, ob es dazu da war, ihn daran zu erinnern, wer er war, falls er es einmal vergaß. Sie holte tief Luft und klopfte. Eine laute und feste Stimme schallte von drinnen gebieterisch in den Korridor. »Moment!«

Natürlich war er allein und er erwartete auch niemanden außer ihr, aber er brauchte dieses kleine Machtspiel und sie war nicht in der Position, an den Gepflogenheiten etwas zu ändern. So war es schon gewesen, als sie bei der Polizei angefangen hatte. Wenn die Kerle nicht versuchten, sie zu befummeln oder sie davon zu überzeugen, dass eine kleine Affäre ihre Aufstiegschancen vergrößere, dann machten sie sie nieder, schwächten ihre Erfolge und bliesen ihre Fehler unendlich auf. Sie hatte schon oft erlebt, wie Frauen, die voller Ehrgeiz angefangen hatten, derselbe schleunigst vom System ausgetrieben worden war. Und wenn eine das System zu schlagen vermochte und Erfolge vorweisen konnte, dann war sie als Lesbe verschrien. Sie wusste, dass man sie für lesbisch hielt, und ihr Lebensstil nährte diese Gerüchte: Ende dreißig, nicht verheiratet, allein lebend. Was sonst sollte sie also sein? Jedenfalls war sie es nicht und sie wollte sich um keinen Preis mit irgendeinem von denen auf eine Diskussion über ihre sexuellen Präferenzen einlassen.

»Herein!« Die Stimme dröhnte erneut über den Korridor. Sie holte noch einmal tief Luft, drückte die Klinke hinunter und betrat das Büro. Es war typisch für das Büro eines älteren leitenden Beamten und es gab nur ein Wort dafür: gediegen. Dicke Teppiche auf dem Boden, Eichenschreibtisch, Spirituosen-Schränkchen, Fernseher und Video, ein paar große komfortable Sessel für gemütliche, kameradschaftliche Treffen und an den Wänden Andenken und Trophäen von Polizeieinheiten aus aller Welt. Er sah sie scharf an und ließ sie seinen Ärger spüren. Es war klar, was kommen würde. Dann dirigierte er sie auf einen der weniger komfortablen Stühle vor seinem Schreibtisch. Sie waren strategisch platziert: nicht nah genug, um Vertrautheit zu wecken, aber auch nicht zu weit weg, damit er seine Stimme nicht über das vernünftige Maß hinaus anheben musste, um gehört zu werden. Die Kerle waren immer so stolz darauf, vernünftig zu klingen, dachte sie. Sie waren es zwar nie, aber sie klangen gerne so.

»Da sitzen wir ja ziemlich in der Scheiße oder wie sehen Sie das?«

Farmer sah ihn an, ärgerte sich über alles an ihm und schwieg.

»Sie haben es geschafft, diese Truppe wie komplette Volltrottel dastehen zu lassen, und das haben Sie ganz allein hingekriegt! Wir können nur hoffen, dass er uns nicht auf Unsummen verklagt. Gott allein weiß, was Ihr Vater sagen würde, wenn er noch lebte. Er war nicht so ein netter Vorgesetzter wie ich ...« Darauf hatte sie gewartet. »Er war mein Detective Inspector, als ich zum CID kam.« Sie wusste schon, was jetzt kam, sie hatte es schon so oft gehört. »Er war der beste Chef, den ich je hatte, knallhart, verstehen Sie, aber fair. Man wusste immer, woran man bei ihm war.« Sie wusste, dass ihr Vater Mark Words immer für den größten Trottel gehalten hatte, der je in Uniform herumgelaufen war. Sie würde es ihm eines Tages sagen, hoffentlich auf der Feier zu seiner Pensionierung. Dann säße sie auf seinem Posten und er konnte sie mal gern haben. Im Moment konzentrierte sie sich darauf, zuversichtlich zu klingen.

»Wir können ihn immer noch drankriegen, weil er die Auflagen verletzt hat, als er gegen Kaution freigelassen wurde.«

»Da klammern wir uns aber an jeden Strohhalm, was?« Farmer wusste, dass das stimmte, doch sonst fiel ihr nichts ein. »Aber nur, wenn Sie es nicht geschafft haben, das auch noch zu versauen!«

Einen Augenblick lang stellte sie sich vor, wie es wäre, sich vorzubeugen und ihm mit der Faust ins Gesicht zu schlagen. Er erhob sich und fing an, im Zimmer auf und ab zu schreiten, wobei er seine Hände auf dem Rücken verschränkte. Er hatte seinen »Jetzt legen wir die Karten auf den Tisch«-Blick aufgesetzt.

»Ich bin ein Risiko eingegangen, als ich Sie ernannt habe, Harriet. Um ehrlich zu sein, war es eine Art Dankeschön an Ihren Vater, um ihm zu vergelten, was er alles für mich getan hat …«

Würde er es ihm nun damit vergelten, sie rauszuschmeißen?, fragte sie sich.

»Ich habe wirklich geglaubt, dass Sie, besonders mit Ihrem Hintergrund, am ehesten diesen Job packen könnten.« Er blieb einen Augenblick stehen und sah sie an. »Ich habe mich getäuscht.«

Farmer hatte noch niemals zuvor jemandem solche intensiven Hassgefühle entgegengebracht. Natürlich hatte sie schon oft gehört, dass jeder in der Lage war, einen Mord zu begehen, aber bis zu diesem Moment hatte sie es nicht geglaubt. Alles, was der alte Bastard jetzt noch sagte, drang nur noch wie ein Echo aus der Ferne zu ihr.

»Sie haben mich enttäuscht, Harriet, Sie haben die Polizei enttäuscht und – was am schlimmsten ist – sich selbst. Ich weiß nicht …«

Ein lautes Klopfen an der Tür unterbrach ihn und er befahl dem ungebetenen Eindringling zu warten, aber es war zu spät: Adams stand schon im Büro.

»Entschuldigen Sie, Sir, aber es tut sich etwas.« Er sah Farmer an. »Die Lackspuren, die Sie gefunden haben, Madam, waren ein Volltreffer. Sie hatten die ganze Zeit über Recht, es war Richard Owen.«

Farmer war genauso überrascht wie Words, versuchte aber, es zu verbergen. Jetzt schien Words nicht ganz wohl in seiner Haut zu sein.

»Meinen Sie den Polizeiarzt?«

Adams sah ihn an. »Ja, Sir.«

»Grundgütiger Gott, ich habe am Samstag erst mit ihm und seiner Frau zu Abend gegessen! Sind Sie sicher?«

»Ja, Sir, absolut sicher.«

Words ging wieder zu seinem Schreibtisch und setzte sich. »Sieht aus, als hätten Sie die Gelegenheit, sich wieder reinzuwaschen. Gehen Sie jetzt und bringen Sie die Sache unter Dach und Fach, und vergessen Sie nicht, mich auf dem Laufenden zu halten. Ich werde hier warten und in der Zwischenzeit einen Herzinfarkt bekommen.«

Farmer nickte und ging zur Tür, die Adams ihr aufhielt. Sie sah ihn an, als sie an ihm vorbeiging. Normalerweise war sie nicht sehr gut im Dankesagen, aber das hier war eine Ausnahme. »Sie sind ein Goldschatz, wissen Sie das? Ein verdammter Goldschatz.«

»Gehört alles zum Service.«

Sie grinsten sich an, bevor sie die Treppe zum Parkplatz hinunterliefen.

Sam und Marcia warteten draußen, als Farmer und Adams von mindestens einem Dutzend Polizisten und Kriminalbeamten begleitet eintrafen. Sie hatten die Polizeisirenen schon von ferne gehört, als die Wagen durch den dichten Feierabendverkehr gerast waren, und die waren Owen vermutlich auch nicht entgangen. Der weiße Rauch, der über dem Haus aufgestiegen war, hatte den Sirenen Dringlichkeit verliehen. Sam wollte so schnell wie möglich ins Haus, um ihn davon abzuhalten, weitere Beweise zu vernichten. Aber sie hatte bereits ein Furcht erregendes Erlebnis mit Owen gehabt und sie war nicht besonders scharf auf ein weiteres. Noch einmal hatte sie bestimmt nicht so viel Glück. Die Polizeiwagen hielten mit quietschenden Reifen vor Owens Haus und die Beamten drängten hinaus. Sie glichen einem Schwarm Vögel, reagierten instinktiv auf Informationen und Befehle, die unbeteiligten Zuschauern verborgen blieben. Zwei sperrten die Einfahrt ab, ein paar rannten in die angrenzenden Gärten, während andere zur Haustür stürmten und sie mit einem Stoßheber gewaltsam öffneten. Als Adams und Farmer aus ihrem Wagen stiegen und sich dem Haus näherten, folgten Sam und Marcia ihnen. Sie liefen zu dem Gatter, das in den Garten führte, aber es war fest verschlossen. Adams ließ mit zwei kräftigen Tritten das Holz aus den Angeln fliegen und die kleine Truppe drang in den Garten ein.

Als Adams auf Owen zurannte, warf er gerade eilig die letzten Akten ins Feuer. Adams stürzte sich auf ihn, brachte ihn zu Fall, drehte ihm die Arme auf den Rücken und legte ihm Handschellen an.

Owen lachte und schrie hysterisch: »Sie kommen zu spät! Sie kommen viel zu spät!«

»Holen Sie Wasser! Löschen Sie dieses verdammte Feuer!«, rief Adams den Polizisten zu, die ihm in den Garten gefolgt waren.

Die beiden Beamten flitzten davon, während Sam und Marcia ihre Gesichter mit den Händen gegen die Hitze abschirmten und versuchten, so viele der schwelenden Akten wie möglich aus dem Feuer zu fischen. Sie trampelten auf ihnen herum, um die züngelnden Flammen zu löschen, die die Beweise zu vernichten drohten.

Endlich kam einer der Polizisten mit einem Gartenschlauch und zielte mit ihm in die Flammen. Adams stellte Owen auf die Füße und schubste ihn auf Farmer zu, um ihr das Privileg zu überlassen.

Farmer sah ihm kalt in die Augen. »Doktor Richard Owen, ich verhafte Sie wegen Mordes an Mark James und Frances Purvis. Sie haben das Recht zu schweigen ...«

Owen kam ihrem Gesicht plötzlich ganz nah. »Beweisen Sie es!«

Farmer zuckte nicht mit der Wimper, sah ihn weiter voller Verachtung an und beendete die Belehrung, bevor sie ihn von zwei Polizisten zum Auto abführen ließ.

Das Feuer war gelöscht und die Beamten der Spurensicherung trafen ein, um sich das Haus vorzuknöpfen. Sam und Marcia sichteten vorsichtig die Papiere, die das Feuer übrig gelassen hatte, und versuchten, alles zu retten, was im Prozess gegen den ehemaligen Polizeiarzt nützlich sein konnte. Marcia fand mehrere Efeublätter und zeigte sie Sam, die bestätigte, dass es die richtige Sorte war, bevor Marcia sie in einen kleinen braunen Umschlag steckte. Sam fand diverse Metallknöpfe, die von einer Mädchenjacke stammen konnten, und ein kleines Stück schwarzen Stoff. Von den Akten, die sie vor dem Feuer gerettet hatten, waren nur zwei von Nutzen. Adams und Sam sahen sie durch, wobei sich Flocken von schwarzem, verkrumpeltem Papier lösten und durch die Luft wirbelten.

»Sehen Sie sich das an, das sollten wohl seine nächsten Opfer sein.«

Sam starrte ungläubig auf die Papiere.

»Arbeitsplatz, Stammkneipe, welche Wege sie fuhren«, zählte Adams auf. »Sehen Sie mal, sogar wann sie einkaufen gingen, hat er notiert. Das sieht ja aus wie die Unterlagen eines Sondereinsatzkommandos!«

Sam nahm sich die Akte und schaute die Fotos durch. »Ich frage mich, wie viele davon uns durch die Lappen gegangen sind.«

»Ist eigentlich egal, die Leute sind jetzt in Sicherheit. Den lassen sie nie mehr raus.«

»Aber warum nur? Warum verwandelt sich jemand wie Richard Owen in so einen Menschen mordenden Irren?«

»Er hat offensichtlich schon eine Weile daran gearbeitet. Das sind die besten Mordpläne, die ich je zu Gesicht bekommen habe.«

Farmer kam auf sie zu, nahm Sam die Akte weg und gab sie Adams. »Gut gemacht, Tom.«

»Das ist nicht mein Verdienst. Sie müssen Doktor Ryan danken, sie hat die Lackproben besorgt, nicht ich.«

Farmer sah Sam an und dann wieder Adams. »Lassen Sie uns bitte eine Minute allein, Tom.«

Adams ging weg und schloss sich Marcia an, die, in der Hoffnung, weitere Beweisstücke zu finden, immer noch in der Asche herumstocherte. Sobald Adams außer Hörweite war, legte Farmer los: »Ich habe Ihnen doch schon gesagt, dass Sie sich nicht in die Ermittlungen einmischen sollen?«

»Ich hatte nicht die Absicht, mich einzumischen, die Umstände haben es einfach mit sich gebracht. Ich habe Ihnen alle Informationen zukommen lassen, sobald ich sie hatte. Ich weiß nicht, was ich sonst noch hätte tun können. Ob Sie eine offizielle Beschwerde einreichen, liegt ganz bei Ihnen.«

»Oh nein, nicht einmal ich bin so dumm. Der ganzen Welt erzählen, dass Sie diesen Fall geknackt haben und nicht ich? Da wäre ich ja ganz schön bescheuert! Owen wird weggesperrt, in ein schönes, sicheres Krankenhaus, wo er hingehört, und der Rest wird unser kleines Geheimnis bleiben. Ein perfektes Ende für alle Beteiligten.«

»Na prima.«

»Sehen Sie, ich bin nicht besonders gut in solchen Dingen und zum Teil bin ich auch immer noch davon überzeugt, dass Sie falsch gehandelt haben, aber trotzdem: Gute Arbeit! Und danke!«

Sam ahnte, wie schwer Farmer diese Worte fallen mussten, und wusste sie umso mehr zu schätzen.

»Um ehrlich zu sein, wenn Sie Ihre Nase nicht in die Sache gesteckt hätten, hätte man mir nicht nur den Fall entzogen, es hätte mich vielleicht sogar den Job gekostet«, fuhr Farmer fort.

Sam war versöhnlich gestimmt. »Danke. Ich bin aber auch furchtbar neugierig, das muss mit meinem Job zusammenhängen.«

»Ich glaube, dafür können wir beide dankbar sein.«

»Was wird mit Bird passieren?«

»Wir können ihn immer noch belangen, weil er sich nicht

an die Auflagen gehalten hat, die an seine Freilassung auf Kaution geknüpft waren. Ich denke, wir lassen das fallen, wenn er uns nicht verklagt. Normalerweise klappt so etwas.«

Zum ersten Mal, seit Sam Farmer kannte, gab es so etwas wie ein wortloses Einverständnis zwischen ihnen.

Schreie und Rufe drangen vom Haus zu ihnen herüber. In der Einfahrt stritt Janet Owen mit zwei Polizisten. Sie war aufgebracht und weinte, als sie sah, wie Beamte der Spurensicherung in weißen Schutzanzügen ihr Haus durchsuchten und ihre Kleider und andere Dinge körbeweise heraustrugen.

»Meine Kleider! Was machen Sie mit meinen Kleidern?«

Sam sah Farmer an. »Ich sage es ihr. Ich kenne sie.«

»Sie muss zum Verhör ins Revier kommen.«

»Ich weiß, aber wenn sie nicht gewesen wäre, wäre ich jetzt vielleicht tot. Also geben Sie mir die Gelegenheit, sie zu beruhigen, und dann fahre ich sie ins Revier.«

Farmer nickte. »Okay, ich muss sowieso erst ihren Mann verhören.«

Sam ging wieder die Einfahrt hinauf und kletterte über die Absperrung. Janet erkannte sie sofort. »Was zum Teufel ist hier los, Sam?«

»Es ist leider wegen Richard. Er wurde verhaftet.«

»Weswegen?«

»Kommen Sie mit zu meinem Auto und ich erkläre es Ihnen.«

»Nein. Wenn Sie etwas wissen, sagen Sie es gleich.«

»Es tut mir Leid, Janet, aber er wurde wegen Mordes verhaftet. Er ist verantwortlich für den Tod von Mark James und Frances Purvis.«

Sams Worte hatten eine allumfassende Wirkung auf Janet. Die Farbe wich aus ihrem Gesicht und sie verdrehte die Augen. Als sie ohnmächtig nach vorn kippte, fing Sam sie auf und legte sie mit Unterstützung eines Polizisten flach auf den Boden. Sie zog ihre Jacke aus und legte sie ihr als Kissen unter den Kopf. »Einen Krankenwagen! Schnell!«, rief sie einem jungen Constable zu.

Sie nahm Janets linke Hand und streichelte sie, während sie auf Hilfe wartete.

Adams beobachtete Owen genau, während er auf dem Revier all die notwendigen Formulare und Erklärungen unterschrieb. Als er damit fertig war, wurde er in Begleitung seines Anwalts in einen Vernehmungsraum gebracht. Die beiden Videokameras waren schon eingeschaltet. Eine nahm den gesamten Raum auf, in dem Farmer und Adams Owen und seinem Anwalt gegenübersaßen, die zweite stand weiter weg, zeigte aber eine Nahaufnahme von Owens Gesicht. Das Verhör wurde für den Rest der Belegschaft ins Büro des Morddezernats übertragen. Farmer begann.

»Wir ermitteln in der Mordsache Mark James und Frances Purvis. Ich glaube, Sie können uns dabei helfen.«

Owen schwieg einen Moment und betrachtete die Gesichter der beiden Beamten. »Wenn Sie fragen wollen, ob ich sie umgebracht und aufgeschlitzt habe – ja, das habe ich!« Er lächelte in die Kamera. »Und, was wichtiger ist: Ich bereue es nicht.«

Mister Robertson, sein Anwalt, lehnte sich zu ihm herüber und fragte ihn leise: »Ist Ihnen die Tragweite Ihrer Äußerung bewusst?«

Owen sah ihn an. »Oh ja, das ist sie. Es ist Zeit für die Wahrheit, finden Sie nicht auch?«

Trevor Stuart war aufgetaucht, als Sam vor der Ambulanz des Park Hospitals wartete, wo Janet behandelt wurde. Sie war froh, ihn zu sehen, umarmte ihn spontan und drückte ihn fest an sich. Sie setzten sich in eine Besucherecke und Sam erzählte ihm, was geschehen war. Zum ersten Mal, seit sie ihn kannte, war er ganz ernst und hörte ihr aufmerksam zu. Als sie fertig war, nahm er ihre Hand.

»Ich glaube, ich weiß, aus welchen Motiven er gehandelt hat.«

Sam war überrascht. »Warum haben Sie mir davon nichts gesagt?«

»Es schien nicht wichtig, bis jetzt jedenfalls.«

Sam sah ihn erwartungsvoll an.

»Ich glaube, es hat etwas mit seiner Tochter zu tun, Claire.«

»Ich dachte, sie wäre ums Leben gekommen?«

»Es war eine Art Unfall. Eine Überdosis Drogen auf einer Party.«

»Wann war das?«

»Vor drei Jahren. Claire war nicht der Engel, als den Owen sie so gerne darstellte. Tatsächlich war sie auf die schiefe Bahn geraten. Sie gab sich mit den falschen Leuten ab, bekam mit Drogen zu tun und fing an zu klauen, sogar bei ihren Eltern. Wie sie damit zurechtkamen, werde ich nie begreifen. Ich glaube, dass Janet wusste, was los war, aber Richard wollte kein böses Wort über sie hören. Claires Tod war ein harter Schlag für ihn. Janet tat, was sie konnte – sie ist die Starke in dieser Beziehung –, aber es dauerte über ein Jahr, bis er wieder arbeiten gehen konnte. Ich glaube nicht, dass er sich je wirklich davon erholt hat. Unterdessen hat er auch zu Gott gefunden und ist einer von diesen wiedererweckten Christen geworden.«

»Hatten sie noch mehr Kinder?«

»Nein, Claire war das einzige.«

»Wo fand die Party statt?«

»Ich glaube, es war in einem Club hier in der Nähe.«

»*Birds Nest*?«

»Ja, genau, so hieß er, *Birds Nest.*«

Marcias Labor war schnell mit den Kleidern und anderen Sachen aus Owens Haus gefüllt. Jedes Stück war bereits sorgfältig eingetütet und etikettiert worden und wartete auf den prüfenden Blick der weiß gekleideten Laboranten. Während einige mit Klebeband Fasern abnahmen, präparierten andere die Objektträger und fingen an, sie zu untersuchen. Jeder wusste, dass es lange dauern würde, aber das dämpfte ihren Enthusiasmus in keiner Weise.

Trevor war wieder gegangen, als Janet aus der Kabine kam, in der sie untersucht worden war. Der Arzt hatte angesichts ihrer Verfassung eine Übernachtung im Krankenhaus angeordnet, aber sie hatte ihn überzeugt, dass die Nöte ihres Mannes jetzt größer waren als ihre eigenen, und versprochen, in die Klinik zurückzukehren, falls sie noch einmal einen Schwächeanfall bekäme. Schließlich unterschrieb sie das Entlassungspapier und gesellte sich zu Sam.

Sam hatte ihren Wagen direkt vor dem Eingang auf einem Parkplatz abgestellt, der nur für Mitarbeiter der Ambulanz bestimmt war. Sie half Janet auf den Beifahrersitz und sie fuhren die kurze Strecke zum Morddezernat. Sam wusste nicht, mit welchen Worten sie Trost spenden sollte. Betretenes Schweigen breitete sich aus, bis Janet schließlich das Wort ergriff.

»Ich wusste, dass er krank war, schon eine ganze Weile. Er hat den Tod unserer Tochter aufgrund einer Überdosis vor ein paar Jahren nicht überwunden, wissen Sie. Aber ich habe nie gedacht, er könnte ... jemanden umbringen. Ich kann immer noch nicht glauben, dass er es getan haben soll. Er ist ein so sanfter Mann. Sie kennen ihn, Sam, Sie wissen, dass er so etwas nicht tun könnte.«

»Ich denke, die Beweise sprechen für sich. Ist Ihnen denn nie etwas aufgefallen?«

»Nein. Er hatte sein Arbeitszimmer, da durfte ich nicht hinein. Das war für ihn sein Stückchen Freiheit, ich durfte nicht einmal dort sauber machen.«

»Können Sie irgendetwas zur Sache sagen, das seinen Bewusstseinszustand zur Zeit der Morde erklären könnte?«

»Er hat Tagebuch geführt. Könnte das helfen?«

»Möglicherweise. Wo ist es?«

»Er hat es im Safe in seinem Sprechzimmer.«

»Wird es noch dort sein?«

»Wenn die Polizei nicht schon alles auf den Kopf gestellt hat.«

»Würde es Ihnen etwas ausmachen, wenn wir hinfahren und nachsehen?«

»Nein, wenn es hilft. Er ist krank, wissen Sie, er ist kein schlechter Mensch. Wenn diese Leute Claire nicht mit diesen teuflischen Drogen versorgt hätten, wäre sie noch am Leben und ich wäre vielleicht schon Großmutter.«

Sam versuchte Mitgefühl zu zeigen, aber sie erinnerte sich

an das Aussehen von Frances' Leiche und an den Schmerz in den Augen ihres Vaters, als sie ihn im Obduktionssaal gesehen hatte. Sie konnte beim besten Willen kein Verständnis für Owens Taten aufbringen.

»Nur eins, meine Liebe, kann ich allein hinein? Ich weiß, wo es ist. Es wird nicht lange dauern, aber ich möchte diejenige sein, die es den Mitarbeitern sagt. Sie werden sich noch genug aufregen, wenn die Polizei alles auseinander nimmt. Es ist besser, wenn sie es von mir hören.«

Sam nickte. Ein paar Minuten später hielten sie bereits vor Owens Praxis, und Janet verschwand durch die Flügeltüren.

Farmer fuhr mit dem Verhör fort. Um den Monitor im Morddezernat hatten sich die Kollegen versammelt und in dem normalerweise lauten und chaotischen Büro herrschte ein drückendes Schweigen. Farmer lehnte sich in ihrem Stuhl zurück. Sie hatte nicht erwartet, das Geständnis so schnell zu bekommen, und hoffte, der Rest des Verhörs würde genauso glatt verlaufen.

»Warum haben Sie die beiden umgebracht?«

Owen war völlig ruhig und hatte sich unter Kontrolle. »Es war kein Mord, eher eine Exekution, göttliche Vergeltung. Sie haben meine Tochter umgebracht.«

»Wie?«

»Mit Drogen. Sie haben ihr Drogen gegeben. Sie ist an einer Überdosis in Birds Club gestorben. Er wusste, wie schlimm sie dran war, aber er hat sie einfach sterben lassen.«

»Und inwiefern waren Mark und Frances daran beteiligt?«

»Sie haben sie da hineingezogen, haben ihr Drogen gegeben, so viel sie wollte. Wissen Sie, sie hatte das Geld, das war alles, woran sie interessiert waren. Sie war eine wunderbare Tochter, bis sie in ihre heimtückischen Fänge geriet.«

»Frances Purvis war aber nicht heimtückisch.«

»Oh doch, das war sie, sie war die Schlimmste von allen! Claire hatte keine Vorstellung davon, was das für Leute waren. Zuhälter, Nutten, Dealer. Sie haben ihr all das beigebracht. Wissen Sie, wo sie gefunden wurde? In einer öffentlichen Toilette.«

»Ich dachte, sie wäre in Birds Club gestorben?«, warf Adams ein.

»Ist sie auch, sie haben sie danach erst dort abgeladen.«

Ein Constable klopfte, trat ein und reichte Adams ein Schriftstück.

»Nach den uns vorliegenden Informationen starb ihre Tochter an einer Überdosis. Die Untersuchungen ergaben, dass es ein Unfall war. Niemand hat sie umgebracht.«

»Sie haben sie zwar nicht erstochen oder erschossen, aber sie haben sie trotzdem umgebracht. Sie haben sie nicht gekannt, nicht wahr? Sie war das süßeste Mädchen auf der ganzen Welt.«

»Diesem Bericht zufolge hatte ihre Tochter Vorstrafen wegen Diebstahl, Raubüberfall, Gewalttätigkeit und Prostitution. James hat Ihre Tochter nie mit Drogen versorgt. Bird und Frances haben versucht, Hilfe für Ihre Tochter zu rufen, weil sie wussten, dass es ihr schlecht ging, aber bis der Rettungswagen da war, war sie aus einem Fenster geklettert und abgehauen. Sie versuchten verzweifelt, sie zu finden. Sie waren genauso aufgelöst wie Sie.«

Owen hörte gar nicht zu. »Alles Lügen. Sie sind nur ein Teil davon.«

»Wovon?«

»Von der Vertuschung. Wissen Sie, was der Richter sagte, als er sein Urteil verlas? ›Der tragische Verlust eines jungen Lebens.‹ Tragisch, tragisch – ich zeige Ihnen, was tragisch ist.« Er krempelte einen Ärmel hoch und zeigte seinen Arm. Die untere Hälfte war mit den verräterischen Einstichen übersät, wie sie Drogenabhängige haben. »Ich bin genauso abhängig, wie sie es war. Nur so kann ich es schaffen zu verhindern, dass die Erinnerungen mich innerlich zerreißen, wissen Sie. Das richtet der tragische Tod eines jungen Lebens in einer Familie an, er zerstört sie! Ich glaube, ich wäre damit zurechtgekommen, wenn jemand bestraft worden wäre, aber das war nicht der Fall. James verließ das Gericht als freier Mann. Frances wurde nicht einmal angeklagt. Es war eine einzige Intrige, weil gewisse Leute sich ihre kostbare Reputation nicht ankratzen lassen wollten.«

»Wer war das, Doktor Owen?«

»Das müssen Sie herausfinden. Sie sind ja nicht einmal in der Lage, einen Mörder zu fangen. Etwas musste getan werden, also beschloss ich, es zu tun.«

»Und was ist mit den Leuten, die Mark und Frances geliebt haben? Verdienten sie es zu leiden?«

»Ja natürlich!«, sagte Owen ungehalten. »Sie gehörten alle dazu! Sie waren verantwortlich dafür, was aus ihren Kindern geworden war. Ich hoffe, sie schmoren in der Hölle.«

»Und was ist mit Janet, Ihrer Frau? Was soll sie tun, wenn Sie hinter Gittern sind?«

»Was für einen Unterschied macht das schon? Wir sind beide am selben Tag wie Claire gestorben. Mehr kann man uns nicht antun. Sie hatten Glück, dass es nur drei waren, ich wollte noch ein paar mehr umbringen.«

Adams sah ihn an. »Wir wissen nur von zwei Toten. Wo ist der Dritte?«

»Das müssen Sie schon selbst herausfinden.«

Adams spürte Aufregung in sich aufsteigen. »Gibt es eine dritte Leiche oder ist es noch nicht passiert? Wovon zum Teufel reden Sie?«

Owen lächelte begütigend. »Später, das sage ich Ihnen später.«

Jenny sah konzentriert in ihr Mikroskop. Aber plötzlich blickte sie auf und rief: »Marcia, ich habe die passenden Fasern!«

Marcia ging zu ihrer Kollegin, die eine dunkle Tweedjacke neben sich auf dem Tisch liegen hatte.

»Ich dachte, die Fasern passen nicht zu Owens Jacke?«

»Passen Sie auch nicht, das hier ist nicht die Jacke von Richard Owen.«

»Von wem dann?«, fragte Marcia irritiert.

»Sie gehört seiner Frau. Auf dem Etikett steht Janet Owen, also wird es wohl ihre sein. Ich habe auch Spuren von Efeufasern darauf gefunden.«

Ohne auf weitere Erklärungen zu warten, rannte Marcia zum Telefon.

Farmer und Adams verließen den Zellenblock, wo Owen gerade eingesperrt worden war. Trotz Farmers Optimismus war Adams noch nicht zufrieden. Farmer bemerkte es. »Sehen Sie, wenn es eine weitere Leiche gibt, finden wir sie früher oder später. Wir können für das arme Schwein nichts mehr tun.

Abgesehen davon gibt es wahrscheinlich gar keine, er spielt doch nur mit uns. Sie wissen doch, wie diese Verrückten sind.«

»Ich glaube nicht, dass es eine dritte Leiche gibt. Noch nicht, jedenfalls. Aber irgendetwas stinkt hier ganz gewaltig, und es wird bald eine geben.«

»Nicht, solange er dort eingesperrt ist, und das wird für alle Ewigkeiten sein.«

Sie gingen ins Büro des wachhabenden Beamten, der Farmer die nötigen Formulare aushändigte. Sie füllte alles aus und notierte die Uhrzeit, zu der sie Owen verhört hatte. Adams stützte sich auf den Schreibtisch und sah ihr zu. Plötzlich fuhr er auf, schnappte sich Papier und Stift von Farmer, kritzelte drei, vier unleserliche Worte darauf, strich sie wieder durch und wies den Wachhabenden an, ihm zu folgen. Sie rannten den Gang zu Owens Zelle hinunter und der Wachhabende schloss auf. Owen lag mit geschlossenen Augen ausgestreckt auf seinem Bett. Er sah völlig entspannt aus. Adams sprach ihn an.

»Entschuldigen Sie, mir ist bei dem Papierkram ein Fehler unterlaufen. Würden Sie wohl so nett sein, die Formulare noch einmal durchzusehen und mir die Änderung hier zu quittieren.« Er wies auf das Papier.

Owen stand langsam auf und prüfte es. Farmer erschien in der Zellentür und sah interessiert zu, wie Adams Owen den Stift reichte. Owen unterschrieb und gab ihm den Stift zurück, dann legte er sich wieder auf sein Bett.

»Sie sind also Rechtshänder?«

Ohne die Augen zu öffnen, antwortete Owen: »Wie die meisten Leute, Inspector, das ist allgemein bekannt.«

»Mag schon sein, aber unser Mörder ist es nicht. Die Schnitte auf den Körpern wurden von einem Linkshänder ausgeführt. Sie haben einen Komplizen, nicht wahr? Wer ist es? Wer zum Teufel ist es?«

Owen öffnete schläfrig die Augen, winkte ab und schloss sie wieder. Als Adams überlegte, was er tun sollte, waren eilige Schritte auf dem Korridor zu hören. Chalky White, einer der beiden Detective Sergeants im Team, reichte Farmer eine Notiz. Sie warf einen Blick darauf und sah Owen an. »Es ist Ihre Frau, nicht wahr? Janet ist Ihre Partnerin bei den Morden.«

Owen sprang auf und sah die Ermittler an. Er klatschte laut in die Hände. »Gut gemacht, Leute, gut gemacht!«

Farmer sah Adams an. »Wo ist sie?«

Plötzlich dämmerte ihm Schreckliches. »Sie ist mit Doktor Ryan unterwegs.«

Owen lächelte. »Jetzt wissen Sie, wer die dritte Tote ist.« Er hatte gelogen, denn er hoffte, sie lange genug von Purvis fernzuhalten, damit Janet den letzten Teil ihrer Mission vollenden konnte.

Adams fuhr herum und packte Owen am Kragen. Er zog ihn auf die Füße und stieß ihn unsanft gegen die Zellenwand.

»Wo ist sie? Sie alter Bastard, wo zum Teufel ist sie?«

»Sie kommen zu spät, viel zu spät! Es wird mittlerweile vorbei sein.«

Adams holte mir seiner Faust aus und hieb Owen so fest er konnte in den Magen. Der brach auf dem Boden zusammen und Adams riss seinen Kopf an den Haaren hoch.

»Ich frage Sie noch einmal: Wo ist sie?«

Der Wachhabende trat vor, um Adams von Owen wegzuziehen, aber Farmer stoppte ihn gerade noch rechtzeitig, bevor Owen sich über Adams Hose und Schuhe erbrach.

Sam wartete immer noch draußen im Wagen. Sie sah auf die Uhr. Janet war mittlerweile eine halbe Stunde weg und sie langweilte sich immer mehr bei dem trübsinnigen Hörspiel im Radio. Sie hatte versucht, Marcia zu erreichen, um zu erfahren, wie weit sie mit den Untersuchungen war, aber die hatte vergessen, ihr Handy aufzuladen, und es kam keine Verbindung zustande. Sie stieg aus und ging in die Praxis. Eine freundliche Frau mittleren Alters saß an der Rezeption.

»Entschuldigen Sie, ich suche Doktor Owen.«

Die Empfangsdame lächelte sie an. »Das tut mir Leid, die haben Sie verpasst. Sie ist vor zwanzig Minuten weggegangen.«

Sam konnte ihre Überraschung nicht verbergen. »Aber ich warte seit einer halben Stunde draußen in meinem Wagen. Ich hätte sie doch gesehen!«

»Sie hat die rückwärtige Treppe genommen. Sie sagte irgendetwas von einem Notfall.«

»Wo ist ihr Büro?«

Die Empfangsdame zeigte auf eine blaue Tür am anderen Ende des Flurs. »Es ist da hinten, aber ich weiß nicht ...«

Bevor sie ihren Satz beenden konnte, war Sam schon in Janets Büro. Auf dem Tisch lagen mehrere kleine Glasfläschchen mit der Aufschrift »Curare«, zwei davon waren leer. Der Computer war eingeschaltet, aber der Bildschirmschoner verbarg die geöffnete Datei. Sam bewegte die Maus und der Bildschirmschoner verschwand. Ganz oben stand der Name, Malcolm Purvis, dann seine Adresse und alles, was ein Mörder wissen musste. Sogar ein Foto war zu sehen. Sie erkannte ihn, weil sie sich an ihr Zusammentreffen vor Frances' Obduktion erinnerte. Zweifelsohne waren die restlichen

Opfer auch in dieser Datei. Sam rannte aus dem Büro zurück zum Empfang. Die Sekretärin telefonierte.

»Wen rufen Sie an?«, fuhr Sam sie an.

Die Empfangsdame sah sie ängstlich an und antwortete nervös: »Die Polizei.«

Sam schnappte sich den Hörer, worauf die Frau erschreckt zurücksprang. Sie brüllte in die Sprechmuschel: »Schreiben Sie das auf. Mein Name ist Doktor Samantha Ryan. Ich bin Pathologin im Park Hospital. Rufen Sie Superintendent Harriet Farmer an und sagen Sie ihr, dass Janet Owen auch in die Morde verwickelt ist und sie jetzt hinter Malcolm Purvis her ist ... Ja, sie weiß, wo er wohnt. Und beeilen Sie sich um Himmels willen! Sagen Sie ihr, dass ich sie bei Purvis treffe.« Sie knallte den Hörer auf die Gabel, entschuldigte sich bei der Empfangsdame, die sich verschreckt an die gegenüberliegende Wand verzogen hatte, und rannte aus der Praxis.

Janet hatte für den Weg zu Purvis' Haus länger gebraucht, als sie gedacht hatte. Ihr Taxi war nicht gleich gekommen und zahlreiche Baustellen hatten die Fahrt beträchtlich verlangsamt. Sie bezahlte den Fahrer, überquerte die Straße und hielt dabei ihre kleine Arzttasche fest umklammert. Sie klingelte erst gar nicht an der Haustür, sondern ging direkt nach hinten in den Garten. Sie stieg die drei Stufen zur Küchentür hinauf und klopfte. Niemand antwortete. Sie drückte die Türklinke herunter. Zu ihrer Freude ging die Tür auf und sie betrat die Küche. Sie schlich langsam über den Flur und horchte, ob sich von irgendwo ihr auserkorenes Opfer vernehmen ließ. Als sie am Telefon vorbeikam, zog sie den Stecker aus der Buchse, dann stellte sie ihre

Tasche ab und holte eine Spritze und eine lange weiße Schnur heraus. Normalerweise benutzte sie etwas anderes, diese stammte von dem Rollo aus ihrem Vorzimmer, aber sie war praktisch und reißfest und würde bestimmt gute Dienste leisten. Das Haus war leer, fast alle Möbel waren schon ausgeräumt. Sie ging langsam ins Wohnzimmer und war beeindruckt von seiner Größe und der noch verbliebenen Einrichtung. Sie bewunderte, wie geschmackvoll alles aussah. Ein merkwürdiges Quieken, wie der Schrei einer Maus in Not, drang an ihr Ohr. Sie ging dem Geräusch nach, es kam von einem alten, weißen Sofa, das in dieser feinen Umgebung total deplatziert wirkte, wie sie fand. Auf der einen Seite ragte ein Paar Füße in Socken über die Lehne. Sie ging um das Sofa herum. Vor ihr lag Malcolm Purvis. In seinen Ohren steckten Kopfhörer, die mit dem Walkman, der auf seiner Brust lag, verbunden waren. Er schien zu schlafen. Das war ein großer Vorteil. Sie hob die Spritze und injizierte Malcolm das Gift in den Nacken.

Richard Owen war weinend auf seinem Bett zusammengebrochen und hatte die Hände vors Gesicht geschlagen. Adams beobachtete ihn durch das Guckloch in der Zellentür. Die verzweifelten Bemühungen, Sam und Janet aufzuspüren, hatten zu nichts geführt, obwohl jeder einzelne Polizist in der gesamten Grafschaft alarmiert worden war.

Farmer ging in die Zelle und setzte sich neben Owen.

»Noch ein weiterer Mord bringt sie Ihnen auch nicht zurück, nichts ändert sich dadurch.«

Owen sah sie nicht an. »Für uns schon. Es gleicht die Dinge aus und bringt unser Leben wieder ins Lot.«

»Das möchten Sie gern glauben, aber es wird Ihnen doch nicht den Schmerz nehmen oder Claire zurückbringen. Es ist sinnlos.«

Endlich hob er den Kopf. »Für uns wurde alles sinnlos, als Claire starb. Rache ist kein schlechtes Motiv, sondern ein gutes. Nur sie hält uns beide am Leben. Rache ist eine Macht. Sie hat uns erlaubt, Dinge zu bewerkstelligen, die wir nie für möglich gehalten hätten.«

»Wie Mord zum Beispiel?«

»Ja, Mord.«

»Wessen Idee war es?«

»Janets. Sie war immer die Starke. Wegen ihrer Hände konnte sie es nicht allein schaffen, also haben wir es gemeinsam vollbracht. Aber sie wollte immer bei der Tötung dabei sein.«

»Wer hat sich den rituellen Kram ausgedacht?«

»Auch Janet, es war so süß. Wir fanden heraus, dass Bird sich dafür interessierte, und das war der Ausgangspunkt.«

»Wer hat die eigentliche Tötung durchgeführt?«

»Wir beide, eine gemeinsame Erfahrung, wenn Sie so wollen.«

»Haben Sie deshalb die Garrotte benutzt?«

»Ja, nur so konnte Janet es schaffen und sie passte gut zu dem ganzen Hexenzauber.«

»Haben Sie auch deshalb das Gift benutzt?«

»Damit wurde alles viel leichter. Und sie haben mitbekommen, was mit ihnen geschah. Sie waren die ganze Zeit bei Bewusstsein. So konnten wir sichergehen, dass sie verstanden, warum, bevor wir es beendeten.«

Das Telefon im Vorzimmer klingelte und der Wachhabende nahm ab. Er lauschte einen Moment, bevor er den

Hörer hinknallte und in die Zelle gerannt kam. »Nachricht von Doktor Ryan. Sie sagte, dass Janet Owen jetzt hinter Malcom Purvis her ist. Sie wird sich mit Ihnen bei seinem Haus treffen.«

Adams war schon halb über den Korridor, bevor der Sergeant den Satz beendet hatte.

Owen schrie ihnen aus der Zelle nach: »Sie kommen zu spät! Sie kommen viel zu spät!«

Sam traf ziemlich schnell vor Malcolms Haus ein, sie war wie eine Verrückte gerast. Sie hoffte, die Polizei würde Gnade walten lassen, wenn die diversen Beschwerden aus der Öffentlichkeit eintrafen. Sie klopfte an die Haustür, aber als niemand herauskam, rannte sie auf die rückwärtige Seite des Hauses.

Die Hintertür war offen und sie rief hinein: »Hallo! Hallo? Ist da jemand?«

Sie betrat die Küche und hielt nach allen Seiten Ausschau. Als sie durch den Flur ging, rief sie wieder: »Hallo! Hallo!« Sie erwartete zwar nicht, dass es noch jemanden gab, der sie hören konnte, aber es linderte ihre Angst. An der Wohnzimmertür angekommen bemerkte sie das Telefon, das auf dem Teppich lag. Der Stecker war herausgezogen. Ihr Instinkt riet ihr wegzulaufen und sie hätte es auch getan, wenn sie nicht Malcolms Körper im Wohnzimmer vor dem Sofa hätte liegen sehen. Sie vergaß für einen Augenblick ihre eigene Sicherheit und rannte zu ihm hinüber. Sie rollte ihn auf die Seite und fühlte seinen Puls. Sein Herz schlug noch, doch nur schwach.

Als sie ihm gerade das Hemd aufknöpfte, flog eine Schnur über ihren Kopf und wurde rasch um den Hals zugezogen.

Sam wurde zurückgerissen, das Seil zwirbelte sich in ihrem Nacken immer enger zusammen. Sie griff danach und versuchte es von ihrem Hals zu ziehen, aber es saß schon so fest, dass sie ihre Finger nicht dazwischen bekam. Blind warf sie die Arme nach hinten, um zu fassen, was ihr in die Quere kam, aber sie griff immer ins Leere. Sie spürte, wie ihre Kräfte schwanden. Ihre Lungen schrien nach Luft, ihre Ohren klingelten und in ihrem Kopf staute sich das Blut. Sie versuchte noch einmal nach dem Seil zu greifen, aber als sich ihre geschwollene Zunge aus dem Mund herausdrückte, wurde es dunkel um sie herum.

Der Anblick, der sich Adams bot, als er in das Wohnzimmer platzte, ließ ihn eine Sekunde fassungslos verharren. Janet Owen saß hinter Sam, ihr langes graues Haar hing ihr wirr ins Gesicht und sie zerrte verzweifelt an der weißen Schnur, die um Sams Hals geschlungen war. Sam lag vor ihr und ihr Körper krümmte sich und zuckte unnatürlich. Mit zwei großen Schritten war er neben ihr. Die Situation war zu brenzlig für einen wohl dosierten Einsatz von Gewalt und so verpasste er Janet Owen einen heftigen Tritt ins Gesicht. Sie kippte nach hinten und landete bewusstlos auf dem Boden. Er kniete sich neben Sam und hob ihren schlaffen Körper hoch. Als mehrere Polizisten in den Raum kamen, brüllte er sie an: »Holt einen Krankenwagen! Holt um Himmels willen einen Krankenwagen!«

Farmer kniete sich an seine Seite und legte ihm einen Arm um die Schultern.

Adams, der allmählich seine Fassung wiedererlangte, sah auf Malcolm Purvis herab, der bewusstlos auf der Tragbahre lag.

»Wird er wieder in Ordnung kommen?«

Der Sanitäter nickte. »Ich bin zwar kein Arzt, aber ich glaube schon. Er wird morgen allerdings ziemliche Kopfschmerzen haben.«

Adams wandte sich an Sam, die mit einer Decke um die Schultern auf der Gartenmauer saß. »Ich dachte, ich hätte dich verloren.«

Sie konnte kaum sprechen und flüsterte heiser: »Ich dachte auch, du hättest mich verloren. Was ist mit Janet?«

»Sie ist weg. Für immer, hoffe ich.«

»Was werden sie mit den beiden machen?«

»Hoffentlich einsperren und den Schlüssel wegwerfen. Aber wahrscheinlich bekommen sie auch jede Menge Hege und Pflege«, fügte er sarkastisch hinzu.

»Warum waren sie eigentlich auch hinter Malcolm her?«

»Er hat Mark James verteidigt und ihn rausgehauen. Sie haben ihm und seiner Tochter nie verziehen.«

Ein Sanitäter tauchte mit einem Rollstuhl auf und half Sam hinein. Sie winkte Adams noch einmal mit schlaffer Hand zu, als sie in den Krankenwagen geschoben wurde. Er winkte zurück. Farmer kam zu ihm herüber.

»Was machen Sie hier?«

Adams zuckte mit den Schultern. »Ich dachte, Sie brauchen vielleicht noch Hilfe.«

»Ja, die brauche ich allerdings. Gehen Sie und bringen Sie mir die Zeugenaussage Ihrer tollkühnen Gerichtsmedizinerin. Sie können ja im Krankenwagen mitfahren.«

Adams zögerte.

»Na los, machen Sie schon!«

Farmer drehte sich ohne ein weiteres Wort um und ging zurück ins Haus.

Nigel McCrery

Das Ende aller Dinge

Gerichtsmedizinerin Dr. Samantha Ryan. Roman. Aus dem Englischen von Christian Rendel. 352 Seiten. SP 3424

Für Dr. Samantha Ryan, Gerichtspathologin von ausgezeichnetem Ruf und hartnäkkigem Charakter, wird es eine lange Nacht: Gerade hat sie sich auf der fröhlichen Tanzparty der US Air Force in der Nähe von Cambridge amüsiert, da muß sie erneut zum Flugzeughangar der Amerikaner fahren: Dort wurde die Leiche einer bestialisch zugerichteten Frau gefunden. Der Verdacht fällt auf deren spurlos verschwundenen Freund. Doch Dr. Ryans Verstand ist so scharf wie ihr Skalpell – und sie findet mit Hilfe eines Botanikers heraus, daß das winzige Pollenkorn, das an der Kleidung der Toten gefunden wurde, nur an wenigen Orten in den Südstaaten Amerikas wächst. Die Anzeichen verdichten sich, daß eine Verbindung zu zahlreichen grausamen Mordfällen in den USA besteht – offensichtlich ein Serienmörder, der wieder zuschlagen wird.

Die Romane von Nigel McCrery sind die Grundlage der erfolgreichen Fernsehserie »Gerichtsmedizinerin Dr. Samantha Ryan«.

Karin Fossum

Evas Auge

Roman. Aus dem Norwegischen von Gabriele Haefs. 368 Seiten. SP 2705

Könnte sie als Prostituierte ihr Geld verdienen? Für die junge, bislang erfolglose Malerin Eva Magnus stellt sich diese Frage, als sie ihrer Jugendfreundin Maja begegnet. Diese ist der lebensfrohe Beweis dafür, wie man durch Anschaffen zu viel Geld kommt. Eva beginnt ihre Lehre: Durch einen Türspalt läßt Maja sie dabei zusehen, wie sie einen Kunden empfängt. Aber es kommt zu einem Streit, und die Voyeurin im Nebenzimmer bleibt mit der Leiche der Freundin zurück. Der sympathische Kriminalkommissar Sejer, der in dem Mordfall ermittelt, ahnt, daß die junge Künstlerin mehr zu erzählen hat, als sie aussagt.

»Mit ›Evas Auge‹ liegt weit mehr vor als ein ausgezeichneter Kriminalroman.«

Bayerischer Rundfunk